PINAR KÜR

MORDSFAKULTÄT

DEUTSCHE ERSTVERÖFFENTLICHUNG
Pınar Kür: Mordsfakultät
Originaltitel: Cinayet Fakültesi
Aus dem Türkischen von: Beatrix Caner
Lektorat: Sonja-İlonka Wagner
Literaturca Verlag, Frankfurt am Main 2008
EAN 9783935535199
ISBN 3935535198

Umschlag: Zoli Schatz
www.zolischatz.hu

1. Auflage 2008

EAN 9783935535199
ISBN 3935535198

Bin ich ein Mörder? Habe ich sie wirklich ermordet, oder bilde ich mir das nur ein? Bin ich ein Spielverderber - oder immer noch Teil eines Spiels? Hat dieses Spiel etwa schon in jenem alten Garten am Ufer jenes anderen Meeres begonnen? Und ging es dort bereits zu Ende? War ich ihre Traumgestalt, oder sie meine? Kann ich Wirklichkeit werden, ohne dass sie stirbt? Aber wenn ich sie nicht getötet habe, wie kann ich dann weiterleben? Und wenn doch, habe ich dann das Recht zu leben?

Ich saß auf dem Balkon, mit Blick aufs Meer, und nippte an meinem Whiskey. Hätte mich jemand beobachtet, könnte er denken, dass ich, wie immer, meiner behaglichen Schweigsamkeit frönte. In Wirklichkeit strudelte ich haltlos in einer uferlosen Leere herum, als hätte mich jemand aus einem Raumschiff ins All hinaus gestoßen. Nicht ich, sondern die Kräfte des Universums bestimmten meine Flugrichtung. Ich war in meinem bisherigen Leben noch nie in eine derartige innere Leere gefallen, hatte noch nie ein so intensives Gefühl von Öde empfunden. Dennoch ließ mich meine Gedankenflut nicht los: Ich bin sonst nicht jemand, der im

Leben keinen Halt findet, aber jetzt ... Ob ich die Chance habe, die Kontrolle über mein Leben wiederzugewinnen? Was wäre, wenn ich ganz von vorne beginne? Aber wo genau ist der Anfang? Ich könnte bis in die Zeit zurückkehren, als noch nichts geschehen war ... - als ich noch nicht wusste, was passieren würde? Ob ich etwas entdecken könnte, was diese entsetzliche Leere beendete, wenn ich die ganze Geschichte mir selbst noch einmal erzählte? Oder würde sich meine Welt noch mehr verfinstern? Würde ich in einen noch tieferen Abgrund stürzen? Würde es mich befreien, die Ereignisse aufzuschreiben und dabei zu reflektieren, was geschehen war, oder würde dies zu einer noch schlimmeren Depression führen? Könnte ich mich am Schreiben festhalten - trotz allem und von Neuem?

Doch wann und wo sollte ich beginnen? Die Tage, als ich morgens nicht zutiefst bedrückt, sondern glücklich aufwachte, sind längst Vergangenheit.

Wo also soll ich beginnen? An der Stelle, an der die Geschichte ein Ende gefunden hat? Als ich dem sicheren Tod entkam und mich in ein neues Leben retten konnte - ohne zu ahnen, dass dieses Leben eine erneute und unweigerliche Begegnung mit dem Tod bringen würde? Oder an der Stelle, an der ich glaubte, aus dem Vollen schöpfen zu können - ohne zu ahnen, was mir bevorstand? Als wäre alles nur ein Märchen und ich noch immer der alte Emin ...

Am Ende eines Romans, den ich vor Jahren unter größten Anstrengungen geschrieben hatte (besser: geschrieben zu haben glaubte, denn in Wirklichkeit, das muss ich eingestehen, hatte ihn meine Frau geschrieben), kämpfte ich in den eiskalten Fluten des Bosporus um mein Leben. Und die Leser glaubten wahrscheinlich, ich wäre ertrunken. Sie hatten mich deshalb, so bitter es auch ist, schnell vergessen. Es wurden keine Zeitungsannoncen aufgegeben, die die Trauer um mich offiziell bekundet hätten; also gab es wohl niemanden, der mir nachgeweint hätte. Und das wohl deshalb, weil am Ende des Buches nicht eindeutig klar war, wer eigentlich starb und wer den Kampf mit der Frau in Weiß, den ich ausfechten musste (hätte ausfechten können), gewonnen hatte. Auch wer im Wasser von der Strömung erfasst und aus dem Leben gerissen wurde (hätte gerissen werden können), war nicht zu erkennen. Alles das wurde im Roman nicht geklärt. Wie schade, dass deshalb nicht die geringste Neugier darüber geäußert wurde, wie die Geschichte geendet hat und es kam auch kein Interesse dafür auf. Weder die berüchtigten Klatschblätter, die Fragen wie »Mit wem wurde Fotomodel X gesehen?« mehrere Seiten widmen, noch die regionalen Medien berichteten darüber, dass bei Kandilli zwei Menschen ins Wasser gefallen waren. Natürlich, wen interessierte schon der Tod eines langweiligen Mathematikprofessors oder der einer Schriftstellerin, die mittlerweile ohnehin in Vergessenheit geraten war? Nun gut, dachte ich, ich bin vielleicht nicht so wichtig. Aber was soll man davon halten, dass es niemanden zu kümmern scheint, dass eine berühmte Schriftstellerin zehn Jahre lang keine einzige Zeile mehr geschrieben hat? Niemand fragt nach ihr, niemanden scheint es zu interessieren, ob sie noch lebt. Offenbar ist bisher niemandem in den Sinn gekommen, diese Frage zu stellen. Wie eigenartig!

Doch für mich war das letztlich gut so. Denn ich hatte auf diese Weise die Chance, in aller Ruhe mein Leben zu führen. Es gab keine Spekulationen darüber, dass ich das Opfer enes zwielichtigen Verbrechens wurde. Die Polizei suchte nicht nach mir, weil ich meine Frau weder mit Absicht noch zufällig ins Wasser gestoßen hatte. Wer das Buch gelesen hatte, vergaß es rasch - und wer es nicht gelesen hatte, der verpasste sowieso nichts.

Ich konnte mich also beruhigt zurückziehen, um meine lang ersehnte Ruhe zu finden. Aber vorher gönnte ich mir noch ein paar Reisen, die ich aus diesen oder anderen Gründen in meiner Jugend nicht unternehmen konnte. Ich genoss das Leben und tat Dinge, die ich mich früher nicht traute. Das Sprichwort, dass man in jedem Alter lernfähig ist, kann ich bestätigen. Das weiß ich nun aus eigener Erfahrung. Früher war ich stolz darauf, nichts zu tun, worauf ich keine Lust hatte. Dann trat plötzlich eine Frau in mein Leben, die mich dazu zwang, Dinge zu tun, die ich eigentlich nicht tun wollte. Erst später begriff ich, dass ich die wirkliche Freiheit erst fand, als ich sie verlor. Falls ich vor der Begegnung mit ihr schon frei gewesen sein sollte, wusste ich das noch nicht so richtig zu schätzen. Denn richtig zu leben begann ich erst nach meinem fünfzigsten Geburtstag, als ich nicht mehr der Mensch sein musste, den sie sich ausgedacht hatte.

An der Universität bat ich als Erstes um meine Emeritierung. Meine Villa in Kandilli konnte ich damals glücklicherweise zu einem Preis, der heute noch als astronomisch bezeichnet werden kann, verkaufen. Zu der Zeit investierten manche Neureiche ihr Schwarzgeld gerne in Antiquitäten und Immobilien, die sie gerade zu schätzen gelernten hatten. Die Villa wurde am Anfang dieses Booms verkauft, später fielen die Preise erheblich. Denn gewiefte Spekulanten begannen einen gewissen »Druck« bei solchen Geschäften auszuüben. Kurz gesagt: ich hatte das Glück, die damals noch »unschuldige« Anfängerzeit der türkischen Mafia ausnutzen zu können. Die Summe, die ich erhielt, werde ich niemals und niemandem nennen, denn selbstverständlich wurde beim Katasteramt ein viel niedrigerer Betrag angegeben. Außerdem befolgte ich den Rat des neuen Besitzers und überwies umgehend das ganze Geld auf ein Schweizer Bankkonto. Die Wohnung in Emirgan hatte ich vermietet. Aber ich brauchte den stolzen Mietpreis, den ich dafür monatlich erhielt, gar nicht auszugeben. Ich benötigte, wenn ich ab und zu mal nach Istanbul fuhr, nur ein *pied-à-terre* - eine Bleibe.

Ja, ich hatte Istanbul den Rücken gekehrt. Ich fuhr nur noch selten hin - in letzter Zeit eigentlich kaum noch.

Zuerst unternahm ich eine »beinahe« Weltreise - hatte aber Europa und die USA nicht auf mein Reiseprogramm gesetzt. Stattdessen bereiste ich Afrika, Ostasien, Südamerika sowie Australien und Neuseeland und anschließend einige Inseln, die auf keiner Landkarte verzeichnet waren ... Wenn man bereit war, gutes Geld für ungewöhnliche Touren zu zahlen, konnte man einiges erleben, das wirklich noch fremdartig war: Naturwunder, die vielen wilden Tiere und Einheimische mit eigenartigen Traditionen. Aber sie waren im Grunde weniger exzentrisch, als all die reichen und verwöhnten Touristen, die bis ans andere Ende der Welt fuhren, um zu sehen, wie sie lebten. Während dieser langen Reise hatte ich mich von den mathematischen Problemen, den Gleichungen und den Theoremen ebenso entfernt wie vom Ermitteln in Mordfällen. Damals glaubte ich, mir wäre es gelungen, das Wesentliche der Existenz zu entdecken. Oder anders gesagt: Ich fühlte mich dem nackten Leben ausgeliefert. Während der Reise in einem unvorstellbar üppig ausgestatteten Luxuszug von Johannesburg nach Cape Town machte ich die Bekanntschaft einer Gräfin. Ob sie eine echte Gräfin war ... - wer weiß das schon?! - Nun ja, das Abenteuer, das ich mit ihr erlebte, war viel zu prickelnd, um es hier zu erzählen. Unsere Beziehung beschränkte sich auf die Dauer der Reise, war also eher flüchtig. Die wichtigste Auswirkung dieser bezaubernden, aber auch kostspieligen Liaison war für mich, dass sie in mir die Lust geweckt hatte, in meine Heimat zurückzukehren.

Ich kehrte in die Türkei zurück, das ist richtig. Ich verbrachte aber in Istanbul nur wenig Zeit. Denn ich dachte, dass ein Bruchteil des zeitlichen Aufwandes und des Geldes, das nötig war, um die ganze Welt zu bereisen, genügen müsste, um mein Heimatland kennen zu lernen. Ich fuhr aber nicht an die Südküste, wie das die meisten taten, sondern an die Schwarzmeerküste und in den Südosten. Doch letzten Endes entschied ich mich für die Ägäis, die ja nicht zufällig Heimat so vieler Kulturen und Mythologien der Welt war.

Früher war der kulturelle Reichtum dieser Gegend weltbekannt, aber die Natur, die von betörender Schönheit und voller Wunder war, fand kaum Erwähnung. Diese Landschaft war also noch nicht vom Massentourismus befallen, es blieb idyllisch und ruhig dort. Sogar im Sommer traf man - bis auf zwei Monate - kaum Touristen an, allerdings mied ich die Orte, an denen viele Menschen verkehren, ohnehin. Ich kaufte mir ein Steinhaus aus dem 19. Jahrhundert, direkt am Meer gelegen, mitten in einem riesigen Garten. Ohne Kosten und Mühen zu scheuen, ließ ich es von einem Architekten, einem Experten auf diesem Gebiet, originalgetreu restaurieren. Innen richtete ich es mit meinen antiken Möbeln ein, sehr exklusiv. Als ich einzog, kam es mir fast so vor, als wäre ich schon vor meinem Tod im Paradies.

Seit etwa fünf Jahren lebe ich nun hier und bin mit meinem Leben mehr als zufrieden. Mit der Zeit habe ich sogar Kontakte zu der hiesigen höheren Gesellschaft geknüpft - richtiger gesagt: sie haben meine Gesellschaft gesucht. Es sind meist Menschen, die einige Monate oder Wochen des Jahres im Ausland verbringen, dann in Istanbul. Doch weil die meisten aus dieser Gegend stammen und ihre Jugend hier verbracht haben, kehren sie immer wieder zurück. Sie finden hier ihre Zuflucht. Fremde nehmen sie nur selten in ihre Kreise auf. Dass sie mich akzeptiert haben - mehr noch: dass sie mich zu ihren »Garden Partys« einladen (ja, hier wird dieser Begriff immer noch gebraucht) und dass sie mich auf ihren Yachttouren dabei haben möchten, liegt weniger daran, dass sie ihre Unterhaltung farbiger gestalten wollen (wer würde mich schon als farbige Persönlichkeit bezeichnen?). Es liegt eher daran, dass sie glauben, ich wäre ihnen nicht unterlegen - vielleicht sogar wohlhabender als sie (schließlich haben alle mitbekommen, wie viel Geld ich für die Restaurierung der Villa ausgegeben habe). Ich bin auch gar nicht auf die Idee gekommen, mich mit ihnen anzufreunden.

Natürlich spielte Narin Hanım dabei eine Schlüsselrolle. Ohne sie wäre eine solche Annäherung gar nicht möglich gewesen. Ich hätte nämlich ihre Einladungen gar nicht erst angenommen.

Narin unterschied sich von all den widerspenstigen Frauen, mit denen ich früher mein Leben teilte, ganz wesentlich. Hätte sie mich nicht an meine Mutter erinnert, könnte ich glauben, dass ich sie selbst erfunden hatte. Meine Mutter war, genau wie Narin, eine zartfühlende aber zugleich sehr praktisch veranlagte Frau, die sich mit den Dingen des Lebens gut auskannte. Eine Frau, die keine Probleme machte - ganz im Gegenteil: sie löste sie auf geschickte Art ... Der Tisch war bei uns immer aufs Feinste gedeckt, die Wohnung aufgeräumt, Mann und Kinder waren stets bestens versorgt und zufrieden. Eine solche Frau eben, die den Alltag immer so organisierte, dass alle sich wohl fühlten. Und dennoch war sie keinesfalls unterwürfig, auch nicht eingebildet, sondern eine Frau, die fröhlich war und viel lachte ... Ich erinnerte mich natürlich an meine Mutter. Und ich behauptete nicht, dass Narin in all diesen Eigenschaften genauso wie sie war. Sie hatte zum Beispiel keine Kinder und wahrscheinlich hat sie nie geheiratet. Einige Male war ich bei ihr zu Gast. Natürlich war alles perfekt. Aber ich konnte trotzdem nicht beurteilen, wie sorgfältig sie in den alltäglichen Dingen war. Was mich bei ihr an meine Mutter erinnerte, war ihre Ausstrahlung: feinfühlig, freundlich und friedlich. Ihre Blicke waren nett und sie lachte herzlich, ohne jemanden auszulachen. Äußerlich waren sie sich jedoch gar nicht ähnlich. Narin war eine große, blonde Frau mit blauen Augen, meine Mutter dagegen klein und rundlich. Ja, sie lachte immer so herzhaft, so melodisch …

Ob unsere Begegnung tatsächlich zufällig geschah, oder ob sie dort, wo ich verkehrte absichtlich auftauchte und das Kennen lernen von langer Hand geplant hatte … - das weiß ich nicht. Diese Skepsis hatte nichts damit zu tun, dass ich mich selbst in diesem vergänglichen Leben als einen ziemlich »bösen Jungen« zu sehen begann. Als ich feststellte, dass im Leben meiner früheren Frau (der Romanautorin Akın) sogar die banalsten Dinge bis ins kleinste Detail durchdacht waren, reagierte ich schockiert. Ich war entschlossen, eine solche Überraschung nie wieder erleben zu wollen. Deshalb ging ich ja jede neue Beziehung mit äußerster Vorsicht ein.

Mein Leben verlief hier eher monoton, aber auf eine andere Art und Weise, als es sich mit der Romanautorin Akın Erkan ergab. Es gab einige wenige Restaurants, die ich getestet und für gut befunden hatte. In zwei ging ich abwechselnd zum Mittagessen, in die anderen abends. Mehrmals in der Woche speiste ich also auswärts, am Wochenende dagegen verließ ich mein Haus so gut wie nie. An diesen Rhythmus hielt ich mich auch im Winter. Zudem wurde ich zu Hause von einer bewundernswerten Köchin verwöhnt, großmütterlicherseits aus Kreta stammend, die alte Rezepte aus ihrer alten Heimat vortrefflich zubereitete. Leider lehnte meine verwitwete Köchin, Emine Hanım, es strickt ab, ins Nebengebäude im Garten zu ziehen, obwohl es über jeglichen Komfort verfügte: »Die Leute hier hätten freundlich dann nichts besseres zu tun, als wer weiß was für Geschichten über mich in die Welt zu setzen«, wehrte sie mein Angebot ab. Gott sei Dank kam sie jeden Tag, sogar um nur den Tisch zu decken (und das tat sie wirklich akkurat). Ich musste also nicht im Restaurant speisen. Aber um ehrlich zu sein, dachte ich, dass es mir nicht gut bekommen würde, ständig zu Hause zu hocken. Es gab auch noch zwei Cafés, in denen ich morgens gelegentlich einen Kaffee trank. Beide konnte ich zu Fuß bequem erreichen - und das war auch ein wenig körperliches Training. Denn ich wollte in meinem Alter ja nicht wieder zunehmen. Nun gut, es kam schon mal vor, dass ich für den Rückweg meinen Chauffeur Hasan anrief, damit er mich abholt, oder mir ein Taxi nahm. Zu sehr anstrengen wollte ich mich ja doch nicht.

Aber nun zurück zu der eigentlichen Geschichte: Narin Hanım begegnete ich in einem der Restaurants, in denen ich zu Mittag zu essen pflegte. Es war einer der letzten Herbsttage, aber in der Luft schien ein verheißungsvoller Frühlingsduft zu liegen. Wie immer saß ich draußen, gleich neben dem Garten, aber nahe am Speisesaal. Im Vergleich zu den anderen Restaurants der Stadt hatte dieses nur einen kleinen Garten. Trotzdem konnte ich mich nicht erinnern, dass er jemals voll besetzt war. An diesem Tag saßen an mehreren Tischen Gäste. Aber ich beachtete sie nicht, warf lediglich einen flüchtigen Blick um mich. Manchmal bemerkt man das ja, ohne hinzuschauen, dass man beobachtet wird. Ich spürte förmlich, dass mich die Gäste an dem entferntesten Tisch geradezu ins Visier nahmen. Ich war keine bekannte Persönlichkeit, also, dachte ich, es könnten Bekannte sein, und schaute zu ihnen hinüber. An dem Tisch saßen zwei Männer und zwei Frauen. Sie waren - auf den ersten Blick festgestellt - nicht mehr die Jüngsten. Bei der strahlenden Nachmittagssonne konnte ich sie nicht genau sehen, sie waren aber ganz sicher jünger als ich. Obwohl ich keinen von ihnen kannte, stand eine der Frauen auf und kam lächelnd auf mich zu. Sie hatte einen geschmeidigen Gang, als würde sie dem Rhythmus einer unhörbaren Musik folgen. Die Hüften schwang sie nicht; sie bewegte sich einem eigenen Takt folgend. Sie war eine große, schlanke, beinahe magere Frau. Ihr bunter Rock flatterte bei jedem Schritt. In diesem windgeschützten Garten, in dem in der Mittagshitze nicht die kleinste Brise aufkam, wirkte das beinahe unwirklich ... - sogar ihr blondes Haar schien zu flattern.

Mir kam es fast so vor, als würde sie auf mich zufliegen.

»Ich irre mich doch nicht, nicht wahr? Sie sind Professor Emin?«, fragte sie und blieb vor mir stehen. Ich wollte mich höflicherweise erheben, aber sie hinderte mich daran: »Ich bitte Sie, ich bitte Sie, nur keine Umstände«, und ihr Lächeln wurde breiter. Ich machte keine Umstände. Aber ich blickte sie erstaunt und auch ein wenig beunruhigt an, und ich gab zu erkennen, dass ich sie nicht erkannte.

»Ich habe an der Universität Ihr Seminar besucht ... - ich heiße Narin«, sagte sie.

Ich hatte also Recht, als ich dachte, dass diese Leute jünger als ich waren. Erneut machte ich eine Bewegung, als wollte ich aufstehen, während ich auf den nebenstehenden Stuhl deutete und ihr anbot: »Bitte, nehmen Sie doch Platz!«

Sie ließ sich nicht bitten, zog den Stuhl einfach an sich heran, setzte sich und stützte sich mit den Ellbogen auf dem Tisch auf. Dabei legte sie ihren Kopf in beide Hände und neigte ihn nach links. Sie hatte blonde, gewellte Haare, die ihr knapp bis zu den Schultern reichten, und blaue Augen, mit denen sie mich anfunkelte. Schön, wie es im Buche steht, könnte man sagen! Ihr Lächeln verwandelte sich in ein Lachen, als sie erklärte:

»Ich habe Geschichtswissenschaft studiert, aber Ihr Seminar war auch für uns Pflichtfach. Sie werden sich natürlich nicht an mich erinnern. Ich war schließlich eine unter tausenden von Studentinnen.« Sie lächelte kokett.

Ich lächelte höflich zurück, als wollte ich sagen: »So ist es leider«, und machte eine entschuldigende Handbewegung.

»Zudem war ich keine besonders gute Studentin. Ich saß zwar in der ersten Reihe, weil ich in Sie verliebt war ... - aber ich verstand nicht die Hälfte von dem, was Sie vortrugen.«

Plötzlich erinnerte ich mich doch an sie, aber etwas verschwommen. Die wohlgeformten Beine in der ersten Reihe ... Ich hatte nicht vor Tausenden, aber sicher vor Hunderten von schönen Beinen Vorlesungen gehalten - das war einer der wenigen Vorteile meiner Professorenstellung. Sie war also eine jener jungen Frauen gewesen. Natürlich gelang es mir nicht, mich an ihre Beine zu erinnern ... - nicht mal ihr Gesicht kam mir bekannt vor.

»Um Ihre Aufmerksamkeit auf mich zu lenken, stellte ich Ihnen die unmöglichsten Fragen«, erzählte sie weiter. Ich erinnerte mich daran, wie viele unmögliche Fragen mir während meiner Laufbahn als Professor gestellt wurden - besonders von den Studentinnen. Ob sie damit meine Aufmerksamkeit erregen wollten, oder weil sie tatsächlich etwas falsch oder nicht verstanden hatten, oder aber, weil sie sich über meine Ernsthaftigkeit lustig machen wollten ... Auf jeden Fall wurden mir unzählige dumme Fragen gestellt und ich beantwortete sie alle, während ich die wunderschönen Beine bewunderte. Ich tröstete mich dann mit mathematischen Aufgaben, die ich zu Hause, alleine und ohne das Bedürfnis, sie mit jemandem zu teilen, lösen konnte. Ich erinnerte mich nicht, dass auch nur einer meiner Studenten ein besonderes Interesse an Mathematik gezeigt hatte. Zu bemerken, dass eine Studentin in mich verliebt war ... - davon war ich meilenweit entfernt. Außerdem: in den Jahren, als diese Dame meine Vorlesung besuchte, war ich mit meiner ersten Frau verheiratet. Ich überlegte, ob damals unser Sohn schon geboren war? Das muss zu der Zeit gewesen sein, als ich erneut für einige Jahre nach Amerika ging ... Plötzlich schien in meinem Kopf ein Licht aufzugehen. Ich erinnerte mich zwar nicht an die junge Studentin, aber an ihre Frage.

»Eigentlich war es eine Frage aus der Physik, die Sie mir damals gestellt hatten«, erwiderte ich. »Das hat mich damals ganz schön durcheinander gebracht.«

»Na, sehen Sie? Ich habe den Mathematikprofessor mit Fragen aus Physik konfrontiert. Das zeigt wohl am besten, wie wenig Ahnung ich von Mathematik hatte!« Sie breitete die Hände aus und lachte so herzhaft, dass mir das Herz aufging. Dieses herzliche Lachen war das Wichtigste, was später mein Leben bereichern sollte.

Und ich erinnerte mich jetzt an alles genau. Sie hatte blondes, krauses Haar, in ihren blauen Augen war etwas Verführerisches. Und genau wie ihre wohlproportionierten Beine waren auch ihre Arme meist nackt. Sie kicherte oft, aber in diesem Augenblick war es ihre Frage, die in mir alles aufflammen ließ:

»Warum ist das Spezialgewicht des Wassers keinem anderen Element gleich? - Das hatten Sie mich gefragt. Ich denke heute noch daran und in meiner freien Zeit versuche ich eine Antwort darauf zu finden«, sagte ich.

»Das Spezialgewicht des Wassers? Gibt es das überhaupt?« Sie wurde bei dieser Frage ernst, kniff die Augenbrauen zusammen und dachte anscheinend einige Sekunden angestrengt nach. Dann stützte sie ihr Gesicht erneut auf ihre linke Hand. »Aber ganz im Ernst … - warum?«

»Man muss darüber ernsthaft nachdenken«, antwortete ich, und dabei blickte ich etwas zerstreut …

Narin war also in mein Leben getreten. Sie war in mein Leben getreten, aber sie hatte es nicht gleich ins Chaos gestürzt. Denn wir trafen uns nicht sofort wieder. Ein ganzer Winter und ein Frühling waren vergangen, bevor sie mich Anfang des Sommers anrief. Den größten Teil des Winters hatte sie in London verbracht, im Frühling war sie mehrmals in Istanbul gewesen. »Aber jetzt habe ich erst mal nicht mehr vor, zu verreisen«, teilte sie mir mit. »Ich habe beschlossen, die Partyzeit zu eröffnen …« und wie unschwer zu erraten war, lud sie mich zu ihrer Party ein.

Während des Sommers sahen wir uns dann hin und wieder - also nicht allzu häufig. Doch nicht selten war sie der Grund für das - meinem Alter gar nicht angemessene - Herzklopfen. Es war aber nicht zu befürchten, dass das zu einem Herzinfarkt führen würde. In den Sommermonaten hatten wir da und dort ein paar dieser »Garden Partys« gefeiert und auch gemeinsam einige Yachtausflüge unternommen. Einige Male trafen wir uns darüber hinaus zum Brunch, und die anderen Gäste schienen uns mehr oder weniger als Paar zu behandeln, obwohl wir es noch gar nicht waren. Wir hatten uns noch nicht einmal geküsst. Ich war sehr zurückhaltend und ihre Waghalsigkeit ging auch nicht gleich so weit, dass sie sich mir an den Hals warf. Ich erinnerte mich auch gar nicht mehr, wann ich meine erste Frau zum ersten Mal geküsst hatte. Aber wenn man bedenkt, dass ich meine zweite Frau erst zwanzig Jahre nach unserem Kennen lernen und einige Monate, nachdem ich einen verworrenen Mordfall gelöst hatte, küsste, verwundert es nicht, dass ich Narins Lippen noch nicht berührt hatte. Es war also keine enge Beziehung - nicht, bevor uns ein Mord zusammenführte ...

Und der traf sie wie ein Blitz aus heiterem Himmel.

Als ich eines Morgens in ein etwas entfernter gelegenes Café ging, traf ich unerwartet einen alten Bekannten wieder. Seine Haare waren grau geworden (noch nicht ganz so weiß wie meine), er hatte unübersehbar einen Bauchansatz, doch seine Augen glänzten immer noch wie früher: Es war Haydar Bilir! Ich achtete normalerweise nicht auf die Menschen, die an den umliegenden Tischen saßen. Entweder vertiefte ich mich in ein Buch oder in die Betrachtung des Meeres. So kam es, dass nicht ich ihn entdeckte, sondern er mich. Aber er war sich nicht sicher, ob ich es tatsächlich war. Doch als ich meine Pfeife zu stopfen begann ...

»Herr Professor?! Träume ich, täuschen mich meine Augen?«, rief er, und in diesem Augenblick erkannte ich nicht nur seine Stimme, sondern auch seine Art zu reden.

»Na so etwas! Haydar Bey! Das ist ja kaum zu glauben«, erwiderte ich und wollte mich erheben. Aber er legte seine Hand auf meine Schulter, um mich am Aufstehen zu hindern und lachte beschwingt. Ich spürte eine bekümmerte Rührung in seinen Augen - wie bei einem Vater, der seinen verloren geglaubten Sohn wieder gefunden hatte. Um ehrlich zu sein: auch ich war gerührt, obwohl wir uns freundschaftlich nie so nahe standen. Doch die wenigen Fälle, die wir gemeinsam lösten, hatten anscheinend eine Beziehung entstehen lassen, ohne dass wir es bemerkten.

»Bitte setzen Sie sich doch!«, bat ich ihn.

Mit dem breiten Lächeln im Gesicht, das ich an ihm gewohnt war, und seinen Kopf staunend schüttelnd, zog er einen der Plastikstühle heran und setzte sich zu mir.

Er war inzwischen ebenfalls in den Ruhestand versetzt worden und lebte seit zwei Jahren in der gleichen Kleinstadt wie ich, erfuhr ich. Natürlich hatte er ein viel bescheideneres Heim als ich - ein Ferienreihenhaus. Aber in einer Siedlung, in der man auch überwintern konnte.

»Wir haben auf eigene Kosten eine Zentralheizung installieren lassen, Herr Professor«, erklärte er.

Er hatte immer schon gern gelesen, jetzt lebte er mit seiner Frau in stiller Harmonie und zurückgezogen. Er hatte, wie er mir sagte, keine Sehnsucht nach dem aufreibenden Großstadtstress in Istanbul. Nur im Winter fuhr er mit seiner Frau für zehn, vierzehn Tage hin, um die Kinder und Enkelkinder zu besuchen. In den Sommermonaten kamen die Kinder dann zu ihnen. Seine beiden Töchter waren verheiratet und hatten jeweils ein Kind; ein drittes Enkelkind wurde voller Freude erwartet.

Alles das erzählte er mir freimütig, bevor er sich erkundigte:

»Sie haben doch sicher auch Enkelkinder - nach so vielen Jahren?«, dabei schüttelte er angesichts meiner Gegenwart noch immer ungläubig den Kopf.

»Nein, mein Sohn hat nicht geheiratet«, antwortete ich. »Sie wissen ja, Söhne haben es meist nicht so eilig mit dem Heiraten. Erst recht nicht, wenn sie in Europa leben ...«

»Ja, ja!«, unterbrach er mich mit einem vertraulichen Grinsen: »Dort sind auch die jungen Frauen freier ... - man bekommt so viele, wie man will ...«

Ich hielt es nicht für nötig, ihm zu erklären, dass mein Sohn sich nicht für Frauen interessierte, dass er nämlich mit einem englischen Gentleman zusammenlebte.

Wir tauschten unsere Telefonnummern aus. Er lud mich ein, dabei lobte er die Kochkünste seiner Frau. Auch ich lud ihn ein und lobte die Kochkünste meiner Köchin. Früher hätte er sicherlich eine solche Einladung niemals ausgesprochen - und auch von mir nicht erwartet, dass ich ihn einladen würde. Ob die Altersmilde des Ruhestandes das Gefühl von Gleichheit entstehen ließ? Nun ja ... - wir nannten beide keinen konkreten Termin.

Zwei oder drei Wochen, nachdem ich Narin kennen gelernt hatte, war ich Haydar Bilir nach vielen Jahren wieder begegnet. Während der ganzen Winterzeit traf ich ihn mal in dem Café, mal anderswo; zweimal lud ich ihn zum Mittagessen zu mir nach Hause ein. Im Sommer, als ich meine Zeit öfters mit Narin verbrachte, hatten Haydar und ich keinen Kontakt miteinander. Während der Touristensaison ging ich sowieso nicht in die Cafés und Restaurants; er hatte sicher seine Kinder und Enkelkinder zu Gast und war mit ihnen beschäftigt. So kam es, dass wir uns erst Ende September wieder sahen. Den Vorschlag, uns mal wieder zu treffen, machte Haydar. Es kam mir merkwürdig vor, dass er bei mir anrief. Vermisst hatte er mich sicher nicht, aber es war wohl für ihn an der Zeit, dass wir uns mal wieder trafen.

»Ist denn etwas passiert, Haydar Bey?«, fragte ich ihn am Telefon.

»Mir ist etwas Merkwürdiges aufgefallen. Ich möchte mit Ihnen darüber sprechen, Herr Professor!«

Wir verabredeten uns also für den nächsten Morgen in dem Café, in dem wir uns schon öfter getroffen hatten.

Es war ein Zeitungsbericht, der Haydar merkwürdig vorkam.

»Vielleicht ist es Ihnen ja auch aufgefallen, Herr Professor«, begann er.

»Ich lese keine Zeitungen. Das wissen Sie doch, Haydar Bey«, wies ich ihn zurecht.

»Aber wir hatten uns doch ... - oder habe ich das falsch in Erinnerung? - Sie hatten damals doch auch über einen Mordfall in einer der Zeitungen gelesen, oder?«

Ich gab mich geschlagen. »Nein, Sie erinnern sich nicht falsch. Leider«, seufzte ich. »Ja, es stimmt! Dieser Fall hat mich zehn Jahre meines Lebens gekostet. Ich habe nicht die geringste Lust, weitere Mordfälle zu lösen. Gott sei Dank!«

»Sagen Sie nicht so etwas, Herr Professor!«, entgegnete er. »Sie machen das ja nicht zum Zeitvertreib, Sie haben eine Begabung dafür. Die können Sie doch nicht einfach ignorieren. Sie haben damals die kleinsten Details aufgespürt, ich hab' sie nicht mal gesehen.«

Ich sagte ihm natürlich nicht, dass ein besonderes Talent gar nicht nötig gewesen wäre. Ich begnügte mich mit dem Satz: »Die Tage sind längst vorbei, Haydar Bey!«, um ihn nicht zu brüskieren.

»Aber schauen Sie! Das ist ein sehr interessanter Fall, Herr Professor! Er ist außerdem in Ihren Kreisen geschehen.«

»In meinen Kreisen?«

»Ich will damit sagen, in Ihren früheren Kreisen. An einer Universität sind Serienmorde verübt worden.«

Wer wohl diesen Begriff »Serienmord« in unserer Sprache heimisch gemacht hatte? Als Gelehrter konnte ich mich nicht zurückhalten und korrigierte: »Eine Reihe von Morden wäre wohl richtiger!«

»Sie haben also auch davon gehört?«, fragte er hoffnungsvoll.

»Nein, ich höre davon von Ihnen zum ersten Mal.«

Ich hatte nicht einmal Lust, ihn zu fragen, um welche Universität es sich handelte. Die Geschichte, die Haydar mir unbedingt erzählen wollte, interessierte mich nicht. Überall auf der Welt geschahen Morde, in den letzten Jahren häufig sogar an Schulen und Hochschulen (auch wenn ich keine Zeitung las, wusste ich das!). Offenbar hatten die jungen Leute heutzutage mehr Lust zu töten als zu lernen. Oder was könnte es wohl sonst für Gründe dafür geben? Um ehrlich zu sein, interessierte mich das nicht sonderlich. Aber ich wusste, dass Haydar mich nicht in Ruhe lassen würde, bevor er mir die Geschichte erzählt hatte.

»Seit einiger Zeit werden Universitäten von gewissen Stiftungen gegründet«, begann er. »Die Mordfälle geschahen in einer dieser Einrichtungen. Vor etwa einem Monat wurde in der dortigen Toilette eine Leiche gefunden - ein junger Mann, der an einer Überdosis Rauschgift gestorben war. Aber der Fall wurde nicht aufgeklärt. Man könnte sogar behaupten, man hat ihn vertuscht. Angeblich war er kein Student der Universität. Kurz und gut, der Fall wurde nicht publik gemacht. Doch kaum zwei Wochen später fand man eine Leiche auf dem Parkplatz - also diesmal außerhalb des Universitätsgebäudes. Ein Mann vom Reinigungspersonal war durch Messerstiche getötet worden. Beide Leichen wurden morgens gefunden, aber der Tod war jeweils nachts eingetreten. Was mir besonders interessant erscheint ... über beide Fälle wurde in der Presse nicht berichtet.«

»Wenn es nicht in der Presse stand, wieso haben Sie dann einen Zeitungsbericht in der Hand?«, fragte ich etwas ketzerisch.

Doch auf Haydars Gesicht legte sich eine kindliche Freude, seine Augen glänzten plötzlich, als hätte er einen kleinen Sieg errungen.

»Weil vor drei oder vier Tagen eine junge Assistentin in ihrem Dienstzimmer erstochen aufgefunden wurde. Es passierte wahrscheinlich nachts, denn auch diesmal wurde die Leiche erst am Morgen entdeckt. Jetzt war es wohl nicht mehr möglich, die Presse rauszuhalten ... - es kam, wie es kommen musste: Ein forscher Journalist, der nicht locker ließ, erfuhr auch von den anderen beiden Morden. Er schloss wohl daraus, dass diese miteinander offensichtlich in Zusammenhang stehen müssten, und ...«

Der Polizist im Ruhestand war in seinem Element. Er streckte seine Hand nach der Zeitung auf dem Tisch aus, schlug die Seite auf und hielt sie mir mit Genugtuung unter die Nase: »Die Nachricht schlug wie eine Bombe ein!«

Ich blickte auf die Überschrift des Artikels; in riesigen Lettern war sie mindestens fünf Spalten breit angelegt: MORDSFAKULTÄT! Darunter das Bild einer jungen Frau mit großen Augen und schmalen Lippen - fast eine Schönheit. Ich nahm die Zeitung jetzt doch und begann zu lesen. Über den zwielichtigen Mord an der jungen wissenschaftlichen Assistentin Melek Türker. Das Wort »zwielichtig« im Zusammenhang mit einem Mord ließ mich schmunzeln.

'Wenn die forschen Journalisten auch noch lernen würden, die Nachrichtentexte ordentlich zu formulieren, wäre das durchaus empfehlenswert!', dachte ich. Aber an den Hochschulen für Journalismus wird offenbar weder Logik noch der richtige Sprachgebrauch gelehrt.

Ich gab die Zeitung an Haydar Bey zurück.

»Wie hat man den Zusammenhang denn festgestellt?«, fragte ich beiläufig interessiert.

»Natürlich schon bei den ersten Befragungen, Herr Professor!«

»Ich meine, wie hat die Presse den Zusammenhang herausgefunden?«, konkretisierte ich meine Frage.

»Da gab es nichts herauszufinden, die Sachlage ist doch klar! Wenn im gleichen Umfeld in weniger als einem Monat drei Morde geschehen, dann gibt es mit Sicherheit einen Zusammenhang.«

»Beim ersten Fall ging es aber doch um eine Überdosis Rauschgift - das muss ja nicht unbedingt ein Mord gewesen sein.«

»Das wird sicher noch untersucht. Aber auch wenn es kein Mord war, hat dieser Fall mit den anderen beiden Morden sicherlich zu tun«, antwortete er.

»Na gut! Was hat denn das mit uns beiden zu tun?«

Plötzlich schien er ernüchtert zu sein, er blinzelte ratlos.

»Ich dachte, das würde Sie interessieren, Herr Professor«, erwiderte er halb harmlos, halb hinterlistig. »Immerhin ist ein Umfeld davon betroffen, zu dem Sie mal gehört haben. Auch wenn Sie keinen der Betroffenen kennen, müsste der Fall Ihr Interesse wecken. Ich dachte, wir könnten gemeinsam versuchen, diese Mordfälle zu lösen.«

Ich konnte mich nicht beherrschen und lachte laut los: »Es ist eine Lüge, dass Sie keine Sehnsucht nach den alten Tagen haben, Haydar Bey«, bemerkte ich. »Sie brennen ja nur so darauf, die Mordfälle aufzuklären.«

Er senkte den Kopf, wirkte etwas verlegen und murmelte: »Ob man will oder nicht ... - man kann nicht ohne eine geistige Beschäftigung sein.«

»Das ist richtig! Außerdem, was würde es schon schaden? Wenn Sie so darauf brennen, dann wollen wir den Fall doch mal untersuchen. Das verschafft uns jedenfalls ein wenig Gehirntraining.«

Über sein Gesicht legte sich jetzt die pure Freude, seine Augen begannen erneut zu glänzen: »Vielleicht können wir den Mörder sogar stellen.«

»Das wird wohl nicht so einfach sein. Aber immerhin können wir mithelfen, ihn eventuell zu ermitteln«, sagte ich. Zu erwähnen, dass wir die Mörder in den früheren Fällen schon nicht stellen konnten, obwohl wir wussten (zumindest ich wusste es!), wer sie waren, hielt ich nicht für angebracht.

»Hat der forsche Journalist, der die Nachricht veröffentlicht hatte, Informationen, die die anderen Medien und die Polizei nicht haben?«, fragte ich stattdessen.

»Es sieht ganz so aus. Aber spätestens morgen werden auch die anderen Zeitungen über den Fall berichten.«

»Dann wollen auch wir ab morgen zu arbeiten beginnen und noch andere Quellen zu Rate ziehen. Aber dass das eine ernste Angelegenheit wird, Haydar Bey, das muss ich ja wohl nicht betonen.«

»Wir kommen jeden Tag zu einer bestimmten Zeit zusammen, als würden wir zur Arbeit gehen«, grinste er.

»Kommen Sie morgen zum Frühstück zu mir«, antwortete ich. »Und bringen Sie alle Morgenzeitungen mit.«

Als wir uns am nächsten Morgen auf dem Balkon niederließen, waren wir gut aufgelegt wie eifrige Schulkinder, die den ersten Schultag mit Spannung erwarteten. Wir suchten die Seiten der Zeitungen heraus, lasen die Berichte und verteilten sie auf dem Tisch. Wir machten uns Notizen und tauschten unsere jeweiligen Eindrücke aus. Weil die Sonne inzwischen schon ziemlich hoch stand, wurde es auf dem Balkon heiß. Deshalb ließ ich das Mittagessen im Garten hinter dem Haus servieren. Dort setzten wir dann unsere Arbeit fort. Erst gegen Abend gingen wir wieder auf den Balkon, um uns den Sonnenuntergang anzusehen. Davor hatten wir beschlossen, dass jeder von uns die Informationen, die wir bisher gesammelt hatten, zusammenfassen sollte. Ich konnte Haydar Bilir nicht überreden, Whiskey, Martini oder einen Wodka mit Tonic zu trinken. Er blieb entschlossen beim Raki. Eigentlich trank auch ich Raki, seitdem ich hier lebte, denn er passte viel besser zu den Kräutergerichten der Gegend, zu den Meeresfrüchten und den Vorspeisen, als Rotwein. Aber als Aperitif fand ich ihn dennoch nicht passend.

Das Durchforsten der Zeitungsberichte nahm noch weitere zwei Tage in Anspruch. Am dritten Tag mussten wir feststellen, dass das Interesse der Medien nun andere Themen betraf. Wir fanden jedenfalls keine Meldungen mehr über die Morde, die sich in der Universität ereignet hatten. Deshalb begannen wir mit einer Auswertung der Daten und Fakten. Haydar schlug vor, systematisch vorzugehen. Zuerst beschäftigten wir uns demnach mit dem zweiten Fall, der ohne jeden Zweifel ein Mord war. Das Wichtigste, was wir diesbezüglich erfahren konnten, war, dass die Reinigungskraft, die im Parkhaus erstochen aufgefunden worden war, in Wirklichkeit ein Undercoveragent des Rauschgiftdezernats der Polizei war.

»Schon immer hat die Polizei an den Universitäten ihre Agenten, Herr Professor«, stellte Haydar fest und tat erstaunt, dass ich mich darüber wunderte. »Sie waren doch so lange als Professor an einer Universität tätig. Wie kommt es, dass Sie das nicht wussten? Früher wurden diese Agenten eingesetzt, um die Staatssicherheit über politische Aktivitäten zu informieren - damals, als in unserem Land noch gegen den Kommunismus gekämpft wurde. Dann hat sich die Sowjetunion aufgelöst, wie Sie wissen ...«

»Hat man die Agenten in die Rauschgiftabteilung versetzt, damit sie nicht arbeitslos werden?«, unterbrach ich seine Ausführungen. Für meine Begriffe war diese Bemerkung witzig. Aber Haydar lachte nicht.

»In den letzten Jahren hatte die Rauschgiftabteilung alle Hände voll zu tun, Herr Professor«, rügte er mich.

»Natürlich hat es auch früher Rauschgifthandel gegeben. Aber auf einer anderen Ebene, als Auslandsgeschäft ... - also die Türkei war eine Art Transitgebiet. Aber seit einigen Jahren gibt es hier einen beachtlicher Konsum, und ... - wie soll ich es sagen: das gefährdet die türkische Jugend mehr als der Kommunismus ... Ich weiß nicht, ob man das behaupten kann, aber es ist fast schon so gefährlich geworden wie der Kommunismus. Schon bevor ich in Rente ging, wurden nicht nur an den Universitäten Agenten eingeschleust, sogar in die Gymnasien ...« Dabei schaute er mich so betroffen an, dass ich »Wie bitter« seufzte. War es Haydars Schwatzen, das mich nervte, oder die Überlegung, dass ich nicht mal als Gymnasiast aufregende Abenteuer erlebt hatte. Ich war natürlich froh darüber, dass mein Sohn nicht heroin- oder kokainsüchtig war - soweit mir das bekannt war. Aber ich bereute schon ein wenig, dass ich nicht mal Haschisch in meiner Jugend ausprobiert hatte.

»Je früher die Abhängigkeit beginnt, umso besser für die Rauschgifthändler - natürlich«, referierte Haydar unerbittlich weiter. »Die haben in erster Linie die Privatschulen im Visier, weil dort die Kinder der wohlhabenden Leute sind.«

»Die Familie des Jungen, der auf der Männertoilette gefunden wurde, war aber sicher nicht reich«, wandte ich ein.

Haydar zog die Augenbrauen hoch und warf ein Auge auf seine Notizen. »In allen Meldungen steht »Toilette«. Da er ein Junge war, wurde er wohl auf der Männertoilette gefunden, da haben Sie recht.«

Mich erstaunte, dass er dies ausdrücklich erwähnte. »Könnte mein Rückschluss denn falsch sein?«, fragte ich ein wenig ironisch.

Nachdenklich kratzte er sich erst am Hinterkopf (er hatte etwas weniger Haare als früher), dann an der rechten Wange, schließlich an der Nase. »In dieser ersten Phase der Ermittlungen ist das schwer zu sagen, Herr Professor! Wir haben noch keinen echten Beweis in der Hand, wir müssen vorerst glauben, was in den Zeitungen steht.«

»Aber wir wissen, dass Journalisten es mit der Wahrheit meist nicht so genau nehmen«, gab ich zu bedenken.

Er lachte, aber es hörte sich gequält an. »Es ist eben nicht leicht, Mordfälle am Schreibtisch zu ermitteln«, bemerkte er. »Sie haben das so gemacht, aber ich bin das nicht gewohnt.«

»Ohne Ihre Hilfe hätte ich damals nichts erreicht«, erklärte ich einsichtig. »Außerdem machen wir ja erst mal ein Brainstorming, mit durchaus ernsten Gedanken. Aber eigentlich ist es ja nur ein Spiel.«

»Man spielt, um zu gewinnen!«, entgegnete er und hob darauf sein Rakiglas.

»Man spielt, um zu gewinnen!«- Musste ausgerechnet Haydar Bilir mich daran erinnern?!

»Undercoveragenten arbeiten doch verdeckt - wie der Name schon sagt. Wie kann Ihrer Meinung nach die Presse erfahren haben, wer der Tote wirklich war?«, fragte ich.

»Auch die Polizeiberichterstatter haben ihre Leute unter den Beamten, Herr Professor. Auch bei dem Jungen, der am goldenen Schuss starb, wird sicher eine Verbindung hergestellt.«

»Aber der Journalist, der dies herausfand, schrieb doch, dass der Junge kein Student war ...«

»Ja, aber in einer anderen Zeitung stand am nächsten Tag, dass er Kursleiter in der Universität war«, unterbrach mich Haydar. »Er gab abends für die Jugendlichen des Viertels kostenlose Computer- und Englischkurse. Es ist ja ein Armenviertel ...«

»Mal grundsätzlich: Wer kommt denn auf die Idee, in einem dieser armseligen Bezirke eine Universität zu bauen?«

»Tja, aber darum geht es doch gar nicht! Dieser Junge war in einer der Werkstätten des Viertels Lehrling; er hat am Sommeranfang einen Englischkurs angeboten. Wir wissen jedoch nicht, ob der tatsächlich stattgefunden hat.«

»Er war erst sechzehn Jahre alt ... - kaum vorstellbar, dass er schon süchtig war, um sich den »goldenen Schuss« zu setzen«, bemerkte ich. » Das ist schwer zu begreifen! Und er war arm. Woher hatte er das viele Geld für die Drogen?«

»Nun, Herr Professor, diesbezüglich habe ich berufsbedingt mehr Erfahrung als Sie! Jemand, der heroinsüchtig ist, schreckt weder vor Diebstahl, noch vor Prostitution zurück ... Um Geld für das Rauschgift zu bekommen, ist er bereit, alles zu tun. Ich bin der Meinung, der Junge war auch ein Dealer.«

»Und vielleicht hat er sich die Überdosis ja gar nicht selbst gespritzt«, beendete ich diese brisante Überlegung. »Also könnte es doch ein Mord gewesen sein ...«

»Das glaube ich auch, Herr Professor!«

»Deshalb meine ich, dass die Mordfälle einer Rauschgiftbande zuzuschreiben sind. Das heißt, für uns bleibt gar nichts zu tun«, stellte ich fest, aber ich war davon selbst nicht sehr überzeugt. Also kombinierte ich:

»Es ist schwierig, die junge Forschungsassistentin, die erstochen wurde, mit dieser Rauschgiftbande in Verbindung zu bringen. Was für eine Beziehung sollte sie zu solchen Leuten haben? Eine Möglichkeit wäre, dass sie zufällig Zeugin eines Mordes war. Also dass sie den Mord an dem Jungen oder an einem andren Menschen beobachtet hat. Aber wie kann eine Rauschgiftbande an einer Universität (und auf deren Parkplatz) unbemerkt agieren? Gab es dort keine Sicherheitsvorkehrungen?«

Haydar Bilir schüttelte skeptisch den Kopf und erwiderte: »Bei Bandenkriegen werden in der Regel keine Messer benutzt. Messer sind keine zuverlässigen Waffen: man kann nicht sicher sein, ob das Opfer wirklich tot ist. Denn an einem Messerstich stirbt man nicht sofort, sondern erst später, aufgrund des Blutverlustes. Außerdem: wenn man jemanden mit dem Messer attackiert, schreit er, und der Mörder hat kaum eine Chance, unbemerkt zu entkommen…«

»Also?«

»Also ein Messer wird meistens bei Affekthandlungen verwendet, bei Liebesdelikten ... - was weiß ich ... - wenn wir die Fans bei den Fußballspielen mal außen vor lassen. Auch bei Ehekonflikten verwendet ...«

»Aber bei diesen Fällen handelt es sich wohl nicht um einen Ehekonflikt«, entrüstete ich mich.

»Wer weiß?! Wenn wir etwas mehr darüber nachdenken, können wir alles miteinander in Verbindung bringen«, konterte er besserwisserisch. Als er aufstand, trank er den letzten Schluck Raki aus. »Ich muss gehen. Meine Frau wartet auf mich«, seufzte er.

Nachdem er fort war, vertiefte ich mich ganz in meine Gedanken. Der Kommissar im Ruhestand wirkte auf mich, als hätte er Sehnsucht nach den alten Zeiten, als er noch im Dienst war. Auf der anderen Seite hatte er offenbar seine wichtigste Eigenschaft eingebüßt: Er schien nicht mehr in der Lage zu sein, Tatsachen richtig zu erkennen und einzuordnen. Seine Fantasie schien mit ihm durchzugehen. Oder war sein Versuch, die Kette der Mordfälle, die anscheinend ein Bandendelikt waren, als bloßen Ehekonflikt einzustufen, bloß ein Zeichen dafür, dass er meine frühere Leidenschaft für das Ermitteln in Mordfällen zu respektieren begonnen hat? Oder ein Warnzeichen, weil er seit zwei Jahren, seit er hier lebte, seine ganze Zeit mit seiner Frau verbracht hatte?

Natürlich erlebt jeder Mensch den Wirklichkeitsverlust anders - versuchte ich seine Äußerungen einzuordnen. Einige flüchten sich in Weltreisen, lassen sich dann in einem ruhigen Ort am Meer nieder und schließlich finden sie im Fernsehen Zuflucht. Sie retten sich in *virtuelle* Beziehungen in einer *virtuellen* Welt, die sie glauben macht, sie würden leben. Andere finden Trost in der Vergangenheit oder bei ungelösten Kriminalfällen, weil sie nicht mehr offiziell als Hauptkommissar der Mordkommission ermitteln dürfen... Wir alle tun etwas, um uns abzulenken, weil wir kein Vertrauen in die Zukunft haben ...

Gibt es wirklich keine Zukunft? Geht alles zu Ende?

Früher war ich mal glücklich - zumindest war ich nicht unglücklich. Ich glaubte damals, das, was ich erlebte, wäre Glück. Inzwischen erlebte ich das Gegenteil. Eine Frau, die unerwartet in mein Leben trat, die mich eine Art von Glück erfahren ließ, von dem ich niemals zu träumen gewagt hatte, ließ mich andererseits auch das wirkliche Unglück schmecken. Ja, genau das hatte sie getan! Auch das Unglück hat einen Geschmack. Hatte es, wenn ich mich nicht irre. Aber ich kann mich kaum noch daran erinnern.

Ich blickte zum Himmel. Wie viel Sterne es am Himmel in dieser Gegend gibt! Eine Menge Sterne ... Tausende ... Die »Milchstraße«, der »Große Bär«, der »Kleine Bär« - sie alle leuchteten so wundervoll. Sie sind dort und ich bin hier. Ich bin hier. Und ich wusste nicht, was ich mit dem Rest der Nacht anfangen sollte...

Sollte ich ein Buch lesen? Aber welches? Sollte ich mir die Zeit mit den Diaphantus-Gleichungen vertreiben? Wie viele Jahre hatte ich damit schon verbracht? Reichte es denn noch nicht? Wenn man einmal beschlossen hat, sein Leben zu verändern, dann ist es nicht mehr möglich, zum alten Leben zurückzukehren - auch wenn man die Änderung bereut. Für mich gab es die mathematischen Rätsel eigentlich schon lange nicht mehr. Ich glaubte zumindest, mich von den Nöten, die ihren Platz in meinem Leben eingenommen hatten, befreit zu haben, als meine damalige Lebensgefährtin Akın mich verließ. Doch im Leben eines Menschen konnte ganz plötzlich etwas geschehen, und hinterher war nichts mehr, wie vorher. Aber welcher Moment es ist, in dem diese Veränderung geschieht

... - das merkt man meist nicht rechtzeitig ... - dachte ich darüber nach und fand den alles verändernden Moment rückblickend nicht. Geschah das, als Akın in mein Leben getreten ist? Oder ist schon vorher etwas geschehen, was überhaupt möglich machte, dass sie in mein Leben treten konnte - zu einer Zeit in meiner Vergangenheit, an die ich mich nicht mehr erinnern kann?

Akın verschwand dann zwar aus meinem Leben, aber danach ist nichts mehr so gewesen, wie es früher war. Die einstige Harmonie kehrte in mein Leben nicht zurück. Es war sogar so, dass ich das Gefühl hatte, diese Harmonie sei nichts weiter als ein Trugbild gewesen - wie auch in diesem Augenblick ...

Es war noch nicht spät, auf jeden Fall zu früh, um ins Bett zu gehen. Sollte ich mich betrinken? Würde ich dann in dieser merkwürdigen Hitze der Oktobernacht auf dem Balkon einnicken? 'Habe ich keine anderen Erwartungen mehr von dieser Welt? Was ist nur mit mir los?', fragte ich mich.

Es klingelte. Besser gesagt, ich merkte endlich, dass seit geraumer Zeit jemand fest entschlossen an den Knopf an meiner Haustürklingel drückte. Wer kann das zu dieser späten Stunde sein? Ich blickte auf meine Uhr: Es war halb zehn. Wer weiß, wer das sein könnte? Vielleicht Haydar Bilir? Mit der Entschuldigung, er habe seine Brille vergessen ... Also öffnete ich die Tür.

Als ich Narin mit ungekämmten Haaren und mit einer schwarzen Brille vor mir stehen sah, trat ich verwundert einen Schritt zurück. Sie blieb einen Augenblick regungslos stehen, dann umarmte sie mich und lehnte ihren Kopf an meine Schulter. Mir wurde leicht schwindelig. Aber ich nahm mich zusammen und legte meine Arme um sie. Das geschah zum ersten Mal. Einige Sekunden verharrten wir so. Dann hob sie ihren Kopf und blickte mir ins Gesicht. Durch ihre schwarzen

Brillengläser konnte ich nicht erkennen, was das für ein Blick war. Ich hätte sie in diesem Augenblick gerne geküsst, aber ich traute mich nicht - ihre Augen konnte ich ja nicht sehen, aber ihr Gesichtsausdruck war unbeschreiblich traurig ... Sie war sehr blass, ihre Lippen und ihre Mundwinkeln bebten. Das Stimmungstief war ihr deutlich anzusehen. Sie löste sich aus meiner Umarmung und ging auf den Balkon. Sie ließ sich in einen Sessel fallen, erst jetzt war sie in der Lage, zu erzählen, was geschehen war. Als sie ihre schwarze Brille ablegte und sie auf den Tisch stellte, sah ich sogar im schwachen Licht, dass ihre Augen verweint wirkten.

»Entschuldige bitte, ich bin geradewegs zu dir gekommen, einfach so ...«, begann sie.

»Ich bitte dich ... du hast das Richtige getan! Was ist denn passiert?«, fragte ich etwas verwirrt.

Sie fing heftig an zu weinen. Ich hätte ihre Hand halten oder sie umarmen sollen, aber ich tat nichts dergleichen. Sie saß im Sessel, ich stand dumm herum. Ich wusste nichts Besseres zu tun, als abzuwarten, was sie sagen würde. Nach einer Weile nahm sie ein Taschentuch aus der Tasche ihrer Leinenjacke, putzte sich die Nase und hob den Kopf, um mich blinzelnd anzuschauen.

»Es geht mir sehr schlecht. Ich hätte nicht eine Stunde länger in Istanbul bleiben können. Ich weiß gar nicht, wie ich mit dem Auto hierher gekommen bin. Während der Fahrt habe ich nur geweint, ich konnte mich gar nicht auf den Straßenverkehr konzentrieren.«

Ich setzte mich in den anderen Sessel und nahm etwas zögernd ihre Hand in meine beiden Hände: »Was ist denn passiert?«, fragte ich erneut.

Sie zog ihre Hand nicht zurück, aber ihr Kopf sank herunter. Sie atmete mehrmals durch, bevor sie bruchstückhaft zu sprechen begann: »Ein ganz junges Mädchen ... Die Polizei hat keine Ahnung, sie ermitteln nicht mal ordentlich. Ihre

Mutter ist schon lange tot, und ihr Vater, ein Engländer ... sie war bestimmt unschuldig. Es war eine so armselige Beerdigung, nicht einmal ihre Kollegen oder ihre Studenten sind gekommen ...«

Sie blickte mir in die Augen; einige Sekunden verharrte sie so.

»Sie war, wie sie hieß ... ein Engel, verstehst du? Sie wollte den Kindern dieses Landes helfen, deshalb hatte sie die Forschungsstelle angenommen. Sie war fest entschlossen. Aber dann hat man sie einfach ungebracht.«

Ich war ehrlich geschockt. Sicher blieb mein Mund vor Staunen offen. Ein Engel ... Melek ... Eine junge Frau namens Melek ...

»Was sagst du da, Narin?«

Ich kniete mich vor ihr nieder.

»Man hat sie erstochen ... kannst du dir das vorstellen?«

Wieder begann sie zu schluchzen.

Diesmal war ich in der Lage, sie in den Arm zu nehmen. Ungeschickt küsste ich sie auf die Wange, denn in Gedanken war ich bei dem heutigen Gespräch mit Haydar. Damit sie nicht redete und um meine chaotischen Gedanken etwas ordnen zu können, drückte ich sie noch fester an mich. Kann das wahr sein? Ist ein Mordopfer die Nichte von Narin? Den Wahrscheinlichkeitsberechnungen nach ist das eine Quote von eins zu einer Million ...

Die Drähte in meinen Kopf liefen heiß - der Duft von Narins Haaren war nicht der Grund dafür.

Als sich ihre Aufregung etwas gelegt hatte, zog sie ihren Kopf zurück und löste sich aus meiner Umarmung.

»Ich bin so hilflos«, sagte sie kopfschüttelnd, ohne mich anzuschauen. »Das arme Mädchen hatte außer mir doch niemanden. Ihren blöden Vater konnte ich nicht mal erreichen, und die Leute von der Universität, von denen sie so begeistert war, haben sich nach dem Mord um nichts gekümmert. Man könnte denken, sie wäre eine dahergelaufene Zigeunerin gewesen!«

»Wie meinst du das? Wie kommst du ausgerechnet auf Zigeunerin?«

»Was weiß denn ich, es ist mir so herausgerutscht. In dem Stadtteil leben doch viele Zigeuner.«

Ich erhob mich.

»Liebe Narin, du bist erschöpft. Möchtest du etwas trinken? Erhole dich erst mal! Wir reden dann später darüber«, lenkte ich vom Thema ab. »Bist du direkt aus Istanbul zu mir gekommen? Dann hast du bestimmt auch Hunger!«

Sie musste sich erst mal erholen, das war richtig. Aber mehr noch versuchte ich, meine Gedanken und Gefühle in den Griff zu bekommen. Ich hatte nämlich die schlimmste Ahnung.

»Ja, ich bin sehr müde: mehr als drei Stunden war ich unterwegs. Unter normalen Umständen fahre ich die Strecke schneller ... -aber, um ehrlich zu sein ...«

Zum ersten Mal erschien so etwas wie ein Lächeln auf ihrem Gesicht. Sie beendete den Satz nicht, sagte stattdessen:

»Stimmt, ich habe Hunger! Und ich bin verschwitzt«, dabei breitete sie die Arme aus. »Ich möchte erst mal duschen.«

Sie gab mir den Schlüssel für ihren Jeep, den sie vor dem Gartentor abgestellt hatte, damit ich ihn in der Garage hinter meinem Auto abstellen und ihren Koffer holen konnte. Während sie im Gästebad im Erdeschoß duschte, ging ich zum Kühlschrank und nahm die Speisen, die die Haushälterin, Emine Hanım, für mich zubereitet hatte. Als ich den Tisch auf dem Balkon deckte, merkte ich, dass meine Schläfrigkeit, die mich vor einer halben Stunde noch zu übermannen drohte, verflogen war. Ich ging also zwischen der Küche und dem Balkon hin und her und versuchte mich zu erinnern, in welchem der Schränke das gute Porzellanservice und die Kristallgläser untergebracht waren, die Emine Hanım mit der Bemerkung, »die sind viel zu wertvoll«, dem täglichen Gebrauch entzogen und irgendwo in der hintersten Reihe versteckt hatte.

Ihren langen, schmalen Körper in einen der Gästehandtücher gewickelt (in den letzten Jahren hatte hier kaum ein Gast übernachtet, trotzdem war alles für den Fall der Fälle vorbereitet), kam sie aus dem Bad. Ihre Haare hatte sie ebenfalls in ein Handtuch gewickelt; ihr Gesicht war jetzt rosig und ungeschminkt. Insgeheim dachte ich, sie wäre viel hübscher, wenn sie die nassen Haare über die Schulter fallen ließe. Aber ich schämte mich sogleich wegen dieses Gedankens. Als sie den gedeckten Tisch erblickte, legte sich ein Lächeln - wenn auch ein trauriges - auf ihr Gesicht.

»Wie hübsch ... - Wie gut Du zu mir bist«, sagte sie. »Und wie heiß es immer noch ist.«

Sie sah so rein und unschuldig aus, so herzlich und lieblich ... - meine anfängliche Zweifel scheuchte ich mir aus dem Kopf.

»Setz dich hin und lass es dir schmecken«, sagte ich mit der Fürsorge eines Vaters.

Sie begann mit einem erstaunlichen Appetit zu essen, trank auch ein Glas Wein. Wir unterhielten uns sehr lange und allmählich löste sich ihre Anspannung. Sie erzählte mir viel über sich. Doch schließlich war sie so müde, dass sie fast am Tisch eingenickt wäre. Ich wollte sie hochheben, um sie in eines der Gästezimmer zu tragen. Aber das war ein Wunschdenken - es überstieg meine Kräfte. Als ich sie an der Schulter berührte, erhob sie sich leicht schwankend, ich umfasste ihre Taille und führte sie in eines der Gästezimmer. Sie legte sich ins Bett, deckte sich aber nicht zu. Dann nahm ich das feuchte Handtuch weg, schaute aber ihren nackten Körper nicht an!

Ich kehrte auf den Balkon zurück, denn schlafen konnte ich jetzt natürlich nicht mehr. Ich setzte mich und dachte über alles nach, was Narin mir erzählt hatte. War es wirklich ein Zufall, dass die ermordete Assistentin ihre Nichte war? Hätte Haydar Bilir mich nicht auf die Mordserie aufmerksam gemacht, würde ich darüber gar nicht nachdenken. Und ich würde Narins Trauer wahrscheinlich einfach nur mitempfinden. Die junge Frau war im vergangenen Sommer nämlich hier gewesen. Sie war sogar auf einer Party, bei der ich auch zu Gast war. Narin meinte, dass ich sie damals kennen gelernt hatte. Natürlich achtete ich auf die jungen Frauen nicht mehr so wie früher. Sie hatte sich an diesem Abend sicher mit ihren Altersgenossen amüsiert. Aber wie auch immer: lange war sie wohl nicht hier, sie kehrte nach einer Woche nach Istanbul zurück. Dort leitete sie einige Sommerkurse an der Universität, das arme Kind war so motiviert. Hätte es nicht so an der Arbeit gehangen, wäre es heute noch am Leben. Sie war doch erst vierundzwanzig Jahre alt. Die eine Hälfte ihres Lebens verbrachte sie im Ausland, die andere Hälfte in der Türkei. Narin hatte erzählt, dass bis ihre Mutter, die fünf Jahre ältere Schwester Narins, vor acht Jahren an Krebs gestorben war, die Familie ein halbes Jahr hier, ein halbes Jahr in London lebte. Aber nach dem Tod der Mutter ließ sich ihr Vater endgültig in London nieder. Das Mädchen hatte dort studiert, aber sie verbrachte in jedem Jahr mehrere Monate in der Türkei und nach ihrer Promotion bekam sie in Istanbul eine Stelle an jener Universität als Forschungsassistentin. Sie liebte ihre Arbeit sehr und arbeitete häufig bis spät in die Nacht.

Narin und Melek standen sich sehr nahe, standen sich sehr nahe auch wenn sie sich nicht allzu oft gesehen hatten. Nach dem Tod der Mutter kümmerte sich der Vater nicht besonders um sie - das hatte er ja nie getan. Er war wohl ein zweitrangiger Musiker ... In jungen Jahren war er angeblich als Backgroundmusiker der Rolling Stones unterwegs gewesen. Auch wenn das stimmen sollte, war das zu einer früheren Zeit der Rolling Stones, als sie noch nicht weltberühmt waren. Für den Unterhalt der Familie und für das Kind sorgte Narins Schwester, das Erbe ihres Vaters war dabei behilflich.

Es war eigenartig, dass die Presse nicht berichtet hatte, dass der Vater der ermordeten Assistentin ein Engländer war. Außerdem wurde sie in allen Berichten Melek Türker genannt, aber sie hieß Tucker. Ob die Journalisten den Namen falsch geschrieben, oder ob die Universität sie falsch informiert hatte ... - das konnte ich nicht herausfinden. War das überhaupt von Bedeutung? Das konnte ich zu diesem Zeitpunkt nicht genau einschätzen. Ob ich das wissen wollte - das war eine ganz andere Frage. Ich musste also ins Auge fassen, dass es notwendig war, dass wir diesen Fall, den Haydar bereits an mich herangetragen hatte, vor Ort zu recherchieren. Aber warum um alles in der Welt soll ich das auf mich nehmen?! Warum soll ich mich aus meiner Ruhe bringen lassen und mitten im bald beginnenden Winter (dabei war es hier noch so warm) nach Istanbul fahren? - befragte ich mein Gewissen.

Ich war sicher, dass Narin nicht wusste, dass ich der Polizei früher mal geholfen hatte, in einigen Fällen zu ermitteln. Ja, dass ich sogar ein Buch darüber schreiben wollte. Sollte ich nicht besser Narin in die Arme nehmen, um ihren Kummer mitempfinden zu können? Haydar könnte ich diese unglaubliche zufällige Begebenheit verschweigen. Oder sollte ich mich bei der Ermittlungsarbeit der »Fakultätsmorde« - wie die Fälle von der Presse genannt wurden - beteiligen? Wer erwartete denn von mir, dass ich meine Behaglichkeit stören ließ? Andererseits war mir vor lauter Untätigkeit etwas langweilig und die ständige Trinkerei ging mir allmählich auf die Nerven. Und wenn ich auf diese Weise Narin helfen könnte, ihre Trauer zu überwinden ... - warum sollte ich dann nicht nach Istanbul fahren und ermitteln?

Haydar wird vor Freude Luftsprünge machen, wenn ich ihm mitteile, dass ich an dem Fall mitarbeiten werde.

Haydar machte Luftsprünge, noch bevor er es erfuhr. Seit einer Woche kam er jeden Tag zu mir nach Hause, als würde er in sein Kommissariat gehen. Er hatte sich anscheinend so daran gewöhnt, dass er auch an dem Morgen, als Narin bei mir übernachtete, mit einem Stapel Zeitungen unter dem Arm erschien. Er überraschte Narin und mich auf dem Balkon - wir saßen beim Frühstück. Auch Emine Hanım war peinlich berührt, als sie morgens zu mir kam (Narin schlief noch in einem der Gästezimmer). Doch Haydar, der Narin in einem seidenen Morgenmantel erblickte (eine Szene wie in einem französischen Film), blieb wie vom Blitz getroffen stehen. Auch sein Gesichtsausdruck war filmreif.

Morgens stand ich für gewöhnlich früh auf - das Meer war zu dieser Zeit meistens spiegelglatt. Die Häuser am Strand und die Bäume spiegelten sich darin noch in ihren ursprünglichen Farben im grünlichblauen Wasser. Die Farbe des Meeres änderte sich dann im Laufe des Tages, abends war es meist milchigweiß wie Raki. Aber für mich war es morgens am schönsten. Obwohl ich dies fast jeden Morgen sah, spürte ich bei diesem Anblick immer wieder die gleiche Begeisterung.

Am Abend davor war ich ja sehr viel später als sonst ins Bett gegangen und stand am nächsten Morgen nicht ganz so früh auf. Emine Hanım servierte mir den Tee also nicht wie sonst auf dem Balkon, sondern im Bett. Ihre Augen quollen hervor, als sie mich fragte, ob ich wüsste, dass im Gästezimmer eine Frau schlafen würde. Mich betrübte, dass sie die Möglichkeit, eine Frau wäre ohne mein Wissen ins Haus eingedrungen und hätte in einem Zimmer heimlich übernachtet, für wahrscheinlicher hielt, als dass ich sie eingeladen hatte und mit ihr die Nacht auf ihren Wunsch hin unter einem Dach verbracht hatte. Ich konnte ihre Neugierde befriedigen. Aber ich hatte nicht vor, Haydar, in dessen Augen die pure Fassungslosigkeit zu erkennen war, so leicht zufrieden zu stellen. Er stellte allerdings keine Frage.

In einem Roman, in dem schon auf den ersten zehn Seiten über drei Morde berichtet wurde, war das nicht gerade angebracht, aber ich amüsierte mich ungemein über Haydars Augen, die fast aus den Höhlen quollen. Es erinnerte mich an frühere Jerry-Lewis-Filme.

»Herr Professor, ich bitte vielmals um Entschuldigung. Ich störe Sie wohl?! Seien Sie versichert, dass ich das nicht vorhatte. Wir wollten uns heute Morgen treffen ... - oder irre ich mich?«, stammelte er, doch dabei konnte er die Augen nicht von Narin wenden.

»Bitte, setzen Sie sich doch, Haydar Bey. Nehmen Sie einen Tee?«, fragte ich ganz lässig und grinste ihn unbefangen an. »Aber ich möchte Ihnen natürlich zuerst Narin Hanım vorstellen.«

»Sehr erfreut, ich danke vielmals ... - also, ich bin sehr beeindruckt ... ich fühle mich geehrt«, er schluckte vor Aufregung mehrmals.

Narin begrüßte ihn mit einem Kopfnicken.

»Bitte stehen Sie doch nicht herum«, forderte ich ihn erneut auf, sich zu setzen. Er schüttelte jedoch bedächtig den Kopf und konnte die Augen immer noch nicht von Narin wenden. In die Teetasse, die Emine Hanım ihm reichte, warf er völlig zerstreut drei Stück Zucker.

Narin war (auch wenn sie es sich natürlich nicht anmerken ließ) mindestens genauso erstaunt, dass dieser Mensch sich zu so früher Stunde in meinem Haus einfand. Ich hatte zu ihrem Bekanntenkreis stets eine gewisse Distanz gehalten; sie wusste auch, dass ich nicht so leicht Freundschaften schloss. Außerdem war es offensichtlich, dass sie Haydar bezüglich seines Äußeren und seiner Art zu reden nicht zu jemandem aus meinem engeren Kreis zählte. Ich musste ihr die Situation also erklären - erst recht, wenn sie erfahren würde, dass ich mich mit dem Mordfall schon vorher beschäftigt hatte. Um ehrlich zu sein, es war mir peinlich, ihr das zu sagen.

Sie hätte es abscheulich finden können, dass die Mordfälle für uns als eine Art Unterhaltung und Zeitvertreib dienten. Außerdem war ich bis gestern Nacht noch unschlüssig, ob ich mich überhaupt damit beschäftigen sollte. Aber wenn Haydar jetzt davon zu reden beginnen würde ... - das wäre eine Taktlosigkeit ihr gegenüber. Ich begriff, dass meine Lage gar nicht geeignet war, sich amüsiert zu fühlen. Ich durfte die jeweilige Identität der beiden nicht in diesem Moment preisgeben. Um Haydar ging es mir nicht. Aber Narin wollte ich schützen ... - es hätte sie in eine Krise stürzen können. Ich musste einen Plan machen, aber mein Hirn schien in diesem Augenblick nicht zu funktionieren. Zum Glück sagte Haydar noch immer nichts.

Einige Minuten lang herrschte spannungsreiche Stille. Dann stand Narin auf, darauf bedacht, dass sich ihr Morgenmantel nicht öffnete, und sagte: »Ich werde meine Sachen packen. Ich möchte Ihre Gastfreundschaft nicht über Gebühr ...« Sie sprach distanziert und geziert - gar nicht zu der Situation passend.

Ohne ihr die Gelegenheit zu geben, noch etwas zu sagen, sprang ich auf, um ihr zu versichern: »Ich bitte Sie, Narin! Sie wissen, Sie sind immer willkommen in meinem Haus ...« Auch ich blieb bewusst beim förmlichen »Sie«.

»Ich weiß das sehr zu schätzen! Hätte es Sie nicht gegeben ... - was hätte ich ohne Sie gestern Nacht getan?« Sie wandte sich an Haydar, blickte jedoch immer noch zum Boden, als würde sie sich schämen.

»Aber jetzt ... - ich bitte um Ihre Erlaubnis ...«

Und sie eilte ins Zimmer, als wollte sie fliehen. Natürlich, ich hätte daran denken sollen, dass es einer Frau wie ihr peinlich war, von einem fremden Mann in diesem Aufzug gesehen zu werden.

Alsdann wandte ich mich an Haydar. Er stand noch immer wie angewurzelt mit der Teetasse in der Hand da und blickte Narin reichlich dümmlich nach. Er hatte zwar nichts gesagt, nachdem ich ihm mit dem Finger vor dem Mund ein Zeichen gab, dass er schweigen sollte. Auch ich sprach erst als ich hörte, dass die Tür des Gästezimmers zugefallen war.

»Ich werde Ihnen Dinge erzählen, über die Sie ganz sicher staunen, Haydar Bey«, sagte ich leise. »Aber erst will ich Narin Hanım hinausbegleiten, wenn sie fertig ist.«

Wir setzten uns, er nahm einen Schluck Tee, dann beugte er sich über den Tisch zu mir und flüsterte: »Bleibt Narin Hanım meinetwegen nicht länger hier?«

‚Na so was', dachte ich geschmeichelt, ‚war dieser Mann so sicher, dass ich ein Herzensbrecher bin?' Aber laut sagte ich: »Sie hat hier übernachtet, weil es gestern so spät war. Sie hat ein eigenes Haus ... in Meselik.« Und weil ich nicht wollte, dass er etwas Falsches dachte, fügte ich hinzu: »Außerdem besitzt sie hunderte Hektar Olivenhaine. Sie stammt aus einer der ältesten Familien der Gegend ...«

Haydar riss überwältigt die Augen auf:

»Aber, dass sie bei Ihnen übernachtet hat ... um Gottes Willen! Ich will ja nicht in Ihrem Privatleben herumschnüffeln, aber ... - hatte das vielleicht einen besonderen Grund?«

Wie sehr er auch versuchte, als aufgeschlossener Mensch zu wirken, seine konservativen Gewohnheiten als Polizist konnte er wohl doch nicht ablegen.

»Ich werde Ihnen alles erzählen ... haben Sie ein wenig Geduld«, sagte ich geheimnisvoll und hüstelte, weil Narin erschien.

Kurz danach winkte ich dem Jeep nach. Narin und ich hatten uns für den Abend verabredet.

Ich kehrte ins Haus zurück und ging auf den Balkon. Emine Hanım brachte uns frischen Tee. Bevor ich Haydar die Identität der rätselhaften Dame und ihre Beziehung zu den Mordfällen verriet, fragte ich ihn, ob bei den Ermittlungen irgendwelche Fortschritte zu verzeichnen waren. Natürlich konnte er die den Presseorganen entnehmen.

»Nichts Wesentliches, Herr Professor! Und wenn, dann steht das nicht in den Zeitungen. Aber ich weiß aus Erfahrung, dass bei solchen Verhören meist nichts Brauchbares herauskommt. Man hat möglicherweise die polizeilich bekannten Rauschgifthändler aus der Gegend festgenommen. Aber bisher wurde sicher keiner dem Haftrichter vorgeführt. Man wird ihnen zunächst mit gewissen Druckmitteln zusetzen, Geständnisse erzwingen und unterzeichnen lassen. Dann werden die Dealer vom Gericht freigesprochen, weil ihre Aussagen angeblich unter Folter zustande gekommen sind. Und so geht es dann immer weiter ... seit Jahren das gleiche Spiel. Die Verhafteten sind ja sowieso nicht die Drahtzieher. Denn man wird ja wohl nicht diejenigen, die jeden Monat diskret den »Lohn« in einem Umschlag übergeben, verhaften. Die kleinen Dealer von der Straße müssen ihren Kopf hinhalten.«

»Obwohl einer der Ermordeten ein Agent der Rauschgiftabteilung war?«, unterbrach ich seinen Redeschwall.

Haydar kratzte sich am Kopf, trank einen Schluck Tee.

»Das ist der einzige Hoffnungsschimmer - natürlich«, sagte er nachdenklich. »Man wird auf keinen Fall ein Auge zudrücken, wenn einer von der Polizei ermordet wurde. Aber vielleicht war er ein Doppelagent ... Und wenn man ihn in seiner Dienststelle nicht mochte ... Man hat bisher nicht einmal seine wahre Identität aufgedeckt - jedenfalls in den Medien nicht. Also wissen wir nichts ...«

»Aber Sie würden das doch gerne erfahren?«, fragte ich mit einem Lauern in der Stimme.

»Natürlich! Im Augenblick habe ich allerdings keine Möglichkeit ...«, er brauste auf und schüttelte sorgenvoll den Kopf.

»Hören Sie mal genau zu! Was ich Ihnen jetzt erzähle, wird vielleicht zur Aufklärung beitragen.« Und ich berichtete ihm, was ich von Narin wusste, über die ermordete junge Frau.

Haydar war gar nicht so erstaunt, wie ich es erwartet hatte. Er hörte mir aufmerksam zu; dabei vergaß er nicht hin und wieder mit dem Kopf zu nicken und hatte zwei Zigaretten geraucht. Dann sagte er nachdenklich.

»Also heißt das, Herr Professor, dass die Dame die Tante der ermordeten Melek Türker ist?«

»Das stimmt!«, antwortete ich und hoffte, dass er statt meiner Hoffnungslosigkeit meine Ungeduld bemerkt hatte. »Außerdem hieß die junge Frau nicht Türker, sondern Tucker - wie schon gesagt, ihr Vater ist Engländer!«

Diesmal kratzte er sich an der Nase und verzog den Mund, bevor er laut überlegte:

»Warum wird diese Information wohl geheim gehalten? Aber wenn der Mann vielleicht ursprünglich aus Zypern stammt ...?

»Was hat denn das für eine Bedeutung?«

»Na, sehr viel! In England gibt es viele zypriotische Türken mit englischem Pass. Sogar ein entfernter Verwandter meiner Frau ...«

Ich musste mich beherrschen, um nicht »Feuer, es brennt!« zu rufen. War dieser Mann immer schon so blöd gewesen? Ich holte tief Luft: »Was hat das denn mit dem Fall zu tun?«, konkretisierte ich die Frage.

»Im dortigen Rauschgifthandel ist die türkische und die zypriotische Mafia stark involviert ... - natürlich nicht der Verwandte meiner Frau. Jeder weiß, dass England ein wichtiger Umschlagsplatz dafür ist. Vielleicht war die junge Frau ein Kurier ...«

Meine Kinnlade fiel runter, ich schaute Haydar staunend an. Wie viele Augenblicke waren nötig, um aus Verachtung Bewunderung entstehen zu lassen? Er hatte tatsächlich einen sehr interessanten Punkt ins Spiel gebracht - wie er es nannte. Zwar wusste ich, dass Meleks Vater kein Zypriot war. Aber als Musiker, der sich in der Szene auskannte, waren

Kontakte zu Rauschgifthändlern nicht auszuschließen. Seine Frau war eine Türkin, er reiste oft in die Türkei ... Aber da er zu der Oberschicht gehörte, erweckte er keinen Verdacht ... Eigentlich wäre er der ideale Kurier! Er selbst kam in den letzten Jahren kaum noch in die Türkei, aber seine Tochter kam mehrmals im Jahr hierher ... Er hätte darauf kommen können, sie einzuspannen ... - ganz unauffällig. Möglich wäre das allemal.

»Ist das denn möglich?«, hörte ich mich fragen.

»Bei jedem neuen Punkt taucht Rauschgift auf, Herr Professor ...«

»Wir haben doch noch gar keine konkreten Punkte, Haydar Bey. Wir haben bisher nichts weiter getan, als in den Zeitungen über die Mordfälle zu lesen. Ich habe jedoch beschlossen diesen Fällen auf den Grund zu gehen.«

Haydars Augen glänzten: »Bravo, Herr Professor!«, doch plötzlich hielt er inne, blinzelte, sein Blick wurde skeptisch: »Wie wollen Sie denn das tun?«

»Wir müssen nach Istanbul fahren! Diese Fälle kann man eben nicht am Schreibtisch lösen, das sagten Sie doch selbst!«

Haydars Stirn legte sich augenblicklich in Falten.

»Glauben Sie denn wirklich, dass wir dort Daten und Fakten in die Hand bekommen?«

»Sie haben doch selbst gesagt, es sind Kreise, in denen ich mich auskenne. An dieser Universität treffe ich sicher einige meiner früheren Studenten. Sie werden mir hoffentlich behilflich sein. Ohne vor Ort zu recherchieren, geht gar nichts.«

Er nickte zustimmend. Aber eigenartigerweise wirkte er nicht begeistert. Es sah fast so aus, als hätte er auf einmal Bedenken. Ich stutzte: Jetzt hat er mich soweit, da wird er doch hoffentlich keinen Rückzieher machen! Ich startete einen Frontalangriff.

»Sie werden doch sicher bei Ihren früheren Kollegen etwas in Erfahrung bringen können ...«, lockte ich ihn aus der Reserve.

»Das ist aber leichter gesagt als getan ... Es sind frühere Kollegen. In unserem Beruf, wenn man da mal draußen ist ... - da wird man ganz schnell vergessen, Herr Professor ...«

»Das ist in jedem Beruf so«, tröstete ich ihn. »In unserem Land erst recht.«

»Na ja, ich frage mich allerdings, ob sie uns Einblick in die Fälle geben, wenn wir nach Istanbul fahren ... - ob sie es zulassen werden, dass wir uns in ihre Arbeit einmischen?«

Ich räusperte mich, bevor ich mit ernsterer Miene sagte:

»Ich fühle mich verpflichtet, die Ereignisse ... - auf jeden Fall den Tod der jungen Frau - aufzuklären. Schon aus Freundschaft zu Narin Hanım ...«

Auch er räusperte sich mit ernstem Gesicht.

»Was denkt sie eigentlich in dieser Angelegenheit?«

Damit traf er einen ganz empfindlichen Nerv, denn Narin dachte in dieser Angelegenheit nichts, weil sie nichts wusste.

»Sie weiß doch nicht, dass wir uns mit diesem Fall schon beschäftigt haben«, musste ich gestehen.

»Meinen Sie, dass sie damit einverstanden ist?«

»Aber natürlich! Heute Abend treffe ich sie. Aber ich werde ihr sagen, dass ich von den andren Fällen erst heute von Ihnen erfahren habe, nachdem sie weggefahren ist. Ich bitte Sie, sagen Sie ihr nichts anderes, falls Sie ihr zufällig begegnen.«

»Falls wir uns begegnen sollten ...«, sagte er und räusperte sich wichtigtuerisch. Aber er schaute mir dabei nicht ins Gesicht, sondern blickte aufs Meer.

Plötzlich kam in mir ein Verdacht auf: Es wäre unfassbar, aber ich war wie von einem Schlag getroffen. Haydar wollte gar nicht mit mir nach Istanbul fahren. Er hatte von Anfang an, als er mir von der Mordserie erzählte, nicht im

Traum daran gedacht. Es ging ihm nur darum, die Langeweile aus unserem Ruhestand zu vertreiben und lediglich in Erinnerungen an unsere früheren glanzvollen Zeiten zu schwelgen, und das durch das Lösen eines *virtuellen* Mordes. Das war vielleicht seine ursprüngliche Absicht. Er hatte sich das wie ein Computerspiel - wie eine Fiktion - vorgestellt. Und je ernster wir das Virtuelle nehmen würden, umso besser. Denn was gab es heutzutage noch, was nicht virtuell war? Aber jetzt ist Narin in die Sache verwickelt und der Fall zeigt sein reales, hässliches Gesicht. Diese Tatsache strafte unser Jammern, dass es im Leben nichts mehr gab, was nicht *virtuell* war, Lügen. Denn wir befanden uns jetzt mitten in der Realität. Aber Haydar hatte offenbar Schwierigkeiten, das zu akzeptieren.

Ich ließ meine Stimme gewichtig klingen: »Ich verlasse mich auf Sie, Haydar Bey!«

Er seufzte nur.

Ich hatte vor, nach Istanbul zu fliegen. Aber Narin, die mich unbedingt begleiten wollte, meinte, dass das nicht der günstigste Reiseweg wäre.

»Die Fahrt nach Izmir dauert zwei Stunden, dann rechne die Fahrt durch den Stadtverkehr bis zum Flughafen - mindestens eine Stunde. Dann der Flug, und in Istanbul vom Flughafen in die Stadtmitte ... - warum diese Zeitverschwendung? Von hier bis Bandırma sind es drei Stunden mit dem Auto. Dort setzen wir mit der Fähre nach Istanbul über und kommen nach einer Stunde in Yenikapı, also mitten in der Stadt an ...«

Nun ja, ein europäisch denkender Mensch funktioniert eben anders.

Weil ich Haydar während der Fahrt nicht ertragen wollte, fuhren wir mit zwei Wagen. Obwohl ich mich eigentlich nur Hasan, meinem Chauffeur, anvertraute, nahm ich es diesmal auf mich, in Narins Jeep mitzufahren. Hasan fuhr mit meinem Wagen hinter uns her, Haydar und seine Frau saßen auf dem Rücksitz. Erst unmittelbar vor der Fahrt hatte Haydar entschieden, dass er seine Frau in der Siedlung nicht alleine lassen wollte. Vielleicht wollte sie auch unbedingt mitfahren. Ich weiß natürlich nicht, wer bei ihnen zu Hause die Hosen anhatte; erst recht, nachdem der frühere Leiter der Mordkommission - sein Spitzname war übrigens Columbo - sich im Ruhestand befand. Sicher werde ich diesbezüglich besser durchblicken, wenn ich seine Frau persönlich kennen lerne, beschloss ich. Denn unterwegs machten Narin und ich Pläne, überlegten unsere Vorgehensweise. Narin fuhr mindestens so gut wie Hasan. Ihre traurige Stimmung von vor einigen Tagen war wie weggeblasen. Sie wirkte entschlossen. Mein Entschluss, den Mord an ihrer Nichte selbst zu untersuchen, hatte sie elektrisiert. Außerdem kannte sie den Rektor der Universität - das war hoffentlich von Vorteil für uns.

»Du kennst ihn bestimmt auch, du müsstest dich an ihn erinnern. Er ist ein, zwei Jahre älter als ich.«

Ein, zwei Jahre älter oder jünger ... - wie bedeutsam das sogar an einer Universität war, erstaunte mich immer wieder. Damals, als ich die Mathematikseminare an der Universität hielt und dabei so viele Frauenbeine anschaute, war ich knapp dreißig Jahre alt und mit meiner ersten Frau verheiratet. Also war ich fünf bis sechs Jahre älter als meine ältesten Studenten in meinen damaligen Vorlesungen. Ich hatte es mir zum Prinzip gemacht, keiner Frau zu trauen - mehr noch: allen zu misstrauen. Aber damals war ich klug genug, mehr als nur ihre Beine anzuschauen ...

Wie komme ich jetzt bloß darauf? Habe ich etwa Angst, mich in Narin zu verlieben? - durchfuhr es mich. Muss ich ihr auch misstrauen?

»Er studierte Wirtschaftswissenschaften, dann Soziologie; in beiden Fächern legte er seine Magister ab. Er war damals mit einem blonden, stark geschminkten Mädchen zusammen, aber ich weiß nicht mehr, wie sie heißt. Als sie sich trennten, ging sie in die USA, und er ... - ich glaube nach Frankreich, oder nach England. Na ja, egal, alle sind damals irgendwo hin gegangen ... darum geht es ja auch nicht. Aber er ist dann Rektor geworden an jener Universität. Er heißt Sungur Semerci ... Er war sicher auch dein Student.«

»Ich kann mich an ihn nicht erinnern.«

An die meisten Studenten konnte ich mich nicht erinnern! Davon abgesehen, ich hatte sie meistens angeschaut, aber kaum wahrgenommen. Ansonsten schaute ich auf die schwarze Tafel (später war sie weiß). Nur wenn ich ihren Blicken entnahm, dass sie etwas nicht verstanden, wandte ich mich ihnen direkt zu. Niemand konnte erwarten, dass ich mich als Hochschulprofessor um meine Studenten einzeln kümmerte, wie ein Grundschullehrer.

Narin sprach weiter: »Er war nicht in meinem Jahrgang, aber wir haben zur gleichen Zeit dort studiert. Auf der Beerdigung hat er mich erkannt, wir haben uns aber nur kurz unterhalten. Natürlich wusste er nicht, dass ich Meleks Tante war. Als er das erfuhr, hat ihn das sehr betroffen gemacht. Er war so erschüttert, dass wir gar nicht über unsere Erinnerungen sprechen konnten. Ich bin sicher, er wird uns helfen!«

»Während meiner akademischen Laufbahn bin ich keinem Rektor begegnet, der nicht unausstehlich gewesen wäre. Weder in der Türkei noch im Ausland ... Außerdem glaube ich nicht, dass der Rektor etwas Konkretes über die Morde weiß. Akademische Morde gehören zum Repertoire der Theoretiker und Wissenschaftler. Auch wenn es noch so blutige Tathergänge waren, und wenn man sogar wüsste, wer das Messer gezückt hatte, wurden Mörder meistens nicht gefasst. Und wen kümmerte schon die Leiche!?«

Narin lachte. Dieses Lachen mochte ich vom ersten Tag unserer Begegnung an. Aber in den letzten Tagen hörte ich es so selten.

»Ach, das klingt aber sehr verbittert. Solch eine Gefühlskälte traust du deinem früheren Kollegen zu? Oder ist vielleicht ein Rektor an deinem Ruhestand schuld?«, fragte sie.

Darauf antwortete ich nicht. Nein, meinen Weg in den Ruhestand hatte eine Schriftstellerin geebnet - aber das sagte ich Narin natürlich nicht. Auch nicht, dass Schriftstellerinnen tausendmal schlimmer sein konnten als Rektoren.

»Wie auch immer«, beendete ich unsere Abweichung vom Thema. »Wenn du diesen Mann von früher her kennst, dann wird er ja vielleicht dafür sorgen können, dass wir uns in der Universität mal umschauen dürfen!«

Aber ich hatte mich geirrt! Nicht in der Frage, ob Rektoren unausstehlich waren, sondern, vielmehr darin, dass der Mann uns auf irgendeine Weise behilflich sein wollte ...

Ich muss zugeben, dass ich, als ich in etwas distinguierter Haltung das Dienstzimmer von Sungur Semerci betrat, das vermutlich größer war als das des Rektors der Harvard Universität, mindestens so erstaunt wie gespannt war. Narin hatte den Termin vereinbart, aber sie traute sich dann doch nicht, mit mir zu kommen. Denn es war ja der Ort, an dem ihre geliebte Nichte ermordet wurde ...

Hasan hatte das Armenviertel, das ich in einem abgelegenen Außenbezirk Istanbuls vermutete, mit erstaunlicher Leichtigkeit gefunden. Zu meiner Überraschung war es nämlich ganz in der Nähe des Stadtzentrums. Deshalb waren wir viel zu früh vor dem postmodern in die Höhe ragenden Universitätsgebäude, mitten in diesem Armenviertel gelegen, angekommen. Man hatte uns erlaubt, den Wagen auf einem der reservierten Parkplätze der Universität abzustellen. Als ich durch die schmucklose Eingangstür in das unerwartet bunte Gebäude trat und am Empfang meinen Namen nannte, war ich darauf vorbereitet gewesen, dass ich im Vorzimmer des Rektors warten würde. Ich war immer bemüht, bei allen meinen Terminen pünktlich zu sein ... Aber zu früh ... - das gefiel mir gar nicht. Während ich mich vor der Sicherheitskontrolle in der Warteschlange befand, dachte ich, dass man mir im Zimmer der Sekretärin jedenfalls einen Kaffee anbieten würde. Es gefiel mir nämlich ganz und gar nicht, in einem kalten, überfüllten Raum zu stehen. Doch ich nutzte die Wartezeit, um in dieser neumodischen Universität, dieser »Mordsfakultät« - wie sie inzwischen genannt wurde -, meine Erkundigungen zu beginnen.

Ich sah junge Menschen mit Büchern in der Hand und Rucksäcken (ich selbst und meine Studenten gehörten zu der Generation, die es nach der Grundschule äußerst uncool fanden, eine Schultasche zu tragen. Aber diese Menschen waren anders ... von einer Art, bei der mir die Grundlage zur Verständigung fehlte). Sie liefen in alle Richtungen, blieben stehen, unterhielten sich, lachten, stupsten sich sogar ... Es war das gewöhnliche Chaos, aber trotzdem ... Natürlich waren zu meiner Zeit an den Universitäten die öffentlichen Plätze viel breiter angelegt, deshalb gab es nicht so viel Gedränge.

Als ich mir die Plakate an den Wänden ansah, die an der Decke befestigt waren und in den Raum hingen, konnte ich keinerlei politische Aussage entdecken, wie es zu meiner Zeit üblich war. Auf den Plakaten wurden Popkonzerte, Filmvorführungen und Festivals angekündigt. Aber ich kam nicht dazu, darüber nachzudenken, ob die heutige Jugend glücklicher war als wir seinerzeit. Denn ein Mann ergriff mit beiden Händen meinen Arm.

»Professor Emin, seien Sie willkommen! Was für eine Ehre für uns.«

Ich war perplex. Vor mir stand ein Herr mit graumelierten Haaren, einem Ziegenbart und einer randlosen Brille. In seinem Gesicht war ein säuerliches Lächeln zu erkennen, er musterte mich mit zusammengekniffenen Augenbrauen ... Ich schätzte ihn auf etwa fünfzig. Irgendwie kam er mir bekannt vor, aber ich kam nicht sofort darauf, woher. Dann stellte er sich mir vor:

»Ich bin Sungur, Herr Professor!« Er ließ meinen Arm los, trat einen Schritt zurück und als wollte er mich umarmen, breitete er seine Arme aus.

»Sie haben mich nicht erkannt, aber es ist ja auch so lange her ...«

Er umarmte mich dann doch nicht, aber ich hatte ja nicht erwartet, dass mich der Herr Rektor höchstpersönlich empfangen würde. Mit einem väterliches Lächeln in meinem Gesicht entschuldigte ich mich: »Sie halten mich hoffentlich nicht für senil.«

»Um Gottes Willen! Aber sicher nicht! Bitte schön, kommen Sie!« Er ging mir voraus zum Aufzug.

Ich kannte ihn, aber ich war mir nicht sicher, ob er einer meinen früheren Studenten war. Sicher hatte er als Student keinen Ziegenbart und keine graumelierten Haare.

Wir gingen an einigen jungen, sehr blonden Sekretärinnen vorbei und betraten sein riesengroßes Büro, in dem ein überdimensionaler Schreibtisch stand. ‚Ein Helikopterlandeplatz ist sicher nicht viel kleiner', dachte ich. Aber er war so wohlerzogen, dass er sich nicht dahinter verbarrikadierte, sondern mir Platz auf einer Sesselgruppe zuwies, die »kilometerweit« von dem Schreibtisch entfernt war. Kaum saßen wir da, kam schon eine der blonden Vorzimmerdamen herein und fragte, was wir trinken wollten. Ich trank nur selten Kaffee, aber in solchen Situationen machte es mir Spaß, einen türkischen Kaffee zu bestellen. Ich beobachtete dann meist mit heimlicher Genugtuung, wie mein Gegenüber mir stotternd einen »Nescafé« empfahl. Aber diese Blondine kam keinesfalls in Verlegenheit. »Wie möchten Sie ihn gerne haben, mein Herr?«, fragte sie mich höflich.

Bis der Kaffee gebracht wurde und während wir ihn tranken, unterhielten wir uns in netter Form. Er hatte tatsächlich meine Seminare besucht und von mir einiges gelernt, wie er sagte. Und wie alle anderen Studenten war auch er von mir begeistert, fügte er hinzu (ich fragte ihn lieber nicht, weshalb ... - ich wollte seine Höflichkeit nicht überstrapazieren). Er schwärmte von Narin, dass sie damals wie eine Fee aussah ... - ob ich mich daran denn noch erinnerte? Natürlich war sie jetzt noch sehr hübsch. Aber das schreckliche Ereignis hatte sie sehr mitgenommen. Diesen Schmerz könnten wir alle mitempfinden. Aber man stirbt ja nicht mit den Toten, und wir werden alles tun, um die Tote niemals zu vergessen. Es gibt ja sonst nichts, was wir tun könnten. Eine Beklemmung drückte mir den Hals zu. 'Wenn ich ihn lasse, labert er mir nur solchen Unsinn', dachte ich. Ich brachte mich in Position, um auf das eigentliche Thema sprechen zu kommen.

Aber schon beim ersten Absatz verfinsterte sich seine Miene.

Der Mann, der mich freundlich empfangen hatte, der mich wie einen Gast höchsten Ranges behandelt und mir alle Ehre erwiesen hatte, schien auf einmal wie ausgewechselt zu sein. Seine Augenbrauen, schon im freundlichen Zustand zusammengekniffen, zogen sich jetzt unheilvoll zusammen. Zuerst schlug er sich mit der Faust aufs Knie, dann hob er abwehrend die Hand und stand auf. Sein ohnehin säuerliches Gesicht wurde noch unduldsamer und er blickte mich einen Augenblick lang entsetzt an. Dann ging er zu seinem Schreibtisch.

»Das ist nicht möglich! Das kann ich nicht erlauben!«

Das sagte er zwar hörbar, aber weil er mich nicht anschaute, dachte ich, er würde mit sich selbst reden. Als ich ihn von hinten sah, wusste ich plötzlich, an wen er mich erinnerte: an Leo Trotzki!

Natürlich behaupte ich nicht, dass man Trotzki nur von hinten erkennen könnte. Der Grund, weshalb ich seine Ähnlichkeit mit Trotzki (dem zweiten Mann der damaligen Sowjetführung mit den graumelierten, schütteren Haaren, der randlosen Brille und dem vom Kinn aus leicht nach oben gebogenen Ziegenbart) von vorne nicht erkannt hatte, war, dass er eigentlich nicht dick war, dennoch einen dicken Bauch hatte. Als ich ihn nun von hinten sah ...

Jetzt saß er hinter seinem riesigen Schreibtisch und hielt sich nicht länger mit seinen Höflichkeitsfloskeln auf, schlug mit der Faust auf die Glasscheibe des Tisches und er ließ jegliche Verbindlichkeit vermissen.

»Das ist ausgeschlossen!«

Ich hatte befürchtet, das Glas würde zerspringen und wartete einen Augenblick mit angehaltenem Atem auf seinen Schmerzensschrei. Aber vergeblich!

Die Entfernung, die zwischen uns entstanden war, hatte mich gezwungen, lautstark zu antworten. Aber das war mir zuwider. Also stand ich auf und ging gemächlichen Schrittes auf dem grünen Teppich, der zu seinem Schreibtisch führte, zu ihm. Dort setzte ich mich unaufgefordert in einen der Sessel vor seinem Tisch. Ich stützte sogar (und das war wirklich kühn von mir!) meinen Ellbogen auf die Glasplatte und blickte »Leo Trotzki« scharf in die Augen.

»Hat Ihre Ablehnung einen nachvollziehbaren Grund?«, fragte ich mit einer Stimme, die ich für besonnen hielt.

Sungur Semerci schien meine Frage nicht gehört zu haben ... - das heißt, er wollte sie nicht hören. Er legte sein Gesicht in sorgenvolle Falten.

»Es erscheint mir sinnlos, mich darüber mit Ihnen zu unterhalten. Außerdem halte ich Ihr Anliegen für ziemlich ungebührlich, Herr Professor!«

'Höre ich richtig? Was hält dieser Mann bezüglich meiner Person für ungebührlich? Hat er nicht eben noch behauptet, dass er all sein Fachwissen von mir erfahren hatte?' Ich war so verblüfft, dass ich mich im ersten Augenblick nicht einmal aufregte. »Sind Sie an der Aufklärung der Morde gar nicht interessiert?«, fragte ich ... - noch bewahrte ich meine Ruhe.

»Ich halte es für angebracht, diese Arbeit der Polizei zu überlassen!«, antwortete er. Sein Gesicht verschloss sich jetzt noch mehr, dabei blickte er demonstrativ auf seine Uhr.

'Solch eine Impertinenz!', empörte ich mich innerlich. Um Narin ein Gefallen zu tun, hatte ich eine Reihe von Unannehmlichkeiten auf mich genommen, bin in einem Jeep nach Istanbul gefahren, dort in meiner eiskalten Wohnung, die seit Monaten nicht geheizt wurde, abgestiegen, und jetzt das ... Dieser Mann zeigte mir die kalte Schulter. Als ob er einen Bittsteller vor sich hätte. 'Habe ich ihm vielleicht während seines Studiums geschadet?', durchfuhr es mich

»Haben Sie von mir damals eine schlechte Beurteilung bekommen?«, fragte ich ihn geradeheraus.

Er lächelte bitter: »Zweimal hintereinander!« Und als wäre das lustig, lachte er gehässig auf. Aber dann sagte er sehr ernst: »Sie haben damit meinen rechtzeitigen Abschluss verhindert und meinen Notendurchschnitt verschlechtert!«

Sein erneutes Lachen klang gekünstelt. Dieser Mann war also voller Hass mir gegenüber. Dennoch dürfte sein Hass nicht der Grund dafür sein, dass er meine Aufklärungsarbeit verhinderte.

»Schauen Sie«, begann ich mit einem Sanftmut in der Stimme, der mich selbst überraschte. »Die ermordete junge Frau war Narins Nichte. Sonst käme es mir ja gar nicht in den Sinn, mich in die Ermittlungen einzumischen.«

Doch er zog unmissverständlich seine zusammengekniffenen Augenbrauen hoch und blickte abweisend.

»Ihr zu helfen, ist meine Pflicht ... - das ist unser aller Pflicht ...«

Er lehnte sich in seinem Sessel zurück, und gelangweilt seufzend sagte er: »Natürlich! Aber woher soll ich wissen, dass Sie mehr herausfinden würden als die Polizei? Das ist die Arbeit der Mordkommission. Sie haben bereits tausende Mörder gefasst.«

Ich merkte, dass ich mich voller Überzeugungsdrang über den Tisch zu ihm vorgebeugt hatte. Lehnte er sich deshalb in seinem Sessel zurück, weil er mir nicht so nahe sein wollte? Ich lehnte mich ebenfalls zurück.

»Übertreiben Sie doch nicht! Die Anzahl der Verbrecher, die die türkische Polizei erwischt hat, ist viel geringer als die, die sie nicht erwischt hat«, erwiderte ich.

»Haben Sie diesbezüglich eine wissenschaftliche Erhebung durchgeführt, Herr Professor?«, fragte er spöttisch, aber mit ernster Miene.

Ich muss zugeben, in diesem Moment regte ich mich auf, ich fühlte mich wie ein Handelsvertreter, der einem unwilligen Kunden etwas Wertvolles zu verkaufen versuchte. Und verspottet zu werden, das konnte ich nicht ertragen. Jetzt hielt ich mich nicht mehr zurück: »Ich kann mir keinen Reim darauf machen, weshalb Sie die Aufklärung der Morde verhindern wollen?«, fragte ich ihn unverblümt.

Das war natürlich ein Fehler, das wusste ich bereits, bevor ich die Worte ausgesprochen hatte. In seinen Augen blitzte es unheilvoll auf. Es war aussichtslos, ihn doch noch überzeugen zu wollen.

»Können Sie sich vorstellen Herr Professor, was das für Auswirkungen hätte, wenn Sie den Leuten an dieser Universität Fragen stellen und sie womöglich verdächtigen würden?« Es war mehr als offensichtlich, dass er sich beherrschen musste, als er mich damit konfrontierte. Es war ihm gelungen, dies nicht herauszubrüllen, aber er schnaubte aufgebracht. »An den Ansturm der Eltern will ich gar nicht erst denken. Wer lässt sein Kind in einer Universität studieren, in der drei Morde begangen wurden?«

»Das verstehe ich ja, aber die Morde sind nun mal passiert!«

Er begann, mit den Fingern auf dem Tisch zu trommeln:

»Bei den ersten beiden Todesfällen hatte das Semester offiziell noch gar nicht begonnen, Gott sei Dank! Der Unterricht begann erst nach der Immatrikulation. Die Eltern, unsere Eltern kümmern sich nicht darum, was hier geschieht, wenn ihre Kinder nicht hier sind. Es war für uns schon schlimm genug, dass über den Mord an Melek in der Presse berichtet wurde ... Wir mussten ein Krisenmanagement einrichten. Wenn hier jetzt auch noch Befragungen durchgeführt werden, sind die Gerüchte gar nicht mehr zu stoppen. Jeder fügt seinen Teil hinzu ... - es steigert sich ins Unermessliche. Ich will gar nicht an das Chaos denken, das dadurch erst entstehen würde!«

Als er mit seinen Ausführungen fertig war, schloss er die Augen.

Offensichtlich war dieser Mann sehr darum bemüht, nicht zu denken!

Ich erhob mich aus dem Sessel: »Schade! Dann haben wir beide unsere Zeit umsonst vergeudet«, sagte ich.

Er stand ebenfalls auf.

»Ich wusste, dass Sie für meinen Standpunkt Verständnis haben würden«, lächelte er unwillig und drückte sogar meine Hand. Aber zur Tür begleitete er mich nicht.

Ich ging grußlos an den blonden Frauen vorbei, ließ die Glastür hinter mir zufallen, lief die Treppe hinunter. Weil ich nicht mehr wusste, wo sich der Aufzug befand, ging zu einer anderen Treppe, bis ich endlich den Ausgang gefunden hatte. Hasan, der im Auto auf mich wartete, sprang heraus und hielt mir die hintere Tür auf.

Ich wäre am liebsten sofort zum Flughafen gefahren. Das Verhalten des Rektors ärgerte mich nicht nur, es bedrückte mich. Ich hatte keine Lust, in meine kalte Wohnung in Emirgan zu fahren und da ich hier vor Ort ohnehin nichts ausrichten konnte, wäre es am sinnvollsten, so schnell wie möglich zurück in meine gemütliche Idylle zu fahren. Ich könnte Narin am Telefon mitteilen, wie abweisend mich ihr früherer Studienkollege behandelt hatte. Doch bevor ich dies zu Ende denken konnte, erinnerte ich mich daran, dass wir am Abend zum Essen verabredet waren.

»Haben wir für heute Abend in einem Restaurant einen Tisch reserviert?«, fragte ich Hasan.

»Ja, mein Herr, bei Ertuğrul!«

Ach ja, richtig ... Das Ehepaar Nurgül und Ertuğrul, die früher mein Haus in Ordnung hielten, wurde pensioniert, bevor ich damals meine Weltreise antrat. Deshalb gab es ja jetzt niemanden, der sich um meine Wohnung in Emirgan gekümmert hätte. Sie hatten in Büyükdere ein Restaurant eröffnet und waren damit sehr zufrieden. Abends wollte ich mit Narin dorthin gehen.

»Na gut, dann fahren wir erst mal nach Hause«, beschloss ich. »Aber morgen wirst du als Erstes für mich ein Flugticket nach Izmir besorgen. Danach fährst du auch dorthin zum Flughafen. Es wird nicht nötig sein, dass wir hier unsere Zeit vergeuden.«

Ich regte mich immer mehr über den Rektor auf. Sungur Semerci hatte sich über mich lustig gemacht - das wirkte noch immer in mir nach. Aber auch mein Eindruck, dass er die Morde einfach unter den Teppich kehren wollte, machte mir zu schaffen. Es tröstete mich wenig, dass viele Morde in diesem Land tagtäglich unter den Teppich gekehrt oder als ungelöste Fälle zu den Akten gelegt wurden. Es hätte mich bestimmt nicht so betroffen gemacht, wenn es nicht um Narins Nichte gegangen wäre. Aber was mich wirklich ärgerte, war weniger, dass ich unhöflich behandelt wurde, sondern die Kaltschnäuzigkeit, wie man die Morde ignorieren wollte.

Wir kämpften uns derweil durch den dichten Feierabendverkehr; als wir in Emirgan ankamen, war es bereits achtzehn Uhr. Mir gefällt es, allein zu leben, ich habe mich bewusst dafür entschieden. Selbst während meiner Ehen war ich gerne und oft allein. Aber ich empfand es als unangenehm, in ein Haus zu gehen, in dem seit langem niemand lebte. Obwohl ich alles so vorfand, wie ich es zurückgelassen hatte, kam es mir fremd vor. In einem Hotelzimmer würde ich mich sicher behaglicher fühlen, denn dort erlebte ich meist eine Fremdheit, die nicht überraschend, sondern vorgegeben war. Die Fremdheit dagegen, die ich in dieser Wohnung erlebte, in der ich Jahre verbracht hatte, in der die Gegenstände mir vertraut waren, empfand ich anders. Vielleicht war ich ja nur deprimiert und frustriert. Nichts lief so, wie ich es mir vorgestellt hatte und ich fragte mich zum wiederholten Male, welcher Teufel mich geritten hatte, alles das auf mich zu nehmen. Wieso meinte ich, mich als Detektiv aufspielen zu müssen? Mit Haydar auf dem Balkon war es ein spannender Zeitvertreib gewesen. Aber jetzt, in Istanbul, am Ort des Geschehens ... - was hatte ich eigentlich erwartet? Hätte Narin in jener Nacht nicht so aufgelöst vor meiner Tür gestanden, wäre in mir nicht das Bedürfnis aufgekommen, ihr zu helfen, dann hätte ich meiner Aufklärungsbegabung nicht so viel Gewicht beigemessen und mich nicht gleich auf den Weg gemacht. Ich wusste nicht einmal, was ich für sie empfand. Ich glaubte sogar, dass ich befürchtete, dass es mit uns ernster werden könnte. Deshalb war es wohl am besten, so schnell wie möglich von hier zu verschwinden.

Andererseits war ich natürlich gespannt, was Haydars Ermittlungen in seiner früheren Dienstelle erbracht hatten. Ich wartete also auf einen Anruf von ihm, während ich mich auf den Abend vorbereitete: ich duschte, rasierte mich, zog ein frisches Hemd an. Als es kurz vor neunzehn Uhr an der Tür klingelte, war ich fast ausgehfertig. Da ich hier kein Personal hatte, musste ich die Tür selbst öffnen. Haydar Bilir stand vor der Tür. Er hielt es wohl für angebracht, persönlich zu mir zu kommen, anstatt anzurufen. Ich schaute ihn an und wusste gleich, weshalb er persönlich gekommen war. Er wirkte noch bedrückter als ich ... - wahrscheinlich wurde er noch schlimmer behandelt.

»Hoffentlich störe ich Sie nicht, Herr Professor?«, fragte er nur der Form halber, dann trat er ein, ohne mich anzuschauen.

»Ich bitte Sie, kommen Sie nur«, antwortete ich. »Allerdings muss ich in einer halben Stunde aufbrechen.«

»Ach Gott«, seufzte er, als ich ihn ins Wohnzimmer führte. »Und ich hatte gehofft, wir würden in eine Kneipe gehen und etwas trinken. Ich bin sehr frustriert, Herr Professor!«

Natürlich konnte ich Narin nicht absagen, um mit ihm in eine Kneipe zu gehen. Dennoch wollte ich hören, was er mir zu berichten hatte.

»Nehmen Sie Platz! Wir haben genügend Zeit«, ermutigte ich ihn. »Warum sind Sie denn so frustriert?«

»Ach, Herr Professor, wenn Sie wüssten! Ich wurde wie ein Esel behandelt!«, sagte er und ließ sich schwerfällig in einen Sessel fallen.

Dass es mir fast genauso erging, sagte ich ihm natürlich nicht.

»Ich habe ihn ausgebildet ... ich habe dafür gesorgt, dass Burhan diese Stelle bekommen hat, und jetzt?« Wenn Sie gesehen hätten, wie eingebildet geworden er ist!«

Ich sagte ihm nicht, dass der Rektor, dem ich seinerzeit zweimal die Prüfungen erschwert hatte, heute genauso eingebildet war.

»Genau das hatte ich befürchtet«, erzählte er weiter. »Wenn man raus ist, wird man verachtet. Natürlich hat man mich ins Zimmer des Chefs gebeten, mir einen Tee angeboten und nach meinem Befinden gefragt. Aber Informationen ... - Fehlanzeige. Die Polizei ist diesbezüglich sehr verschlossen, Herr Professor!«

So verschlossen wie der Rektor der Universität, dachte ich insgeheim und fragte laut:

»Sie konnten also nichts in Erfahrung bringen?«

»Nicht mehr, als wir bereits aus den Zeitungen erfahren haben. Die Rauschgiftabteilung ermittelt im Mordsfall des Kollegen selbst. Die lassen niemanden in die Sache hineinreden. Wenn Sie mich fragen: das sieht nach einer internen Abrechnung aus. Aber wir haben natürlich keine Beweise in der Hand. Soviel steht fest: In dieser Angelegenheit werden wir von denen nichts erfahren!«

»Und der Tod der jungen Frau?«

»Dieser Burhan ist der Meinung, dass es keinen Zusammenhang mit den anderen Fällen gibt.«

»Haben Sie erwähnt, dass der Vater der Ermordeten ein Zypriote ist?«

Er schüttelte den Kopf: »Das stimmt nicht! Er ist ein waschechter Engländer, und seit sieben Jahren nicht mehr in der Türkei gewesen. Allerdings hat Burhan sich verplappert: die junge Frau hatte hier wohl einen Geliebten!«

»Nun ja, sie war ja eine hübsche junge Frau ... das ist nicht verwunderlich«, sagte ich. »Wer war es denn?«

»Wie gesagt, konkrete Informationen habe ich nicht bekommen. Lediglich, dass er befragt wurde. Aber bei den Verhören kam nichts heraus. Das ist Burhan nur herausgerutscht. Aber allzu sehr haben sie dem Mann wohl nicht zugesetzt. Er ist offenbar jemand mit besten Beziehungen.«

»Es gibt für uns hier nichts zu tun, Haydar Bey«, musste ich zugeben. »Zwei Rentner wie wir, sollten am besten in ihr Städtchen zurückkehren und dort in den Cafés ihre Zeit verbringen.«

»Es ist bitter, dass wir nicht mehr für voll genommen werden, Herr Professor!«, stimmte er mir zu, aber etwas in ihm schien dennoch aufzubegehren.

»Tja, das ist bitter, aber die Realität«, seufzte ich. »Ich werde morgen zurückfahren. Heute Abend werde ich Narin die Gründe erklären.«

Haydar erhob sich von seinem Platz.

»Und ich werde nach Hause gehen, meine Frau wartet mit dem Essen auf mich.«

Seine Hoffnung, in einer Kneipe ein wenig Trost zu finden, schien er vergessen zu haben. Als ich ihn zur Tür begleitete, blieb ich für einen Augenblick stehen. Soll ich doch lieber mit Haydar Bilir in eine Kneipe gehen, und das Abendessen mit Narin absagen?, zögerte ich einen Augenblick.

Ich war früher schon mal in dem Restaurant von Ertuğrul gewesen. Es war sehr elegant und ein beliebter Treffpunkt von Medienstars. Ich wusste zwar nichts von den heutigen Medienstars, aber Ertuğrul begrüßte Narin und mich sehr herzlich und behandelte uns vorbildlich. Er führte uns zu einem Tisch ganz hinten, direkt neben dem Fenster. Als wir zu dem Tisch gingen, von dem wir einen herrlichen Blick auf die Lichter des Bosporus hatten, drehten sich einige Gäste nach uns um. Doch ich hatte keine Ahnung, ob es Berühmtheiten waren - besser gesagt: ich kümmerte mich nicht darum. Aber Narin schien sehr beeindruckt zu sein - das sah ich an ihren glänzenden Augen, als sie mir gegenüber Platz nahm. Sie hatte sich besonders schick gemacht ... - so elegant hatte ich sie noch nie gesehen. Sie war raffinierter geschminkt als sonst, trug riesige Ohrringe, ihre Haare waren hoch toupiert. Für eine Frau, die eigentlich trauerte, fand ich das etwas unpassend. Mir fiel auf, dass die Frau, die vor zwei Tagen noch am Boden zerstört zu mir kam und weinte, und die in mir den Beschützerinstinkt geweckt hatte, mit diesem koketten Geschöpf nichts zu tun hatte. Heute Abend hatte sie anscheinend alles vergessen. Ich war über ihr gutes Aussehen und ihr heiteres Benehmen, als wäre nichts passiert, beinahe bestürzt. Außerdem war ich deprimiert.

»Empfiehl du uns etwas Leckeres«, sagte ich zu Ertuğrul. »Aber die Weinkarte möchte ich gerne sehen.«

»Das wäre ja noch schöner! Ich würde Ihnen doch keinen Wein aus der Karte empfehlen! Natürlich bekommen Sie unseren speziellen Wein - den besten, den wir haben. Auch über das Essen brauchen Sie sich keine Gedanken zu machen«, ließ er mich wissen.

Als er bei mir angestellt war, hatte Ertuğrul kein einziges Mal »das wäre ja noch schöner!« gesagt. Irgendwie hatten sich alle Menschen verändert.

Aber ich wollte darüber nicht nachdenken, also wandte ich mich Narin zu. Im Wagen hatte ich bereits erwähnt, dass meine Unterredung mit Sungur Semerci enttäuschend verlaufen war. Jetzt wollte ich ihr die Details erzählen.

»Dieser Rektor, dieser Sungur Semerci ist ja ein ...«, begann ich.

»Ich brenne darauf, alle Einzelheiten zu erfahren«, unterbrach sie mich. »Aber vorher möchte ich etwas sagen.«

Sie benahm sich wie meine frühere Frau. Ich mochte es gar nicht, wenn man mich mitten im Satz unterbrach.

»Ich weiß gar nicht, wie ich mich bei dir bedanken soll?! Du hast mich in ein so schönes Restaurant geführt. Ich habe mich die ganze Zeit so traurig gefühlt, dass ich manchmal sogar das Atmen vergaß. Aber als ich mich auf diesen Abend vorbereitete, ging es mir schon wesentlich besser. Ich bin dir so dankbar.«

»Ich bin dir auch dankbar«, antwortete ich angenehm überrascht.

Sie beugte sich über den Tisch und kam meinem Gesicht gefährlich nahe. »Es gibt da noch etwas ...« hauchte sie. »Du hast mir so geholfen ... - nur deswegen traue ich mich, das zu fragen ...«

Um ehrlich zu sein, wurde mir etwas mulmig. Für welche Frage brauchte sie Mut? Ich schluckte, bevor ich erwiderte: »Bitte ...«

»Ich bitte dich darum, mich bei dir aufzunehmen«, flüsterte sie.

»Ich verstehe nicht!«

Sie legte ihre Hände auf meine und kam mit ihrem Gesicht noch näher. »Ich habe hier keine Bleibe«, sagte sie so leise, als würde sie mir ein Geheimnis verraten. »In Meleks Wohnung traue ich mich nicht. Bei meiner Freundin bin ich zwar willkommen, aber ich fühle mich dort so unglücklich. Ich brauche dich in meiner Nähe.« Sie blickte mir flehend in die Augen. »Du hast in deiner Wohnung doch bestimmt ein Zimmer für mich?!«

Ich wusste nicht, was ich sagen sollte, geschweige denn tun. Beinahe hätte ich meine Hände spontan zurückgezogen. Aber ich schaffte es, mich zu beherrschen. Ich hielt sogar ihren bittenden, aber auch forschenden Blick aus. Sekundenlang verharrten wir so.

Zum Glück kamen Ertuğrul und ein Kellner mit einem großen Tablett voller Köstlichkeiten. Narin und ich lehnten uns zurück wie zwei ertappte Sünder. Während der Kellner mit dem Servieren der Vorspeisen begann, reichte mir Ertuğrul die Weinflasche. Er hatte sie in seinem privaten Keller extra für uns ausgesucht. Aber da ich meine Gedanken ordnen musste, schaute ich mir die Flasche sehr lange an.

»Es gibt noch mehr davon ... nur keine Angst«, beruhigte mich Ertuğrul.

Ich nickte zufrieden. Das Servieren der Vorspeisen und das Kredenzen des Weines nahmen noch etwas Zeit in Anspruch, dann zogen sich die beiden zurück.

Alles das lockerte ein wenig die eben noch emotional aufgeladene Befangenheit. Narin hatte sogar schon Gabel und Messer in die Hand genommen und schaute nicht mehr mich an, sondern ihren Teller.

Ich räusperte mich: »Natürlich bist du bei mir jederzeit willkommen. Aber morgen früh verlasse ich Istanbul.«

Ich wusste ja selbst nicht, warum ich mich ihr gegenüber so verklemmt verhielt. Als ich begann, mich von den Frauen zurückzuziehen, dachte ich, mein Leben würde sich fortan einfacher gestalten. Aber in diesem Augenblick merkte ich, dass ich mich geirrt hatte. Warum schreckte ich davor zurück, ihr in meiner Istanbuler Wohnung ein Zimmer zur Verfügung zustellen?

»Natürlich kannst du dort wohnen, auch wenn ich nicht in Istanbul bin«, beteuerte ich und dachte sogar an den Vorteil, dass die Wohnung dann ja geheizt und auch gepflegt würde.

Sie hob den Kopf: »Warum reist du ab? Ist etwas passiert?«

»Ich hatte noch keine Gelegenheit, es dir zu erzählen«, antwortete ich und berichtete ihr über meine Begegnung mit dem Rektor. Sie hörte mir zu, ohne mich zu unterbrechen. Aber sie schien sich mehr für das Essen als für die Begebenheit zu interessieren. Ab und zu nickte sie, aß aber weiter. Als ich fertig war, schwieg sie exakt fünfunddreißig Sekunden lang. Wahrscheinlich wollte sie sicher sein, dass ich dem nichts hinzuzufügen hatte. Dann hob sie erneut den Kopf und blickte mir forschend in die Augen. »Na gut! Aber warum glaubst du, dass dieser Mann die Morde begangen hat?«

»Wie bitte? Ich verstehe nicht ...«

»Die anderen Opfer interessieren mich nicht. Aber warum hat dieser Kerl Melek niedergestochen?«

»Welcher Kerl?«

»Sungur Semerci natürlich! Da er deinen Ermittlungswunsch so kategorisch abgelehnt hat, kann ja nur er der Mörder sein.«

Der Mann hatte mich zwar aus meiner Fassung gebracht, doch diese Möglichkeit war mir nicht in den Sinn gekommen.

»Wie kommst du denn darauf?«, erkundigte ich mich.

»Das ergibt sich doch daraus, was du mir erzählt hast«, sagte sie und zuckte allwissend mit den Schultern. »Aber warum? Was ist zwischen ihm und Melek vorgefallen?«

»Narin, wie kommst du denn auf diese Gedanken? Er ist ein Universitätsrektor. Warum sollte er einen Putzmann, einen jungen Kursleiter aus dem Armenviertel und eine Assistentin ermorden?«

Sie schien mir gar nicht zugehört zu haben. Ihre Augen waren auf den Bosporus geheftet, sie schien in die Ferne zu schauen. Sie schüttelte den Kopf ganz leise, schien abwesend zu sein, ganz und gar in ihre Gedanken versunken.

Nach einer Weile wandte sie sich mir wieder zu: »Was weiß denn ich. Wieso sollte er nicht etwas mit einer Rauschgiftbande zu tun haben? Er hat den Undercovermann der Rauschgiftabteilung, der ihn beobachtet hat, aus dem Weg geräumt. Dann den Jungen, den er als Dealer benutzt hatte - tja, und dann war die arme Melek dran. Entweder wollte er etwas von ihr, oder sie hat ihn bei seinen heimlichen kriminellen Geschäften zufällig beobachtet ...«

»Ist das nicht etwas zu simpel?! Das klingt ja wie aus einem amerikanischen, mit Klischees überladenen Krimi. Aber wir sind hier in der Türkei und das, was du da erzählst, ist unrealistisch. Warum sollte jemand, der viel Geld mit Rauschgift verdient, auch noch als Rektor arbeiten? So gut wird er ja gar nicht bezahlt. Das, was er als Rektor in einem Monat verdient, kann er als Rauschgiftboss an einem Tag einnehmen.«

»Mein Lieber! Er war ja nicht immer Rektor. Ich kenne ihn seit unserer Studienzeit. Damals war er in ziemlich undurchsichtige Dinge verwickelt.«

»Ich erinnerte mich nicht gleich an ihn, aber er sagte, dass ich ihn zwei Jahre hintereinander bei der Prüfung durchfallen ließ.«

Narin lachte. »Zwei Jahre hintereinander ... - das ist ja toll! Ich bin, obwohl ich keine Ahnung von Mathematik hatte, bei dir nicht durchgefallen. Er hatte wohl schönere Beine als ich ...«

Was sie mir wohl sagen wollte? Aber ich hakte nicht nach.

»Diese Blondine, seine damalige Freundin, hat ihn nicht umsonst verlassen. Sie ging nach Amerika«, sagte sie, und verzog vielsagend den Mund. »Ganz sicher war da etwas im Busch. Er war schon immer etwas eigenartig. Zum Beispiel leistete er sich als bekennender Linker ein Auto ... - und seine Geliebte war immer sehr elegant gekleidet.«

»Wie gesagt, ich habe keine Ahnung, wie er als Student war. Aber die Bedenken, die er heute geäußert hat, brachte er zum Schutz der Universität vor ... - soweit ich das verstanden habe.«

Der Kellner kam wieder an unseren Tisch. Er nahm unsere Teller, servierte den Hauptgang und schenkte Wein nach.

Narin probierte das Essen und blickte anerkennend zu ihm hoch, dabei lächelte sie glücklich nickend und wandte sich wieder zu mir:

»Wie meinst du das?«

Auch ich begann zu essen; der Fisch schmeckte tatsächlich köstlich. Ich war der Ansicht, man sollte bei einem guten Essen keine unschönen Themen besprechen, deshalb sagte ich:

»Ich erzähle es dir später. Lass uns jetzt diesen wunderbaren Fisch genießen.«

Als wir unseren Kaffee schlürften, lehnte ich mich nach hinten und fragte Ertuğrul, ob er einen guten Cognac habe.

»Aber natürlich! Was meinen Sie zu einem »Remy Martin Fine Champagne«?«

»Das klingt gut.«

Ertuğrul war sehr diskret und stellte die Flasche auf den Tisch, Kristallschwenker dazu - genauso wie er das früher bei mir zu Hause getan hatte. Dann ließ er uns allein.

Narin meinte, dass sie schon zu viel Wein getrunken hätte, aber ich goss ihr dennoch ein paar Tropfen Cognac ein. Dann lehnte ich mich wieder zurück, nippte an meinem

Cognac und begann zu erzählen. Der Frust hatte sich verflüchtigt und meine gute Laune war wieder da. In diesem Augenblick glaubte ich demjenigen, der gesagt hatte, »Gutes Essen kann die Menschen am meisten glücklich machen«, aufs Wort.

»Diese Privatuniversitäten sind ja nicht so wie die staatlichen organisiert, die wir gewohnt waren«, begann ich. »Sie funktionieren eher nach dem amerikanischen System, das heißt: die Studenten, oder richtiger, die Eltern, werden wie Kunden behandelt.«

»Und der Kunde hat immer Recht«, spöttelte sie. »Denkst du denn, dass einer der Studenten die Morde begangen haben könnte?«

»Nein, das glaube ich nicht! Was ich meine, ist, dass es darum geht, die Kunden zufrieden zu stellen. Natürlich wird auch eine Art Unterricht erteilt, aber man darf die Studenten nicht zu sehr fordern. Wenn man an der Universität Ermittlungen durchführen würde, wäre das mit Unruhe verbunden. Man würde darüber tratschen, jeder würde seine Theorien entwickeln ... - und das wäre für die Eltern besorgniserregend ... Sungur Semerci denkt sicher genau in diese Richtung.«

Sie lachte ungeduldig.

»Außerdem, falls die Morde tatsächlich von einem Angehörigen der Universität begangen wurden, darf das auf keinen Fall an die Öffentlichkeit gelangen!«, sagte sie.

»Darum geht es ihnen sicher auch«, stimmte ich zu.

Allerdings befremdete es mich, dass die ersten beiden Todesfälle sie so kalt ließen. Es schien ihr nur um ihre Nichte zu gehen.

»Eine solch lasche Universitätsleitung!«, bemerkte sie verärgert. »Das englische System ist da ganz anders, die Lehrprogramme werden dort rigoroser durchgeführt.«

»Das ist ein ganz anderes System«, lächelte ich. »Auch in den Eliteuniversitäten in Amerika geht es strenger zu, damit werben sie sogar. Aber dort haben die Universitäten eine lange Tradition. Unsere privaten Universitäten dagegen sind neu, sie müssen sich erst um zahlungskräftige Kunden bemühen. Später werden sie auch Wert auf die Bekanntheit der Professoren und auf weitere Prestigefragen legen.«

Sie seufzte. »Na ja, ich weiß nicht! Ich weiß nur, dass Melek ihre Arbeit dort sehr ernst genommen hat. Während der zwei Jahre hat sie mit vollem Einsatz gearbeitet, um eine gute Lehrkraft zu sein. Sie war oft bis Mitternacht in ihrem Büro.«

Ich erwähnte lieber nicht, dass sie diesen Fleiß mit ihrem Leben bezahlen musste. Dass Narin das selbst dachte, war an ihrem bitteren Gesichtsaudruck zu erkennen. Trotzdem versuchte ich sie noch etwas herauszufordern.

»Diese »Kundenorientierung« des Universitätsrektors bestimmt also diese Geschichte. Einige Reiche wollen ihre Kinder studieren lassen, und sie laden aus Prestigegründen anerkannte Professoren ein. Sie sammeln Geld für solcherart Aktivitäten ... Dieses System hatte sich zuerst in Italien etabliert, der Begriff Talent hatte nämlich ursprünglich die Bedeutung von Geld. Ergo: Wer Geld hatte, konnte sich Wissen kaufen! Heute ist das gar nicht viel anders: Man kauft sich ein Diplom, man bezahlt dafür ...«

»Ach, ist das so?«, fragte sie beiläufig, als würde sie das gar nicht interessieren.

Offenbar war es mir also gelungen, ein Unbehagen in ihr auszulösen. Also trieb ich es noch weiter.

»Außerdem ist das an den besten Universitäten der Welt möglich. Mann kann sogar an Harvard ein Diplom erwerben ... also käuflich erwerben!«

Diesmal sagte sie nichts. Sie hatte mir ihr Gesicht zugewandt, aber ihr Blick schweifte erneut in die Ferne. Einen Moment saßen wir wortlos gegenüber. Ich nippte an meinem Cognac.

Plötzlich schüttelte sie sich, als würde sie ihre Versunkenheit abwerfen.

»Aber ich verstehe trotzdem nicht, warum du abreisen willst? Also ... - warum du so schnell aufgibst?!«

»Ich sage ja nicht, dass ich aufgebe, aber da ich an der Universität keine Ermittlungen durchführen kann, gibt es für mich hier nichts zu tun.«

»Wie ... - nichts zu tun?! Meleks Wohnung, ihr Geliebter, ihre Freunde. Kannst du von denen denn nichts erfahren?«

»Kennst du diese Leute?«

»Einige von ihnen ... - mit Oktay waren wir einige Male zusammen in einem Restaurant.«

»Wer ist Oktay?«

»Der junge Mann, mit dem Melek eng befreundet war ... Er ist sehr nett. Ich glaube, sie hatten eine ernste Beziehung. Bei der Beerdigung wirkte er sehr traurig. Er kam zu mir und fragte mich, ob er irgendwie behilflich sein könnte.«

»Könnte er etwas wissen?«, fragte ich und begriff in diesem Augenblick, dass das ein Fehler war.

»Sicher wird er nicht wissen, wer den Mord begangen hat. Aber wir sollten trotzdem mit ihm reden. Bestimmt hat er Einiges zu erzählen ... Was weiß ich ...« Sie blickte mich mit einem hilflosen Gesichtsausdruck an. »Du hast es versprochen ...«

Das stimmte. Sie hatte das nicht ausgesprochen, aber ich benahm mich, als wollte ich die Sache so schnell wie möglich hinter mich bringen. Weil der Rektor mich abgewiesen hatte, war ich über Gebühr verärgert gewesen. Aber deshalb musste ich mich nicht gleich total zurückziehen! Befürchtete ich, dass aus den Denkaufgaben, die Haydar und ich spielerisch enträtseln wollten, Ernst werden könnte? Bin ich deshalb bei der ersten Hürde drauf und dran, in mein ruhiges Leben zurückzukehren? Ich hatte Narin tatsächlich versprochen, bei der Aufklärung des Mordfalls an ihrer Nichte mitzuhelfen. Ich durfte also nicht so schnell aufgeben. Hatte ich etwa Angst davor, zu versagen?

»Es war vielleicht etwas leichtfertig gewesen, das zu versprechen«, sagte ich dennoch. Ich traute mich nicht, ihr ins Gesicht zu blicken. »Ich habe bei dir wahrscheinlich den Eindruck erweckt, bei der Klärung von Mordfällen besonders clever zu sein.« Ich konnte nicht weiterreden, ohne sie anzuschauen. Ich nahm es also in Kauf, in ihren Augen die Enttäuschung sehen zu müssen. »Die heutigen Verhörsmethoden sind viel diffiziler. Ich habe Mordfälle wie Rätsel am Schreibtisch gelöst«, erklärte ich mit einer Stimme, von der ich glaubte, dass sie ehrlich klang. »Aber in einem so ernsten Fall ... - Messerstecherei ... Rauschgiftbanden ... Ich fürchte, das übersteigt meine Fähigkeiten.«

»Sag doch nicht so etwas! Ich flehe dich an. Was kümmert uns die Rauschgiftbande?! Meleks Tod hat doch mit so etwas nichts zu tun!«

»Wahrscheinlich nicht, aber ...«

»Was aber? Wenigstens solltest du mit Oktay reden, damit du einen Eindruck von Melek bekommst. Dann kannst du an deinem Schreibtisch weiterdenken.« Sie lächelte, als wollte sie mich ermutigen. »Hast du denn keinen Tisch in deiner Wohnung?«

Ich lächelte auch. »Einen Tisch habe ich schon ... - aber er muss gereinigt werden. Wenn Du siehst, wie kalt und ungemütlich es in der Wohnung ist ...«

Erleichtert lehnte sie sich zurück und lächelte offensichtlich zufrieden.

»Was ist schon dabei?! Das will ich erst mal sehen. Und was das Ungemütliche angeht, überlass das mir!«

Wieder spürte ich eine Beklemmung. Aus meinem Angebot, vorübergehend meine Wohnung zu nutzen, könnte unversehens ein langfristiges Bleiben entstehen. Es war eine andere Frage, warum mich das so erschreckte. Einerseits hatte ich Narin meine Hilfe angeboten, mich angeschickt, den Mordfall, der sie so unglücklich machte, aufzuklären! Andererseits versuchte ich zu verhindern, dass zwischen uns eine Nähe entstand. Ich hatte sie zu einem romantischen Abendessen ausgeführt, aber sie in mein Haus einzuladen, erfüllte mich mit Skepsis.

»Na gut, dann bleibe ich eben morgen noch hier«, sagte ich. »Heute Nacht werde ich mir noch ein paar Gedanken machen ... - du meintest ja, der junge Mann wird Einiges zu erzählen haben. Wie heißt er noch?«

»Oktay«, antwortete sie, und ihre Augen glänzten wieder. »Er ist ein netter Kerl, und gut aussehend ...«

Wie konnte sie so kurz nach dem Tod ihrer Nichte darauf achten, ob der Freund der Verstorbenen gut aussehend war?

»Was macht er beruflich?«

»Werbung ... - also er arbeitet in der Werbeagentur Schwarz-Weiß ... - die ist sehr bekannt.«

»Ich kenne sie nicht«, sagte ich.

»Ich auch nicht; Melek hatte es mir erzählt.«

»Wohnten sie zusammen?«

»Nein! Melek lebte nach dem Tod ihrer Mutter allein. Sie hätte nicht so einfach jemanden bei sich aufgenommen. Sie hatte ihn sehr gern, aber sie waren noch nicht lange zusammen. Höchstens sechs, sieben Monate. Als sie mich im vorigen Sommer besuchte, war sie noch in einen anderen Mann verliebt, ich glaube, er war verheiratet. Melek wollte mir nicht verraten, wer es war. Es war offensichtlich, dass sie mit ihm unglücklich war. Ich habe mich deshalb sehr gefreut, als sie Oktay kennen lernte.«

Ich war in Gedanken noch bei dem verheirateten Mann. Das war allerdings bemerkenswert ... - mehr noch als der Werbemensch. Interessanter sogar als die vermutete Rauschgiftbande.

»Es wäre gut, wenn wir erfahren könnten, wer der verheiratete Mann war«, knüpfte ich den Faden neu. Mein Interesse an dem Fall flammte wieder auf.

»Vielleicht weiß es ja Oktay. Wir fragen ihn.«

»Ist es heutzutage üblich, dem neuen Liebhaber über die bisherigen zu erzählen?«, fragte ich ironisch.

Sie lächelte verhalten: »Das ist von Mann zu Mann unterschiedlich«

Was wollte sie mir damit wohl sagen?

An diesem Abend wagte ich es nicht, sie zu mir nach Hause einzuladen. Mir erschien es sogar abwegig, dass sie das von mir erwartet hätte. Wenn ich doch noch in Istanbul bleiben würde, müsste ich mich der Frage stellen, ob ich Narin in meiner Wohnung aufnehme. In diesem Augenblick war ich zu dieser Entscheidung nicht bereit. Ich hatte früher mit meiner Frau Akın Erkan in der Wohnung gelebt. Diese jetzt mit einer anderen Frau zu teilen, konnte ich mir nicht vorstellen. Natürlich gab es keinen Grund, einer feinfühligen Frau wie Narin hinterlistige Absichten zu unterstellen und es war ja auch keine Rede davon, dass wir gleich miteinander ins Bett gehen würden. Aber gerade deswegen wusste ich nicht, wie ich mich verhalten sollte. Am besten war es, abzuwarten, bis sich die Entscheidung von selbst ergab.

Ertuğrul hatte uns formvollendet verabschiedet und als wir ins Auto stiegen, fragte ich Narin, wohin ich sie fahren sollte. Sie schien etwas unentschlossen zu sein, aber bat dann darum, zu ihrer Freundin nach Etiler gebracht zu werden. Ich spürte keine Enttäuschung in ihrer Stimme. Aber hatte ich denn erwartet, dass sie verstimmt war? Hatte ich Angst davor? Es beruhigte mich jedenfalls, dass sie es so gleichmütig aufnahm. Unterwegs sprachen wir kaum miteinander. Das war auch nicht dringend nötig. Als wir uns verabschiedeten, vereinbarten wir, am nächsten Tag miteinander zu telefonieren, aber nicht, wer wen anrufen sollte. Die Heizung in meiner Wohnung lief auf Hochtouren, aber es wurde nicht warm. Bereits auf dem Heinweg dachte ich daran, dass ich dieses Problem lösen müsste ... - unabhängig davon, ob Narin hier wohnen würde oder nicht.

»Wir müssen eine Putzfrau finden«, sagte ich zu Hasan, meinem Fahrer, »und jemanden, der für uns kocht. Es sieht so aus, als würden wir doch noch einige Tage in Istanbul bleiben.«

Melek hatte in einer Dachgeschosswohnung im Stadtteil Cihangir gelebt. Narin erzählte, dass diese Wohngegend in letzter Zeit sehr beliebt geworden sei. Früher war dies ein Stadtteil der Mittelschicht - so hatte ich es in Erinnerung - sehr zentral, sogar mit Meeresblick. Als der Verkehr in Istanbul noch nicht so dicht war, zählte die Stadtmitte nicht zu den bevorzugten Wohnvierteln.

Aber als Melek sich in Istanbul niederließ und mithilfe von Narin eine passende Wohnung suchte, hatte sich diese Gegend angeboten. Die Wohnung war zwar ziemlich klein, der Ausblick jedoch traumhaft. Außerdem war die Gegend en Vogue, also kaufte sie die Wohnung in einem Altbau, aber sehr gepflegt. Weil es keinen Aufzug gab, mussten wir die Treppen der fünf Etagen hinaufsteigen. Wir legten jeweils eine kurze Pause ein.

»Hättest du mich nicht begleitet, wäre ich nicht in das Haus gegangen«, sagte Narin, als sie den Schlüssel aus ihrer Tasche holte. Die Tür hatte zwei Schlösser.

»Es gibt hier viele Einbrüche«, erklärte sie, als ich sie fragend anschaute.

Von der Eingangstür aus betraten wir ein großes Zimmer, die Wand gegenüber war in voller Größe verglast, es gab keinen Vorhang. Dahinter befand sich ein großer Balkon. Narin blieb neben der Tür stehen.

»Komm«, ermutigte sie mich. »Du hättest früher oder später ja doch herkommen müssen.«

»Schon gut! Geh du nur vor.«

Ich betrat das große Zimmer; sie schloss die Tür, folgte mir aber nicht. Sie blieb dort stehen. Ich war mir sicher, dass sie ihre Augen geschlossen hatte. Mir kam das etwas zu übertrieben vor. Ich ging zum Fenster und hätte gern die Balkontür geöffnet. Es roch nicht nach Tod - schließlich war die junge Frau ja nicht hier gestorben. Aber dennoch beschlich mich das Gefühl, keine Luft zu bekommen. Der Balkon war nicht sehr groß, aber eine Menge Topfpflanzen und zwei Sommerliegen mit einem kleinen Tisch dazwischen fanden darauf Platz. Der Ausblick war wirklich fantastisch: links war das Meer zu sehen, gegenüber Häuser der Stadt. Wenn abends die Beleuchtung in der Stadt eingeschaltet wurde, war es sicher noch schöner. Ich atmete einige Male tief durch.

Narin kam zu mir.

»Mein armes Kind! Wie sehr sie diesen Balkon mochte ...«, seufzte sie. »Sie wollte einen Dachgarten anlegen lassen, aber sie hatte ja kaum Zeit dafür.«

»Wie lange hat sie hier gewohnt?«

»Wir hatten die Wohnung im Herbst gekauft - das war der zweite Sommer, den sie hier verbrachte.«

Als es an der Tür klingelte, zuckten wir beide zusammen.

»Wann wollte Oktay kommen?«, fragte ich leise.

»Am Abend, nach der Arbeit ... - er ist es sicher noch nicht. Wer kann das um diese Zeit sein?«

»Öffnen wir erst mal die Tür ...«, sagte ich.

Narin eilte zur Tür, ich ging zurück ins Zimmer. Eine große, schlanke Frau mit kurzen, krausen, weißen Haaren trat mit energischen Schritten ein. Als sie mich erblickte, blieb sie wie erstarrt stehen, und wandte sich an Narin. Trotz der weißen Haare wirkte sie in ihrer sportlichen Kleidung - (Pullover, Hose, Turnschuhe) - gar nicht alt. Als ich sie aufmerksamer anschaute, bemerkte ich ihr jugendliches Gesicht.

»Ach, Sie sind es!«, sagte sie mit einer verrauchten Stimme. »Ich hörte Schritte über mir und befürchtete, dass es ein Einbrecher sein könnte.«

»Wir sind es, Işıl Hanım. Wir wollten mal nach dem Rechten sehen.«

»Ja, natürlich! Mein tiefstes Mitgefühl ... - ich weiß gar nicht, was ich sagen soll ... Wir konnten es ja alle nicht glauben ...«

Narin erklärte mir: »Işıl Hanım ist eine Nachbarin von Melek; sie wohnt in der 4. Etage.«

Die Frau nickte mir nur kurz zu. Ich tat es wie sie. Es war überflüssig, bei einer solch kühlen Begegnung mit »sehr erfreut« zu antworten.

»Ich dachte schon, sie würden gar nicht mehr kommen.«

»Ja, es hat etwas gedauert, bis ich mich in die Wohnung getraut habe ...«, sagte Narin leise. In ihrer Stimme lag Trauer.

»Nun ja, ich will Sie nicht stören. Wenn Sie etwas brauchen, ich bin ja unten. Bitte beehren Sie mich doch später auf einen Kaffee.«

»Vielen Dank! Aber wir haben heute noch Einiges zu erledigen.«

»Wie Sie meinen ... - Sie sind bei mir immer herzlich willkommen.«

Bevor ich mich in das Gespräch einschaltete, räusperte ich mich.

»Wenn vor uns schon jemand in der Wohnung gewesen wäre, hätten Sie es doch sicher gehört, nicht wahr?«

»Aber natürlich ... - ich habe Sie ja auch gehört ...«

»Das heißt, die Polizei war noch gar nicht hier?«

»Ach was! Was hätte die Polizei hier denn zu suchen?« Sie fragte das beinahe schreiend.

»Na ja! Da es sich um einen Mordfall handelt, müsste die Kripo doch auch hier ermitteln. Das heißt also: die Nachbarn wurden gar nicht befragt.«

Sie schüttelte den Kopf: »Niemand ist gekommen und niemand stellte Fragen.«

Narin bemerkte, dass ich bereits mit dem Befragen begonnen hatte.

»Wollen Sie sich nicht setzen?«, bot sie der Frau an.

»Ich will Sie nicht stören«, antwortete sie, blickte sich aber schon nach einem Sitzmöbel um.

Ein schwarzes Ledersofa war der Sitzplatz. In dem Wohnzimmer gab es außer diesem keinen gewöhnlichen Stuhl oder Sessel. Auf dem weißen Teppich befanden sich bunte Sitzkissen, aber keiner von uns wollte sich darauf niederlassen.

Narin zeigte auf das Sofa. Ihre Geste war so bestimmt, als hätte sie Mühe, sich zu beherrschen und die Frau nicht am Arm zu packen.

»Emin Bey versucht in diesen schlimmen … Fall … etwas Klarheit bringen«, erklärte sie der Frau.

Es hätte mich gewundert, wenn die dies begriffen hätte. Aber sie blickte mich immerhin prüfend an, indem sie ihre wässerigen, blauen Augen zusammenkniff.

»Gut, aber … Sie sind ja wohl kein Polizist …«

Narin mischte sich ein: »Emin Bey ist ein Freund der Familie, er kannte Melek schon als Kind«, behauptete sie. »Wie man sieht, macht die Polizei ja keine Anstalten, den Fall aufzuklären.«

Işıl Hanım nickte zustimmend: »Jedenfalls sind sie nicht hier gewesen.«

»Bitte setzen Sie sich doch«, bat Narin nunmehr eindringlich und wies auf das Sofa. »Während Sie sich mit Emin Bey unterhalten, koche ich uns am besten einen Kaffee.«

Die Frau schien etwas perplex zu sein, achtete aber beim Hinsetzen darauf, mit dem Bein nicht an den Glastisch zu stoßen.

Ich schaute auf den riesigen Tisch, auf dem sich allerlei Krimskrams befand, unter anderem auch ein übervoller Ascherbecher. Narin griff mit der gewohnten Geste einer ordentlichen Hausfrau nach dem Aschenbecher und wollte ihn in die Küche bringen.

»Lass ihn nur stehen«, griff ich ein. Sie blickte mich erst verwundert an, aber dann begriff sie, was ich bezweckte.

Als sie in die Küche ging, setzte ich mich ans andere Ende des Sofas, also zwischen Işıl Hanım und den Glastisch. Die Frau war offensichtlich verunsichert, deshalb legte ich ein vertrauenswürdiges Lächeln auf mein Gesicht, von dem ich dachte, es würde sie beruhigen.

»Sie haben sicher einiges gehört, was in dieser Wohnung vor sich ging«, sagte ich. Doch im gleichen Augenblick bereute ich diese Bemerkung; Haydar Bilir hätte sich sicher geschickter bei dieser Befragung angestellt als ich. Denn anstatt sich zu beruhigen und auf sie einzuwirken, hatte ich sie offenbar in die Offensive getrieben.

»So ist es nicht, mein Herr! Was soll das denn heißen? Seit etwa zwei Wochen habe ich keinen Ton aus der Wohnung gehört. Als ich heute Ihre Schritte hörte, dachte ich, es sei meine Pflicht, nach dem Rechten zu sehen.«

»Natürlich! Sie haben ja richtig gehandelt. Was ich sagen will: Sie hätten doch sicher bemerkt, wenn jemand nach Meleks Tod in der Wohnung gewesen wäre.«

»Sicherlich«, bestätigte sie und lehnte sich zurück. Ich hoffte, dass sie jetzt etwas lockerer war.

»Aber Sie können natürlich nicht wissen, ob jemand während Ihrer Abwesenheit …«

»Ich gehe nicht oft aus, ich arbeite zu Hause.« Es schien so, als wollte sie mir das erklären. Sie räusperte sich, bevor sie fortfuhr: »Also seit ich im Ruhestand bin, mache ich zu Hause Übersetzungen. Ich lebe davon, denn die Rente reicht natürlich nicht ...«

»Natürlich!«

»Tagsüber gehe ich nur ab und zu mal einkaufen, abends bin ich nur selten außer Haus. Also meistens bin ich zu Hause.«

»Als Melek noch lebte, hatten Sie Kontakt zu ihr?«

Auf ihrem Gesicht breitete sich auf einmal ein liebevolles Lächeln aus: »Aber sicher doch! Melek war ein so liebes Mädchen! Möge sie in Frieden ruhen ... Sie war noch sehr jung, hatte ein bewegtes Leben ... - viele Freunde. Aber sie kam manchmal zu mir, um sich nach meinem Befinden zu erkundigen. Ein paar Mal hatte sie mich auch eingeladen, mit ihr auf dem Balkon den Sonnenuntergang zu betrachten. Als sie nach London flog, fragte sie mich, ob ich einen Wunsch hätte. Sie war ein sehr nettes Mädchen. Sie hatte ja keine Mutter ...«

»Haben Sie Kinder?«

Sie blickte mir streng in die Augen: »Ich habe nie geheiratet!« Das klang wie eine Zurechtweisung.

Also noch ein Fettnäpfchen ...

»Also hat sie nicht mit Lärm, zum Beispiel lauter Musik, gestört«, versuchte ich ihre Offensive zu dämpfen.

»Nein. Wenn sie mal eine Party gefeiert hat, sagte sie mir vorher Bescheid. Sie hatte sich hinterher immer entschuldigt ... - das arme Mädchen ...«

»Hatte sie denn viel Besuch?«

»Nun ja, sie war ja jung - natürlich.«

»Und hatte sie einen Freund?«

Mit einer Handbewegung, die ihre Toleranz verdeutlichen sollte, unterbrach sie mich: »Oktay Bey ... - er ist ein wohlerzogener junger Mann. Im Treppenhaus sind wir uns oft begegnet. Melek hatte ihn mir mal vorgestellt.«

Wieso ist sie ihm, wenn sie kaum hinausging, so oft im Treppenhaus begegnet, fragte ich mich. Plötzlich war ich sicher, dass diese Frau, die sich die größte Mühe gab, ihre Neugier zu verbergen, ihre junge Nachbarin im oberen Stockwerk auf Schritt und Tritt beobachtet hatte. Sie wusste sicher auch von dem früheren Liebhaber. Aber wie konnte ich sie unauffällig danach fragen?

Innerhalb kürzester Zeit kam ich zum zweiten Mal in arge Verlegenheit.

»Ist auch Oktay ... - also nach Meleks Tod - nicht in die Wohnung gekommen?«

In ihren Augen schien etwas kurz aufzublitzen - sie tat so, als würde sie nachdenken: »Wenn er hier gewesen wäre, hätte ich ihn bestimmt gehört.« Ihre Stimme klang zum ersten Mal unsicher. »Aber er hätte natürlich hier gewesen sein können, während ich weg war ...«

»Vielleicht weiß der Hausmeister darüber bescheid«; sagte ich.

»Falls er hier gewesen sein sollte ... - dann wohl, um seine Sachen zu holen. Das ist sein gutes Recht.« Ihre Stimme klang jetzt etwas zänkisch.

Ich bereitete mich gerade darauf vor, auf dieses Thema etwas konkreter einzugehen, da kam Narin mit einem Tablett ins Zimmer. Als sie das Tablett auf den Tisch stellte, erkundigte sie sich bei der Nachbarin: »Nehmen Sie Milch und Zucker?«

Mir schien, dass Işıl Hanım über diese Unterbrechung erleichtert war. »Ich trinke ihn ohne Milch und Zucker. Aber Sie hätten sich keine Mühe machen müssen.«

»Ich bitte Sie, das mache ich doch gerne!«

Während Narin den Kaffee servierte, herrschte angespannte Stille. Ich legte mir meine Fragen sorgfältig zurecht. Auch wenn diese Frau eine Menge wusste, erschien sie mir nicht als jemand, der über die Ermordete einem Familienfreund gegenüber Tratsch verbreiten würde.

Işıl Hanım unterbrach schließlich die Stille, nachdem sie einen Schluck Kaffee getrunken hat und fragte Narin, die immer noch stand: »Wollen Sie die Wohnung verkaufen?«

»Wir haben uns darüber noch keine Gedanken gemacht«, antwortete sie. »Ich weiß es noch nicht ...«

»Sie können sie ja auch vermieten ... Die Mieten sind hier sehr gestiegen in den letzten Jahren.«

»Nein, ich habe keine Lust, mich mit irgendwelchen Mietern herumzuärgern. Damit lassen wir uns noch etwas Zeit ...«

Ich hatte den Eindruck, dass diese Frau Fragen stellte, um selbst keine beantworten zu müssen.

»Sie sagten, Sie hätten Angst vor Einbrechern. Ist es denn so einfach für Fremde ins Haus zu gelangen?«, bohrte ich trotzdem weiter.

»Eigentlich sollte das nicht so leicht sein. Aber wer will, findet eine Möglichkeit. Der Hausmeister ist ja nicht rund um die Uhr da. Im Sommer gab es zum Beispiel einen Fall ...«

»War das hier?«

»Ja, noch dazu tagsüber ... - jemand hat versucht, diese Tür aufzubrechen. Ich selbst habe nichts gehört ... - es ist auch niemand in die Wohnung eingedrungen. Melek hielt es nicht mal für nötig, die Polizei zu rufen.«

»Wann ist das passiert?«

»Ach, irgendwann im Sommer ... etwa im August, schätze ich ...«

»Also kurz bevor Melek ermordet wurde ... - stimmt das?«, bedrängte ich sie.

»Ich weiß es nicht genau ... Es kann auch Ende Juli gewesen sein. In diesem Jahr habe ich keinen Urlaub gemacht ...«

Was hatte das mit dem Einbruch zu tun, wunderte ich mich.

»Erinnern Sie sich sonst noch an etwas Ungewöhnliches?«

Sie schien nachzudenken, sagte: »Weiß ich nicht«, und zog ihre Augenbrauen hoch. »Oktay Bey war eine ganze Weile nicht mehr hier. Ich weiß nicht, ob sie sich gestritten, oder sogar getrennt hatten, ich habe sie natürlich nicht danach gefragt. Ich habe ihn nach dem versuchten Einbruch nicht mehr gesehen. Aber wahrscheinlich hatte ihm Melek gar nichts davon erzählt.«

Narin und ich blickten uns vielsagend an.

»Hatte sie denn eine andere Bekanntschaft?«, fragte ich.

»Was meinen Sie?« Diesmal blickte Işıl Hanım sehr streng, mit zusammengezogenen Augenbrauen.

»Ich meine, hatte sie einen neuen Freund?«

»Ich habe niemanden gesehen.«

Sie stellte ihre Tasse auf den Tisch und stand ziemlich abrupt auf: »Ich habe Sie lange genug aufgehalten. Sie haben sicher noch viel zu tun.«

Narin öffnete ihr die Tür und verabschiedete sie mit den Worten: »Wir sehen uns sicher bald wieder, Işıl Hanım! Wenn Ihnen noch etwas einfallen sollte ...«

»Aber natürlich, klar! Und wenn Sie etwas brauchen ... - ich bin ja immer da. Nochmals mein herzliches Beileid!«

Als sich die Tür hinter ihr schloss, blickten Narin und ich uns bedeutungsvoll an.

»Ich hatte keine Ahnung, dass sie sich getrennt haben«, sagte sie. »Bei der Beerdigung wirkte er so traurig.«

»Wir fragen ihn danach, wenn er kommt. Wir erfahren es aber bestimmt auch von Meleks Freundinnen. Jetzt wollen wir uns erst mal in der Wohnung umsehen. Mal sehen, ob wir etwas finden, was uns weiterbringt.«

Im Wohnzimmer herrschte Durcheinander - so empfand ich es jedenfalls -, dabei gab es ja nur wenige Sachen. In einem Regal gegenüber dem Sofa, etwa in der Höhe von zwanzig Zentimetern standen ein Fernseher, ein Disc- und ein DVD-Spieler und ähnliche elektronische Geräte, an der

Wand hing ein riesiges Filmplakat (»Amadeus«). Hinter dem Sofa stand ein Schrank; der untere Teil war geschlossen, im oberen, offenen Regalsystem befanden sich Bücher. Davor stand eine Halogenstehlampe - offenbar ein Designerstück. Außer diesem Mobiliar gab es noch die Sitzkissen auf dem Boden - sonst nichts. Die Sitzkissen wirkten wie aufs Geratewohl hingeworfen, deshalb erweckten sie den chaotischen Eindruck. Eigentlich wirkte es bewohnt, als hätte Melek es erst heute Morgen in aller Eile verlassen. Vielleicht entstand dieser Eindruck bei mir, weil sich auf dem Glastisch so viele Sachen befanden. Neben dem überfüllten Aschenbecher aus schwarzer Keramik waren es acht unterschiedlich große weiße Kerzen, deren Wachs auf dem Tisch größere und kleinere Flecken bildeten. Dann verschiedenartige Gläser, zwei dunkelblaue, ein rotes sowie ein weißes aus Milchglas - die Getränkereste waren jedoch ausgetrocknet. In einer großen Glasschale in der gleichen Farbe des einen Glases lagen eine Handvoll blauer Glasperlen, die gegen den »bösen Blick« beschützen sollten. In einem Henkelbecher mit der Aufschrift CARNABY St. steckten Kugelschreiber, Bleistifte, farbige Markierstifte, daneben lagen Räucherstäbchen, und in einer eimerförmigen, metallenen Vase befanden sich vertrocknete Blumen. Daneben lag ein englischer Roman, »The Trespasser« von D. H. Lawrence, eine Taschenlampe mit rotem Plastikgriff, ein Handspiegel aus Silber, ein zerknülltes Taschentuch mit roten Lippenstiftspuren und in einer Holzschale lagen eine Menge Reklame-Streichholzbriefchen aus verschiedenen Hotels, Restaurants und Nachtklubs.

Ich nahm einen Kugelschreiber aus dem Becher und stocherte in dem Aschenbecher herum. Es wurden zwei Sorten Zigaretten geraucht - beides amerikanische Marken. Ob diese viele Kippen in einer einzigen Nacht zusammengekommen waren, oder ob der nur selten geleert wurde ... - das konnte ich natürlich nicht feststellen. Auf dem Tisch und auf allen anderen Gegenständen der Wohnung waren sicher viele Fingerabdrücke vorhanden. Doch wahrscheinlich würden wir nicht erfahren, zu wem sie gehörten. Denn die Polizei hatte sich ja nicht die Mühe gemacht, die Wohnung zu durchsuchen.

Ich erhob mich vom Sofa und ging zu dem Regal, um mir die Bücher anzuschauen. Hier war keine Unordnung, im Gegenteil: alles war systematisch geordnet. Auf der einen Seite standen die gebundenen Bücher, die sie offenbar im Unterricht verwendete. Softcoverromane standen in einer anderen Reihe, Fachbücher über Theater ebenfalls für sich, Fachbücher über Psychologie und Philosophie gleichfalls getrennt. Die Bücher waren offenbar nach Themen sortiert, jede Gruppe alphabetisch nach den Autorennamen. Auf den ersten Blick sah ich kein einziges türkisches Buch. Auch mehrere Zeitschriftensammlungen waren vorhanden - ebenfalls in englischer Sprache. In zwei Regalen standen DVDs und dort entdeckte ich die Bücher von türkischen Autoren. Die meisten waren Gedichtbände, auch einige der Bestseller der letzten Jahre waren hier eingereiht. Ich schaute, ob auch Bücher von meiner Exfrau dabei waren, denn auch diese Bücher waren alphabetisch geordnet. Aber es war kein Buch von ihr in diesem Regal. Bei einer gründlichen Durchsuchung müssten alle Bücher einzeln daraufhin untersucht werden, ob darin etwas versteckt war ... - Briefe oder Dokumente. Aber das wäre jetzt viel zu viel Arbeit gewesen! Ich wusste ja auch gar nicht, wonach ich suchen sollte. Außerdem haben die jungen Menschen heutzutage mit Papier und Stift nicht viel im Sinn, überlegte ich. Diese junge Frau hat wahrscheinlich kaum mal einen altmodischen Brief auf dem Postweg erhalten. Dafür gibt es schließlich die schnelle Email! Damit hatte ich ein Argument gefunden, um nicht nach Beweisen in den Büchern zu suchen. Eine Art Psychogramm aufgrund der Lektüre in diesen Regalen zu erstellen, wäre ohnehin vergebliche Mühe gewesen. Ich kannte die meisten Bücher und Filme nämlich gar nicht.

Narin hatte sich auf den Boden gesetzt und die unteren Schränke nach etwas Verdächtigem durchsucht, aber auch sie wusste nicht, wonach sie suchen sollte.

»Deine Nichte hatte großes Interesse an Literatur«, bemerkte ich. Ich wollte wenigstens diese Entdeckung mit Narin teilen.

Sie hatte gerade etwas in der Hand, was sie aufmerksam betrachtete. Sie antwortete mir ohne den Kopf zu heben: »Das war nicht nur Interesse - das war ihr Beruf!«

Stimmt ja, ich wusste gar nicht genau, in welchem Fachbereich Melek tätig war. Sie hatte in England studiert, dort promoviert, dann unterrichtete sie hier an der Universität.

»Hatte sie englische Literatur studiert?«

»Vergleichende Literaturwissenschaft«, antwortete sie. »Schau, was ich gefunden habe ...«

Auf ihrem Schoß lag ein Fotoalbum, in der Hand hatte sie einen großen Umschlag. Als sie den Inhalt des Umschlags auf den Boden streute, kamen einige Fotos zum Vorschein.

»Dieses Fotoalbum hat Selmin angelegt ... - Melek hat es aufgehoben ...«

»Wer ist Selmin?«

»Sie war meine Schwester, also ihre Mutter. Schau mal dieses Bild ... - an ihrem ersten Schultag.«

Ich schaute aus einiger Entfernung auf die Bilder und konnte nichts erkennen.

»Selmins erster Tag... ?«

»Nein, Meleks erster Schultag! Schau, wie süß ...«

Sie sagte zwar »schau«... aber sah sie sich selbst an. Ich musste mich auf den Boden setzen - den Schneidersitz schaffte ich aber nicht. Ich kniete mich zu ihr hin und setzte mich auf die Fersen und beugte mich über Narins Schulter, um mir die Bilder anzuschauen. Ich sah Melek, die ich angeblich seit ihrer Kindheit kannte, zum ersten Mal als Kind. Aber da ich nicht einmal beim Betrachten der Bilder meines eigenen Sohnes Begeisterung empfand, brach ich angesichts der Bilder des fremden Mädchens nicht in eine überwältigte Gefühlsregung aus. Sie war ein niedliches Kind mit großen Augen; mehr noch merkte ich, dass Selmin Hanım als junge Mutter sehr schön war. Auch der Engländer, den Narin mir als Vagabunden geschildert hatte, war nicht von schlechten Eltern. Narin blätterte in dem Album und versuchte sich zu erinnern, wann und wo die Bilder aufgenommen wurden. Vor Rührung schnaufte sie - sicher waren ihre Augen tränennass. Mit den Jungmädchenbildern von Melek endete die Fotoserie. Sie waren an verschiedenen Orten zu unterschiedlichen Zeiten geknipst worden. Aber Narin sah sie wohl zum ersten Mal. Melek war tatsächlich betörend schön gewesen - oder aber sehr fotogen. Auf vielen Fotos war sie alleine abgebildet. Es gab auch einige, auf denen sie mit anderen zu sehen war und Bilder von anderen Menschen. Die hätten ja vielleicht den einen oder anderen Hinweis ergeben können, aber wir hatten jetzt nicht so viel Zeit. Oktay wollte nach der Arbeit in die Wohnung kommen, bis dahin wollten wir nach möglichem Beweismaterial suchen.

Etwas mühsam erhob ich mich: »Ich schlage vor, du nimmst die Bilder mit. Und schau bitte nach, was es sonst noch in den Schränken gibt, Briefe und solche Dinge. Nimm alles, was du findest, mit. Wir schauen uns das zu Hause in Ruhe an. Ich werde jetzt das Bad und das Schlafzimmer inspizieren.«

Sie blickte zu mir hoch. Ihre Augen waren vom Weinen gerötet. »Ist gut! Ich komme gleich nach.«

Aus dem Wohnzimmer ging es in einen Flur. Die Tür, die links in die Küche führte, stand offen. Ich warf nur einen kurzen Blick hinein, denn ich glaubte nicht, dort etwas zu finden. Die zweite Tür links und auch die Flügeltür gegenüber waren einen Spalt breit geöffnet. Die obere Hälfte der Türen war aus Milchglas. Ich öffnete die Flügeltür, die ins Schlafzimmer führte. Eine Handbreit über dem Boden stand ein großes Doppelbett ... - zerwühlt, mit lila-rosa gemusterter Bettwäsche. Zwischen dem Fenster und dem Bett stand eine alte, geschnitzte Holztruhe, darauf eine metallene Nachtlampe - ebenfalls ein Designerstück - sowie jede Menge Kleinkram. Parallel zum Bett, vor dem Fenster, befand sich ein kleiner Arbeitstisch mit Notebook, Papier, Akten und dergleichen. An der Wand gegenüber dem Bett waren auf einer Spiegelkonsole eine Menge kleiner Schachteln, Glasbehälter und Flakons aufgereiht - die üblichen Kosmetikutensilien. In voller Länge der Wand, neben der Tür, stand ein Schrank.

Ich blieb mitten im Raum stehen, wusste nicht, wo ich anfangen sollte. Ich fand es unpassend, in den Schubladen und im Schrank herumzuwühlen. Das könnte ich später gemeinsam mit Narin tun. Also ging ich zu dem Arbeitstisch vor dem Fenster und setzte mich auf den Stuhl. Aus dem Fenster blickte ich auf den Balkon, der vom Wohnzimmer bis hier reichte. Hinter den vielen Blumentöpfen war das Meer zu sehen. Der Computer war ausgeschaltet - ich beschloss, ihn mitzunehmen. Deshalb schaute ich mir nur kurz die Papiere und die Akten an. Soweit ich es erkennen konnte, waren es Notizen für den Unterricht. Ich versuchte, die Schublade zu öffnen, aber sie war abgeschlossen, der Schlüssel steckte nicht drin. Das gefiel mir irgendwie - das hieß, dass Melek vor den Menschen, die sie in ihr Schlafzimmer ließ, etwas zu verbergen hatte. Sicher würde am Schlüsselbund, den Narin hatte, ein passender Schlüssel sein, hoffte ich und warf einen Blick auf die Sachen, die sich auf der Holztruhe befanden: Neben der Lampe auch hier ein Aschenbecher mit einigen Kippen. Noch ein englischer Roman ... - diesmal ein Krimi, das entnahm ich dem Titel. Daneben lag ein Notizbuch, etwa so groß wie ein Taschenbuch, mit einem dunkelroten Einband, darauf stand ein runder Stifthalter mit Kugelschreiber und Bleistiften.

Ich stellte den Stifthalter beiseite und nahm das Heft in die Hand, um darin zu blättern. Es war ein Tagebuch. Manche Einträge waren datiert, aber es gab auch kurze Notizen, als wäre Melek nachts aufgestanden, um ihre plötzlichen Ideen aufzuschreiben. Notiert hatte sie auch, was sie an manchen Tag tat oder was sie vorhatte zu tun. Da das Buch nicht verschlossen war, enthielt es wohl nichts Wichtiges. Trotzdem wollte ich es mir später anschauen, um zu erfahren, was sie in den letzten Tagen ihres Lebens getan hatte.

Als ich die Sachen von der Truhe abräumen und sie öffnen wollte, trat Narin ins Zimmer.

»Hast du etwas gefunden?«

»Auf den ersten Blick gibt es nichts Ungewöhnliches«, antwortete ich. »Den Schminktisch überlasse ich dir, damit kennst du dich besser aus.«

Gemeinsam gingen wir zur Spiegelkonsole. Narin prüfte die Cremes und Parfümflaschen sowie die Ringe und Ohrringe in einer Porzellanschale.

»Sie hatte hier keinen wertvollen Schmuck«, sagte sie. »Sie trug ihn nicht ... - das hier ist alles Bijou und ein wenig Silber. Die wertvollen Stücke sind bei mir im Safe.«

Sie öffnete eine Creme und roch daran, drehte ein paar Lippenstifte auf und sah sich die Farben an. »Ach, das ist ja so traurig ...«

»Wenn es etwas gibt, dann vielleicht in den Schubladen. Darf ich nachschauen?«, fragte ich teilnahmsvoll.

Sie blickte mich misstrauisch an, als sie die Gegenfrage stellte: »Was soll es da denn geben?«

»Was weiß denn ich ... - Tabletten vielleicht, oder etwas anderes ...«

Sie schien plötzlich verärgert zu sein: »Was willst du damit eigentlich sagen?«

»Ich will damit gar nichts sagen. Aber wenn wir nicht nachschauen, können wir nicht wissen, ob es etwas gibt.«

»Sie hatte nichts mit Rauschgift zu tun, das weiß ich mit Sicherheit!«, sagte sie und riss mit einer schroffen Bewegung beide Schubläden auf.

Ich weiß ja selbst nicht, was ich erwartet hatte. Aber wir fanden weder ein Kokainbesteck, noch eine benutzte Heroinspritze. In den Schränken waren ihre Kleider, im Bad die üblichen Dinge: Bade- und Duschmittel, Kopfschmerztabletten, Vitamine, Mittelchen gegen Erkältung - ansonsten keine anderen Tabletten - außer der Antibabypille natürlich.

Als wir damit fertig waren, gingen wir wieder ins Wohnzimmer. Inzwischen war es dunkel geworden; Narin drückte auf den Lichtschalter. An der Decke leuchtete eine Lampe auf, aber sie erhellte den Raum kaum. Deshalb schaltete sie auch die Stehlampe neben dem Bücherregal ein, doch das lilafarbene Licht machte den Raum auch nicht heller.

»Ich hab' es dir ja gesagt. Aber was soll's ... - ich bin jetzt wenigstens beruhigt«, sagte Narin.

»Die anderen beiden Toten hatten auch etwas mit Rauschgift zu tun ... - deshalb ...« murmelte ich kleinlaut und schämte mich fast wegen meines Verdachts.

»Meleks Tod kann mit denen nicht in Verbindung stehen!«

In diesem Augenblick wusste ich nicht, ob ich ihr das, was mir gerade aufgefallen war, sagen sollte. Wir fanden in der Wohnung nichts, was nicht Melek gehörte: kein Männerhemd, keinen Pyjama, keine Rasierutensilien im Bad, auch keine schmutzigen Kleidungsstücke im Wäschekorb. Narin hatte widerwillig darin rumgewühlt. Auch wenn Melek und Oktay getrennt wohnten, war es in einer längeren Beziehung normal, dass es Gegenstände vom Lebenspartner in der Wohnung gab. Aber danach sollte ich wohl besser Oktay fragen. Vielleicht hatte Işıl Hanım ja richtig vermutet, dass die beiden sich getrennt hatten.

»Sollen wir das, was wir mitnehmen wollen, in einen Koffer packen?«, fragte ich. Ich dachte mir, es wäre klüger die

Sachen wegzuräumen, bevor Oktay kam. »Im oberen Teil des Schrankes habe ich einen gesehen.«

»Richtig«, antwortete sie und griff nach den Fotoalben und Briefumschlägen, die auf dem Sofa lagen. »Oktay wird sicher gleich kommen.«

Ich ging ins Schlafzimmer, um den Koffer zu holen und dachte darüber nach, wie ich Oktay am geschicktesten befragen sollte. Haydar hatte ja gesagt, dass es der Polizei nicht gelang, von ihm etwas zu erfahren, was in dem Mordfall weitergeholfen hätte. Was konnte ich, ein Hobbydetektiv, der nicht einmal die Nachbarin zum Plaudern gebracht hatte, schon ausrichten? Abermals bereute ich, mich in diese Angelegenheit eingemischt zu haben.

Als es klingelte, packte ich gerade das Notebook und die Unterlagen vom Arbeitstisch in eine große Stofftasche. Ich hörte, dass Narin zur Tür ging, um zu öffnen, und schaute mich um, ob ich etwas vergessen hatte. Dann zog ich den Reißverschluss der Tasche zu und ging ins Wohnzimmer. Narin und Oktay standen sich gegenüber und lächelten sich traurig an. Narin beugte den Kopf nach links, Oktay nach rechts - sie erinnerten mich an zwei Filmschauspieler, die auf das »und ... Aktion« - Kommando des Regisseurs warteten. Plötzlich fühlte ich mich auf ein Set versetzt, bei dem ich die berühmte Schauspielerin und Mörderin (das konnte ich allerdings niemandem glaubhaft machen) Aysel Aslan zum ersten Mal leibhaftig gesehen hatte. Sie beugte unter den Strahlern ihren Kopf zur Seite und als das Kommando des Regisseurs kam, begann sie sich in ihrem weißen Brautkleid wie eine Marionette zu bewegen ... Dieses Bild sah ich so deutlich vor mir, dass ich es einige Sekunden lang nicht verscheuchen konnte. Erst als Narin uns mit den Worten: »Das ist Oktay ... - das ist Emin Bey« vorstellte, schauten wir uns beide an.

Seine schwarzen Augen, die er in diesem Augenblick so weit geöffnet hatte, wirkten riesengroß. Er hatte dichte, schwarze Augenbrauen, fast durchgehend, sodass ein Abstand zwischen den Augenbrauen kaum vorhanden war. Sein Kopf war kahl. Die Rasur wirkte irgendwie gekünstelt. Als seine Lippen, die eben noch gekrümmt waren, sich zu einem Lächeln in die Breite zogen, bemerkte ich, dass sie etwas fleischig waren, so dass sie bei einem Mann eher unschön wirkten. Über seinen schrill-roten Rollkragenpullover (zu meiner Zeit trugen die jungen Männer keine solche ins Auge springenden Farben) trug er eine Lederjacke mit vielen Reißverschlüssen. Seine Füße am Ende der schon zur Uniform gewordenen Jeans konnte ich nicht sehen, weil er auf der anderen Seite des Tisches stand. Aber ich war sicher, dass er Turnschuhe trug. Ich konnte mich auf den ersten Blick nicht entscheiden, ob er wie ein trendbewusster Student aussah, oder wie ein Mafioso, der den Paten mimte. Er konnte auch Vertreter einer Modefirma sein, die mir unbekannt war.

Er kam einen Schritt näher und reichte mir die Hand: »Mein herzliches Beileid, mein Herr!«, sagte er wohlerzogen und mit einer hohen Stimme, die seine kräftigen Augenbrauen und sein kahler Kopf nicht erwarten ließen.

»Ihnen auch«, sagte ich und drückte seine Hand.

Die war so schweißnass, dass ich meine Hand, als ich sie zurückzog, in die Hosentasche steckte, um sie unbemerkt an der Hose abzuwischen.

»Bitte nehmen Sie doch Platz«, sagte Narin, dabei wippte sie auf ihren Füßen wie eine Läuferin, die gleich losrennen wollte.

Es gab hier nur wenig Platz zum Sitzen - das wusste der junge Mann, der sicher oft genug hier war, am besten. Trotzdem blickten wir uns beide suchend um. Doch da die Sitzkissen nicht gerade einladend wirkten, nahmen wir beide auf dem Sofa Platz.

»Unterhaltet euch ruhig schon, ich werde währenddessen etwas zum Trinken holen - mal sehen, was es gibt«, damit verschwand sie in der Küche.

Wir saßen da, der Tisch war zwischen uns. Ich stellte fest, dass ich mich bezüglich seiner Fußbekleidung nicht geirrt hatte.

Ich lehnte mich zurück, schlug die Beine lässig übereinander. Oktay saß mit zusammengedrückten Knien da, kerzengerade, ans Ende des Sofas gepresst. In einer solchen Situation reicht man am besten eine Zigarette, um die Atmosphäre etwas zu lockern und ein Gespräch zu beginnen. Aber ich hatte nur meine Pfeife dabei. Gelegentlich rauchte ich nach dem Essen mal eine Zigarre, aber Zigaretten hatte ich keine. Er schien auch keine zu haben, oder er war Nichtraucher. Ich streckte meine Hand auf dem Rücken des Sofas aus und schaute ihm mit einem Lächeln in die Augen, von dem ich glaubte, dass es freundlich sei. Dabei hoffte ich, dass, wenn ich schwieg, auch er den Mund halten würde. Aber lange hielt er das nicht durch.

»Es ist unglaublich ... - als ich das letzte Mal hier war ... - wer hätte das gedacht?!«

»Wann?«, fragte ich.

»Was, wann?!«

»Wann waren Sie zum letzten Mal hier, oder ... - wann haben Sie Melek das letzte Mal gesehen?«

»Ich glaube, das war zwei Tage vorher ... - also vor dem schrecklichen Vorfall.«

»Und ...?«

»Wir redeten, hörten Musik, wie immer. Also ... wir lachten auch ...«

Sie redeten und lachten ... Er wird bestimmt nicht erzählen, dass sie miteinander geschlafen haben ...

»War sonst noch jemand hier?«

Er zog die Augenbrauen zusammen, aber nicht verärgert, sondern nachdenklich. »Eigentlich ... - also in jener Nacht nicht. Normalerweise waren hier immer viele Leute. Wer gerade Lust hatte, kam zu Melek ...« Er schwieg plötzlich. »Ja, sie war eben so... - Melek war sehr gastfreundlich.«

»Abends leitete sie aber doch Kurse an der Universität. Sie hat oft lange gearbeitet ...«

»Ja«, sagte er etwas scharfkantig und schien verärgert zu sein. »Und das mitten im Sommer! Wir konnten nicht einmal Urlaub machen. Und in den Wintermonaten arbeitete sie auch noch an den Abenden, als hätten die Unterrichtsstunden tagsüber nicht gereicht. Ich habe nie verstanden, warum sie das tat. Sie bekam dafür nicht einmal eine Anerkennung. Sie hatte einen Doktortitel von einer englischen Universität ... - und trotzdem bekam sie hier keine Dozentenstelle. Sie war immer noch als Assistentin eingestellt.«

»Sie hatte ja vielleicht andere Pläne ...«

»Ach was! Was konnte sie schon von dieser Universität erwarten?! Wie oft habe ich es ihr gesagt, »lass diesen Job, jemand wie Du findet hier eine bessere Stelle.« Aber sie hörte nicht auf mich.«

»Wie lange waren Sie ein Paar ... - ich meine, waren Sie zusammen?«, bohrte ich weiter.

»Fast ein Jahr ist es her ... - voriges Jahr um diese Zeit ... - nein, es war Anfang November. Es gab hier eine Party. Meleks Partys waren beliebt. Ein Freund hatte mich mitgenommen. Wir haben uns dann schnell angefreundet.«

Er lächelte, als würde er sich an etwas Schönes erinnern. Ob er damit signalisieren wollte, dass sie noch am selben Abend miteinander ins Bett gingen? Ich spürte, dies war gerade der richtige Zeitpunkt, um von früheren Liebhabern zu reden.

Doch Narin erschien mit einem Tablett in der Hand - sie hatte es erneut geschafft, die Unterhaltung an der spannendsten Stelle zu stören. Diesmal brachte sie keinen Kaffee, sondern ein alkoholisches Getränk. Offenbar hatte sie eigene Regeln, wem sie wann was anbot. Ihre Worte waren auch immer passend gewählt.

»Ich habe zwar nicht gefragt, aber ich bringe Weißwein. Es gab noch eine Flasche im Kühlschrank.«

Brachte sie den Wein, weil abends keine Kaffeezeit mehr war? Sie goss den Wein in edle Gläser. Es waren zwar keine Kristallgläser, aber schöne Kelche - bestimmt auch Designerstücke, ziemlich teuer. Die junge Frau musste ja nicht mit dem Geld, das sie an der Universität verdiente, auskommen, vergesse ich dauernd, denn die Familie war ziemlich vermögend.

Als Oktay den Wein trank, lächelte er wieder versonnen. Seine Lippen wölbten sich vielsagend: »Wein fehlte hier nie. Mit Whiskey, Wodka und harten Sachen hatte sie es nicht so, aber vom Wein gab es immer nur den Besten.«

Narin legte zwei Sitzkissen übereinander und ließ sich mit einer eleganten Bewegung darauf nieder. Ihre hübschen Beine streckte sie nach rechts aus.

»Sie haben nicht hier gewohnt, oder?«

Oktay, der das Glas gerade an seinen Mund führen wollte, hielt inne. »Nein, aber ich habe hier oft übernachtet.« Ich glaubte, in seiner Stimme eine leichte Empörung wahrgenommen zu haben. »Manchmal schlief sie auch bei mir ... - wie es gerade passte. Aber wir haben beide tagsüber gearbeitet, hatten unterschiedliche Lebenswelten. Wir sahen uns ja auch nicht jeden Tag.«

»Hat sie Ihnen von ihrer Arbeit in der Universität erzählt?«

Diesmal trank er erst einen Schluck Wein, bevor er antwortete: »Manchmal, wenn etwas sie bedrückte. Sie ärgerte sich oft über ungehobelte Leute und Oberflächlichkeit mochte sie gar nicht.«

»Das ist klar«, mischte sich Narin ein. »Sie war eben englische Disziplin gewohnt.«

Ich hätte zwar über die englische Disziplin etwas Gegenteiliges sagen können, aber ich wollte nicht das Thema wechseln.

»Was gab es denn für konkrete Anlässe?«, fragte ich stattdessen.

»Na ja, Oberflächlichkeiten eben, wenn man das gegebene Wort nicht einhielt, die Arbeiten nicht rechtzeitig ablieferte, Leute, die Unsinn erzählten ... - so etwas eben.«

»Hat sie einen Namen erwähnt - jemanden, über den sie sich oft ärgerte, der sie schlecht behandelte oder ihr Schwierigkeiten machte?«

»Sie nannte mal einige Namen, aber da ich keinen persönlich kannte, habe ich sie mir nicht gemerkt. Es gab jemanden, über den sie öfter sprach ... - ich glaube, eine ältere Person in einer hohen Position, in der Direktion. Wie hieß er noch ...? Haldun? Nein, es war ein altmodischer Name ... - Hulki? ... - etwas in der Richtung. Aber über den ärgerte sie sich nicht so sehr. Sie sprach über ihn eher positiv ... - sie hatten ein gutes Verhältnis, oder er hat ihr auch mal geholfen ... - an etwas in der Richtung erinnere ich mich. Es tut mir leid, aber ich kann mich nicht genau daran erinnern. Das Gerede von der Uni interessierte mich nicht so sehr.«

'Bravo! Ein Lebenspartner, der sich um die alltäglichen Probleme seiner Lebensgefährtin nicht kümmert!', dachte ich.

»Wie war denn ihre Beziehung zu dem Rektor der Universität?«, fragte ich instinktiv, ohne zu wissen, weshalb.

Oktay wunderte sich anscheinend auch über meine Frage. »Ich weiß darüber nichts. Darüber hat sie nicht gesprochen ... Als Assistentin sah sie den Rektor sowieso nicht so oft, denke ich.«

Natürlich nicht! Das müsste ich als Akademiker besser wissen als dieser Werbemensch. »Wer war ihr Professor?«

Er zog erneut die Augenbrauen zusammen: »Baran ... - oder so ähnlich hieß er. Gürpınar! Mit ihm hat sie sich gut verstanden, aber sie hielt nicht viel von seinen Fähigkeiten. Sie sagte, dass er wahrscheinlich nichts gelesen hatte, was nach dem 17. Jahrhundert geschrieben wurde.«

»Da sie ja abends unterrichtet hat ... - dieser Junge, der durch Rauschgift umgekommen ist... - wie hieß er noch? Ob sie ihn kannte?«

»Serdar ... - natürlich kannte sie ihn. Er war ihr Lieblingsschüler ... Sie erzählte mir, dass er einer der wenigen Hoffnungsträger unter den vielen verwahrlosten Jugendlichen aus dem Armenviertel war.«

»Kannten Sie ihn auch?«

»Ich habe ihn einige Male gesehen. Manchmal saß er in Meleks Zimmer, wenn ich sie abholte.«

Er lachte schluchzend. »Ich glaube, er war in Melek verliebt. Ich erinnere mich, dass ich ihr sagte, »pass bei diesem Jungen bloß auf!« Aber sie nahm ihn nicht ernst - er war ja noch fast ein Kind. Aber als er tot war, ging ihr das sehr zu Herzen. Sie hat sogar geweint. Sie meinte, er hätte gerettet werden können. Melek hatte deshalb ein schlechtes Gewissen, weil sie sich nicht noch mehr um ihn gekümmert hatte ...«

Er schwieg und wir mit ihm. Das war eine gänzlich unerwartete Wendung.

Narin schüttelte ungläubig den Kopf: »Wie denn das? Sie gab sich die Schuld an dem Tod eines Jungen aus dem Armenviertel?«

Oktay schien bestürzt zu sein: »Nein, das nicht. Sie sagte nur, sie hätte ihm helfen sollen. Sie war schockiert ... der Junge war gerade mal 15 Jahre alt ...«

»Wusste sie, dass er Rauschgift nahm?«

Diesmal dachte er lange nach. Er wandte den Blick von uns ab und schaute vor sich auf den Boden; er biss sich auf die Lippen, strich sich über die Knie, bevor er sagte: »Ich weiß es nicht! Ich frage mich das schon die ganze Zeit ... Wenn sie es wusste, hätte sie es mir doch gesagt ... - aber im Gegenteil ...«

Ich wartete einen Augenblick, ob er weiter reden würde, aber er strich sich erneut über seinen Oberschenkel.

»Wie meinen Sie das ‚im Gegenteil'?«, forschte ich unerbittlich weiter.

»Sie hatte wohl ... - na ja, den Verdacht, dass er ermordet wurde«, sagte er zögernd. »Offen hat sie das nicht gesagt, aber sie deutete so etwas an.«

»Was genau hat sie gesagt?«, bedrängte ich ihn und beugte mich zu ihm. Auch Narin richtete sich auf dem Sitzkissen auf und horchte gespannt. Oktay hob den Kopf und blickte uns abwechselnd an.

»Ich erinnere mich nicht genau! Ich habe damals doch nicht so genau darauf geachtet. Ich versuchte sie zu trösten. »Was geht dich ein fremder Straßenjunge an!« sagte ich zu ihr. Aber dann ... - als Melek ermordet wurde ...« Er schluckte, damit er weiter sprechen konnte. »Da erinnerte ich mich plötzlich daran. Jemand hat diesen Jungen zum Schweigen gebracht! hatte sie gesagt. Aber anschließend sprach sie nicht mehr darüber.«

»Und Sie sahen auch keinen Grund, da mal nachzuhaken«, fragte ich etwas vorwurfsvoll.

»Wieso sollte ich? Ich wollte doch nicht, dass sie sich mit solchen Dingen belastete.«

Narins »Tja!« kam aus tiefstem Herzen Sie lehnte sich wieder zurück. »Das gibt's nicht«, sagte sie dann scharf.

»Was gibt es nicht?«, wollte ich von ihr wissen.

»Melek hat mit solchen Dingen nichts zu tun gehabt.«

»Niemand behauptet, dass sie damit etwas zu tun hatte. Es gibt allerdings die Möglichkeit, dass sie ihren Verdacht jemandem gegenüber erwähnt hat.«

Sie erhob sich mit einer leichten Bewegung mühelos vom Boden: »Was für ein Unsinn, mein Lieber!«, sagte sie mit schneidender Stimme.

»Es muss doch einen Grund haben, weshalb sie mit einem Messer ermordet wurde«, sagte ich ganz sanft. »Wenn sie bei dem Jungen einen Mordverdacht hatte ... - das erscheint mir am logischsten.«

»Bei der Ermordung einer so jungen Frau ist gar nichts logisch!«, regte sie sich auf.

Ihre Lippen bebten, ihre Hände zitterten. Sie war nahe daran, in Tränen auszubrechen. Sie bedeckte mit beiden Händen ihr Gesicht und rannte aus dem Zimmer. Wir schauten ihr betreten nach, wussten aber nicht, wie wir uns verhalten sollten. So blieben wir schweigend zurück.

»Es ist nicht leicht für sie«, sagte ich schließlich. »Melek war für sie wie eine Tochter ...«

»Für mich ist es auch nicht leicht«, stieß Oktay hervor, und als hätte er etwas Peinliches gesagt, blickte er verlegen auf den Boden.

'Hoffentlich fängt er nicht auch noch an zu weinen!', befürchtete ich. Aber dieser junge Mann war anscheinend nicht von der Sorte der Weichmänner. Mir kam es vom ersten Augenblick an so vor, als würde er den Trauernden nur spielen. Und um zu verhindern, dass er einen Gefühlsausbruch inszenierte, räusperte ich mich und warf meine nächste Frage in den Raum: »Wenn sie bis spät abends arbeitete, holten Sie sie dann ab ...«, begann ich.

Er unterbrach mich: »Meistens, aber nicht immer. Sie hatte ja ein Auto, sie wollte auch gar nicht, dass ich sie in der Universität abholte.« Er räusperte sich. »Aber die Gegend ist abends meistens menschenleer. Deshalb wollte ich nicht, dass sie alleine unterwegs war und ging trotzdem hin.«

»Hat man sie denn in die Uni hineingelassen?«

»Ja, die kannten mich inzwischen. Anfangs riefen sie bei ihr an und fragten nach meinem Ausweis. Aber dann kannten sie mich ja.«

»In der Nacht, als der Mord geschah, waren Sie aber nicht dort ...«

»An dem Abend hatten wir in der Agentur ein Meeting. Es dauerte lange, deshalb wollte sie nicht auf mich warten. Ich kam tatsächlich erst spät aus der Firma und fuhr gleich nach Hause. Ich wollte sie noch anrufen, aber dann dachte ich, dass es schon zu spät wäre.«

Ich verheimlichte ihm nicht, dass mir diese Erklärung etwas fadenscheinig erschien. »Ging sie denn früh schlafen?«, fragte ich mit bohrendem Blick. Meine Augenbrauen hatten sich automatisch nach oben bewegt.

»Nein. Aber es war sehr spät. In der Reklamebranche ist es eben so: manchmal hat man tagelang nichts zu tun, dann arbeitet man Nächte durch.«

Der junge Mann, der vor dreißig Sekunden seine Tränen kaum zurückhalten konnte, erklärte mir die Gegebenheiten in der Reklamebranche. Das kam mir merkwürdig vor.

»Die Dame in der Etage unter uns - ich glaube, sie heißt Işıl Hanım - hat gesagt, Sie wären schon längere Zeit nicht mehr hier gewesen...- sie meinte sogar, dass sie Streit mit Melek hatten.«

Er zog die Augenbrauen zusammen. Mit einer Stimme, die durchaus als gereizt bezeichnet werden konnte, fragte er: »Haben Sie etwa mit ihr gesprochen?«

»Ja! Spricht etwas dagegen?«

Er nahm sich sofort zusammen und sagte mit einem spöttischen Lachen: »Aber nein! Sie ist doch verrückt ...«

»Mir kam sie aber als eine Dame vor«, hielt ich dagegen.

»Ihre beliebteste Rolle ist die der alten Istanbuler Dame«, sagte er und grinste. »Sie ist eine neugierige Alte. Melek respektierte sie aus unerfindlichen Gründen; lud sie manchmal zu einem Drink ein.« Er schüttelte den Kopf und stieß ein spitzes Lachen aus. »Einmal fing sie nach einem Gin-Tonic an zu reden ... - sie redete wie ein Wasserfall. Wie schön sie mal in ihrer Jugend war, wie viele Verehrer sie hatte. Sogar einer der Professoren von Melek ... - wer war das noch? - ich habe seinen Namen vergessen. Wie auch immer - mit ihm hatte sie angeblich eine heiße Liebschaft! Ich glaubte ihr das nicht, aber Melek hörte ihr geduldig zu ... Angeblich soll der Mann noch immer sehr gut aussehen ...«

Ich hatte nicht vor, mich in solcherart Nachbarschaftstratsch hineinziehen zu lassen.

»Sie hatten sich also nicht gestritten?«, hakte ich nach.

»Weshalb denn? Wir hatten keine Probleme miteinander.«

»Hatte Sie einen Schlüssel zu Meleks Wohnung?«

»Ich verstehe nicht.«

»Haben Sie zu dieser Wohnung einen Schlüssel?«

»Nein! Und Melek hatte keinen Schlüssel zu meiner Wohnung! Wir waren bemüht, unsere privaten Bereiche zu bewahren. Wenn sie nicht da war, kam ich nicht hierher.«

Gut! Aber wenn er hier übernachtete, brauchte er dann keinen Rasierschaum, keine Zahnbürste? Ich fragte mich das, sagte aber nichts. Er hätte mir sicher einen Grund genannt, weshalb er hier keine seiner Sachen hatte. Offensichtlich wollte er nicht zugeben, dass er sich mit Melek gestritten hatte. Aber sagte Işıl Hanım die Wahrheit, oder dieser junge Mann... - das musste ich herausfinden.

Narin kam zurück, sie hatte sich wieder gefasst und ihr Gesicht gewaschen. Ihre Augen waren gerötet; in ihrer Hand hielt sie eine Flasche Wein.

»Trinken wir noch ein Glas?«, fragte sie und blieb vor uns stehen. Doch Oktay stellte sein leeres Glas auf den Tisch und erhob sich.

»Nein ... Ich ... - also wenn Sie keine weiteren Fragen haben ...?« Dabei schaute er mich an. »Dann möchte ich gerne gehen!«

Narin schien angesichts dieser Formulierung betroffen. Dann schaute sie mich fragend an. Das klang ja geradezu, als wollte ich den Mann mit Gewalt festgehalten.

»Falls ich noch Fragen habe, melde ich mich bei Ihnen«, sagte ich.

»Natürlich, wann immer Sie möchten. Sie können mich jederzeit anrufen. Es ist ja meine Pflicht, Ihnen zu helfen ...«

Narin schluckte, als wäre sie unentschlossen, ob sie etwas sagen sollte. »Ich wollte nur ... - möchten Sie etwas mitnehmen?«

»Was meinen Sie?«

»Eine Erinnerung ... - etwas von Melek, etwas Persönliches ...?« Sie schien verlegen zu sein, dass sie ihm das erklären musste. »Etwas Wertvolles, was sie aufheben möchten ...«

Dieses Angebot schien dem jungen Mann unangenehm zu sein. Er blickte verwirrt. Sind die jungen Menschen heutzutage so wenig spontan? Oder hatten Melek und er ihr Leben nicht wirklich miteinander geteilt? Ist seine Beziehung zu Melek eine Erfindung?

»Es gibt Fotos von uns ... - die habe ich auch. Etwas anderes ... - ich weiß nicht ...«

Narin senkte ihren Kopf. Ich befürchtete schon, dass sie erneut weinen würde. Aber sie zuckte nur mit den Schultern und ging zur Tür, ohne uns beide anzuschauen. Der junge Mann zog die Abschiedszene nicht unnötig in die Länge und folgte ihr. Als Narin die Tür hinter ihm schloss und sich wieder mir zuwandte, wusste ich nicht, ob in ihrem Blick Hoffnungslosigkeit oder Überdruss lag.

»Was machen wir jetzt?«, fragte sie.

»Was du möchtest.«

»Heute Abend ist mir nicht danach, in Meleks Sachen herumzustöbern. Alleine schaffe ich das sowieso nicht. Sie hatte eine Freundin namens Hülya, und eine, die Güler hieß. Lassen wir erst mal ein paar Tage vergehen ... Nimm du mit, was dir wichtig erscheint. Ich möchte so schnell wie möglich hier raus. Ich fühle mich sehr bedrückt.«

»Hat Oktay deine Laune verdorben.«

»Ja! Was für ein gefühlloser Mensch ...!«

»Oder er wollte seine wahren Gefühle nicht zeigen, weil er mich nicht kannte«, versuchte ich sie zu trösten.

»Ach was!«, sagte sie und schüttelte den Kopf.

Manche Dinge geschehen völlig planlos ... - oder nach einem Plan, von dem wir keine Ahnung haben. Den wir nicht durchschauen, über den wir noch so sehr nachdenken mögen ... der uns trotzdem ein Rätsel bleibt. Es ist also sinnvoll, diese Dinge gründlich zu hinterfragen.

Als wir Meleks Wohnung verließen und in mein Auto stiegen, dachte ich gar nicht daran, Narin zu fragen, wo ich sie hinbringen sollte. Als mein Fahrer Hasan vor meinem Haus hielt, öffneten wir beide die Tür, ohne auf ihn zu warten, und stiegen aus. Hasan nahm die Tasche vom Vordersitz und ging vor uns her (Narin hatte sich bei mir eingehakt und ihren Kopf an meine Schulter gelehnt). Wir betraten das Haus, stiegen in den Aufzug und als Hasan die Wohnungstür öffnete, schmiegte sich Narin an mich. Hasan hatte die Tasche in der Diele bereits abgestellt, hielt die Tür auf und fragte, ob ich noch etwas wünschte. Bei der Abfolge dieser winzigen Ereignisse gab es keinen Punkt, den ich hätte beanstanden können. Mir kam es nur so vor, als hätte Hasan sich viel zu lange vor der Tür aufgehalten. Ich sagte ihm, dass er am nächsten Morgen zur gewohnten Stunde erscheinen sollte und schloss die Tür hinter ihm. Wir waren kaum alleine, da umarmte mich Narin. Und ich konnte gar nicht anders ... - wir küssten uns lange. Wir streichelten uns am Kopf, im Gesicht, am Rücken, schließlich am ganzen Körper. Wir waren wie junge Menschen - wie sehr junge ... - das ist der letzte Gedanke, an den ich mich erinnern konnte. Bis ich am nächsten Morgen aufwachte, dachte ich an nichts - daran erinnerte ich mich.

Als ich am nächsten Morgen aufwachte, war ich bestens aufgelegt, so, als hätte ich einen schönen Traum zu Ende geträumt. Erst verstand ich gar nicht, warum ich mit mir selbst so zufrieden war. Dann erinnerte ich mich, dass es kein Traum war. Schlagartig ergriff mich Panik! Neben mir lag jemand. Ich wusste, dass es nicht meine Exfrau Akın war. Aber wer war es? Mein erster Gedanke war: 'Es ist nicht Akın.' Gut, aber wie konnte das geschehen? Hatten mich am Abend vorher alle guten Geister verlassen? Wir waren doch nicht stockbesoffen ins Bett gefallen ... - nach den paar Tropfen Wein. Wir hatten zwar nicht gegessen ... - aber das konnte doch keine Ausrede sein. Ich lag mit dem Rücken zu ihr, also sah ich nicht, ob sie schon wach war. Um etwas Zeit zu gewinnen, schloss ich die Augen. Nicht um wieder einzuschlafen, auch nicht, um so zu tun, als ob ich schliefe. Ich wollte mich von der Wirkung des Geträumten befreien, um wieder Herr meiner Sinne zu sein. Ich horchte auf ihre Atmung, um festzustellen, ob sie noch schlief. Ihr Atem war regelmäßig. Ich konnte mir also noch überlegen, wie ich reagieren sollte, wenn sie aufwachte. Mich lähmte der Gedanke, dass ich seit langer Zeit nicht mehr neben einer Frau aufgewacht war ... - schon gar nicht neben einer, die ich so sehr mochte. Genau genommen war ich schon sehr lange nicht mehr neben einer Frau aufgewacht. Deshalb war mein erster Gedanke - noch bevor ich die Augen geöffnet hatte -, dass es meine Exfrau Akın sein könnte. Ob mich die Erkenntnis, dass nicht sie es war, die neben mir lag, beruhigte, oder ob sie mich traurig machte ... - das wusste ich nicht mit Sicherheit. Aber traurig war ich gar nicht. Was ich fühlte, war nicht einmal eine leichte Bitterkeit. Wie auch immer. Es war jetzt nicht der richtige Zeitpunkt, das zu ergründen. Als ich mir vor Augen führte, was am Abend davor dazu geführt hatte, war ich so überrascht, dass sich jeder Gedanke an Akin augenblicklich verflüchtigte. ‚Bin ich jener alte Knabe gewesen, der sogar einige Hochleistungen geboten hatte? Wo hatte ich bloß meinen Verstand gelassen?' Aber das zu hinterfragen hatte keinen Sinn! Gott sei Dank tat mir mein Rücken nicht weh ... - also hatte ich mich wohl doch nicht so angestrengt. Sie seufzte. Von welchen Träumen sie wohl beseelt wurde? Welche Gefühle würden sie beherrschen, wenn sie aufwachte? Was würde sie von mir erwarten? Und wäre ich bereit, mich darauf einzulassen? Fragen über Fragen. Wie unfähig ich doch im Umgang mit Emotionen war. Ich hatte mich nicht einmal getraut, mich zu ihr umzudrehen!

Ich tat es und im gleichen Augenblick war ich überwältigt. Es war eines der schönsten Bilder, die ich jemals gesehen hatte: Die schlafende Narin. Sie hatte ihre Beine angewinkelt, schlief in der Embryoposition, eine Hand unter dem Kopfkissen, und ihre blonden Haare fielen über ihre Stirn und über ihre Wangen. Ihr Gesicht war weiß - solch ein Weiß hatte ich noch nie gesehen. Sie hatte ihre Lippen leicht geöffnet ... - ich hatte bisher nicht bemerkt, dass sie rosafarben waren. Ich hatte Narins Gesicht wahrscheinlich noch nie so aufmerksam angeschaut. Und wie sorglos sie schlief. Ihre Augenbrauen waren nicht angespannt, ihre Augenlider zuckten nicht. Sie lächelte nicht, aber es erschien mir so, als könnte sie in den Tiefen ihres Traumes jeden Augenblick loslachen. Und ihre Atmung war von einer sicheren Harmonie ... - einer Harmonie, als hätte sie keine Sorgen. Als würde sie nichts bedrücken, würde mit sich in Frieden leben ... - einer Harmonie, die den Verlust eines geliebten Menschen anscheinend nicht widerspiegelte.

Vielleicht vermochte nicht einmal der tiefste Kummer die natürliche Harmonie jener Menschen zu stören, die mit sich im Reinen waren. Aber während ich sie so anschaute … - vielleicht, weil ich sie anschaute und grübelte -, begann sich diese Harmonie allmählich aufzulösen. Sie bewegte ihren Kopf, legte den Arm im Halbbogen über den Kopf und drehte sich auf die andere Seite. Dann streckte sie die Beine aus und legte sich auf den Rücken. Dass sie die Augen öffnete und an die Decke blickte, entnahm ich der entspannten Haltung ihres Körpers. Einen Augenblick lang lag sie so da, dann drehte sie den Kopf zu mir, ohne dass sich ihr Körper regte. Kaum sichtbar blitzte eine blaue Angst in ihren Augen auf. Es war nur ein kurzer Augenblick, dann verwandelt sich dieser Anflug von Angst in eine Frage. Plötzlich erfüllte mich eine fast schon vergessene Freude. 'Woher kenne ich dieses Gefühl? Hatte ich dieses Gefühl, das mir die Brust zu sprengen drohte, als mein Sohn den ersten Schritt tat, oder als er zum ersten Mal Papa zu mir sagte?', versuchte ich mich zu erinnern. Ich blickte in Narins Gesicht, als würde ich ein unschuldiges Kind betrachten. Und ich konnte dem Wunsch nicht widerstehen, ihre Augen zu küssen.

»Die Augen zu küssen, bedeutet Trennung …«, murmelte sie verschlafen, aber lächelnd.

Ich lachte, aber ich wusste nicht, ob es mir gefiel, dass Narin schon am ersten Morgen danach eine Trennung befürchtete. Als sie sich jedoch im Bett aufrichtete, spürte ich keine väterlichen Gefühle mehr für sie, sondern das grenzenlose Selbstvertrauen eines Mannes, dem eine unerwartete Eroberung gelungen war. In meinem Unterbewusstsein wusste ich, dass das bestimmt nicht für immer so bleiben würde. Aber in diesem Augenblick war ich entschlossen, mir meine gute Laune zu bewahren und wir waren uns beide dessen bewusst, dass wir in unserem Alter dieses Gefühl kaum ausdehnen könnten. Narin war keine Frau, die unnötige Fragen stellte, oder mich zu vorschnellen Versprechen nötigte.

Wir waren beide reife Menschen, die eine banale Romantik mit einem neuen Partner nach dem Aufstehen nicht fortführen mussten. Anstelle dessen, was in jungen Jahren natürlich erschien (was also nicht völlig abwegig war) - zum Beispiel nackt herumzulaufen - was ich allerdings auch als junger Mann nicht tat -, und dem anderen immer wieder lächelnd und kontrollierend seinen Liebreiz zu versichern und sich ständig zu küssen - treten ganz profane Grundbedürfnisse: sich waschen, den Körper vor kritischen Blicken so schnell wie möglich der schützenden Kleidung anzuvertrauen, sowie zu essen und zu trinken.

Erst jetzt entdeckte Narin das Bad und den Rest der Wohnung, schließlich die Küche. Sie bekundete, dass ihr alles sehr gut gefallen würde. Jedes Zimmer betrachtete sie aufmerksam, vielleicht machte sie schon Pläne, was sie ändern würde ... - aber sie ließ sich nichts anmerken. Dank der Putzfrau, die Hasan engagiert hatte, sah die Wohnung erträglich aus und wirkte wieder bewohnt. Obwohl sie noch nicht so, wie früher, voll funktionsfähig war. Denn wir hatten noch kein Küchenpersonal. Als Narin in der Küche begann, aus den Schränken und Schubladen Tassen und Teller zu holen, um das Frühstück vorzubereiten, wusste ich, dass ich mir darum heute keine Sorgen machen musste. Ich versuchte erst gar nicht, ihr zu helfen, sondern nahm die Zeitungen, die Hasan wie jeden Morgen in die Diele legte und zog mich ins Esszimmer zurück. Bis Narin den Tisch gedeckt hatte, wollte ich schon mal die neuesten Nachrichten lesen. Ich war ja jetzt nicht mehr der Mann, der noch vor einer Stunde wegen meines leidenschaftlichen Leichtsinns fast in Panik geriet, sondern derjenige, der mittlerweile nachgedacht und eine gut überlegte Entscheidung getroffen hatte. Außerdem war mir bewusst, dass ich Narin bereits die Führung des Haushalts überlassen hatte - und damit alles Weitere ... Und anstatt mich über mich selbst zu wundern, vermied ich es, darüber nachzudenken und die Gründe zu analysieren. Als ich feststellte, dass die Mordfälle mich sehr, die Medien jedoch nicht mehr interessierten, legte ich die Zeitungen beiseite, und freute mich auf das erste Frühstück in meinen neuen Leben.

Bis zur Mittagszeit gönnten wir uns etwas Muße, aber am Nachmittag setzten wir uns in mein Arbeitszimmer und begannen mit unseren Ermittlungen. Als Erstes leerte ich die Tasche, die ich aus Meleks Wohnung mitgenommen hatte. Ich schaltete das Notebook ein und während ich die Dateien durchsuchte, beschäftigte sich Narin mit den Bildern. Da ich niemanden aus Meleks Umfeld kannte, hätte es keinen Sinn gehabt, dass ich sie mir anschaute. Narin kannte fast alle; ihr würde ein unbekanntes Gesicht auffallen. Es ging ja darum, den früheren Freund (der wahrscheinlich verheiratet war), den Jungen, der wahrscheinlich ermordet wurde, oder sonstige Personen aus Meleks Bekannten- und Freundeskreis ausfindig zu machen. Wir unterhielten uns auch über Oktay und darüber, was für eine Beziehung er wohl zu Melek hatte.

»Entweder ist der Mann ein Schweincharakter, oder aber ihre Beziehung war nur oberflächlich«, meinte Narin.

»Du hast doch gesagt, dass sie sich geliebt haben.«

»Ach, was weiß ich! Ich hatte es gedacht, weil er bei der Beerdigung so mitgenommen wirkte.«

»Er hat sich eben schnell wieder im Griff ...«

»Ist dir das auch aufgefallen?« Beinahe empört stieß sie das heraus. »Wie kann man nur so schnell vergessen?! Oder hat er mir bei der Beerdigung seine Trauer nur vorgespielt?«

»Oder er war aus einem ganz anderen Grund traurig ...«, brachte ich ein.

Sie blickte auf, schaute mich mit besorgten Augen an. Ich war mit dem Computer beschäftigt, aber dass in ihren Augen Tränen waren, das spürte ich.

»Was meinst du damit?«

»Es kann ja sein, dass er etwas über die Morde weiß ...- aber nichts sagt. Oder dass er einen Verdacht hat - es kann alles möglich sein.«

Sie schaute mich prüfend an: »Gut! Und was ist dein Verdacht, den du nicht aussprichst?«

In ihrer Stimme spürte ich weniger Angst, vielmehr Ärger. Um ehrlich zu sein - ich traute mich nicht, sie anzusehen. Ich beschäftigte mich weiter mit dem Computer und lenkte ab: »Ich hab' noch nicht einmal das Passwort gefunden. Kennst du es zufällig?«

Sie legte die Bilder von ihrem Schoß auf das Sofa, stand auf und kam näher. Einige Sekunden blieb sie regungslos stehen. Da ich sie immer noch nicht anschaute, beugte sie sich mit dem Oberkörper vor, stützte sich auf ihre Hände und schob ihren Kopf ganz nahe an meinen heran. Sie schaute von oben auf mich herab: »Und was ist Dein Verdacht ...?« Betont langsam sprach sie die Frage aus, als wollte sie ihren Ärger unterdrücken.

Notgedrungen blickte ich zu ihr auf und sagte: »Das weißt du doch.«

»Nein, ich weiß es nicht! Ich warte auf eine Erklärung von dir!«

Ich seufzte. »Dann setz dich«, bat ich sie.

Sie schüttelte den Kopf, nahm ihre Hände vom Tisch, richtete sich auf und verschränkte die Arme vor ihrer Brust.

Ich musste ihr jetzt etwas sagen, was sie schwer akzeptieren würde. Ich wusste von vornherein, dass sie darauf heftig reagieren würde. Wie sollte ich also beginnen?

»Was Oktay weiß, aber nicht sagt ... - also was er gestern ansatzweise angedeutet hat ... - dass ihre Partys beliebt waren. Dann, dass er Serdar, diesen drogensüchtigen Jungen aus dem Armenviertel oft in ihrem Zimmer angetroffen hat ...«

»Der war in sie verliebt ...« Sie zuckte mit den Schultern. »Das kommt doch vor, dass Jungs in dem Alter sich in ihre Lehrerin verlieben ... - ältere ja auch ...«

»So sehr, dass sie ihren Mathematikprofessor mit Fragen aus der Physik konfrontieren«, lachte ich, um die angespannte Situation zu entschärfen.

Sie lächelte nicht, zog nur ihre Augenbrauen zusammen.

»Es können andere Gründe sein ... - der Junge brachte ihr vielleicht Stoff ...«, riskierte ich einen Vorstoß.

»Was sagst du da?«

»Die heutige Jugend hat zum Rauschgift eine ganz andere Einstellung als wir ... die sind experimentierfreudiger. So wie wir Wein trinken, nehmen die Tabletten, rauchen Haschisch ... - Melek hat ihre Studienzeit in England verbracht. Wenn sie sich dort an Marihuana gewöhnt hat?!«

Ich hätte den Satz nicht zu Ende sagen sollen. Aber Narin ließ mir sowieso keine Gelegenheit dazu. Sie beugte sich erneut über den Tisch, doch diesmal funkelte sie mich wütend an:

»Was für eine Unverschämtheit! Wie kommst du auf solch eine absurde Idee? Du versuchst schon von Anfang an Melek mit Rauschgift in Verbindung zu bringen!«

»Und wenn ich etwas gegen Melek sagen, kriegst du einen Wutanfall!«

»Weil du Blödsinn redest, deshalb! Hätte Melek etwas genommen, dann hätte ich das sicher gemerkt!«

»Hättest du es mir denn gesagt, wenn du es gewusst hättest?«

Sie schien einen Augenblick lang zu überlegen. Dann sagte sie:

»Natürlich!« Aber ihre Stimme klang sehr gepresst.

»Es kann doch sein, dass du es nicht gemerkt hast. Woher willst du es denn wissen? Hast du genau gewusst, wie sie in London gelebt hat? Nicht einmal in der Türkei habt ihr euch oft gesehen. Ich rede ja nicht von Heroin, Kokain und solchen Drogen. Aber vielleicht hat sie Haschisch geraucht ... - oder sie nahm stimulierende Tabletten ...«

»Ich glaube das nicht«, sagte sie widerspenstig. »Das ist unmöglich ...«

»Aber ich rede nicht von etwas Unglaublichem, Narin«, erwiderte ich und versuchte, ruhig zu bleiben. »Ich bin fast sicher, dass die drei Morde etwas mit Rauschgift zu tun haben.«

»Aber wieso denn?«

»Der Junge starb an einer Überdosis, der V-Mann der Rauschgiftabteilung wurde ermordet.

»Glaubst du denn alles, was in den Zeitungen steht ...?«, schmiss sie mir aufgebracht an den Kopf. »Vielleicht stimmt das alles gar nicht, vielleicht geht es um ganz andere Dinge ... Wenn du meinst, dass das alles stimmt, warum sagst du dann, dass du dich darum kümmern willst? Warum schauen wir uns denn diese Fotos an? Warum suchst du in Meleks Computer nach Hinweisen?«

Ich konnte darauf nicht gleich antworten, denn irgendwie hatte sie ja Recht. Um ehrlich zu sein, glaubte ich nicht, dass unsere Befragungen und Nachforschungen die Wahrheit zutage fördern würden. Mir kam es so vor, als wäre unsere Mühe vergeblich. Anfangs hatte ich gehofft, etwas zu finden, was uns auf eine echte Spur führen würde.

»Wir suchen nach Spuren«, sagte ich schließlich, abêr nicht mal in meinen eigenen Ohren klang meine Stimme überzeugend.

»Was nützt es, wenn du diese Spuren sowieso nach deiner vorgefassten Ansicht ordnest? Eine sichere Verbindung?! Wenn du akzeptierst, dass alles so ist, wie es aussieht ... - wie willst du dann jemals das Unsichtbare entdecken? Du hinterfragst ja nicht einmal die Nachrichten in den Zeitungen,. Welche tieferen Zusammenhänge willst du denn erforschen?« Ihre Stimme war inzwischen laut geworden, ihre Augen glänzten bedrohlich - als würde darin ein Feuer lodern. »Wo bleibt denn dein logisches, wissenschaftliches Denken, dein feines Gespür ...?«

Ich konnte nicht glauben, was ich sah und hörte. Ich war perplex! Diese Frau war nicht die, die mir seit unserer neuerlichen Begegnung als personifizierte Harmonie erschien; die mir heute Morgen noch als zartes, heiteres, mit sich im Einklang lebendes Geschöpf erschien, das mein Innerstes entzückte. Jetzt war sie eine andere Person. Und ... - sie erinnerte mich an meine Exfrau Akın. Genau wie sie, forderte sie mich heraus: »Welche versteckten Wahrheiten willst du mit dieser vorgefassten Einstellung herausfinden?«

Ich sagte nicht: »Falls es eine versteckte Wahrheit gibt.« Denn in dem Moment würde ich ihre Anschuldigung ja bestätigen. Ich sagte lediglich: »Reg' dich bitte nicht so auf.« Das war dumm von mir, denn sie regte sich noch mehr auf.

»Ach, du bist genauso gefühllos wie dieser Oktay«, schimpfte sie. Sie drehte sich um, um das Zimmer zu verlassen. Kurz darauf schlug sie die Türen meines Arbeitszimmers und meiner Wohnung laut zu und ich blieb wie erstarrt sitzen. Was war passiert? Hat sie mich und mein Haus verlassen? Ging mein neues Leben zu Ende, bevor es angefangen hatte? Sollte ich ihr nachlaufen, oder war es besser, sie in Ruhe zu lassen? Fragen über Fragen. Mit solcherart Konflikten konnte ich schon früher nicht umgehen. Als ich mit Akın verheiratet war, schloss ich mich in solch einer Situation in meinem Zimmer ein und wartete, bis sich die Gemüter beruhigten. Da ich aber im Augenblick sowieso in meinem Zimmer eingeschlossen war, war es bestimmt am klügsten, mich nicht zu rühren. Allerdings war Narin bis auf diese Szene eine Frau, die Akın gar nicht ähnlich war ... - im Gegenteil ...

Das Klingeln des Telefons unterbrach meine Gedanken. Ich zögerte, ob ich den Hörer abheben sollte. Diese Nummer kannten nur zwei Personen. Narin war hoffentlich noch in der Wohnung, es konnte also nur Haydar Bilir sein. In den letzten Tagen hatten wir uns nicht gesehen, lediglich mal miteinander telefoniert. Haydar hatte sich nicht dazu geäußert und auch nicht angedeutet, ob er in Istanbul bleiben wollte. Ich wusste nicht einmal, ob er mit mir weiterhin die Mordfälle klären wollte. Vielleicht hatte auch er häusliche Konflikte mit seiner Frau, oder seiner Tochter. Ich hatte ihm gesagt, dass ich mich in Meleks Wohnung umschauen wollte. Vielleicht rief er an, um etwas zu erfahren.

»Ich grüße Sie, Herr Professor! Wie geht es Ihnen? Ich hoffe, Sie sind wieder guter Dinge?!«

»Vielen Dank, Haydar Bey! Es geht mir gut. Aber ich bin in dem Fall nicht weitergekommen. Ich fürchte, ich kann Ihnen keine Neuigkeiten berichten.«

»Ich aber, Herr Professor! Aber ob sie gut oder schlecht sind ... - und ob sie uns nützen, das weiß ich nicht ...«

»Was meinen Sie denn?«

»Es ist so ...«, es dauerte einige Sekunden, bis er seine Informationen nach ihrer Wichtigkeit geordnet hatte. Aber es war zu spüren, dass er mit sich sehr zufrieden war. »Gestern Abend habe ich mit meinem früheren Assistenten - also dem jetzigen Chef der Mordkommission, Burhan Bey - zusammen gegessen. Nur wir zwei ... - er hatte mich eingeladen, wahrscheinlich weil er einsehen musste, dass er sich mir gegenüber im Büro arrogant benommen hatte. Immerhin haben wir jahrelang mit einander gearbeitet. Vielleicht ... - na ja, das hat er nicht offen gesagt, aber es schien mir so, dass er von mir etwas wissen wollte ... - mir kam das jedenfalls so vor. Es gibt da ein Restaurant in Kumkapı, da sind wir früher immer hingegangen. Dort hat sich auch viel verändert, Herr Professor, aber dieses Restaurant ist noch wie früher ...«

»Ich verstehe ...«

Was ich verstand, war, dass er seine Geschichte in die Länge ziehen wollte. Er war anscheinend entschlossen, diese Situation voll für sich auszukosten, denn es interessierte mich überhaupt nicht, ob sich das Restaurant in Kumkapı, in das wohl ich nie einen Fuß setzen würde, verändert hatte oder nicht. Aber ich konnte nichts anderes tun, als ihm zuzuhören.

»Weil es kühl war, saßen wir drinnen ... - die Musiker spielten draußen. Bevor sie hereinkamen, konnten wir uns in Ruhe unterhalten.« Er machte erneut eine Pause und schien auf die Frage, was die Musiker gespielt hatten, zu warten. Ich schwieg, bis er weiter sprach: »Es ist so, Herr Professor ... - die Rauschgiftabteilung hat ihre Nachforschungen abgeschlossen. Es handelt sich um einen guten Kollegen von uns, um Muharrem Şafak ... - man hat keinen Zusammenhang zwischen Rauschgifthändlern und dem Mord an ihm feststellen können!« Dies sagte er fließend, so, als wäre damit alles gesagt.

»Das verstehe ich nicht!«, sagte ich erstaunt. »Wie kann das sein? Ein verdeckter Ermittler der Polizei ... - aus welchem Grund hat man ihn dann ermordet? Er wurde doch sicher nicht in seiner Funktion als Putzmann umgebracht.«

»Na ja, das ist eben nicht eindeutig geklärt, Herr Professor! Es wäre sicher von Interesse, weshalb er ermordet wurde, aber ...«

»Aber ich bitte Sie, Haydar Bey! Wie kann es sein, dass ein Ermittler der Rauschgiftabteilung nichts mit den Rauschgiftbanden zu tun hat?«

»Ich will es mal so ausdrücken«, begann er erneut: »Bereits seit Wochen wird eine breit angelegte Ermittlung durchgeführt. Eine Menge Leute wurden verhaftet und gründlich verhört. Und wenn ich gründlich sage, dann heißt das sehr gründlich! In der Rauschgiftabteilung verhört zu werden, das ist kein Zuckerschlecken. Also glauben Sie mir, wenn jemand etwas zu sagen hat ... - dort sagt er es! Sogar wenn er nichts weiß, pressen die ein Geständnis aus ihm heraus.«

»Die Details der polizeilichen Verhörmethoden interessieren mich nicht, Haydar Bey! Wie kann es sein ...?

»Ich sage das ja nur, weil ...« Er seufzte, als wäre er mit seiner Geduld am Ende. »Also, was ich sagen will, ist: Sie können sich darauf verlassen, dass man gründlich ermittelt hat. Wenn diese Leute zu den anderen Mordopfern keine

Verbindung gefunden haben, dann gibt es keine. Das ist definitiv.«

»Also das verstehe ich nicht.«

Er lachte. Es war kein spitzes Lachen, das er ausstieß, es war ein zufriedenes. »Sie können sich sicher vorstellen, dass auch Kommissar Burhan seine Zweifel hatte, genau wie Sie. Das Rauschgiftdezernat hat die Akten inzwischen an die Mordkommission weitergeleitet. Das heißt: die Mordfälle sind jetzt bei Burhan gelandet. Ich glaube, er wollte sich deshalb meine Erkenntnisse in den Fällen anhören.« Er lachte erneut spitz auf.

»Und was meinen Sie?«, fragte ich ihn und ließ meine Stimme ruhig klingen.

»Also ich kann nicht behaupten, dass ich momentan eine Idee habe. Deshalb wollte ich Sie ja um Rat fragen. Ich denke, wir sollten uns zusammensetzen.«

»Ich verstehe das Ganze nicht«, wiederholte ich.

»Eigentlich, na ja, irgendwie ... - also das sah von Anfang an nicht nach einem Bandenkrieg aus, Herr Professor! Darauf hatte ich Sie schon ja hingewiesen.«

»Ich kann mich erinnern, aber ...«, seufzte ich.

»Warum hätte man ihn denn ermorden sollen? Entweder wussten die nicht, dass er ein Ermittler war, oder sie wussten es, also wussten sie auch, vor wem sie was zu verbergen hatten. Also wenn es dabei nicht um eine Abrechnung ging?! Aber so, wie es aussieht, ging es nicht darum.«

»Ich glaube an keinen Schein mehr«, sagte ich und erinnerte mich an Narins Worte von vorhin. »Was haben Sie jetzt vor? Werden Sie hier bleiben?«

»Ich weiß es nicht ... - meine Frau möchte zurück. Zu Hause hat sie immer Sehnsucht nach den Töchtern und den Enkelkindern, aber jetzt fühlt sie sich von dem Baby gestört. »Ich habe Sehnsucht nach meiner Wohnung«, heult sie mir die Ohren voll. Es ist schwierig, die Frauen zu begreifen ... - das wissen Sie ja selbst am besten.«

Und ob ich das wusste.

»Ich werde wenigstens versuchen, den Mörder der jungen Frau seiner Strafe zuzuführen, das habe ich Narin versprochen. Ich bleibe noch etwas in Istanbul. In diesem Zusammenhang werde ich die Informationen, die Sie mir gegeben haben, mit einbeziehen.«

»Wenn Sie wollen, können wir uns treffen, bevor ich zurückfahre. Die Leiche ... - ich habe von Burhan die Ergebnisse der Obduktion erfahren. Vielleicht nützt uns das ja was.«

»Natürlich! Das kann auf alle Fälle nützlich sein ...«

Ich wusste offenbar nicht, was ich sagte. Was gingen mich die Ergebnisse der Obduktion an? Ich hatte doch keinerlei Erfahrung damit, einen Mordfall nach den Ergebnissen einer Obduktion zu lösen. Wie nannte man das heutzutage? Forensisch ...

Ich war Mathematiker, kein Forensiker. Aber vielleicht wollte ich doch mit Haydar Bey, der mir immer etwas Spannung brachte, weiter an dem Fall arbeiten. Außerdem ... - wer hätte mich denn sonst über die internen Ergebnisse der Mordkommission informieren sollen? Ich hatte keine mathematischen Ergebnisse in der Hand, die ich auswerten konnte. Auf seine Informationen zu verzichten wäre leichtfertig gewesen.

»Ihr Wunsch ist mir Befehl, Herr Professor! Wann immer Sie möchten, komme ich zu Ihnen. Wenn Sie wollen, gleich heute Abend ...«

Ich wusste noch nicht, was ich heute Abend machen würde. Alles hing davon ab, ob Narin mich verlassen würde. Konnte es sein, dass sie wegging, während ich telefonierte?

»Am späten Nachmittag, so um sechs Uhr ...«, hörte ich mich sagen.

»Sehr gerne! Soll ich zu Ihnen kommen, oder wollen wir uns irgendwo treffen?«

Ich mochte mir nicht vorstellen, ihn in einer Gegend wie Kumkapı zu treffen, also sagte ich: »Ich erwarte Sie bei mir!«

Als ich den Hörer auflegte, kam eine diffuse Ahnung in mir auf. Hatte Narin mit ihren Beschuldigungen vielleicht doch Recht? Hatte ich den einfachsten Weg eingeschlagen, als sich das mit dem Rauschgift ergab? Hatte ich mich zu sehr an das Oberflächliche gewöhnt, während ich die Welt bereiste? Begnügte ich mich seit Jahren nur noch mit dem äußeren Bild der Dinge? Hatte ich vergessen, wohin ich schauen musste, um auch das Unsichtbare zu sehen? Auch etwas zu sehen, ohne hinzuschauen. Am liebsten hätte ich meine Augen geschlossen und alles, was ich zu wissen glaubte, aus meinem Kopf gelöscht. Nur noch auf jenes Licht warten und in diesem Licht das erblicken, was in der Tiefe liegt. Das war das, was ich mir in diesem Augenblick wünschte - was ich fast vergessen hatte. Hatte ich Angst, das zu sehen, was in der Tiefe lag?

Ich lehnte mich zurück, schloss die Augen und sah etwas, was ich verdrängt hatte: Ich sah vor meinen geistigen Augen Akın, die in einem langen, weißen Kleid ganz langsam auf mich zukam! In ihren Augen leuchtete ein Licht, das mir bedrohlich erschien. Das war nicht das Licht, auf das ich gewartet hatte ... - oder doch?

Die Tür ging auf. Vor mir stand Narin - Narin, die absolut keine Ähnlichkeit mit Akın hatte. Das blaue Licht in ihren Augen sah nicht bedrohlich aus, nur kalt ... sehr kalt!

»Ich gehe aus«, sagte sie, als wäre nichts geschehen.

Nicht so, als hätte es unseren Streit vorhin nicht gegeben, sondern so, als hätte es den gestrigen Abend nicht gegeben.

Ich stand auf: »Wohin ... - wohin gehst du?«

Sie zuckte mit den Schultern. Ich ging schnell zu ihr, holte sie in drei Schritten ein, bevor sie mir den Rücken zukehren konnte. Ich traute mich nicht, sie in meine Arme zu nehmen. Aber ich hielt sie an der Schulter fest. Ihr Körper versteinerte sich.

»Bitte bleib stehen! Wohin gehst du? Hör' mir doch bitte mal zu. Ich habe eben mit Haydar Bey telefoniert. Es gibt eine wichtige Entwicklung.«

Sie gab nach und fragte: »Was für eine Entwicklung?«

»Du hattest ja Recht.«

»Musst du erst von Haydar Bilir erfahren, dass ich Recht habe?« Ihre Stimme war nicht verärgert, eher vorwurfsvoll. Ihr Körper entspannte sich.

Die eine Hand an ihrem Ellenbogen, den anderen Arm um ihre Schulter gelegt, küsste ich sie zärtlich auf die Wange.

»Vertraue mir bitte! Was sagt man in solch einem Fall sonst noch zu einer Frau? Meine Liebe? Meine Süße? »Wir werden schon erfahren, was mit Melek passiert ist.«

»Sprich nicht mit mir wie mit einem Kind, das du trösten willst.« In ihren Augen erkannte ich keine Nachsicht, aber ihre Stimme klang wärmer.

»Wie kommst du nur auf so etwas? Hab' ein wenig Geduld! Wohin gehst Du?«

»Ich gehe zu meiner Freundin. Sie hat sich sicher Sorgen gemacht, weil ich gestern Abend nicht zu ihr gekommen bin.«

»Weiß sie denn nicht, dass Du bei mir bist?«

Sie zuckte leicht mit den Schultern. »Vielleicht ... - da sie ja die Polizei nicht alarmiert hatte ...«

Ich lachte. »Sie hätte Recht gehabt, das zu tun«, sagte ich im Glauben, dass das vielsagend klang. »Beeil dich nicht so. Ich rufe Hasan an, er soll dich hinfahren. Pack' deine Sachen und komm bald wieder. Hier hast du noch viel zu tun.«

»Was habe ich denn zu tun?«

»Wolltest du dich nicht in meiner Wohnung nützlich machen? Wollten wir nicht gemeinsam hier bleiben? Hast du das etwa nicht gesagt?«

Sie blickte mir fest in die Augen. »Das war … vorher …«

Das also nennt man gemeinhin einen kritischen Punkt. Muss das, was sich gestern Abend zwischen uns ereignet hat, unbedingt beim Namen genannt werden? Müssen wir unser Verhältnis sofort akzeptieren? Nachdem wir so lange dafür gebraucht haben, geht das jetzt nicht alles zu schnell? Muss ich ihr in diesem Stadium bereits meine Liebe gestehen? Vielleicht konnten wir nicht so weitermachen wie vorher. Aber gab es denn keine Chance, unsere Beziehung freundschaftlich weiterzuführen?

»Was hat sich denn geändert?«, fragte ich. Dass ich einen Fehler gemacht hatte, sah ich daran, wie sich ihre Augen weiteten. Ohne ihr die Gelegenheit zu geben, mir zu erklären, was sich geändert hatte - oder mich vor diese Frage stellen zu lassen - redete ich mich um Kopf und Kragen: »Unsere Freundschaft kann doch nichts beeinflussen … - ich glaube daran!« Klang das zu abgehoben? Typisch für einen ängstlichen Mann? »Ich habe dir versprochen, dir zu helfen, den Mord an Melek aufzuklären … - und ich werde mein Wort halten! Zumindest werde ich alles tun, was in meiner Möglichkeit liegt, das versichere ich dir!« Ohne meine Augen von ihr abzuwenden trat ich einen Schritt zurück. »Du vertraust mir doch, oder?«

»So wahr du Emin heißt!«

Ich verstand nicht gleich, was sie meinte. Dann aber lachte ich über ihr Wortspiel, denn Emin heißt ja »sicher«.

»Ich rufe Hasan an. Wahrscheinlich ist er unten vor dem Haus. Komm so schnell wie möglich zurück«, bat ich und ging zu meinem Telefon, um Hasan anzurufen.

»Ich fahre mit meinem Auto zurück«, sagte sie, aber es klang unentschlossen.

»Natürlich, wie du möchtest. Gegen 18 Uhr kommt Haydar Bilir.«

Während ich Hasans Handynummer wählte, schaute

ich sie nicht an. »Ich werde mit ihm über die neuesten Ergebnisse sprechen. Du kannst dich inzwischen entscheiden, welches Zimmer du haben möchtest. Nimm das, in dem du dich am besten fühlst. Wenn Haydar und ich fertig sind, gehen wir dann schön essen.«

Sie ging ins Zimmer und steckte die Fotos, die auf dem Sofa lagen, in den großen Umschlag.

Unsere erste Krise hatten wir bewältigt und ich staunte darüber, dass ich nicht gezwungen war, die Dinge beim Namen zu nennen. Trotzdem hatte ich erreicht, dass Narin bei mir blieb - ja sogar, dass wir das System getrennte Zimmer von Beginn an praktizierten. Ich war froh darüber. Ob wir heute Nacht im gleichen Bett oder in getrennten Betten schlafen würden, wird sich beim Abendessen entscheiden. Aber wie es auch kommen mag, ich konnte ziemlich sicher sein, dass wir nicht im gleichen Bett aufwachen würden. Und die Regelung der getrennten Betten von Anfang an kam mir sehr entgegen.

Narin legte den großen Umschlag auf den Tisch und sagte: »Die schauen wir uns morgen an.«

Ja, morgen ... - das wird ein ganz anderer Tag.

Wie hätte ich in diesem Moment ahnen können, dass der nächste Tag ein ganz anderer werden sollte?!

»Um 14 Uhr findet eine Pressekonferenz statt«, sagte ich zu Haydar Bilir. »Sie werden im Vordergrund stehen. Man ist davon überzeugt, dass Sie als erfahrener Kommissar im Ruhestand und ich, ein emeritierter Mathematikprofessor durchaus glaubwürdige Kriminalisten sind.«

»Ich bitte Sie!«, antwortete er bescheiden.

»Ich hatte es vorgeschlagen, und Sungur Bey, der Rektor der Universität, fand das passend. Sie werden das doch meistern, nicht wahr?«

»Aber sicher, Herr Professor! Das lasse ich mir nicht entgehen!«

»Wenn Sie wollen, kommen Sie zu mir, wir fahren zusammen hin«, bot ich ihm an.

»Nein, ich gehe besser direkt hin«, sagte er mit der Entschlossenheit einer Person, die zu Recht im Vordergrund stand.

»Na gut, dann sehen wir uns dort«, verabschiedete ich mich, aber eigentlich wäre es besser gewesen, vor der Pressekonferenz zu besprechen, was wir sagen sollten. Aber wussten wir überhaupt, was wir sagen sollten? Wir waren nach den drei Mordfällen nicht einmal zu irgendeiner Schlussfolgerung gekommen. Wie sollten wir dann angesichts eines neuerlichen Mordfalls etwas wirklich Konkretes sagen können? Der Presse sollte man erfahrungsgemäß keine handfesten Informationen geben ... - also sollten wir so tun, als wüssten wir mehr, als wir sagten.

Ich ging ins Bad und schaute ratlos auf die schmutzige Wanne. Es tat mir seelisch weh, dass ich niemanden hatte, dem ich das Reinigen auftragen konnte. Also duschte ich nur.

Unter dem heißen Wasserstrahl ließ ich mir noch einmal durch den Kopf gehen, was an diesem Morgen geschehen war und was ich am Nachmittag bei der Pressekonferenz sagen würde.

Als das Telefon neben meinem Bett klingelte, schaute ich auf die Uhr - es war 10 Uhr 30! Das hieß, ich musste mich mit einer dynamischen Stimme melden, so dass der Gesprächspartner nicht merkte, dass ich noch geschlafen hatte. Genau das tat ich! Es war die Sekretärin Sungur Semercis, die mich anrief, ich staunte zwar während der dreißig Sekunden, die sie brauchte, um mich mit dem »verehrten Herrn Rektor« zu verbinden. Es gelang mir jedoch, mich soweit auf Vordermann zu bringen, dass ich mich fragte, woher sie meine Telefonnummer hatte.

»Herr Professor! Ich hoffe, ich störe Sie nicht in aller Herrgottsfrühe«, begann der verehrte Herr Rektor.

»Aber ich bitte Sie!«, antwortete ich und überließ ihm die Entscheidung, ob er mich vielleicht doch gestört hatte.

»Es ist nämlich sehr dringend, deshalb rufe ich Sie an.«

Meine gute Erziehung zwang mich (auch wenn ich es widerwillig tat), ihn zu ermutigen.

Ausdrücklich formulierte er es zwar nicht, doch seiner Stimme entnahm ich, dass es ihm unangenehm war, dass er mich um Hilfe bitten musste. Aber die Art, wie er das zum Ausdruck brachte, war eigenartig. In aller Kürze war das der

Inhalt: Am frühen Morgen wurde auf dem Universitätsgelände erneut eine Leiche gefunden. Dieses Mal war es unmöglich, den Mordfall geheim zu halten, denn die Person, die am Schreibtisch erstochen aufgefunden wurde, war eine berühmte (eine sehr berühmte) Persönlichkeit: kein Geringerer als Professor Erkan Gürkan. Diesmal wurde die Polizei alarmiert. Die Leiche wurde noch vor dem Unterrichtsbeginn weggeschafft, aber es war nicht zu verhindern gewesen, dass es zu tumultartigen Ereignissen kam - es war nämlich ausgerechnet Elterntag. Es waren auch einige Medienleute da. Sie waren durch scharfe Sicherheitsmaßnahmen daran gehindert worden, die Universität zu betreten. Gerade deshalb belagerten sie das Gebäude und man war ratlos, wie man es verhindern könnte, dass die Studenten und die Eltern belästigt wurden. Er wolle »nicht einmal an den Aufstand denken«, vermittelte er mir. (Dass dieser Mann nicht denken wollte, hatte meine Aufmerksamkeit bereits erregt.) Um der Polizei behilflich zu sein, hatte er es zulassen müssen, innerhalb der Universität eine inoffizielle Ermittlung durchführen zu lassen. Wer wäre dafür besser geeignet als ein emeritierter Mathematikprofessor, der diesen Part übernehmen und die Presse informieren würde ...

»Sie haben sich von Anfang an mit den Fällen beschäftigt...«, sagte er.

Eigenartig, dass er sogar noch als Bittsteller kommandierend war. Ob dieser Tonfall der Schlüssel dafür war, dass er Rektor dieser Universität werden konnte, obwohl er in Mathematik zwei Jahre hintereinander die Prüfung nicht geschafft hatte? Am liebsten hätte ich den Hörer mit den Worten ‚Mich interessiert das überhaupt nicht mehr' aufgelegt. Aber ich spürte genau, dass mich das sogar sehr interessierte. Denn das »Spiel«, das ich mit Haydar Bilir begonnen hatte, war längst eine ernste Angelegenheit. Seit Tagen hatten wir uns den Kopf darüber zerbrochen und uns wäre nicht im

Entferntesten in den Sinn gekommen, dass ein vierter Mord geschehen könnte. Die Ereignisse bekamen eine neue Charakteristik, eine Dimension über die Tatsache hinaus, dass ich Narin helfen wollte …

Und während über meinen Kopf und Körper das heiße Wasser lief, erinnerte ich mich daran, dass Narin im Zimmer meiner früheren Frau schlief. Vielleicht war sie inzwischen aufgestanden. Mit großer Wahrscheinlichkeit bereitete sie das Frühstück vor. Wie konnte ich vergessen, dass sie sich in meiner Wohnung befand? Mir war gleich nach dem Anruf von Rektor Semerci eingefallen, Haydar Bilir anzurufen. Aber an Narin, die in der Wohnung war, dachte ich in diesem Augenblick nicht. Natürlich dürfte sie das nicht merken. Also erst anziehen, vor Sie treten und ihr sagen, dass ich die ganze Nacht nur an sie gedacht habe. Ist es traurig oder komisch, dass ich mir erst in meinem fortgeschrittenen Alter solche Gedanken mache und in meine Beziehung zu einer Frau eine gewisse Feinfühligkeit einfließen lasse? Hätte ich diese Feinfühligkeit (oder Gewieftheit) in meinen jungen Jahren besser beherrscht, hätte mein Leben dann einen anderen Verlauf genommen?

»Was, Ergin Gürkan?!«, schrie Narin auf. Ich fand sie in der Küche und gleich nach dem Morgengruß erzählte ich ihr von dem vierten Mordfall, ohne sie gefragt zu haben, ob sie gut geschlafen hatte.

»Kennst du ihn?«

»Wer kennt ihn nicht?! Also persönlich habe ich ihn nicht so oft gesehen, aber vom Namen her kenne ich ihn gut …- wie jeder hier …«

Na gut! Ich war ja nicht jeder! Den Namen des Mannes hatte ich auch schon gehört, aber ich wusste nicht, weshalb er so berühmt war. Narin erklärte mir, dass er ein Verfassungsrechtler war. Aber was hatte ein Verfassungsrechtler an einer privaten Universität zu tun? Er war in meiner Altersklasse, aber ich war zu der Zeit, als er berühmt wurde, im Ausland. Ich wusste über ihn so gut wie nichts. Er war wahrscheinlich ein Linker - wie seinerzeit fast alle. Ob er nach dem Putsch vom 12. März 1971 im Gefängnis war? Damals unterrichtete ich in den USA und war mit meiner ersten Frau verheiratet. Das war also bevor ich sie an einen Franzosen verlor und unser Sohn war auch noch nicht geboren. Ich war damals »in der neuen Welt« glücklich (zumindest unbekümmert und sorglos). Ich führte eine gute Ehe und unternahm die ersten Karriereschritte meiner akademischen Laufbahn. Zu dieser Zeit befanden sich fast alle Intellektuellen der Türkei entweder im Gefängnis, wo sie gefoltert wurden, oder sie lebten in der ständigen Angst, dass ihnen das passieren könnte. Während ich dieses Elend in den USA, aus sicherer Entfernung und ohne jedes Risiko verfolgte, war meine einzige Protestaktion eine Unterschriftensammlung, die ich als Zeichen der Solidarität mit den Betroffenen ins Leben gerufen hatte. Ich sammelte etwa hundert, hundertfünfzig Unterschriften an der Universität, an der ich beschäftigt war, aber ich erinnere mich nicht mehr, mit wem wir uns eigentlich solidarisiert hatten.

Narin erinnerte sich weniger an die politische Vergangenheit des Mannes, vielmehr an sein Privatleben. Das half mir, die gestrige Krisensituation vergessen zu lassen. Als wir uns an den Frühstückstisch setzten, sprachen wir also über das Privatleben von Ergin Gürkan.

Während Narin ihren Tee umrührte, sinnierte sie vor sich hin: »Ob er noch mit Banu Sayar verheiratet ist?« Sie lächelte.

»Wer ist das?«, fragte ich.

»Kennst du sie wirklich nicht? Hast du ihren Namen noch nie gehört?«

»Weiß ich nicht ... - wahrscheinlich nicht! Ich bin an Gesellschaftsklatsch nicht interessiert. Sogar an den Namen des berühmten Professors erinnere ich mich nicht, wieso sollte ich da seine Frau kennen?«

»Sie war früher auch mal sehr berühmt. Wie schnell ein Mensch doch in Vergessenheit gerät ... - es gab mal eine Zeit, da waren ihre Bilder in allen Zeitungen ... - Banu Sayar, die Nacktmalerin!«

Ich hatte tatsächlich nie davon gehört. »Was heißt das: Nacktmalerin?«

»Sie malte ihre eigenen Nacktbilder«, erklärte sie mir grinsend und aß mit gutem Appetit weiter. Anscheinend hat sie unsere Missstimmung mit weniger Schaden überstanden, als vermutet.

»Kunstmaler bringen auch Autoporträts auf die Leinwand«, sagte sie. »Sie malte Nacktbilder von sich selbst. Die Bilder waren katastrophal - wenn Du mich fragst - aber sie war eine schöne Frau, das muss man ihr lassen. Sie war in der höheren Gesellschaft mal richtig in - fast alle hatten ein Banu Sayar an der Wand - besser gesagt: eine nackte Banu Sayar! Aber das war, bevor sie Ergin Gürkan geheiratet hatte. Ayhan war damals noch am Leben ... - wir hatten uns ausführlich darüber unterhalten.«

Wer war Ayhan? Wie viele Menschen diese Frau kennt! Ich kannte offenbar niemanden!

»War dieser Ayhan auch eine Berühmtheit?«

»Nein, er ist gestorben, ohne berühmt zu werden. Ich weiß natürlich nicht, ob er berühmt geworden wäre. Aber er war ein netter Kerl. Er starb sehr jung, der arme Junge ... - bei einem Autounfall. Das passierte wegen Banu.«

»Wie denn das?«

»Na ja ...- würde es dir gefallen, wenn deine Frau an den Wänden anderer Leute ihre Nacktheit präsentiert? Der Junge begann zu trinken ... - wir haben sowieso nicht verstanden, wieso er sich derart in diese Frau verguckt hatte.«

»In welche Frau?«

»In Banu natürlich ... - eine dumme Person.«

»Ayhan oder Banu?«, fragte ich verwirrt und fühlte mich dümmer als der Rest der Welt. Aber mehr noch rätselte ich, was diese Menschen mit Ergin Gürkans Tod zu tun hatten.

»Warum sollte Ayhan denn dumm sein? Er war der liebenswürdigste Mensch der Welt. Natürlich war es seine Dummheit, sich in Banu zu verlieben. Wenn du das meinst, liegst du natürlich richtig. Wir konnten es alle nicht begreifen, dass er sie sogar geheiratet hat.«

»Heißt das, dass diese Banu sowohl mit Ayhan als auch mit Ergin verheiratet war?«

»Natürlich nicht gleichzeitig«, lachte sie und schüttelte den Kopf. »Nacheinander ...«

Langsam ging mir ihr Getratsche, das gar nichts mit den Mordfällen zu tun hatte, auf die Nerven. »Ich habe den Faden verloren«, bedauerte ich, drückte jedoch mit meiner Stimme aus, dass ich keine Lust hatte, ihn wieder zu finden.

»Es ist ja sehr lange her«, fuhr sie fort, weil sie wohl glaubte, es würde mich interessieren. »Ayhan kannte ich noch von der Universität ... - damals ging ich mit einem jungen Mann namens Derya. Er war der engste Freund von Ayhan, studierte Architektur. Er sah irre gut aus, tanzte wunderbar und es war immer sehr lustig mit ihm ... Er hatte unzählige Geliebte. Also ich ging zwei Jahre mit Derya. Da hat er die Mädchen dauernd gewechselt. Dann tauchte plötzlich diese Banu an seiner Seite auf. Schön war sie schon ... - aber sie hatte ein eher einfaches Gemüt. Damals trugen wir alle Minirock und Plateauschuhe. Aber ihr Rock war kürzer als der aller anderen Mädchen, und ihre Schuhe waren so hoch, dass es ein Kunststück war, darin zu laufen. Ich weiß nicht, wie ich es beschreiben soll ... - sie hatte ständig Kaugummi im Mund, wirkte etwas ordinär. Sie passte überhaupt nicht zu Ayhan ...«

Sie beschrieb das Mädchen von vor dreißig Jahren mit ihren heutigen Wertmaßstäben - als würde sie für ihren Sohn eine anständige Braut suchen. Dabei hatte sie Ayhan mehr als die nötige Aufmerksamkeit geschenkt, während sie eigentlich doch mit Derya zusammen war.

»Von Malerei hatte sie keine Ahnung. Ihr Gesicht bemalen, das konnte sie allerdings bestens. Wir dachten damals alle, diese Beziehung würde nicht lange halten. Aber es kam ganz anders. Sie hing wie eine Klette an ihm. Als Ayhan mit dem Studium fertig war und nach Italien ging, reiste sie ihm nach. Mit der Malerei hat sie dort angefangen. Ich trennte mich von Derya und ging nach England. Wir haben uns aus den Augen verloren ... - du verstehst ...«

Verstanden hatte ich das schon, aber mehr interessierte mich gar nicht. Das Frühstück hatte sowieso schon zu lange gedauert. Ich musste mich auf die Pressekonferenz vorbereiten, deshalb wollte ich schnellstens wieder in mein Zimmer. Ich wollte mich gerade erheben, aber Narin erzählte nach kurzer Pause weiter.

»Als ich aus England zurückkam, war diese Frau inzwischen als Nacktmalerin berühmt geworden - aber nicht mit dem Namen ihres Ehemannes, hinter dem sie so lange her war. Ayhan sah ich noch einige Male. Er trank sehr viel, hatte viele Mädchen, aber er ließ sich von Banu aus irgendeinem Grund nicht scheiden. Eines Abends trank er viel, stieg in sein Auto, trat aufs Gas ... - er fuhr immer sehr schnell ... - das Auto überschlug sich vier Mal ... - das Mädchen auf dem Beifahrersitz war auch tot ...«

»Mein Gott, wie entsetzlich«, sagte ich mit mehr oder minder geheuchelter Anteilnahme und wollte erneut den Tisch verlassen.

»Banu heulte auf der Beerdigung Krokodilstränen ... - natürlich war das nur gespielt. Noch auf der Beerdigung, während sie die trauernde Witwe spielte, schaffte sie es,

Ergin Gürkan zu umgarnen. Ich glaube, sie hatten sich dort erst kennen gelernt. Ayhan hatte mit seinem Bruder ja keinen Kontakt.«

»Mit seinem Bruder ...?«

»Ja, Halbbruder ... - ich sagte doch, sie waren Stiefbrüder ...«

»Nein, das hast du nicht gesagt«, antwortete ich, und auf einmal interessierte ich mich doch für die Fortsetzung der Geschichte. Ich hatte bisher nur mit einem Ohr hingehört, weil ich dachte, es sei nur ein Gequatsche über irgendwelche Leute.

»Professor Ergin Gürkan und dieser Ayhan waren also Halbbrüder?«

»Sie hatten einen gemeinsamen Vater, aber unterschiedliche Mütter ... - der Altersunterschied zwischen beiden war ja auch groß ... Ergin Bey war zehn oder fünfzehn Jahre älter als Ayhan.« Sie lächelte in nostalgischer Verklärtheit. »Ayhan nannte seinen Bruder »Ergin Bey«. Er sprach nur sehr selten von ihm. Dass Ergin Gürkan aus dem Gefängnis entlassen wurde und an die Universität zurückkehrte, las Ayhan in der Zeitung. Damals erfuhren wir auch erst, dass sie miteinander verwandt waren. »Ergin Bey hat seine Freiheit erlangt, jetzt ist er für die Freiheit aller verantwortlich«, hatte Ayhan gesagt. Er schien sich über ihn lustig zu machen, aber eigentlich war er eher verbittert. Aus späteren Bemerkungen entnahm ich, dass Ayhan seinen älteren Bruder als Kind sehr verehrt hatte, aber später muss irgendetwas passiert sein ... - sie hatten sich wohl zerstritten. Wenn ich mich nicht irre, stammte Ergin Bey von der ersten Frau des Vaters, Ayhan von der dritten. Außerdem hatten sie noch einen jüngeren Bruder von der vierten Frau!«

»Der Vater war ja ein richtiger Weiberheld«, ich meinte das mit Anerkennung sagen zu müssen.

»Na ja, wenn es eine so große Leistung ist, eine Menge Kinder in die Welt zu setzen ...«, antwortete sie spitz, als würde sie meine Bewunderung missbilligen.

»Und Banu ... wie war noch gleich ihr Nachname? Also diese Nacktmalerin heiratete gleich zwei dieser Söhne ... - natürlich der Reihe nach. Aber erst den jüngeren, dann den älteren ...«

»Genau! Wie Sie zu befehlen wünschen, Herr Professor!«, sagte sie und lachte.

Jetzt staunte ich, denn Narin hatte Haydar Bilir höchstens zwei, oder drei Mal gesehen - die Zeit auf dem Schiff, mit dem wir nach Istanbul fuhren, nicht mitgezählt, sie hatte also kaum Zeit gehabt, seine Art zu reden zu studieren. Hatte sie ihn auf dem Schiff aus irgendeinem Grund beobachtet? Davon hatte ich nichts bemerkt, aber dass sie ihn jetzt fast perfekt imitierte - sein Stimmfall und seine Mimik waren absolut getreu nachgeahmt -, das konnte ich kaum begreifen.

»Bravo«, lachte ich und erhob mich geschwind, »du bist immer wieder erstaunlich.« Sie als »erstaunlich« zu bezeichnen, machte mich unsicher.

»Ist nicht Banu Sayar die eigentlich Erstaunliche? Was sagst du dazu, dass ein so anerkannter und berühmter Professor wie Ergin Gürkan sie geheiratet hat, obwohl ihre Nacktbilder in unzähligen fremden Wohnungen hingen ...«

»Bravo auch für ihn!«, sagte ich spöttisch, und erst danach fiel mir ein, dass dieser Mann ja ermordet wurde - noch dazu mit einem Messer.

»Ob sie noch verheiratet waren? Er hatte sie trotz der Nacktbilder geheiratet. Wäre es denkbar, dass er sich scheiden ließ, als sie begann, sich zu verschleiern?«

Ich war schon auf dem Weg in mein Zimmer, als sie das sagte, blieb jetzt aber stehen:

»Verschleiert?«, fragte ich etwas perplex.

»Ja!«, antwortete sie lächelnd, anscheinend genoss sie meine Verwirrung. »Vor einigen Jahren hat sie sich verschleiert!«

»Warum das? Aus welchem Grund?«

»Sie wurde angeblich erleuchtet - aber sicher nicht, weil ihr Körper so attraktiv war, dass er der Gravitationskraft nicht nachgab!«

Narin, die ansonsten wie eine gutherzige und feinfühlige Fee war, änderte während des Frühstücks mehrmals ihre Wesensart, so dass ich diese positiven Attribute an ihr vermisste. Aber in jenem Augenblick wollte ich darüber nicht nachdenken. Es schien mir weniger verhängnisvoll, über die Nacktmalerin nachzudenken, die sich später verschleierte.

Als ich es endlich geschafft hatte, mich in mein Zimmer zurückzuziehen, hielt ich es für besser, mich auch mit diesen Fragen erst später zu beschäftigen. Ja, Banu Hanım war ganz sicher eine bemerkenswerte Frau, die nicht außer Acht gelassen werden sollte. Aber im Moment wollte ich nicht darüber sinnieren, ob sie mit den Morden zu tun hatte. Viel dringender war es, die Details zu untersuchen. In diesem Augenblick richtete ich meine Aufmerksamkeit also darauf, dass dieser berühmte Professor anscheinend genauso fleißig war wie die junge Assistentin. Denn obwohl das Semester erst kürzlich, der Unterricht jedoch noch nicht begonnen hatte, arbeitete er bis in die späte Nacht. Als ich noch an der Uni tätig war, kam das niemals vor. Offenbar kam jemand in sein Büro, der ihn mit einem Messer von hinten erstach. Wer befand sich zu dieser Zeit in der Uni, wie war es möglich, dass fremde Personen das Unigelände mit Messern in den Taschen betreten konnten? Hatten die Sicherheitsleute ihre Kontrollen vernachlässigt?

Eine ähnliche Frage stellte einige Stunden später ein Journalist anlässlich der Pressekonferenz. Daraufhin erteile Sungur Semerci dem Sicherheitschef das Wort. Er selbst hatte davor eine lange Erklärung abgegeben, wie erschütternd diese

Ereignisse waren und welch einen großen Verlust der Tod des geschätzten Professors Ergin Gürkan verursachen würde. Auch über die Tötung der jungen Mitarbeiterin äußerte er sich mit großem Bedauern und betonte, dass man mit der ermittelnden Polizeibehörde eng zusammenarbeiten würde. Darüber hinaus wies er darauf hin, dass seitens der Universität eine breit angelegte Ermittlung durchgeführt würde, diesbezüglich nannte er meinen und Haydar Bilirs Namen.

»Wir werden beweisen, dass der oder die Mörder sich nicht in unseren Reihen befinden«, beendete er seinen Part.

Der neugierige Journalist hatte die Frage nach den Sicherheitsvorkehrungen nach diesem Satz gestellt. Wir saßen hinter dem Rektor an einem langen Tisch. Bezüglich dieser Frage machte er eine Kopfbewegung nach hinten und forderte den Sicherheitschef auf: »Bitte, Faruk Bey!«

Dieser räusperte sich und versicherte, dass das Sicherheitssystem natürlich sicher sei. An den Eingängen würde jeder nach seinem Personalausweis gefragt; Autos ohne ein elektronisches Ausweissystem dürften nicht auf den Parkplatz fahren. Allerdings gäbe es an den Türen keine elektronischen Scanner und auch keine Körperkontrolle.

»An einer Universität wie dieser kann man so etwas nicht einsetzen. So etwas würde auf breite Ablehnung stoßen. Die Eltern der Studenten würden das nicht akzeptieren«, beendete er seinen Part.

Natürlich stieß es auch auf breite Ablehnung, dass sich an der Universität mehrere Morde ereignet hatten; sicher war es für die Eltern ebenso schwer, das zu akzeptieren. Und weil wir das alle wussten, erwähnten wir es nicht.

»Werden die Jugendlichen aus dem Viertel, die die Abendkurse besuchen, nicht gründlich durchsucht?«, fragte jemand den Sicherheitschef.

»Nein, alle werden gleich behandelt.« Etwas in seiner Stimme verriet, dass er anderer Ansicht war, was das betraf.

Sungur Semerci mischte sich ein: »Wir versuchen sie zu überzeugen, dass sie ein Teil von uns sind!« Allmählich ging er mir auf die Nerven. »Aber ab jetzt könnten wir nicht ausschließen, dass sie beim Betreten der Universität doch durchsucht werden.«

Als jemand die Frage stellte, zu welchem Zweck eine interne Ermittlung durchgeführt werden sollte, überließ der verehrte Herr Rektor dem »Kommissar im Ruhestand, Haydar Bilir« das Wort.

Auch Haydar räusperte sich, bevor er begann.

»Als ehemaliger Kommissar der Mordkommission habe ich weit mehr als hunderte Fälle aufgeklärt und die Täter der Justiz übergeben. Deshalb konnte ich die Bitte des verehrten Herrn Rektors und des sehr verehrten Herrn Professors Emin Köklü nicht abschlagen, mich um die Aufklärung der Fälle zu kümmern. Ich möchte auch den früheren Kollegen, die ich ausgebildet habe, bei der Ermittlungsarbeit behilflich sein. Deshalb, liebe Freunde, habe ich diese Aufgabe angenommen«, sagte er und schob seine Jacke mit beiden Händen nach hinten.

Für einen Augenblick befürchtete ich, er würde sich tatsächlich ausziehen. Im Saal wurde gelacht, aber es war nicht ironisch, sondern eher lustig gemeint. Ich schaute zu Sungur Semerci. Er hatte seinen Arm auf den Rücken des Sessels gelegt, den Kopf leicht seitwärts gebeugt, leise nickend hatte er Haydars Ansprache aufgenommen und dabei gelächelt, als würde er sich eine Parodie anschauen. Wie konnte diese »Leo Trotzki«-Kopie, dieser überspannte Rektor, dies nur so entspannt aufnehmen?

Haydar Bilir fuhr mit dem gleichen Ernst fort. »Ich hatte noch keine Gelegenheit, die Leiche zu sehen, da der Tatort momentan nicht betreten werden darf. Wir arbeiten nämlich nach der amerikanischen Methode; die Spurensuche wird mit aller Gründlichkeit durchgeführt. Aber vielleicht erlaubt Ihnen unser verehrter Herr Rektor ja, dass Sie an der Tür Fotos für

Ihre Presseorgane machen können.« Diesmal schaute Haydar zum Rektor - sein Lächeln wirkte gequält. Einige Journalisten lachten oder murmelten sich etwas zu. Haydar und Sungur blickten sich freundlich an. Ich konnte auf Anhieb nicht entscheiden, ob sie wie zwei Verbündete wirkten, oder wie ein Komödiantenduo, das sich gegenseitig auf die Schippe nahm. Haydar zog seine Augenbrauen zusammen und wandte sich mit gebührlichem Ernst wieder den Journalisten zu. »Bevor ich mir die Leiche anschaue, werde ich den Tatort erst mal gründlich inspizieren. Die eigentlichen Spuren findet man meistens nämlich dort.«

»Hatten Sie denn Gelegenheit, das Büro der ermordeten Melek Türker zu inspizieren? Wurden dort irgendwelche Hinweise gefunden?«

Haydar reagierte verunsichert. Auf dem Gesicht von Sungur Semerci verschwand das verbindliche Lächeln und ich sah, dass er die Augenbrauen verärgert zusammenzog. Allerdings tat er das häufig.

»Bedenken Sie bitte, dass ich erst heute Morgen diese Anfrage erhalten habe, liebe Freunde. Ich hatte noch keine Gelegenheit für eine tiefer gehende Untersuchung. Ich hoffe, Sie haben dafür Verständnis?! Aber ich werde Sie von den Ergebnissen in Kenntnis setzen ... - das versichere ich Ihnen.«

Vom anderen Ende des Saals rief eine kleine, blasse Journalistin mit dunkelblond-fahlen Haaren und kreischender Stimme:

»Weshalb wurden Sie mit dieser Aufgabe betraut?«

Um ehrlich zu sein, erst in diesem Augenblick bemerkte ich, dass sie klein und blass war mit dunkelblond-fahlen Haaren und einer Brille; ihre kreischende Stimme übertönte alles.

Haydar kniff die Augen zusammen, blickte in die Richtung der Stimme. Da er sie nicht fand, wandte er sich an die Presseleute in den vorderen Reihen: »Nun ja ... - die jungen

Leute, die an dieser Universität studieren, sind nicht von der Sorte, die man mit den herkömmlichen Methoden verhören kann, man muss sie mit aller Vorsicht behandeln.« Erneut lächelte er gequält. Im Saal war es mit einem Mal ganz still. Ich schaute zu Sungur Semerci. Er hatte seinen Kopf nach vorne gebeugt und machte das, was man ein langes Gesicht nannte. Haydar ließ sich jedoch nicht davon beeindrucken und setzte seine Rede fort. »Das heißt, wir können sie nicht mit unseren Methoden »streicheln«.« Diesmal lachte er nicht. Er hatte sicher die eisige Erstarrung im Saal bemerkt, denn er blickte mich Hilfe suchend an: »Herr Professor Emin wird sie da eher mit Samthandschuhen behandeln.«

Sungur hob seinen Kopf und ließ verlauten: »Damit ist die Pressekonferenz zu Ende.«

Während sich der Saal leerte, sprach er kein Wort und schien bemüht zu sein, niemandem in die Augen zu schauen. Er blickte auf die Akte, die auch vor mir lag. Ich hatte bereits festgestellt, dass der Inhalt aus einigen unbeschriebenen Blättern bestand. Als die Journalisten draußen waren, stand er auf und sagte: »Meine Herren, erst treffen wir uns in meinem Büro!« Auch jetzt schaute er niemanden an. »Bitte kommen Sie auch mit, Faruk Bey!«, sagte er, und nahm die Akte. Allen ging er voran.

Das Kernteam, also Haydar, Faruk Bey, ich und der Stellvertreter des Rektors, dessen Namen zu nennen offenbar für überflüssig gehalten wurde, versammelte sich in Sungur Semercis Büro. Nachdem uns Tee oder Kaffee angeboten wurde, besprachen wir, welche Strategie bei den Ermittlungen angewendet werden sollte. Um genau zu sein, der Herr Rektor erklärte uns, welche Art von Strategien wir anwenden durften. Er erlaubte zum Beispiel nicht, dass die Studenten verhört wurden, weil es sowieso ausgeschlossen sei, dass sie etwas wussten. Außerdem hatte der Unterricht erst vor einer Woche begonnen. Um den Lehrbetrieb nicht zu stören, sollten wir sie nicht belästigen. Die Lehrkräfte standen derzeit ebenfalls stark unter Druck. Nur wenn es unbedingt nötig war, sollte man sie um einen Termin bitten. Das Sicherheitspersonal und die Putzleute hingegen durften in Anwesenheit des Sicherheitschefs Faruk Bey befragt werden. Die Teilnehmer der Abendkurse aus dem Viertel durften sogar außerhalb des Universitätsbetriebs verhört werden. Ihre Personalien würden uns anstandslos von der Sekretärin, Gülen Hanım, zur Verfügung gestellt. Das Büro der stellvertretenden Assistentin, die sich noch im Urlaub befand, durften Haydar Bey und Emin Bey nutzen. Sie konnten somit an allen Dienstleistungen der Hochschule partizipieren. Falls es irgendwelche Probleme gäbe, wäre Hulusi Bey ihr Ansprechpartner.

Offensichtlich hatte sich Sungur Semerci auf das Gespräch mit uns gründlicher vorbereitet als auf die Pressekonferenz. Oder war er aufgrund der peinlichen Enthüllung von Haydar aufgeschreckt und bereute, uns beauftragt zu haben? Das »Streicheln« der Studenten ... - das war ein starkes Stück, das so offen auszusprechen. Als er mit seiner Rede fertig war, merkte jeder im Raum, dass er keinen Widerspruch dulden würde. Er zog die Augenbrauen erst hoch, dann streng zusammen. Nun, er hatte Recht. Ich verstand ja, dass er Haydar zur Räson bringen wollte. Aber ich konnte nicht darüber hinwegsehen, dass er mich mit ihm sinnbildlich in einen Topf warf. Diese Besserwisserei war unnötig. Sah ich aus wie jemand, der die Studenten belästigen würde? Ich räusperte mich, bevor ich sagte: »Ich denke sowieso nicht daran, irgendjemanden zu verhören.« Und um ihm zu vermitteln, dass ich seine instruktive Art nicht auf meine Person bezog, lächelte ich. »Auch wenn Studenten gewisse Entscheidungen ihrer Professoren nicht gutheißen, kann ich aus jahrelanger Erfahrung sagen, dass sie es meistens nicht in die Tat umsetzen, sie gleich zu töten.«

Sungur verzog den Mund zu einem Lächeln, das nur so aussehen sollte. »Natürlich! Sie haben diesbezüglich als Professor mehr Erfahrung als ich!«

Wollte er damit andeuten, dass, wenn überhaupt jemand es verdient hätte, dann ich es war?

»Das Lehrpersonal brauchen wir auch nicht zu verhören«, sprach ich weiter und tat so, als hätte ich seine Andeutung nicht verstanden. »Aber was wir als Erstes tun sollten: die Tatorte untersuchen, die Ein- und Ausgänge prüfen und die Stimmung samt und sonders auf uns wirken lassen. Die Wahrscheinlichkeit, dass jemand von den Universitätsangehörigen die Morde verübt hatte, ist gering ...«

»Das ist meines Erachtens sogar ausgeschlossen«, mischte sich Faruk Bey ein.

»Wenn wir dann noch Hulusi Bey kennen lernen könnten ... - der soll ja unser Ansprechpartner sein ...«

Der junge Mann, der sich bis dahin mit keinem Wort eingebracht hatte, stellte sich nun ziemlich laut tönend vor: »Das bin ich. Mein Büro befindet sich auf dieser Etage, am Ende des Flurs.«

Sungur Semerci stand auf. »Der Raum, den Sie nutzen können, Herr Professor, ist gleich nebenan. Gülen Hanım wird Sie hinführen ...«

Danach verließen wir das Rektorzimmer. Ich schaute nur durch die Tür des Büros, das mir Gülen Hanım zeigte. Es war ein gewöhnliches Sekretariat; ich hatte nicht das geringste Interesse, in diesem Zimmer zu sitzen. Mir erschien es so, dass der Rektor lediglich versuchte, unserer Anwesenheit damit einen offiziellen Anschein zu geben.

»Können wir uns nun den Tatort ansehen, an dem Herr Professor Gürkan ermordet wurde?«, fragte ich, ohne Hulusi Bey und Faruk Bey ausdrücklich anzusprechen.

»Natürlich«, antwortete Hulusi Bey, der stellvertretende Rektor, und wandte sich an Faruk Bey. »Würden Sie die

Herren bitte begleiten?« Dann sagte er mir: »Ich bin in meinem Zimmer, Herr Professor! Lassen Sie sich ruhig Zeit und schauen Sie sich alles an. Wir sehen uns dann später.«

Ich bedankte mich bei ihm, Faruk Bey sah mich aufmunternd an und zu dritt wir gingen zum Aufzug. Währenddessen erfuhren wir von Faruk Bey, dass die juristische Fakultät in einem anderen Gebäude untergebracht war, dass es auf dem Campus drei Gebäude gab und dass jedes über einen eigenen Parkplatz verfügte. Zu diesem, in dem wir uns befanden, hatten nur die Universitätsleitung und die Lehrkräfte Zugang. Aber auch die Angestellten konnten nicht irgendwo parken, sondern mussten sich am Anfang jedes neuen Semesters elektronische Parkscheine in der jeweils gültigen Farbe besorgen. So wusste jeder, welchen Parkplatz er benutzen durfte. Den Studenten war es ohnehin verboten, die Parkplätze zu benutzen; Besucher erhielten eine Sondergenehmigung. Diese würde man uns ebenfalls zur Verfügung stellen ... - er wollte sich gleich darum kümmern. Man konnte meinen, er war für die privaten Gemächer der königlichen Familie zuständig ... - so tat der Sicherheitschef. Als würde er gar nicht merken, dass alle diese Sicherheitsvorkehrungen eigentlich zu nichts nutze waren.

»In welchem Gebäude wurde die Leiche des Putzmanns gefunden?«, erkundigte ich mich.

Inzwischen waren wir im Erdgeschoss angekommen und betraten den Garten.

Faruk Bey zögerte, bevor er antwortete: »In dem Gebäude hinter diesem«, er zeigte mit dem Kopf in die Richtung.

»Sind die Parkplätze nachts leer?«

»Im Allgemeinen ja, aber manchmal lassen die Professoren ihre Fahrzeuge stehen. Das kommt schon mal vor. Aber natürlich ist der Sicherheitsdienst Tag und Nacht anwesend.«

Wir betraten das Gebäude, in dem sich die juristische Fakultät befand. Faruk Bey zeigte auf den Tisch gleich neben dem Eingang und betonte noch einmal, dass der Sicherheitsdienst quasi rund um die Uhr da wäre.

»Also, die ganze Nacht?«

»Natürlich! Die Tore werden um 22 Uhr geschlossen, aber die Diensthabenden bleiben an ihren Plätzen, sie werden alle zwei Stunden abgelöst.«

In der geräumigen Eingangshalle gingen wir wieder auf einen Aufzug zu.

»Dann ist es also kaum möglich, dass ein Fremder unbemerkt hier hereinkommt?«, bohrte ich weiter.

Faruk Bey antwortete sehr ernst und voller Überzeugung: »Das ist überhaupt nicht möglich!«

Haydar lachte. Seit der Pressekonferenz blickte er betrübt und machte seinen Mund nicht auf. Wir schauten ihn fragend an, aber er sagte nichts, schüttelte nur besorgt den Kopf.

Das Büro von Professor Gürkan war im dritten Stock. Vor der Tür standen zwei Uniformierte und zwei zivile Wachen, die in ein Gespräch vertieft waren. Als sie uns bemerkten, beendeten sie dies und wandten sich uns mit ausdruckslosen Gesichtern zu.

Instinktiv überkam mich ein schlechtes Gefühl ... - um genauer zu sein: das Unbehagen, das ich schon bei der Pressekonferenz spürte, erreichte nun seinen Höhepunkt. Was hatte ich hier zu suchen? Bislang hatte ich fast alle Problemlösungen zu Hause bewältigt, indem ich darüber nachdachte. Bei Mordfällen hatte bisher Haydar die praktische Seite erledigt. Als ob es nicht gereicht hätte, die Besserwisserei von Sungur Semerci und seinen Getreuen zu ertragen, musste ich jetzt auch noch die Gefühle dieser Männer respektieren. Ihren Blicken entnahm ich, dass sie meine Arbeit behindern und noch dazu behaupten würden, das wäre ihre Pflicht. Sogar

Haydar hielt sich auf Distanz - seit wir den Aufzug verlassen hatten, ging er zwei Schritte hinter uns, während ich Schulter an Schulter mit Faruk Bey ging. Ob sich hier jeder für höherwertig hielt?! Aber jetzt noch einen Rückzieher zu machen, ließ mein Gewissen nicht zu. Mich darauf einzulassen, mit den Türstehern zu debattieren, war jedoch ganz und gar nicht mein Ding. Ich fühlte mich noch nie so ausgegrenzt, dabei war ich hier an einem Ort, der mir nicht fremd war: einer pädagogischen Einrichtung.

Die Männer kannten Faruk Bey. Sie erwiesen nicht uns, sondern ihm einen gewissen Respekt. Dennoch meinte der wohl ranghöchste Mann in ziviler Kleidung uns ermahnen zu müssen, nichts anzurühren.

Der Raum war nur ein Viertel so groß, wie der des Rektors, aber dennoch verhältnismäßig groß. Die Nachmittagssonne schien durch das Fenster, das sich über die ganze Wand erstreckte, und sie blendete mich. Deshalb sah ich auf den ersten Blick nichts. Ergin Gürkans Tisch stand vor dem Fenster, er sah aufgeräumt aus. Nichts von dem Chaos, was man auf dem Tisch eines Professors vermutet hätte, also Papiere, Bücher, Akten, etc., waren darauf, lediglich ein Computer, eine Tischlampe und ein großer, leerer Aschenbecher sowie gelbe und weiße Chrysanthemen in einer Vase und ein Stifthalter mit Bleistiften und Kugelschreibern. Es war mittlerweile normal, dass man, wenn man einen Computer benutzte, kaum Papier benötigte. Aber was hatten all die Stifte auf dem Tisch zu suchen?

Das Zimmer wirkte aufgeräumt. Die links und rechts neben dem Tisch stehenden mannshohen Bücherregale waren voll gestopft mit Büchern. Im Regal rechts befand sich eine Menge dicker Akten und übereinander gestapelter Zeitschriften und Zeitungen; links standen gebundene, dicke Bücher. Hinter dem Tisch ein Sessel mit einer hohen Rückenlehne, vor dem Tisch zwei Stühle für die Besucher -

das war alles. Erst als ich das Zimmer betrat, sah ich neben der Tür einen runden Tisch mit vier Stühlen. Auch auf diesem Tisch ein Aschenbecher, einige Zeitschriften ... - das Übliche eben. Noch nie war ich in einem Raum gewesen, in dem kurz vorher ein Mord geschehen war. Ich hatte erwartet, dass alles durcheinander war, dass alles blutbesudelt war. Nein, so etwas hatte ich nicht erwartet, aber sicherlich auch nicht, dass alles so ordentlich aussah. Es gab jedoch nicht den geringsten Hinweis darauf, dass hier vor kurzem eine Leiche lag, oder dass die Polizei hier nach Spuren des Tathergangs gesucht hätte. Offenbar hatten sie dieses ekelhafte, klebrige Pulver nicht überall verstreut, um die Fingerabdrücke zu entnehmen. Sicher gab es hier so viele Fingerabdrücke, dass die des Mörders nicht ausfindig zu machen waren. Jemand, der mit dem festen Entschluss kam, den Professor zu töten, hatte sicher nicht den Tisch oder das Telefon berührt, außerdem hatte er bestimmt Handschuhe an.

Ich ging um den Schreibtisch herum, zog den Sessel zurück und schaute Faruk Bey fragend an. Er sagte nichts, also setzte ich mich. Ich überprüfte den Tisch, als wäre es meiner und überlegte, dass viele Dinge fehlten, die auf einem Arbeitstisch selbstverständlich wären. Mein Blick traf sich mit dem von Haydar, der vor mir stand.

»Es sieht so aus, als ob der Tisch gereinigt wurde«, bemerkte ich. »Waren es die Kollegen von der Polizei?«

Haydar hob seine schwarzen Augenbrauen schaute fragend zu Faruk Bey.

»Vielleicht haben sie die eine oder andere Akte mitgenommen«, sagte der Chef des Sicherheitsdienstes. »Ich glaube, sie haben auch die Schubladen geleert.«

Der Zivile, der mit uns ins Zimmer gekommen war, mischte sich ein: »Alles was uns wichtig erschien, wurde aufs Präsidium gebracht. Natürlich werden die Sachen und Unterlagen nach der Untersuchung wieder zurückgebracht.«

Haydar trat einen Schritt auf den Mann zu und reichte ihm die Hand: »Ich bin Hauptinspektor Haydar Bilir, vor meiner Pensionierung war ich Leiter der Mordkommission.«

Der Mann lächelte nicht, aber in seinen Gesichtszügen war eine gewisse Milde zu erkennen. Sie gaben sich die Hand. »Raşit Tez von der Sicherheitsabteilung. Sehr erfreut, Chef!«

»Gibt es eine Liste der Gegenstände, die mitgenommen wurden?«, fragte ihn Haydar.

»Natürlich, es wurde alles ordnungsgemäß protokolliert. Aber ich habe die Liste nicht.«

»Herr Professor! Ich fahre sowieso ins Präsidium, dann besorge ich eine Kopie«, sagte Haydar und wandte sich wieder an den Mann. »Es sieht nicht so aus, als hätte hier ein Kampf stattgefunden.«

»Nein! Er war nicht mal aufgestanden. Der Mörder hat ihn wahrscheinlich am Tisch erwischt ...«

»Dann muss das ein Bekannter des Professors gewesen sein. Wäre ein Unbekannter mitten in der Nacht ins Zimmer gekommen, wäre er sicher aufgestanden. Er hätte doch nicht seelenruhig abgewartet, dass er um den Tisch herum nach hinten geht ...«

Der Mann, der sich als Raşit Tez vorgestellt hatte, wandte sich erstmalig an mich: »Er wurde nicht von hinten, sondern von vorne erschossen - mitten in die Brust, mit zwei Schüssen ...«

»Erschossen?«

Haydar und ich riefen es gleichzeitig. Die beiden Männer wunderten sich offensichtlich über unser Erstaunen. Wir wussten ja nicht einmal, welche Tatwaffe benutzt wurde - ich glaube, ich wurde vor Scham rot. Aber als Sungur Semerci mich am Morgen anrief, hatte er nur gesagt, dass Ergin Gürkan ermordet wurde. Ich war davon ausgegangen, dass er, wie auch die anderen beiden Opfer, mit einem Messer erstochen wurde. War ich noch zu verschlafen gewesen? Ich hielt es offenbar nicht einmal für nötig, danach zu fragen. Das war ein unverzeihlicher Flüchtigkeitsfehler.

Haydar blickte mich aus den Augenwinkeln an, schüttelte nur den Kopf und strich sich über das Kinn. Er räusperte sich, bevor er erklärte: »Wir sind in aller Eile hergekommen und hatten noch keine Zeit, uns über Einzelheiten des Falls zu informieren.« Die Lage, in die wir uns selbst manövriert hatten, gefiel Haydar ganz und gar nicht; er schien sich sogar anzuschicken, die Schuld dafür mir in die Schuhe zu schieben.

»Am besten gehe ich gleich aufs Präsidium«, sagte er.

»Wenn wir schon hier sind, sollten wir uns auch das Zimmer von Melek Tucker anschauen«, sagte ich und erhob mich aus dem Sessel. »Von ihr wissen wir ja, dass sie von hinten erstochen wurde.«

»Ihr Zimmer wurde bereits gereinigt, Herr Professor! Was meinen Sie denn dort noch zu finden?«

»Ihr Büro war im anderen Gebäude. Ich kann Sie hinbringen, wenn Sie es möchten«, erklärte der Sicherheitschef.

»Ich bitte darum!«

Nachdem wir den Aufzug verlassen hatten, gingen wir durch den Garten in ein anderes Gebäude und betraten wieder einen Fahrstuhl. Alles das, einschließlich unserer Anwesenheit, erregte unter den auffallend elegant gekleideten und meist stark geschminkten Studentinnen und den überspannten Studenten nicht das geringste Aufsehen. Demnach hatte Sungur Bey sich geirrt, dass die Ermittlungsarbeit der Mordfälle die Studenten beunruhigen würde. Die jungen Leute würdigten uns keines Blickes, sie schienen von dem am Morgen aufgefundenen, berühmten Professor in ihrer Universität keine Ahnung zu haben. Ebenso wenig schienen sie über die anderen Morde erschrocken zu sein.

Faruk Bey ließ die Tür zu Meleks Büro von einem Bediensteten aufschließen. Dieser hantierte erst mit mehreren Schlüsseln, bis sie aufging. Dieser Raum war mit den anderen

Büros nicht zu vergleichen. Es sah fast wie in einer Zelle aus: vor dem Fenster ein Tisch, der höchstens ein Zehntel so groß war wie der von Sungur Semerci und ein Fünftel des Tisches von Ergin Gürkan, dahinter ein Drehstuhl mit niedriger Rückenlehne, ein Computer, ein Bücherregal mit drei Böden, völlig leer, und ein Stuhl für einen Gast ... Mehr Platz war gar nicht vorhanden, so dass wir zu dritt gar nicht hineingehen konnten. Faruk Bey ging gleich wieder raus und sagte zu Haydar, obwohl es eigentlich mich betraf: »Der Herr hat Recht. Hier wurde alles gründlich gereinigt. Das Büro sollte eine andere Assistenzkraft bekommen ... Vielleicht wurde das Büro bereits vergeben.«

Ich weiß nicht, wie ich ihn angeschaut habe, aber er schien sich zu schämen. So sah er sich genötigt, hinzuzufügen: »Wir haben Platzprobleme ...«

»Gut! Aber was ist mit ihren Akten und ihren privaten Sachen?«

»Ihre Akten, die den Unterricht betrafen, wurden ins Archiv gebracht. Ihre privaten Sachen wurden in einer Kiste unter Verschluss genommen. Wenn ein Verwandter sie haben möchte, wird sie ihm natürlich ausgehändigt«, sagte Faruk Bey, als würde er von einem ganz normalen Stellenwechsel berichten.

»Diese junge Frau hat doch nicht unter normalen Bedingungen ihre Arbeitsstelle verlassen. Sie wurde ermordet!«, wandte ich heftig ein, während er sich offenbar Mühe gab, ruhig zu bleiben. »Hat die Polizei keine Durchsuchung angeordnet?«

Als wollte er andeuten, dass meine Bedenken überflüssig - ja sogar fehl am Platze - waren, sagte er: »Ich weiß es nicht.« Aber er schaute mich nicht an.

Ich wandte meinen Blick von ihm ebenfalls ab und drehte mich zu Haydar um. »Gehen wir!«, klaffte ich.

Offensichtlich war, dass dieser Mordfall unter den Teppich gekehrt werden sollte. Es war verlorene Zeit, die wir hier verbrachten.

Aber als Haydar und ich zu meinem Auto gingen, konnte ich mich kaum noch zurückhalten: »Bei der jungen Frau wurde offenbar nicht einmal nach dem Mordmotiv gefragt.«

Haydar versuchte, mich aufzumuntern. »Ich gehe jetzt direkt zur Mordkommission. Dort bringe ich hoffentlich alles in Erfahrung, Herr Professor. Machen Sie sich keine Gedanken!«

Die Beerdigung von Ergin Gürkan war ein öffentliches Ereignis. Hunderte Kränze - selbst der Staatspräsident hatte einen geschickt -, und wenn nicht gleich Tausende, so waren es Hunderte Menschen, die sich dort versammelt hatten. Da in der Moschee der Platz nicht reichte, war der Vorhof überfüllt. Der Sarg war - ich rätselte, aus welchem Grunde - in die Nationalfahne gehüllt ... Auf dem Bildschirm wurde das Bild eines sehr gut aussehenden jungen Mannes gezeigt und eine sonore Stimme berichtete von seiner internationalen Bedeutung, aber auch über seine Inhaftierung nach dem Militärputsch vom 12. März 1971. Ich stellte mir vor, wie es wohl bei meiner eigenen Beerdigung sein würde ... - wenn meine Jugendbilder im Fernsehen gezeigt würden ... - allerdings hätte ich diese Chance wohl nur, wenn ich einem Mord zum Opfer fiele. Das Bild des jungen Mannes verschwand und erneut wurde die Menschenmenge gezeigt. Im Hintergrund erklang Musik, aber wegen des Lärms konnte ich nicht hören, ob es ein Marsch oder ein Volkslied war. Im Vordergrund bekundete nun eine Menge trauernder Persönlichkeiten - alle Mitglieder unserer »Rechtsgelehrtengesellschaft« und unseres

»Kulturlebens« -, dass der Tod Ergin Gürkans ein großer Verlust war, dass die Lücke, die er hinterließ, nicht zu füllen sein würde ... Narin kannte die meisten natürlich namentlich - im Gegensatz zu mir. Ich stand unserer »Intelligenzija« eben nicht sehr nahe.

Plötzlich hielt sich Narin an meinem Arm fest: »Schau nur, das ist Banu, die Nacktmalerin!«

Auf dem Bildschirm erschien eine Frau mit einer großen, dunklen Brille. Ihr Kopf war mit einem Tuch bedeckt, das um den Hals gebunden war. Ihre Kleidung war eher unauffällig, als »Verschleierung« würde ich sie nicht bezeichnen. Für einen Moment erinnerte sie mich an Audrey Hepburn in dem Film »Holiday«, den ich in meiner Jugendzeit gesehen hatte, und anscheinend in all den Jahren nicht vergessen habe. Wie sie auf dem Sozius eines Motorrades saß ... - unvergesslich! War diese Frau ihr ähnlich? Nein ... - ich wusste es nicht genau. Sie sah jemandem ähnlich, aber wem - das war mir nicht ganz klar. Niemand sprach sie an und sie blickte nicht in die Kamera, stand wie erstarrt da, weinte aber nicht. Weil ihre Augen nicht zu sehen waren, konnte ich nicht feststellen, welche Gefühle in ihrem Gesicht sichtbar waren. Aber um es mit einem journalistischen Ausdruck zu sagen: Es sprach Bände! Die Kamera fing dann ein Bild ein, das ein Transparent mit der Aufschrift »Die Ergin Gürkans sterben nicht!« zeigte.

Haydar Bilir bemerkte: »Man versucht wohl der Sache einen politischen Hintergrund zu geben.«

»Aber die Zeit der politischen Morde ist doch vorbei«, erwiderte ich.

»Das kann jederzeit wieder aufflammen. Solange es Menschen gibt, die Unruhe stiften wollen ...«

»Das glaube ich kaum. Also, es gibt immer Leute, die Unruhe provozieren ... aber ich glaube nicht, dass Ergin Gürkan aus politischen Gründen umgebracht wurde.«

»Sie haben vollkommen Recht. Wenn es so gewesen

wäre, hätte man sicher eine Paketbombe benutzt. Früher hat man das so gemacht - Sie werden sich sicher erinnern, Herr Professor! Und nachdem sich eine politische Gruppe zum Attentat bekannte, war klar, wer die Mörder waren.«

»Offensichtlich waren sie immer noch verheiratet«, sagte ich zu Narin. »Warum steht sie sonst in der ersten Reihe?«

»Wahrscheinlich ist es so. Natürlich kann es auch sein, dass sie im Fernsehen gesehen werden möchte. Sie war schon immer sehr an Popularität interessiert.«

»Kannst du ein Treffen mit ihr arrangieren?«, fragte ich.

»Nun ja, wir haben uns lange nicht mehr gesehen ... - und damals waren wir nicht gerade die besten Freundinnen.« Sie wirkte nervös. Als im Fernsehen eine Sendung über Tierschutz begann, stellte sie das Gerät aus. Es war erstaunlich, dass man in den Hauptnachrichten zwei Minuten der Beerdigung des berühmten Professors gewidmet hatte. Gott weiß ...- man hätte sich dafür kaum interessiert, wenn er nicht ein Mordopfer gewesen wäre.

Haydar schüttelte sorgenvoll den Kopf. »Es ist doch klar, dass der Mord keinen politischen Hintergrund hat, warum also ...«

»Nichts ist klar«, widersprach ich ihm. »Gehen wir in mein Zimmer, Haydar Bey ...«

»Ich koche uns einen Kaffee«, sagte Narin und flüchtete in die Küche.

In den vier Tagen, die seit der Beerdigung vergangen waren, hatten Haydar und ich beinahe keine Fortschritte gemacht. Die Zeitungen brachten wie immer kreative Schlagzeilen und Spekulationen, aber warum der Professor mit zwei Kugeln getötet wurde, blieb ein Rätsel. Seitens der Polizei gab es auch keine Erklärungen. Haydar ging jeden Tag in die »Einrichtung« zu seinen Kollegen, mit denen er wieder ein normales Verhältnis pflegte. Er verfolgte die Entwicklungen also aus der Nähe, aber angeblich gab es keine greifbaren Hinweise. Bereits seit dem Abend, als die Pressekonferenz stattgefunden hatte, kam er bei mir fast täglich vorbei und berichtete mir von seinen Eindrücken: »Sie haben sich viel kollegialer benommen, als letzte Woche, Herr Professor! Mit Burhan, der jetzt das Morddezernat leitet, hatte ich mich ja schon verständigt ... - ich habe Ihnen davon erzählt ... Aber es ist eben etwas anderes, in Kumkapı zusammen etwas zu trinken, oder im Präsidium mit allen Ehren empfangen zu werden ...« Haydar schien mit seinem derzeitigen Leben sehr zufrieden zu sein und grinste fröhlich mit geschwollener Brust. »Natürlich ist das auch der Pressekonferenz und der Ehre, die man mir dort erwiesen hat, zu verdanken. Sie haben regelrecht darum gebeten, ihnen meine wertvolle Hilfe zuteil werden zu lassen. Natürlich ist die Ermordung des Professors nicht mit den anderen Morden zu vergleichen. Hier bricht der Faden zur Rauschgiftszene ab. Es geht schließlich um die akademisch gebildete Oberschicht. Na ja, im Präsidium gab es seit jeher das Gerede über mich, ich wäre ein Intellektueller ... - wie sehr ich das auch abgestritten habe. Ob es an meiner Freundschaft zu Ihnen liegt, oder weil man erfahren hatte, dass meine Frau sehr viel liest ... - oder weil ich Kontakte zu bestimmten Kreisen pflegte ... - weiß ich nicht. Auf jeden Fall hält man mich für geeignet, in diesen feineren Kreisen einen Mord aufzuklären. Und da sie ja selbst keine Spuren gefunden haben ... Die Familie dieses Mannes ist sehr bedeutend. Also in seiner Vergangenheit - nichts für Ungut - war er ein Linker. Aber er war auch privilegiert und reich, ja er ist wohl von vornehmer Herkunft ... Einer seiner Großväter war angeblich ein osmanischer General.«

Wie lange sollte ich dieses angeberische Gesülze Haydars, das keinerlei Informationen enthielt, aushalten?

»Können wir zum Thema kommen, bitte?!«, griff ich mit einer energischen, aber immer noch höflichen Stimme ein.

»Hatten Sie Gelegenheit, zu erfahren, wie der Mord an dem Professor passiert ist?«

Er schien sich zusammenzunehmen, denn sein Gesichtsausdruck war augenblicklich ernst. »Ja, Herr Professor, er wurde von zwei Kugeln in die Brust getroffen. Die Autopsie ist noch nicht abgeschlossen, deshalb weiß man nicht, welcher Schuss tödlich war. Auch aus was für einer Pistole, welches Kaliber also, geschossen worden war, ist noch nicht bekannt. Andererseits habe ich die Autopsieberichte der anderen beiden Toten - also von dem Rauschgiftdezernat, Muharrem Şafak, und von der Assistentin, Melek Tucker, gelesen.«

Er zählte ausgiebig alle Details auf, die ich der Einfachheit halber an dieser Stelle kurz zusammenfassen möchte:

Das Messer traf Muharrem Şafak mitten ins Herz - besser gesagt: in den rechten Teil seines Herzens - einen solchen passgenauen Treffer gäbe es nur einmal unter einer Million - betonte Haydar. Als das Messer herausgezogen wurde, spritzte so viel Blut aus der Wunde, dass der Mörder von Kopf bis Fuß besudelt sein musste. Dabei war das Mordwerkzeug (entweder ein Klapp- oder ein gewöhnliches Küchenmesser) exakt gerade in den Körper eingedrungen. Auch das sei sehr ungewöhnlich - in der Regel würde von unten nach oben gestochen«, fügte er hinzu. »Wenn der Mörder groß war, oder wenn das Opfer saß, erfolgte dies meist von oben nach unten. Nach einem solchen Gewaltakt starb das Opfer normalerweise sofort. Aber in diesem Fall wurde ihm, nachdem er hinfiel, noch einmal von hinten in den Rücken gestochen. Das heißt: man wollte sicher sein, dass er tot war. Der Mörder hatte wohl keine Angst, entdeckt zu werden, obwohl er voller Blut war. Die Polizei meinte dennoch, dass es kein Profi war. Und zwar: weil die Leiche hinter einem parkenden Auto lag und weil der Mord nachts passierte, wurde die Leiche erst am nächsten Morgen entdeckt. Melek, die auf ihrem Schreibtisch zusammengesackt aufgefunden wurde (ihren Familiennamen sprach

Haydar noch immer falsch aus), wurde wahrscheinlich mit dem gleichen Messer von hinten getötet. Diesmal drang das Messer zwischen den Rippen in die Lunge ein - von oben nach unten. Erstaunlich ist, dass das in einem so engen Raum erfolgen konnte - Sie haben ihr Büro gesehen, man konnte sich darin kaum bewegen - und der Mörder seine Absicht verbergen und hinter sein Opfer gelangen konnte. Es muss also eine Person gewesen sein, bei der die junge Frau sich der Gefahr nicht ausgesetzt sah, oder eine Situation, in der sie nichts befürchtete ...«

»Vielleicht zeigte sie ihm eine Akte oder etwas, was ihm die Möglichkeit gab, sich ihr von hinten zu nähern. Er beugte sich über ihre Schulter ... dann stach er zu«, sagte ich.

»Genau, Herr Professor! Und das heißt ...«

Er schwieg, auch ich sagte nichts. Wir blickten uns stumm, aber bedeutungsvoll an.

Inzwischen waren vier Tage vergangen. Es war der Abend, an dem die Ausschnitte von Ergin Gürkans Beerdigung im Fernsehen gezeigt wurden. Haydar und ich hatten uns bedeutungsvoll in die Augen geschaut (aber wieder einemmal hatten wir kein Ergebnis aufzuweisen).

Narin kam mit einem Tablett in der Hand in mein Zimmer.

Ich musste plötzlich lachen, weil sie mir wie ein Dienstmädchen in englischen Krimiverfilmungen, in denen alle paar Minuten Tee oder Kaffee serviert werden, vorkam. Narin, die ich mal mit einer Fee verglichen hatte - obwohl dieser Vergleich eigentlich von Sungur Semerci stammte. Deshalb nahm ich ihn allzu ernst. Sie stellte das Tablett auf den niedrigen Tisch vor dem Sofa (meinen Vergleich mit dem englischen Dienstmädchen ignorierend) und setzte sich zu uns, ohne den Kaffee zu servieren. »Darf ich hören, was ihr herausgefunden habt?«, fragte sie. Dass sie keine Ablehnung erwartete, verdeutlichte sie indem sie sich nach hinten lehnte.

Haydar Bilir war erfahren genug, um zu wissen, dass er nicht berufen war, diese Frage zu beantworten. Er zog seine Augenbrauen hoch und blickte mich fragend an.

»Was für eine Frage? Du sollst nicht nur zuhören, ich hoffe sogar, du hilfst uns ...«

Haydar beugte seinen Kopf zur Seite und schüttelte ihn ganz leicht, als würde er meine Worte bestätigen.

»Auch wenn die Beziehung zur Rauschgiftszene immer unwahrscheinlicher erscheint, dürfen wir sie dennoch nicht völlig aus den Augen verlieren«, sagte ich. »Bei den ersten beiden Morden.«

»Dass der Junge ermordet wurde, ist ja nicht hundertprozentig sicher«, unterbrach mich Haydar.

»Sicher ist gar nichts«, erwiderte ich barsch. »Aber trotzdem ... - auch wenn der Mord an Muharrem Şafak kein Bandenmord war, geschah er wohl nicht aus Liebe oder Leidenschaft.« Haydar blinzelte verlegen.

»Melek Tucker könnte durchaus aus Liebe, Leidenschaft oder Eifersucht ermordet worden sein ...«

»Aber es handelt sich um die gleiche Waffe«, widersprach mir Haydar.

»Wahrscheinlich. Es könnte aber auch ein Duplikat sein.«

»Wie denn das?«, mischte sich Narin ein.

»Ich denke mal, es könnte so gewesen sein: Derjenige, der Melek tötete, hatte sich den Mord im Parkplatz zum Vorbild genommen und benutzte deshalb ein Messer.«

»Aber wer hätte denn einen Grund gehabt, eine junge Frau wie Melek zu töten?«, fragte Narin weinerlich.

»Darüber denken wir später nach«, rief ich sie zur Ordnung. »Wir wollen methodisch vorgehen, bitte! Im Augenblick versuchen wir, festzustellen, ob die Mordfälle zusammenhängen, und wenn ja, wie!«

Haydar war wohl der Ansicht, er hätte lange genug geschwiegen. »Was für ein Zusammenhang könnte denn bestehen, Herr Professor? Einer starb an einer Überdosis ... - das kann auch ein Unfall gewesen sein. Zwei Personen, die wohl kaum etwas miteinander zu tun hatten, wurden aus unterschiedlichen Gründen und auf unterschiedliche Art mit einem Messer umgebracht. Und ein Professor, der wiederum mit diesen beiden keine Gemeinsamkeiten hatte, wurde erschossen. Es ist doch unmöglich, diese Mordfälle miteinander in Verbindung zu bringen.«

»Doch, sehr wohl«, bestritt ich dies. »Denn es gibt einen Zusammenhang, den wir nicht wegdiskutieren können.« Ich schwieg vielsagend.

Narin richtete sich auf dem Sofa auf, Haydar streckte sich ebenfalls. Beide blickten mich erwartungsvoll an. Sollte ich noch etwas schweigen, um die Spannung zu erhöhen? Aber was ich sagen wollte, war gar nicht so dramatisch. Weshalb sollte ich also ihre Erwartungen so hoch schrauben? Sie würden nur enttäuscht sein. Trotzdem räusperte ich mich wichtigtuerisch, bevor ich zu reden begann:

»Der Ort ... - und die Zeit ...« Der Ausdruck auf ihren Gesichtern veränderte sich nicht. Um ihre Neugierde zu befriedigen, musste ich eine treffsichere Erklärung liefern. »Die Leute, die einen fünfzehn Jahre alten Jungen beseitigen wollten, hätten dies zu jeder Zeit an einer beliebigen Stelle des Viertels - oder Istanbuls - tun können.« Beide nickten zustimmend. »Muharrem Şafak, Melek Tucker, Professor Gürkan ... - hätte man sie nicht wann und wo auch immer ermorden können?« Sie nickten erneut. »Aber alle wurden innerhalb der Universität zu nächtlicher Stunde umgebracht; das heißt, zu dieser Zeit war die Universität geschlossen, die Leichen konnten erst am Morgen gefunden werden. Warum?«

Beide beugten sich zu mir und fragten gleichzeitig: »Warum?«

Diesmal überkam mich das Gefühl, meine Brust schwellen zu lassen und ich lehnte mich nach hinten. »Wenn wir die Antwort auf diese Frage haben«, seufzte ich, »werden wir der Lösung sehr viel näher sein.«

Sie seufzten auch und lehnten sich ebenfalls zurück. Ich ließ meine Enttäuschung auf diese dürftige Reaktion nicht spüren, und setzte fort: »Auf die Gründe werden wir erst danach kommen ... - dann natürlich auf den Mörder ...«

»Aber wie?«, fragte Narin hoffnungslos.

»Glauben Sie, dass der Mörder eine einzelne Person ist?«, fragte Haydar skeptisch.

»Ist das nicht meistens so, Haydar Bey? War das bei allen Morden, die wir in der Vergangenheit gemeinsam gelöst haben, nicht immer so?«

Seine Augenbrauen verrieten mir, dass er meine Frage weder mit einem Ja, noch mit einem Nein beantworten würde. Er schüttelte unverbindlich den Kopf und zog die Schulter hoch, im Sinne von »Wenn Sie es sagen!« Aber er hatte ja Recht, denn auch früher waren wir uns diesbezüglich noch nie einig gewesen.

Ich brachte das Gespräch wieder auf die aktuellen Fälle, dabei tat ich so, als hätte ich Narins zweifelnde Blicke nicht bemerkt und sprach zu Haydar: »Bevor ich zur Pressekonferenz kam, also kurz nachdem die Leiche von Professor Gürkan gefunden wurde, haben Sie doch selbst in der Universität Erkundigungen angestellt, oder?«

»Das ist richtig!«

»Haben Sie auch den Sicherheitschef, Faruk Bey befragt?«

»Befragt würde ich das nicht nennen ... - ich habe mich mit ihm unterhalten, aber ausführlich. Wir haben gemeinsam alle Gebäude und alle Eingangstüren der Universität inspiziert, auch die Ein- und Ausfahrten der Parkplätze.«

»Und was haben Sie von ihm erfahren?«

Er seufzte, legte sein Gesicht in sorgenvolle Falten und verzog den Mund, als wolle er etwas erzählen, an das er selbst nicht glaubte: »Er hat mir gesagt, dass nach 22 Uhr niemand das Universitätsgelände und die Parkplätze betreten darf. Die Wachen wechseln sich alle zwei Stunden ab. Die Türen aller drei Gebäude, die zum Parkplatz führen, sind abgeschlossen. Wenn jemand - ob mit oder ohne - einen Schlüssel in eines der Gebäude hineinwollte, würde dies von dem Wachpersonal der Parkplätze auf den Monitoren bemerkt werden. Diese Morde können also weder von jemandem ausgeführt worden sein, der von draußen kam, noch von jemandem, der sich in der Universität befand ...« Er schwieg bedrückt.

»Na gut, aber wäre es möglich, dass sich jemand, dessen Kleidung voller Blut ist, in einem der Gebäude versteckt hält?«

Er zog seine Augenbrauen noch höher: »Möglich ist alles! Aber der Sicherheitschef meint, das könne er sich nicht vorstellen!« Er breitete hilflos die Arme aus. »Aber es gibt eine Menge Dinge, die er sich nicht vorstellen kann. Denn ... - es ist ja nun mal passiert!«

Ich muss zugeben, eine so klare Logik hätte ich von Haydar Bilir nicht vermutet.

»Ja, passiert ist es! Aber was meinen Sie: das war doch nicht leicht zu bewerkstelligen ... - bei so vielen Sicherheitsmaßnahmen. Wieso riskiert es jemand, erwischt zu werden ...«

» ... und begeht die Morde innerhalb der Universität?«, setzte Haydar meine Überlegungen fort.

»Genau!«, sagte ich und merkte erst danach, dass ich schon genauso redete wie er.

Alle vertieften sich in ihre Gedanken.

»Jemand von der Universität ...«, bemerkte Haydar nach einer Weile.

Aber Narin widersprach: »Es könnte aber auch jemand von draußen gewesen sein - jemand, der der Universität schaden wollte ... - was weiß ich. Jemand mit feindlicher Gesinnung ... - oder eine Konkurrenzuniversität ...« Sie glaubte wohl selbst nicht, was sie sagte, denn sie schwieg plötzlich.

»Ich glaube nicht, dass die Konkurrenz unter den privaten Universitäten so weit gingen«, lächelte ich. Narin zog die Schulter hoch. »Na ja, wenn die Sicherheitsvorkehrungen tatsächlich so streng sind, wie behauptet wird, ist es fast unmöglich, dass jemand von draußen eindringt.«

»Jemand von drinnen ...«, verbesserte Haydar.

»Kann es denn sein, dass jemand von draußen mit jemandem von drinnen gemeinsame Sache gemacht hat? Ein Student, der sich ungerecht behandelt fühlte, oder jemand, der entlassen wurde ... Wenn derjenige mit einem der Sicherheitsbediensteten ... - mit Faruk Bey vielleicht, der so standfest behauptet, dass nachts niemand unbemerkt herein oder hinaus kann?«, fragte Narin.

Haydar zog erneut die Augenbrauen hoch und blickte mich von der Seite an, als wollte er mich fragen »Was soll das denn werden?« Aber Narin, die am wenigsten Erfahrung mit Ermittlungsarbeit hatte, bestand darauf, was Haydar und mich sehr erstaunte.

»Dass jemand der Sicherheitsleute die Sicherheitsmaßnahmen missachtet ...« - ich führte meinen Satz nicht zu Ende, weil mir in dem Augenblick kein schlüssiger Grund dafür einfiel.

»Das ist doch sinnlos, Herr Professor!« Haydar brachte dies mir gegenüber direkt zum Ausdruck. »Wenn jemand bezwecken würde, den Ruf der Universität zu schädigen oder sich zu rächen ... - warum sollte er dann nachts den Undercovermann auf dem Parkplatz erstechen? Warum sollte derjenige die Gefahr, erwischt zu werden, auf sich nehmen und nachts in die Büros des Lehrpersonals eindringen? Es hätte doch genügt, tagsüber, wenn in der Uni die Studenten sind, eine Platzbombe zu zünden ... Die jungen Damen würden aus

Angst vor einer Bombe nie wieder einen Fuß in die Uni setzten.«

Narin gab immer noch nicht auf: »Ist es denn einfach, eine Bombe zu bauen?«

Haydar antwortete an mich gewandt, er tat so, als gäbe es Narin gar nicht: »Was meinen Sie, was damals für Bomben an unseren Universitäten explodierten? Können Sie sich noch erinnern, Herr Professor? Außerdem, nichts ist einfacher, als einen Molotowcocktail zu basteln.«

Molotowcoctail ... - wie lange hatte ich das Wort nicht mehr gehört? Aber natürlich gab es Menschen, die die Wirkungskraft nicht vergessen hatten ...

»Ich fürchte, ein Ende der Mordserie ist noch nicht erreicht ...«

»Das befürchte ich auch ... - es scheint durchaus möglich zu sein, dass weitere Morde geschehen. Denn je erfolgreicher der Mörder agieren kann, umso mehr ist er motiviert ... Die Frage ist also: wie können wir ihn daran hindern?«

»Indem wir so schnell wie möglich seine Identität aufdecken.«, antwortete ich - aber natürlich wusste ich selbst nicht, wie wir das schaffen sollten.

»Und wie?«, folgte prompt die Frage.

»Ich denke nach ...«, sagte ich - und ich dachte nach.

»Wissen Sie, was wir tun werden, Haydar Bey? Wir nutzen die Möglichkeiten, die uns der verehrte Herr Rektor so vollmundig versprochen hat ...«

»Was hat er uns denn schon für Möglichkeiten gegeben, Herr Professor? Dies dürft ihr nicht, das dürft ihr nicht tun ... - ihr dürft niemandem Fragen stellen ...«

»Wir können von denen ja auch etwas erfahren, ohne ihnen Fragen zu stellen«, sagte ich. »Aber wir müssen sehr genau hinsehen und geschickt vorgehen. Er hat uns ein Büro zur Verfügung gestellt, insofern können wir uns innerhalb der Universität nach Lust und Laune freibewegen, auch in der Mensa ...«

»Was soll uns das nützen?«

»Wir lassen die Atmosphäre auf uns wirken, wir atmen sie tief ein ... Wir durchschauen die inneren Mechanismen ... - wenn wir oft anwesend sind, werden wir akzeptiert, werden als dazugehörig empfunden ... Ich werde das übernehmen, Haydar Bey! Ich werde mich in das Vertrauen des Lehrpersonals einschleichen. Bei Ihnen merkt man auf den ersten Blick, dass Sie Polizist sind. Aber als früherer Professor kann ich mich leichter anpassen.«

»Sie meinen also, die Leute würden mit einem Kommissar im Ruhestand nicht reden?« Haydar sah keinen Anlass, zu verbergen, dass er beleidigt war.

»Aber nein, ich bitte Sie! Darum geht es doch gar nicht ... Diejenigen, die möglicherweise etwas zu verstecken haben, würden nur unnötig aufgeschreckt, und würden sich anders verhalten ... - deshalb meine ich ...«, versuchte ich ihn zu besänftigen. »Es wird uns natürlich sehr nützlich sein, dass Sie Polizist sind. Aber nicht in der Universität, sondern in dem Viertel ...«

»Ich könnte natürlich Druck auf die Familie des ermordeten Jungen ausüben ...«

»Sie verstehen es doch viel besser als ich, aus diesen Leuten etwas herauszubekommen«, schmeichelte ich ihm, weil ich dachte, dass er ein wenig Lob brauchte. Dem besserwisserischen und spöttischen Aufblitzen in seinen Augen entnahm ich, dass ich ihn richtig eingeschätzt hatte. »Es gibt ja sicher noch andere, die die Abendkurse besucht hatten ... Auch von denen können Sie vielleicht wichtige Informationen bekommen. Was sagen sie über die Universität? Gibt es etwas, was wir von außen nicht sehen? Die haben vielleicht etwas bemerkt und es anderes bewertet als wir.«

»Das ist sehr zutreffend, Herr Professor! Das ist eine sehr gute Strategie ... - so können wir auf unterschiedlichen Fronten unserem gemeinsamen Ziel näher kommen.«

Narin, die sich an diesem Gespräch nicht beteiligte, machte ein abweisendes Gesicht, und blickte zur Decke. Ich musste sie also auch mit einer Aufgabe in unserem Gefüge, das Haydar hochtrabend »Strategie« nannte, zufrieden stellen.

Mit einer Stimme, die ich für äußerst feinfühlig hielt, sagte ich: »Liebe Narin ...«, aber ich schaffte es nicht gleich, dass sie die Augen von der Decke zu mir wandte. »Du wolltest dich doch mit Meleks Freundinnen treffen. Was ist daraus geworden?«, fragte ich.

»Ich hatte noch keine Gelegenheit ...«

Das stimmte ja ... - nach dem Abend in Meleks Wohnung hatte sie sich fast nur um mich gekümmert und um die Gemütlichkeit in der Wohnung.

»Wann wirst du dich mit den Freundinnen treffen?«

Endlich schaute sie mich an, aber mit vorwurfsvollen Augen. Inzwischen wusste ich, dass der vorwurfsvolle Blick bedeutete, dass sie nicht mehr wütend war. »Ich werde mit den Mädchen in Meleks Wohnung gehen ... Aber du weißt ja, dass ich nicht gerne alleine hingehe ...«

»Ich weiß«, antwortete ich. »Aber du könntest uns damit helfen. Meleks Freundinnen reden am ehesten mit dir ... Sie vertrauen dir. Es gibt sicher Einiges, was wir von ihnen erfahren können.«

Sie seufzte. »Gut! Ich rufe morgen Hülya an ... - oder vielleicht schon heute Abend. Und morgen ...«

»Morgen fängt jeder mit seiner Arbeit an«, sagte ich wie ein Anführer, der seine Anhänger motivieren will. »Ich beginne meinen Dienst in der Universität, Sie, Haydar Bey, erkunden im Viertel, was Sache ist!«

Haydar erhob sich. »Morgen früh bringe ich meine Frau zum Busbahnhof, damit sie nach Hause fährt«, sagte er. »Sie hat angeblich Sehnsucht nach zu Hause. Aber eigentlich ist es ihr lästig, dauernd das Baby zu hüten. Der Kleine weint ständig. Sie hält das nicht mehr aus. Gut, ich auch nicht ... - dieses Kind ist ziemlich schwierig ...«

Ich zwang mich, Interesse zu heucheln. Aber dem Kommissar war nicht entgangen, dass Narin gequält seufzte.

»...Wie auch immer, wir sprechen uns nachher, Herr Professor! Ich rufe Sie an.«

Narins Bemerkung, dass der Mann eine Macke hat, kommentierte ich nicht.

»Gehen wir etwas Gutes essen«, sagte ich stattdessen. »Wenn wir morgen allen Ernstes mit der Arbeit beginnen wollen, sollten wir für heute die Morde erst einmal vergessen ...«

Es ist wohl unnötig, über unsere Versuche, die Untaten zu vergessen, zu berichten.

Als Gülen Hanım, die Sekretärin des Rektors, mich vor sich stehen sah, konnte sie ihre Überraschung kaum verbergen. »Ach, Sie ...?«, fragte sie, aber es klang eher nach: ‚Das hat mir noch gefehlt!'

Seit der Pressekonferenz hatte sie wohl nicht damit gerechnet, dass ich das Büro in Beschlag nehmen würde. Die anderen drei Blondinen, die auf der gleichen Etage arbeiteten, hatte ich bei meinem ersten Besuch beim Rektor nur kurz gegrüßt. Sie musterten mich mit Blicken, die nur mäßig interessiert schienen, aber doch so wirkten, als hätten sie die Aufgabe, auf der Etage des Rektors eine Art »Wache« zu halten (oder besser: eine Art »Filterfunktion«?), so jedenfalls kam es mir vor. Wahrscheinlich wurde das Personal in der Umgebung des Rektors extra auf diese Qualität geprüft und ausgewählt. Denn es schien ihnen zu obliegen, wer hereingelassen wurde und wer nicht. Der leere Blick gehörte sicher zu ihrer Dienststrategie. Sie hatten es sicher täglich mit vielen Leuten zu tun, die jemanden von der Universitätsleitung sprechen wollten. Besonders freundlich waren sie nicht, aber um nicht ausgesprochen boshaft zu wirken, bevorzugten sie eine

Ausdruckslosigkeit in ihrem Gesicht. Nur Gülen Hanım änderte den Ausdruck ihres hübschen Gesichts von einem anfänglichen Staunen in ein respektvolles, aber ein hilfloses Lächeln.

»Der Herr Rektor ist momentan in einer Sitzung«, sagte sie. »Haben Sie sich bei ihm angemeldet?«

»Ich dachte, das wäre nicht nötig. Er hat mir doch gesagt, dass ich hier über einen der Räume verfügen könnte. Oder ist die Verwaltungsangestellte Sezen Hanım inzwischen aus dem Urlaub zurück?«

»Sezen Hanım? Nein ... Ihr Büro ist hier ...« Sie zeigte auf die Tür, die sich hinter mir befand. »Bitte, gedulden Sie sich einen Augenblick ... Möchten Sie einen Tee oder einen Kaffee?«

Als ich dies verneinte, sah sie mich verunsichert an. »Zuerst möchte ich mich einrichten ...« -dazu legte ich ein Lächeln auf, von dem ich hoffte, dass es ihre Bedenken zerstreuen würde.

»Ich lasse die Tür öffnen und komme dann zurück«, sagte sie und entfernte sich.

Wenn ich solche Sätze höre, die nicht unseren Sprachregeln entsprechen, übersetze ich sie ins Amerikanische - dann kann ich sie richtig einordnen. Obwohl ich Jahrzehnte im Ausland war, kam es mir noch nie in den Sinn, fremde Redewendungen ins Türkische zu übersetzen. Diese Anpassungsfähigkeit war mir fremd.

Gülen Hanım kam mit der Hausmeisterin, die einen Schlüsselbund aus der Tasche zog und die Tür öffnete. Gülen Hanım bemerkte: »Sauber gemacht wurde ja schon ...«, als hätte sie eine unausgesprochene Frage beantwortet. Dennoch gingen beide Frauen ins Zimmer, um zu kontrollieren, ob alles in Ordnung war. Befürchteten sie, dass ein Mordwerkzeug - ein Messer oder ein Revolver - auf dem Tisch liegen könnte?

Nachdem die Hausmeisterin gegangen war, bat Gülen Hanım mich ins Zimmer. Sie fragte, ob sie mir einen Tee oder Kaffee bringen sollte und fügte hinzu: »Bitte zögern Sie nicht, mir bescheid zu sagen, wenn Sie einen Wunsch haben. Meine Rufnummer ist die 136«, wies sie auf das Telefon auf dem Schreibtisch.

»Herr ...«, begann ich, musste jedoch mein Gedächtnis anstrengen. »Also der stellvertretende Rektor, der mir als Kontaktperson genannt wurde ...«

»Dr. Hulusi Gürol?«

»Ja, welche Rufnummer hat er? Ich möchte zuerst mit ihm sprechen ...«

»Ich rufe ihn sofort an und sage ihm Bescheid, Herr Professor. Bitte machen Sie es sich inzwischen bequem.« Während sie das sagte, blickte sie mich an, als erwartete sie einen Koffer in meiner Hand. »Ich bringe Ihnen sofort Ihren Tee«, dann verließ sie das Zimmer.

Dieses war weder so klein wie das Meleks, noch so groß wie das des Rektors. Der Tisch stand auch hier vor dem Fenster; Telefon, Computerbildschirm, eine Lampe, eine leere Vase, ein Stifthalter, eine Bronzetafel - auf der in übertrieben gezierter Schrift ihr Name eingraviert war - und ein Aschenbecher. Davor standen zwei Stühle und ein niedriger Beistelltisch. In einem der Regale an der Wand reihten sich verschiedenfarbene dicke Ordner aneinander. Auf der gegenüberliegenden Seite standen ein Kanapee, zwei Sessel und ein Couchtisch - offenbar wurden hier mehrere Gäste gleichzeitig empfangen. Auch hier lagen einige Zeitschriften auf dem Tisch. Ich warf einen Blick darauf - es waren türkische und englische, das letzte Exemplar vom Juni des Jahres. Außerdem gab es mehrere farbige Prospekte über die Universität und einen dicken, farbigen Katalog ...

Gülen Hanım kam mit einem Tablett herein. Als sie mich vor den Sesseln stehen sah, fragte sie: »Soll ich den Tee dorthin stellen, Herr Professor?«

»Nein, nein«, sagte ich und ging mit dem Katalog zum Schreibtisch.

»Hulusi Bey hat gerade Unterricht, um zwei Uhr ist er fertig. Ich bitte ihn, Sie anzurufen.« Dann fragte sie: »Soll ich die Tür schließen?«

»Ja, bitte!«

Während ich den Tee trank, blätterte ich in dem Katalog. Er enthielt allgemeine Informationen über die Universität und die verschiedenen Fachbereiche. Das interessierte mich allerdings kaum, dafür aber die bebilderte Auflistung des Lehrpersonals. Die Mitglieder der einzelnen Fakultäten waren gesondert aufgeführt, aber nicht alphabetisch, sondern ihrem Rang entsprechend. Diese Auflistung würde mir sicher dabei helfen, einen Überblick über die Mitarbeiter der Universität zu erhalten. Allerdings wusste ich im ersten Augenblick nicht, welche Erkenntnisse das sein sollten. Ich öffnete die Schubladen von Sezen Hanıms Arbeitstisch. Aber außer einigen Briefbögen, leeren Akten, einer Menge Krimskrams und ungeöffneten Packungen mit Bleistiften sowie Druckerpapier, gab es nichts von Interesse. Offenbar wurde dieser Tisch gründlich gesäubert. Doch in der untersten Schublade fand ich etwas, was mir sonderbar vorkam: ein Paar rote, sehr elegante, hochhackige Schuhe einer Modemarke, die mir nichts sagte, und eine kleine Plastikhandtasche mit Reißverschluss. Ich zögerte nicht, die Tasche zu öffnen. Darin befanden sich eine luxuriöse Puderdose mit Spiegel, zwei Lippenstifte, ein Miniflakon Parfum, eine Nagelfeile nebst Nagelpolierer, eine Pinzette, ein schwarzer Kajalstift und ein kleiner Ballen Watte. Dass eine Frau, die tagsüber arbeitete, ein Paar feine Schuhe und Make-up-Utensilien im Büro hatte, war nicht verwunderlich. Aber hätte sie ihre persönlichen Sachen nicht mitgenommen, wenn sie ihren Tisch selbst geleert hätte? In diesem Augenblick wunderte ich mich auch darüber, dass die Verwaltungsassistentin ausgerechnet am

Beginn des Semesters, sogar während der Immatrikulationszeit ihren Urlaub angetreten hat. Auf einmal erregte Sezen Hanım, die in der intensivsten Zeit des Semesters, dazu gerade, als die geheimnisvollen Morde passierten, ihren Urlaub nehmen konnte, meine Aufmerksamkeit. Gleichzeitig wertete ich allerdings die Tatsache, dass mir das nicht schon früher aufgefallen war, als ein Zeichen dafür, dass meine Kombinationsgabe nicht mehr einwandfrei funktionierte. Es war unausweichlich, dass ich Informationen über sie sammeln musste. Aber wen könnte ich unauffällig befragen? Gülen Hanım vielleicht?

Als das Telefon klingelte, war es genau acht Minuten nach zwei Uhr.

»Ich bin Hulusi«, sagte eine sonore Männerstimme. »Sie wollten mich sprechen, Herr Professor? Wenn es Ihnen passt, komme ich gleich zu Ihnen.«

Offenbar war Gülen Hanım eine perfekte Sekretärin, obwohl sie sehr auffallend schön war ... - oder trotz dem sie so schön war. Ich wollte mich später mit ihr etwas intensiver unterhalten.

»Wenn Sie nichts Dringenderes zu tun haben, würde es mich sehr freuen«; sagte ich. »Ich komme mir hier ein wenig verloren vor, und ein paar Fragen hätte ich natürlich auch ...«

»Natürlich, ich komme sofort!«

Ich lehnte mich in meinem Sessel zurück, aber dann dachte ich, dass diese Position vielleicht zu autoritär wirken könnte. Diesem Mann gegenüber sollte ich mich nach Möglichkeit kollegial verhalten. Sollte ich besser so tun, als würde ich im Zimmer auf und ab laufen? Allerdings war es nicht groß genug, um das zu tun. Ich sollte sinnierend aus dem Fenster schauen und wenn er durch die Tür kam, würde ich mich umdrehen und ihm freundlich die Hand reichen ... auf keinen Fall vergessen, ihn anzulächeln ...

Aber er kam nicht sofort und ich musste mir etwa fünf Minuten lang die hässliche Aussicht ansehen. Der Garten der

Universität war üppig bepflanzt, es gab auch einen Rasen, aber nur wenige Bäume. Die Bänke in dem Park wirkten edel und waren sehr farbenfroh gestaltet. Hässlich waren nur die Gebäude jenseits des Gartens - ohne jede Sorgfalt erbaut, die meisten unverputzt, aber manche mit Mosaiksteinen ausgelegt - kurzum: eine architektonische Katastrophe. Sie bildeten den Campus, aber sie waren schon vorher da und sehr viel älter als diese Gebäude. Was ich besonders erstaunlich fand, dass inmitten des offenbar völlig planlos erbauten Viertels offenbar ein leeres Grundstück übrig geblieben war. Aber wer war wohl auf die Idee gekommen, ausgerechnet hier die Universität zu errichten? Vielleicht konnte mir das Hulusi Bey, der stellvertretende Rektor, sagen. Aber ich spürte intuitiv, dass seine Erklärung - und auch die seiner Kollegen - kein nachvollziehbares Argument enthalten würde.

Es klopfte an die Tür. Bevor ich »herein!« sagen konnte, trat ein großer, dünner, junger Mann mit schmalen Schultern und einem etwas gekrümmten Rücken mit einem netten Lächeln und sehr viel verbindlicher, als ich das selbst zu tun vorhatte, durch die Tür. Er ging bis zur Mitte des Zimmers, dort trafen wir uns auf halbem Wege und gaben uns die Hand. Ich bat ihn auf einem der Stühle vor dem Schreibtisch Platz zu nehmen. Ich selbst setzte mich ihm gegenüber - so waren wir gleichrangig.

Während der Pressekonferenz hatte ich mir den Mann gar nicht richtig angeschaut - mir kam es jetzt so vor, als hätte ich ihn noch nie gesehen. Sein Gesicht war, wie seine Gestalt, lang und dünn, seine Wangen wirkten ein wenig eingefallen; seine hellen Augen saßen auffallend tief in ihren Höhlen. Seine Stirn war breit - oder wirkte breit, weil sich seine hellen Haare auf der Stirn etwas gelichtet hatten. Ich konnte mich nicht entscheiden, ob ich ihn gut aussehend oder hässlich finden sollte. Er war höchstens fünfunddreißig Jahre alt - ziemlich jung für einen stellvertretenden Rektor. Als er sich hinsetzte, legte er die Beine übereinander, stützte seinen Ellbogen auf den Tisch und führte die Hand von der Wange zur Stirn, um sich über den Kopf zu streichen, legte dann die Hand an den Tischrand. Mit seinen dünnen Fingern begann er in einem eigenwilligen Fünfer-Rhythmus - einem der typisch orientalischen Takte - zu trommeln. Ich wusste nicht, was ich von diesem Trommeln halten sollte: War es von Unruhe oder von Ungeduld geprägt? Ich hoffte im Laufe der Zeit dahinter zu kommen, aber merkte zeitig, dass ich in diesem Augenblick gar nicht genau wusste, was ich ihn fragen sollte. Vielleicht sollte ich ihm ganz offen mein Staunen eingestehen, um bei ihm den Eindruck der Ehrlichkeit zu erwecken.

»Ich sitze nun in diesem Zimmer, das mir freundlicherweise zugewiesen wurde. Aber ich weiß, ehrlich gesagt, nicht so recht, wie ich mich in der Universität verhalten soll«, sagte ich bescheiden lächelnd. »Sungur Bey hat mir gesagt, ich könnte mich frei bewegen, die Bibliothek nutzen und die Mensa ...«

»Natürlich«, erwiderte er und mir schien, in seinen Augen glitzerte es belustigt. Er hörte auch auf, mit den Fingern zu trommeln. »Es genügt, wenn Sie Gülen Hanım den Auftrag geben, Ihnen einen provisorischen Ausweis für die Bibliothek und einen für die Mensa ausstellen zu lassen.« Er lehnte sich zurück.

»Ich bezweifele nicht, dass Gülen Hanım eine perfekte Sekretärin ist«, antwortete ich. »Falls ich diese Ausweise benötige, natürlich ... Aber eigentlich wollte ich Sie als stellvertretenden Rektor ...«

»Schauen Sie ...«, unterbrach er mich und beugte sich vor. »Sie wissen, dass Ergin Gürkan ein Rechtswissenschaftler war. Ich bin stellvertretender Rektor der naturwissenschaftlichen und philosophischen Fakultät.«

»Ich verstehe!«, antwortete ich - doch ich verstand gar nichts.

»Eigentlich hätte jemand von der juristischen Fakultät es übernehmen müssen, Sie mit Informationen zu versorgen«, erklärte er, als er merkte, dass ich ihn fragend anschaute.

»Das mag ja sein! Aber mir scheint, ich bin nicht befugt, daran etwas zu ändern ... Sungur Bey hat Sie beauftragt ...«

»Natürlich ...«, abermals unterbrach er mich.

»Andererseits ... - ich kann Sie dann ja über Melek Tucker fragen.«

Er lehnte sich erneut zurück. »Melek ...«, sagte er, führte seine Hand fahrig an die Stirn und strich sich erneut über den Kopf. »Über Melek kann ich mich nur lobend äußern ...«

»Das heißt, Sie kannten sie gut?«

»Nein! Aber sie war ein sehr fleißiges Mädchen, das weiß ich.«

Resultierte es aus seiner hohen Position an der Universität, dass er über jemanden, der höchstens acht bis zehn Jahre jünger war als er, als »Mädchen« sprach? Oder glaubte ich, aus seiner Formulierung »lobend« etwas Abschätziges herauszuhören? »Sie war die Assistentin von Professor Baran. Aber meistens hat sie die Literatur-Vorlesungen gehalten. Außerdem hatte sie noch ihr eigenes Fachgebiet: das romantische Gedicht. Wenn ich mich nicht irre, hatte sie ihre Dissertation über »Lord Byron« geschrieben.«

»Mir kam es schon sehr merkwürdig vor, dass jemand, der über »Lord Byron« promovierte, Abendkurse für Anfänger gab ...«

»Ich glaube, das wollte sie selbst so ...« Beinahe hätte er sein Gesicht zu einer Grimasse verzogen, aber er nahm sich schnell zusammen. »Normalerweise gibt niemand von uns Kurse. Prep School ... - also Vorbereitungskurse werden von den entsprechenden Abteilungen organisiert.«

»Vielleicht brauchte sie ein zusätzliches Einkommen«, warf ich ein, obwohl ich genau wusste, dass das nicht der Fall war.

»Vielleicht ...«, antwortete er, aber dabei verzog er ungläubig seinen Mund.

»Glauben Sie, sie hatte einen anderen Grund ...?«, bohrte ich nach.

Er tat so, als würde er nachdenken, dabei begann er, wieder mit den Fingern auf dem Tisch zu trommeln. »Das weiß ich nicht ... - wie gesagt, sie war sehr fleißig und sie hatte eine idealistische Hilfsbereitschaft. Vielleicht erschien es ihr sinnvoller, die Jugendlichen der Armen zu unterrichten, als die der Reichen. Denn wenn man bedenkt, dass die von den auswendig gelernten Gedichten kaum etwas verstanden ...« Plötzlich schwieg er, als hätte er sich einem gefährlichen Terrain genähert. Und als wollte er sich vergewissern, wie ich seine Worte interpretierte, schaute er mir aufmerksam ins Gesicht. »Also, es könnte so gewesen sein ... - ich weiß es natürlich nicht mit Sicherheit ...«

»Waren die Teilnehmer des Abendkurses denn motivierter beim Lernen?«

»Das weiß ich nicht«, sagte er und dabei zog er seine Augenbrauen hoch, und lächelte kaum merklich. »Aber sicher gab es unter ihnen auch welche, die ernsthaft lernen wollten. Die meisten Jugendlichen waren jedoch sehr laut.« Erneut hielt er inne und schaute mich prüfend an.

»Als stellvertretender Rektor habe ich so viel zu tun ... An manchen Abenden habe auch ich lange gearbeitet. Wenn Sie den Lärm von diesen Kursteilnehmern gehört hätten ... Sie waren aufsässiger als die frechsten Gymnasiasten. Ich glaube jedenfalls nicht, dass jemand denen etwas beibringen könnte. Die Lehrkräfte der Vorbereitungskurse sind meistens Ausländer. Diesen Kursteilnehmern hat es wahrscheinlich spaß gemacht, sie zu provozieren.«

Dieser Mann war entweder gänzlich unwissend oder glaubte, alles zu wissen.

»Ist der Nachwuchs der Reichen in den Tageskursen aufmerksamer?«

»Viel zu angepasst«, sagte er etwas gereizt. »Die sitzen nur da und schauen einen dumm an!«

Dumme Blicke war ich aus meinen eigenen Vorlesungen gewohnt, aber eigentlich hatte mich das damals nicht im Geringsten gestört. Ich sprach über mein Thema und ging hinaus. Warum hätte ich gereizt sein sollen? Im Gegensatz zu den Behauptungen meiner früheren Frau, hat Mathematik einen ernsthafteren Hintergrund als Literatur.

Wie auch immer - es war ja nicht meine Absicht, die Qualität der Studenten zu prüfen. Deshalb wechselte ich von leichter Hand das Thema: »Der ermordete Junge kam auch zu ihr in den Literaturkurs?«

Er zog die Augenbrauen zusammen: »Welcher Junge?«

Warum wollten alle nicht über diesen Jungen sprechen?

»Serdar ... - dessen Leiche in der Toilette gefunden wurde ...«

»Ach so! Gehörte er zu ihren Studenten?«, fragte er, als hätte er darüber nur unbedeutendes Gerede gehört - ohne das geringste Anzeichen von Überraschung. »Das weiß ich natürlich nicht ...«

»Natürlich nicht! Sie soll sogar ein besonders Interesse an ihm gehabt haben, habe ich mir sagen lassen.«

Jetzt staunte er doch. »Woher wissen Sie das?«, fragte er und zog die Augenbrauen hoch. »Sie hatten doch noch keine Gelegenheit, hier mit jemandem zu sprechen ... - oder? Wer behauptet denn, dass sie ein besonders Interesse an Serdar hatte?«

Ich begnügte mich mit einem geheimnisvollen Lächeln. Als er begriffen hatte, dass ich nicht gewillt war, ihm das zu verraten, sah er sich wohl gezwungen, weiter zu reden:

»Ich bin sicher, sie hat sich um alle ihre Studenten gleichermaßen gekümmert. Wie gesagt, sie machte ihre Arbeit sehr gut … - mir hat sie jedenfalls diesen Eindruck vermittelt …Ich kannte sie aber nicht näher.«

»Es gibt hier sicher jemanden, der sie näher kannte … - Kollegen oder Freunde?«

»Ganz bestimmt«, sagte er. »Aber ich kenne niemanden, der mit ihr näheren Kontakt hatte.«

»Wer könnte das denn wissen?«

»Um ehrlich zu sein, Ihre Methode der Informationsbeschaffung übersteigt meine Grenzen«, dabei sagte er das in einer Tonlage, die zwischen Lachen und Wiehern lag. Vielleicht wollte er andeuten, dass er zu scherzen gedachte.

»Wir wäre es, wenn ich an alle Lehrkräfte eine E-Mail schicke und darum bitte, dass diejenigen, die Melek näher kannten - oder sogar etwas über ihren Tod wissen - mit mir Kontakt aufnehmen? Was meinen Sie?«

»Das können Sie tun«, sagte er, aber seinem Gesichtsausdruck nach war er nicht sehr überzeugt. »Die meisten Dozenten waren noch nicht aus dem Urlaub zurück, als das passierte … Aber sicher würden ihre Freunde reagieren …«

»Es spricht also nichts dagegen, nicht wahr?«, vergewisserte ich mich. Er wirkte unentschlossen und das hatte sicher einen Grund. »Muss ich bei Sungur Bey um Erlaubnis fragen?«

»Das glaube ich nicht«, meinte er, aber schien doch etwas unsicher zu sein. »Solange diese Mail nicht in Studentenhände gerät, wird er wohl nichts dagegen haben.«

»Aber Sie scheinen Bedenken zu haben…«

Er seufzte. »Ich bin aus einem bestimmten Grund unsicher«, er zog die Augenbrauen erneut zusammen. »Soweit ich weiß, sind Sie doch wegen des Todesfalls von Professor Gürkan hier. Wenn Sie jetzt einen Aufruf an Meleks Kollegen und alle Lehrkräfte richten … - wie wird das aufgefasst?«

»Ich denke, dass die beiden Fälle - ja, dass sogar die anderen beiden Fälle - irgendwie zusammenhängen.«

Über diese Äußerung war er sehr erstaunt. Seine Augenbrauen zog er höher, dass sich sogar seine Augen weiteten, dabei öffnete er den Mund. Für einen Augenblick saß er wie erstarrt da.

»Wieso denn das?«

»Ich werde versuchen, das herauszufinden«, lächelte ich nur und zeigte auf den Computer. »Darf ich den benutzen?«

Er schien noch immer über meine spekulative Andeutung zu rätseln, denn er schloss seine Augen, als würde er nichts mehr verstehen. Dann riss er sich zusammen.

»Ich glaube, zu dem hat nur Sezen Hanım Zugang ... Aber das kann man ja leicht ändern. Ich sage gleich dem Techniker Bescheid, damit Sie ein eigenes Password erhalten.«

Beinahe hätte ich nach seiner Hand gegriffen, die er nach dem Telefon ausstreckte, um ihn daran zu hindern. Ich machte wohl eine hektische Bewegung und als ich »Moment mal« rief, schaute er mich halb staunend, halb fragend an. Aber dann wusste ich nicht, wie ich ihm das erklären sollte. Bevor mir ein eigenes Password erteilt würde, wollte ich mir Sezen Hanıms e-Mails und Dateien anschauen, aber das konnte ich ihm natürlich nicht sagen. »Erst möchte ich noch etwas von Ihnen wissen«, stammelte ich.

»Ja, bitte!«

»Ich finde es sehr zuvorkommend, dass ich dieses Zimmer und diesen Computer benutzen darf. Deshalb ... - also deshalb möchte ich mich bei dem Herrn Rektor bedanken ...« Wie lange konnte ich noch solchen Unsinn reden? »Dass Sezen Hanım in Urlaub ist ... - ist das nicht ein unpassender Zeitpunkt?«

Bevor er mir antwortete, schaute er mir lange ins Gesicht, als würde er enträtseln wollen, was ich damit bezweckte. Er hatte ja Recht. Was hatte meine Ermittlungsarbeit mit dem Urlaub der Verwaltungsassistentin zu tun?

Schließlich zog er die Schultern hoch und gestand mir. »Sezen Hanım ist aus ihrem Sommerurlaub noch gar nicht zurück ... Ich glaube, sie arbeitet gar nicht mehr hier.«

»Aber Sungur Bey ...?

»Ja, den Grund kenne ich nicht ... - vielleicht hofft er, dass sie wiederkommt, denn einen Ersatz zu finden, hat er wohl nicht eilig. Gülen ist für alle Vorstellungsgespräche zuständig. Ob sie vielleicht der Ansicht ist, dass wir keinen Ersatz brauchen? Ich weiß es nicht ... Aber natürlich hat die Sekretärin des Rektors auch andere Dinge zu tun, als sich um die Vorstellungsgespräche zu kümmern. Sezen Hanim war nämlich für die ganze Universität zuständig ...«

»Eben! Deshalb finde ich das auch so befremdlich. Also Sie meinen, sie hat aufgehört, nicht wahr?«

»Mit Sicherheit weiß ich es nicht - ich vermute es nur.«

»Hat sie denn lange hier gearbeitet?«

»Nicht mal ein Jahr - oder höchstens so lange. Vor ihr war Sıdıka Hanım da. Sie hat über zehn Jahre lang die Verwaltungsarbeit erledigt. Zu ihrer Zeit war sie wirklich für alles Administrative zuständig ... Sie hatte für drei Rektoren gearbeitet, wenn ich mich nicht irre. Aber dann ... - ich glaube, mit Sungur Bey verstand sie sich nicht so gut. Sie ist dann nach Amerika ausgewandet. Aber warum Sezen Hanım aufgehört hat, das weiß ich nicht. Falls sie wirklich aufgehört hat ...«

»Ist ja auch nicht so wichtig ... - es sei denn, sie ist einem Mord zum Opfer gefallen ...«

Die Augen des jungen Mannes weiteten sich. »Das wäre ja furchtbar! Aber davon hätten wir doch erfahren!«

Er erhob sich, als könnte er keine weiteren Schreckensbotschaften mehr verkraften.

»Wenn es momentan sonst nichts gibt ...«

Ich hoffte, dass er das Computerproblem vergessen hatte, und ich erhob mich ebenfalls, um ihn zu verabschieden. »Vielen Dank, dass Sie mir ihre Zeit geopfert haben! Wenn ich noch weitere Fragen haben, darf ich mich an Sie wenden, nicht wahr?«

»Aber sicher! Ich weiß zwar nicht, wie ich Ihnen nützlich sein kann ...- aber ich stehe Ihnen zur Verfügung!« Er schien mir sagen zu wollen, dass er unser Gespräch für reine Zeitverschwendung hielt. »Gülen weiß ja, wo ich zu finden bin.«

Als er die Tür hinter sich schloss, setzte ich mich an den Computer. Falls Sezer Hanım kein ausgefallenes Password benutzte, hoffte ich, aus den Buchstaben ihres Vor- und Nachnamens dieses selbst herauszufinden. Aber leider waren meine Bemühungen von keinem Erfolg gekrönt. Der Computer akzeptierte keine Version von »sezenkonuk«. Ich musste einsehen, dass ich in solchen Dingen nicht besonders geschickt war. Schließlich musste ich Gülen Hanım um Hilfe bitten. »Ist es möglich, diesen Computer einzuschalten? Bei meiner Arbeit hier werde ich ihn sicher benötigen. Außerdem möchte ich einige Daten einsehen.«

»Daten von früher?«

»Ja, ist das möglich?«

»Natürlich«, antwortete sie fröhlich. Sie ging um den Tisch und beugte sich über meine Schulter um die Computertastatur. »Sie haben aber noch kein Password.«

»Ich könnte ja das Password von Sezen Hanım benutzen«, sagte ich. Währenddessen wurde mir von dem Parfüm der jungen Dame fast schlecht. Ich konnte nicht anders, ich musste niesen. »Aber ich kenne es nicht.«

»Woher sollen Sie auch?«, sagte sie und tippte so schnell etwas ein, dass ich es nicht mitbekam. »Auch ich finde es nicht heraus.« Ebenso schnell griff sie zum Telefonhörer und noch bevor ich sie davon abbringen konnte, hatte sie schon eine Nummer gewählt. »Hallo, ich bin Gülen vom Rektorat. Mit wem spreche ich?«, fragte sie in den Hörer. Und mir blieb nichts anderes übrig, als ihrem schnellen Handeln tatenlos zuzusehen. »Ach, Ertan, du bist das? Es geht mir gut, mein Lieber, und wie geht es dir? Also: jemand möchte den Computer von Sezer Hanim benutzen. Wir brauchen ihr Password. Was? O.Y.U.N. - gut, ich habe verstanden. Aber der Benutzername hat sich geändert. Ja, Emin Köklü. Woher soll ich das wissen? Ok, und als Adresse? Ok, EKOKLU ...- und das Kennwort?« Sie blickte mich fragend an. »Ihr Kennwort, Herr Professor?«

»Emin!«, sagte ich.

Sie sprach wieder ins Telefon. »E.M.I.N. - also ... - geht nicht? Warum? Ach, ich verstehe! Also umgekehrt: N.I.M.E. ... - Ok? Ist gut! Schreib noch das T. dazu.« Sie wandte sich mir erneut zu. »Kann es auch Nimet sein, Herr Professor?« Sie sprach das »i« falsch aus.

Ich war frustriert und schloss genervt die Augen: »Warum nicht?«

»In Ordnung«, sagte sie zu der Person am anderen Ende der Leitung. »Wir geben NIMET, und löschen OYUN ... - aber wir können trotzdem die alten Dateien öffnen ... Wunderbar! Natürlich, mein Lieber! Ertan, du bringst mich noch in Schwierigkeiten ....« Sie kicherte. »Ich habe verstanden ... - wir sehen uns nachher.«

Gülen Hanım legte den Hörer auf und ging, sich leicht wiegend, um den Tisch herum. »Alles erledigt, Herr Professor! Sie geben als Password NIMET ein und haben dann Zugang zu allen Daten.«

Mein Gott, wie einfach das ist, dachte ich.

»Vielen Dank, Sie sind wirklich wunderbar! Eine perfekte Sekretärin ...«

Sie lächelte kokett, als sie zur Tür ging: »Vielen Dank ... aber heutzutage sagt man nicht mehr Sekretärin ...«

Ich hatte das nett gemeint, aber ich erntete nur eine Belehrung.

»Was soll ich denn sagen?«, fragte ich.

Sie lachte. »Was Sie möchten. Am besten Assistentin der Geschäftsleitung?«

»Haben Sie einen Moment Zeit?«

Sie blieb an der Tür stehen: »Bitte schön.«

»Ich möchte Sie nach etwas fragen ...«

Sie blickte hinaus. »Sungur Bey ist in einer Sitzung ... - aber er könnte jeden Augenblick nach mir fragen ...«

»Es dauert nicht lange ...«

Sie blickte erneut hinaus, kam dann unentschlossen an meinen Tisch zurück, blieb vor mir mit verschränkten Armen stehen.

»Bitte setzen Sie sich doch.«

Sie überlegte kurz, dann setzte sie sich. Ich betrachtete sie mir etwas genauer: Sie war eine elegante, junge Frau, alle ihre Gesten wirkten harmonisch, aber in diesem Augenblick spürte ich, dass sie beunruhigt war.

»Seit wann arbeiten Sie hier, Gülen Hanım?«

»Im September sind es genau fünf Jahre gewesen.«

»Dann kennen Sie diese Universität ja bestens ...«

»Ja, natürlich - es ist meine Arbeit ...«

»Sie wissen also über alles, was hier geschieht, Bescheid?«

»Alles sicher nicht«, sie senkte bescheiden ihren Blick. »Die Aufgabenbereiche werden ja auch delegiert.«

»Natürlich! Aber Sie erfahren sicher als erste, wenn zum Beispiel eine Leiche im Universitätsbereich gefunden wird.«

»Nein, wie kommen Sie denn darauf? Ich erfahre das auch erst von den anderen«, sagte sie so, als hielte ich sie für verdächtig. »Sie ahnen gar nicht, wie verschwiegen die Sicherheitsleute sind ... - es gab ja nur ein Gerede darüber, dass angeblich jemand auf dem Parkplatz erstochen wurde. Stimmt das denn, und wenn ja, wer war das Opfer? Jeder sagt etwas anderes ...«

»Aber der Rektor weiß ganz genau, was passiert ist!«

»Der Mann wurde früh am Morgen gefunden. Wenn Sungur Bey nicht da ist, komme ich etwas später ins Büro. Es war ja noch Ferienzeit. Als ich kam, war die Polizei schon wieder weg, die Leiche war abtransportiert, der Parkplatz gereinigt …«

»Gereinigt?«

»Ja, sicher! Alle Blutflecke wurden weggeputzt. Die Leute sind so neugierig … - als ich zum Essen ging, sprachen alle über das furchtbare Geschehen, aber niemand wusste etwas Genaues. Wir sind sogar zum Parkplatz gegangen, aber es gab nichts mehr zu sehen.«

Ich tat verwundert: »Gab es also keine forensische Untersuchung?«

Sie antwortete nicht sofort. Sie schien den kriminaltechnischen Begriff nicht zu kennen. Aber sie schien den Sinn zu rekonstruieren und sagte: »Das weiß ich nicht. Jedenfalls gab es dort keine Blutspuren mehr.«

»Und davor … - ich meine, als die Leiche des Jungen in der Toilette gefunden wurde?«

»Davon haben wir gar nichts erfahren … - wissen Sie das? Also das haben wir erst in den Zeitungen gelesen… Ich kam damals gerade aus dem Urlaub zurück … - ich hatte im August zwei Wochen Urlaub. Und Sungur Bey war noch gar nicht zurück …«

»Und Sezen Hanım?«

»Sie war wohl einige Tage vor mir wieder hier. Sie war noch neu, sie hatte weniger Urlaubsanspruch.« Plötzlich schwieg sie, zog die Augenbrauen hoch und blickte nach oben. Ihr Blick wanderte an der Decke entlang. »Aber eigentlich kam sie nur, wann sie Lust hatte«, sagte sie mit einer gewissen Betonung, die mir verriet, dass ich sie zum Reden bringen könnte.

»Wie meinen Sie das?«

»Na ja … - niemand beschwerte sich, wenn sie zu spät kam. Ich will ihr natürlich nichts unterstellen, und abends ging sie ja nie vor sechs Uhr.« Sie schien noch mehr verraten zu wollen. »Sie blieb oft bis spät in die Nacht, sie ging nie früher als Sungur Bey.«

»Sie war ja seine persönliche Assistentin«, sagte ich, um zu signalisieren, dass ich bereit war, noch mehr zu hören.

Gülen Hanım blickte erneut zur Decke. »Natürlich!«, sagte sie auf einmal etwas verhalten. Sie hatte wohl gemerkt, dass sie mehr verraten hatte, als sie eigentlich wollte, und verzog den Mund.

»Was war sie denn für eine Frau?«

»Sie war zu allen nett ... - aber, wie soll ich sagen ... - als wäre sie etwas Besseres...«

»War sie eine attraktive Frau?« Ich wusste nicht, weshalb ich das fragte, aber ich vermutete, dass Frauen eher bereit waren zu klatschen waren, wenn es um die Schönheit einer anderen Frau ging.

»Ja, sie war schön«, sagte sie ohne zu zögern, dann fügte sie hinzu. »Ihrem Alter entsprechend.« Das fügte sie mit der Selbstsicherheit einer schönen - korrekter gesagt, einer jungen Frau - hinzu.

»Wie alt war sie denn?«

»Sie war schon ziemlich alt. Genau weiß ich es nicht, aber sicher über vierzig. Sie war sehr elegant ... - ich bin sicher, dass alle ihre Kleidungsstücke Luxusmarken waren.«

»Welche Marke?«

»Woher soll ich das denn wissen?«, fragte sie und weitete ihre Augen. Wahrscheinlich wollte sie mir zu verstehen geben, wie unsinnig sie meine Frage fand. »Bei den Taschen kann man das ja erkennen, aber die Etiketten in der Kleidung sieht man ja nicht ...«

Es war nicht so wichtig, zu wissen, welche Marke jemand trägt, dass die Sachen teuer waren, darauf kam es wohl an. Und Gülen Hanım wunderte sich anscheinend über meine Unwissenheit in dieser Frage. »Aber Sezen Hanım war sogar in einer einfachen Bluse mit Rock so elegant ... - alle ihre Sachen trugen bestimmt ein Markenlabel.«

Ich fragte nicht nach dem Label, sondern kam auf das Thema zurück:

»Als Sie aus dem Urlaub zurückkamen, war sie hier, aber Sungur Bey noch nicht - stimmt das?«

»Genau«, antwortete sie und blickte offensichtlich ungeduldig zur Tür.

»Dann nahm sie schon wieder Urlaub? Ist Sungur Bey denn inzwischen in der Universität gewesen?«

»Nein, aber er wurde erwartet. Wir wussten, dass er am nächsten Tag kommen würde. Sezen Hanım kam nicht ... - aber da sie ja sowieso meistens später kam, wunderte sich niemand darüber ... Wir riefen bei ihr an, aber sie war nicht zu erreichen, auch übers Handy nicht.«

»Wollten Sie nicht wissen, warum sie nicht wiederkam? Ob sie vielleicht tot war?«

»Na ja, Sungur Bey war verärgert und ich auch, weil ihre Arbeit liegen blieb, aber dass sie tot sein könnte, daran dachte niemand.«

»Gerade zu dieser Zeit passierten die Morde ...«

»Nein, zu der Zeit gab es in der Universität keinen Mordfall. Niemand dachte, dass der Junge ermordet wurde ... - also niemand von uns vermutete das ... Als die Leiche von dem Putzmann auf dem Parkplatz gefunden wurde, war Sezen Hanım gar nicht hier.«

»Und niemand fragte nach ihr ... - niemand suchte sie?«

»Ihr Handy war abgeschaltet. Als Sungur Bey uns sagte, dass sie ihren Urlaub verlängert hatte, war das genug, wir hielten alle den Mund ...«

Ob ich ihren Mund öffnen könnte? Ich bohrte weiter.

»Wann hatte Sungur Bey das gesagt?«

»Nach ein paar Tagen ...«

»Hatten Sie inzwischen versucht, mit ihr Kontakt aufzunehmen?«

»Nein.«

»Warum nicht?«

»Mir wurde kein Auftrag erteilt ... - ich dachte, Sungur Bey würde sich persönlich darum kümmern ...«

»Hat er das gesagt?«

»Nein, niemand hat etwas gesagt.«

Während meiner letzten Fragen blickte sie, bevor sie antwortete, auffallend oft zur Tür. Ich spürte, dass sie mit jedem Augenblick nervöser wurde, aber da ich nun schon mal so weit vorgeprescht war, wollte ich die Gelegenheit nutzen.

»Sungur Bey und Sezen Hanım hatten auch eine private Beziehung, nicht wahr?«

»Wie meinen Sie das?«

»Gülen Hanım, Sie wissen ganz genau, was ich meine. Sie haben es ja selbst angedeutet ...«

Sie sprang förmlich auf: »Was soll das? Ich habe nichts angedeutet!«

»Gut ...«, beruhigte ich sie. Es war gar nicht nötig, sie unter Druck zu setzen. ich hatte ja bereits die Antwort auf meine Frage erhalten. »Gibt es ein Foto von Sezen Hanım?«

»Sicherlich!« Sie achtete darauf, cool zu wirken.

»Haben Sie ein Bild von ihr?«

»In ihrer Personalakte muss ein Foto sein ...«

»Darf ich Sie dann bitten, mir ihre Akte von der Personalabteilung zu beschaffen?«

»Natürlich ... - aber ich weiß nicht, ob sie die einfach aushändigen ...«

An der Tür wandte sie sich noch einmal zu mir um. Sie blickte mich fest an: »Hören Sie, ich habe nichts angedeutet.«

»Ich weiß, Gülen Hanım«, sagte ich mit einem Lächeln, das sie meiner Verschwiegenheit versichern sollte. »Seien Sie unbesorgt.«

Sie schloss die Tür hinter sich.

Eine Weile schaute ich nachdenklich zur Tür. Ich war zerstreut ... - ich dachte zwar nicht, dass Sezen Hanım auch ein Mordopfer sein könnte, ich hatte mich eigentlich nur so nebenbei nach ihr erkundigt. Hätte ich in der Schublade nicht ihre roten Schuhe und ihr Make-up-Täschchen gefunden, wäre ich gar nicht auf die Idee gekommen, dass ihr etwas passiert sein könnte. Aber das, was ich nun über sie erfahren hatte, brachte mich zum Grübeln. Auch wenn das nichts mit den Mordfällen zu tun haben musste. Aus den Andeutungen von Gülen Hanım und Hulusi Bey entnahm ich allerdings, dass Sezen Hanım die Geliebte des Rektors war. Wenn ihr plötzliches Verschwinden auf einen Streit oder eine Trennung zurückzuführen war, musste es keine Verbindung zu den anderen Mordfällen geben. Es sei denn, der Mörder wäre Sungur Semerci, also der Rektor selbst ... - doch das zog ich nicht ernsthaft in Erwägung. Allerdings war er anfangs gegen eine Aufklärungsarbeit innerhalb der Universität eingestellt gewesen und das könnte damit zusammenhängen, dass seine Assistentin verschwunden war. Meine innere Stimme flüsterte mir, dass ich mich mit dieser Sezen Hanım beschäftigen sollte.

Ich schaute auf den Bildschirm des Computers. Ich wusste nicht, wonach ich dort suchen sollte, aber ich wusste genau, dass ich dies tun musste. Ich erwartete nicht die Auflösung der Mordfälle in der Universität auf dem Computer zu finden ... Es kam mir aber merkwürdig vor, dass ihr Password OYUN - also Spiel - hieß. Oder war das Password, das der Techniker, Ertan Bey Gülen Hanım verraten hatte, von ihm selbst erfunden worden? Sollte jemand das jetzige Password zu knacken versuchen, müsste er sich ganz schön anstrengen. Wenn ein Unbefugter dahinter käme, dass mein Vorname rückwärts geschrieben war, also Emin, am Ende mit einem zusätzlichen T, das Password war, müsste er die Bedeutung falsch interpretieren ... Ich begriff einmal mehr, dass es Unsinn war, hinter jeder Kleinigkeit einen tieferen Sinn zu suchen. Trotzdem konnte ich dem Wunsch nicht widerstehen, die Dateien Sezen Hanims zu durchsuchen.

Es gab allerdings so viele Dateien ... - wenn ich sie alle öffnen wollte, wäre ich damit Tage beschäftigt. Ich schaute sie mir also von oben nach unten an. Mehrheitlich war es Korrespondenz des Rektors, es betraf die gesamte Universität oder die einzelnen Fakultäten. Den Daten der Eintragungen nach waren viele noch von der Vorgängerin Sezen Hanıms. Bestimmt gab es einen Grund, dass sie noch immer gespeichert waren. Für jemanden wie mich, der nicht wusste, wonach er suchte, zudem im Umgang mit Computern nicht besonders geübt war, war es schier unmöglich, sich zurechtzufinden. Und da ich nicht vorhatte, die Struktur der Universität und Internes zu erfahren, würde nur etwas Ungewöhnliches meine Aufmerksamkeit erregen... Aber so etwas fand ich nicht. Also konzentrierte ich mich auf die Unterlagen der juristischen und der literaturwissenschaftlichen Fakultät. Denn SS hatte sicher nichts mit den früheren Nazis zu tun, sondern war die Abkürzung für Sungur Semerci ... - das zumindest vermutete ich. Sicher hatte sie über ihre heimliche Liebschaft nichts in dem Computer gespeichert, aber trotzdem wollte ich mir diese Dateien ansehen. Wahrscheinlich weil ich schon lange nicht mehr am Arbeitstisch saß, fühlte ich mich auf einmal abgespannt und träge. Aber dann hatte ich die prickelnde Idee, im Papierkorb nachzuschauen! Wer sagt denn, dass Trägheit nicht auch zu etwas nützlich sein kann?! Zumindest, wenn es darum geht, Zeit zu sparen ... Die Dateien, die Sezen Hanım in den Papierkorb verschoben hatte, konnten wichtiger sein, als die im aktiven Bereich. Denn man möchte unnötige Dateien löschen, aber man will auch die entfernen, die andere nicht sehen sollen ... Ich fand gerade die Dateien interessant. Auf jeden Fall ersparte mir das die Arbeit, eine Menge aktive Dateien durchzusuchen.

Und ich hatte mich nicht geirrt! Auch im »Papierkorb« gab es etliche Dateien, aber ich fand einige, die offenbar mit dem offiziellen Briefverkehr der Universität nichts zu tun hatten: »Der König und der Clown« »Der Andere«, »Das Stiefkind« und »Am Ende des Tages« ließen mein Herz höher schlagen. Ich konnte mir nicht vorstellen, dass diese merkwürdigen Dateinamen etwas mit ihrer Arbeit zu tun hatten. Als wollte ich die Spannung steigern, öffnete ich sie nicht gleich, sondern starrte nur auf den Bildschirm. Welche Datei sollte ich zuerst öffnen? Welcher Titel schien viel versprechender? Welcher konnte möglicherweise Hinweise auf die Mordfälle enthalten? Was bedeutete: »Der König und der Clown«? Wer war »Der Andere«? »Am Ende des Tages« - aber an welchem Tag? Mir gefiel es, mit diesen Rätseln meine Kombinationsgabe zu prüfen. Schließlich konnte ich mich nicht mehr beherrschen und drückte mit der Maus auf den Dateinamen, der mir als der geheimnisvollste erschien: »Der König und der Clown«. Die Datei war zuletzt im Mai des Jahres geöffnet worden, in den Papierkorb wurde sie im September geschoben. Als ich auf »Wiederherstellen« drückte, erschien jedoch eine leere Seite. Meine hochgeschraubten Erwartungen verpufften im Bruchteil einer Sekunde! Ich versuchte auch die anderen Dateien zu öffnen, doch es geschah das Gleiche. Das Einzige, was ich feststellen konnte, war, dass alle am selben Tag gelöscht wurden, nur wenige Sekunden hintereinander. Bestimmt waren die Inhalte irgendwo in den geheimen Zellen des Computers gespeichert. Wahrscheinlich könnte ein Computerexperte die Dateien wieder herstellen. Aber ich konnte das nicht! Wen könnte ich um Hilfe bitten? Es war unmöglich, dies jemandem außerhalb der Universität zu überlassen, zumal ich niemanden kannte. Nur Gülen Hanım oder Ertan Bey, der Techniker, würden die Dateien wieder herstellen können.

Ich schaltete den Computer aus - wollte meine Schreibtischarbeit für heute beenden. Ich wollte nach Hause gehen und mit klarem Kopf nachdenken. Heute hatte ich schon mit zwei Leute geredet; die Eindrücke, die ich von ihnen erhalten hatte, musste ich erst mal bewerten und ordnen. Das gelang mir am besten in meinem eigenen Zimmer. Ich schaute auf die Uhr. Es war spät geworden. Mein Fahrer Hasan wartete bestimmt schon lange auf dem Parkplatz auf mich.

Als ich das Büro verließ, fragte ich aus purer Höflichkeit nach Sungur Bey. Gülen Hanım sagte, er wäre noch immer in der Sitzung, aber sie war auffallend bemüht, mir nicht in die Augen zu schauen. Hatte diese junge Frau doch etwas zu verbergen?

Ich gelangte dann doch relativ schnell nach Hause, da wir vor der Hauptverkehrszeit losgefahren waren. Während der Fahrt gingen mir andauernd die Dateinamen durch den Kopf: »Der König und der Clown« ... »Das Stiefkind« ... »Am Ende des Tages »... »Der Andere« ... Alle wurden gelöscht, bevor Sezen Hanım verschwunden war. Die Wahrscheinlichkeit, dass diese Dateien nichts mit der Universität oder gar mit den dort verübten Morden zu tun hatten, war sehr hoch. Sie betrafen wohl eher das Privatleben von Sezen Hanım. Trotzdem spürte ich, dass ich nicht zur Tagesordnung übergehen könnte, bevor ich nicht wusste, was sich hinter diesen Dateinamen verbarg. Spekulationen darüber würden mich aber nicht weiterbringen. Am besten sollte ich erst mal die Informationen von Hulusi Bey und Gülen Hanım in der Stille meines Zimmers auszuwerten versuchen.

Natürlich ergab sich diese Möglichkeit nicht. Denn zu Hause musste ich mich auf eine große Überraschung gefasst machen.

Als ich dort ankam, hörte ich Narin in der Küche mit jemandem reden. »Emin, bist du das?«, rief sie, »wir sind hier!« Das sagte sie in einem Tonfall, als wären wir miteinander verheiratet. Sie kam nicht mal zur Tür. Also ging ich - ob ich wollte oder nicht - in die Küche. Die Besucherin war eine junge, hübsche und elegante Frau. Narin wollte sich heute mit einer von Meleks Freundinnen treffen - also dachte ich, sie hätte die junge Frau eingeladen, damit ich mit ihr reden konnte. Aber mein Bedarf an Befragungen war für heute erschöpft - ich war nicht in der Lage, die Aussagen einer weiteren Person zu analysieren.

»Das ist Gülşen«, stellte Narin mir die junge Frau vor.

Sie reichte mir mit einem unsicheren Lächeln die Hand.

»Sie war Meleks Assistentin«, erklärte mir Narin. Aber das verstand ich nicht, denn Melek war doch selbst eine Assistentin gewesen. Narin vollführte hinter dem Rücken von Gülşen eine Zeichensprache mit Augen und Händen, und versuchte diese Behauptung zu erklären - vergeblich. Haben sich die Universitäten inzwischen so sehr verändert, dass Assistenten jetzt von Assistenten unterstützt werden? Doch Narin sprach weiter und gab ihrem Gesicht dabei eine bedeutungsvolle Mimik: »Sie hatte auch einen Schlüssel zu Meleks Wohnung. Als ich dort war, kam sie und schloss die Wohnungstür auf!«

Die junge Frau unterbrach sie mit weinerlicher Stimme: »Aber ich habe doch gesagt, dass ich nichts Böses im Sinn hatte.« Mir war sofort klar, dass sie weder eine Freundin noch eine Assistentin von Melek war. Aber was hatte sie dann für eine Beziehung zu Melek?

»Bitte verzeihen Sie mir ... - ich glaube, ich komme nicht ganz mit«, mischte ich mich ein. Aber Narin sprach ungeduldig weiter: »Diese junge Dame ...«

Sie wedelte dabei mit etwas in der Hand - es war ein Küchenmesser! »Sie half Melek bei der Hausarbeit«, sagte sie jedes Wort betonend. »Sie schloss mit ihrem Schlüssel die Tür auf und kam herein, während ich in Meleks Wohnung war! Und anstatt die Polizei zu rufen, habe ich sie hierher gebracht.«

»Was sollte denn auch die Polizei«, jammerte die junge Frau und so, wie es aussah, musste ich doch noch eine weitere Befragung durchführen. Ich versuchte meiner Stimme die Verdrossenheit nicht anmerken zu lassen.

»Am besten setzen wir uns erst mal und reden«, sagte ich und wies auf den Stuhl.

Wir ließen uns an dem runden Tisch nieder, beide Frauen begannen, sich gegenseitig ins Wort fallend, zu erzählen. Auf Gülşen, die ausgesprochen schick angezogen war - hochhackige Schuhe mit gekonntem Make-up und mit modischen Ohrringen - passte die Definition »Putzfrau« überhaupt nicht. Sie war seit etwa sieben, acht Monaten Meleks Zugehfrau. Narin war seit dem Sommer nicht mehr in Istanbul gewesen, deshalb war sie ihr nicht begegnet. Und natürlich hatte sie einen Schlüssel zu Meleks Wohnung. Was allerdings höchst merkwürdig erschien, war, dass sie wohl wissend, dass Melek ermordet wurde, in die Wohnung ging, um dort nach einem Revolver zu suchen.

»Was für ein Revolver!?«, fragte ich ungläubig.

Narin zuckte nervös ihre Schultern und zog die Augenbrauen hoch.

»Ich habe in der Schublade von Meleks Nachttisch einen Revolver gesehen«, sagte die junge Frau. »Sie war verärgert, weil ich in ihre Schublade geschaut hatte. Aber dann sagte sie, das wäre nur ein Spielzeug. Ich sollte den Revolver nie wieder anfassen, er wäre zwar nur ein Knallkorkenrevolver, der einen aber dennoch im Gesicht und an den Augen verletzen könnte. Gut, ich wollte ihn auch nie wieder berühren … - aber beim nächsten Mal … - also da war er nicht mehr da. Ich dachte, sie hätte ihn in eine andere Schublade gelegt.«

Ich schaute Narin verdutzt an. Sie zuckte erneut die Schultern. »Was weiß denn ich.«

»Wo könnte sie ihn denn versteckt haben? Wir haben doch alles durchsucht«, sagte ich.

»Es gibt doch bestimmt gar keinen Revolver. Wenn es einen gegeben hätte, wüsste ich das ... Sie erfindet das«, brachte Narin ein.

»Tante, hör mir zu, ich schwöre ... ich schwöre auf alles, was heilig ist ...«

»Das ist ja nicht das Problem«, sagte ich und wurde allmählich ungeduldig. »Nehmen wir mal an, sie hatte tatsächlich einen Revolver und hat ihn versteckt. Aber was wollte sie damit? Und was geht dich das an?«

Die junge Frau blinzelte. »Als in den Zeitungen stand, dass Melek erschossen wurde, bekam ich Angst!«

»In welcher Zeitung stand, dass sie erschossen wurde?«, fragte ich mit strengem Blick.

»In der Zeitung von Gönül Abla war ein Foto von Melek, und ich sagte ihr, die kenne ich doch! Gönül Abla meinte jedoch: »Sag bloß niemandem etwas, sonst kriegst du nur Ärger. Sie ist nämlich ermordet worden!« sagte sie noch. »Wenn du ins Gefängnis kommst, da passiert dir das Schlimmste ...«

»Wer ist denn diese Gönül Abla?«

»Am Mittwoch und am Freitag putze ich bei ihr ... - sie wohnt zwei Straßen weiter ...«

»Nun ja, sie hat ja recht gehabt. Was gehst du auch in die Wohnung der Ermordeten? Was hast du da zu suchen?«

»Ja ... - ich hatte die Waffe doch berührt ... Wenn die Polizei meine Fingerabdrücke finden würde ....«

Ich hätte fast laut losgelacht. Narin aber ärgerte sich. »Die vielen Krimis im Fernsehen machen das normale Denken unmöglich«, sagte sie und stand auf, um in der Küche auf und ab zu gehen.

»Aber es ist fast ein Monat her, seit Meleks Tod. Wieso bist du nicht schon früher hingegangen?«, fragte ich.

Sie senkte den Blick und sprach ganz leise: »Ich war ja ein, zwei Mal da. Aber die Eingangstür unten war verschlossen. Ich hatte Angst, dass der Hausmeister mich sieht und die Polizei ruft ...«

»Das Gebäude ist ja toll geschützt ...«, brauste Narin auf.

Ich schaute sie fragend an. »Gab es denn etwas Wertvolles in der Wohnung?«, fragte ich.

»Modeschmuck wohl ... - wie du weißt. Kleider, Wäsche, Kosmetika, Lippenstifte, so etwas wollte sie ja vielleicht stehlen.«

»Aber Tante, ich schwöre bei Gott ...«

Plötzlich ging mir das Gekeife von Narin und der jungen Frau auf die Nerven.

»Wo wohnst du denn?«

»In Feriköy ...«

Ich holte mein Notizbuch hervor und schrieb ihre Adresse und Telefonnummer auf.

»Lässt du sie etwa laufen?«, stieß Narin aus.

Die junge Frau sprang auf. »Ich hab' doch nichts getan!«, rief sie mit gereizter Stimme. Aber sie wagte nicht zu schreien.

Mir war wieder zum Lachen zumute. »Geh nach Hause, und mach nie wieder so eine Dummheit«, sagte ich mit ernstem Gesicht, aber drohend. »Ich habe ja jetzt deine Adresse. Das nächste Mal kommst du nicht so einfach davon.«

»Ich wollte ja nichts stehlen, Onkel, ich schwöre ...«

»Umso besser. Also gut jetzt ...«

»Wie soll ich denn jetzt von hier nach Hause kommen?«, jammerte sie.

Ich schaute zu Narin, die mit spitzer Stimme antwortete

»Du steigst in den Bus. Bis Taksim gibt es einen Stadtbus. Von dort aus kennst du ja den Weg!«

Als die junge Frau unwillig zur Tür ging, nahm ich einen Zehner aus der Tasche und gab ihr das Geld. Sie lehnte es nicht ab, sondern nahm das Geld, ohne sich zu bedanken, und steckte es in ihre etwas abgegriffene, aber auffallend teure Schultertasche.

Narin begleitete sie zur Tür und als sie zurückkam, sagte sie: »Das ist ja noch schöner. Du gibst ihr auch noch Geld ...«

»Das arme Ding ... - du hast ihr ja offensichtlich einen gewaltigen Schrecken eingejagt. Wolltest du Meleks Kleider nicht sowieso verschenken? Du hättest sie ihr geben können.«

Narin setzte sich mir gegenüber und schaute mir streng in die Augen »Wir hätten sie zum Essen einladen können.«

»Sie hat uns eine wichtige Information gegeben«, hielt ich dagegen. »Wie hätten wir sonst vom Revolver erfahren?«

»Du glaubst ihr das also?«

»Sie hat vielleicht wirklich zu viele Krimis gesehen, aber so etwas kann sie nicht erfinden. Sicher, ihre Phantasie ist mit ihr durchgegangen. Ich denke aber, sie hat den Revolver wirklich gesehen.«

»Also, was sollte Melek mit einem Revolver?«

»Sie wollte sich vielleicht schützen. Vielleicht hatte sie ja vor jemandem Angst. Und im Nachhinein betrachtet ... - hatte sie ja Recht.«

Narin schien zu überlegen. »Na gut, aber ... Einen Revolver kriegt man ja nicht einfach so ... Und wo ist er jetzt? Beim ersten Mal haben wir nicht so gründlich gesucht. Aber nachdem diese junge Frau in die Wohnung kam, habe ich alles gründlich kontrolliert. Außer uns war wohl niemand in der Wohnung gewesen ...«

»Und Oktay, der behauptet, keinen Schlüssel zu besitzen?«, stellte ich in Frage. »Es gab dort nichts, was ihm gehörte. Das kam mir schon eigenartig vor.«

»Meinst du, dass er ihn mitgenommen haben könnte? Die Nachbarin, Işıl Hanım ist ja nicht rund um die Uhr in ihrer Wohnung ... Sie hatte es ja selbst gesagt, dass sie manchmal einkaufen geht.«

»Ist sie auch heute nach oben gekommen?«, erkundigte ich mich.

Aber Narin hatte mir gar nicht zugehört. Sie senkte den Kopf und wirkte sehr nachdenklich. Sie schien ihre Hände zu betrachten, die sie auf die Knie gestützt hatte. »Vielleicht hat Melek noch jemandem einen Schlüssel gegeben«, murmelte sie, als würde sie mit sich selbst reden. Schließlich seufzte sie und hob den Kopf. Mit besorgtem Blick sagte: »Ich zeige dir etwas.«

Als sie sich erhob, seufzte sie erneut. Etwas Schweres schien ihr jetzt auf der Seele zu liegen. Sie ging in die Diele oder ins Wohnzimmer. Als sie zurückkam, hielt sie ein überdimensionales Heft in der Hand, etwa so groß wie ein Atlas.

»Das habe ich in der Schreibtischschublade gefunden«, sagte sie. »In der verschlossenen Schublade, in die wir nicht geschaut hatten.«

»Was ist es denn?«

Ich streckte meine Hand nach dem Heft aus, aber anscheinend merkte sie es nicht. Sie setzte sich wieder zu mir, legte das Heft auf den Tisch und ihre Hände drauf.

»Melek hatte Gedichte geschrieben ... - ich denke, sie sind von ihr. Es hätte keinen Sinn, die Gedichte eines Anderen aufzuschreiben und sie zu korrigieren ...«

»Ja? Sind sie denn schön?«, fragte ich, weil mir nichts Besseres einfiel.

»Ich verstehe ja nichts davon«, meinte sie. »Aber das musst du dir anschauen.«

Zwischen den Seiten lagen einige Fotos. Sie schob sie mir über den Tisch zu. Ein Mann war abgebildet - es waren offensichtlich Schnappschüsse. Alle waren dem Datum nach am selben Tag aufgenommen worden, in einem Garten oder auf einer Lichtung in einem Waldstück. Zwischen Bäumen und Blumen war Gras zu sehen ... - alles sah naturbelassen aus, also nicht wie regelmäßig gepflegt. Deshalb wird es eher ein Wald als ein Garten gewesen sein. Im Hintergrund war das Meer zu sehen - ich konnte aber nicht feststellen, wo sie aufgenommen wurden - in Istanbul jedenfalls nicht. Der Mann trug Shorts, sein Oberkörper war nackt, er hatte Sandalen an. Er posierte für die Fotos, mal blickte er über die Schulter, mal lächelte er, mal winkte er. Mal legte er die Hand über die Augen, als ob er in die Ferne schaute. Sein Gesicht war nur auf einem Bild gut zu erkennen. Es war eine Nahaufnahme, er hockte auf dem Boden und schien mit etwas beschäftigt zu sein - vielleicht zündete er ein Feuer an oder kratzte am Boden. Sein Kopf war erhoben, er blickte lächelnd in die Kamera. Er hatte gewellte, graumelierte Haare, schwarze Augen und ebensolche Augenbrauen, eine schmale Nase, volle Lippen. Sein Bart war ebenfalls graumeliert - ein gut aussehender Mann. Um die etwas zusammengekniffenen Augen hatte er Krähenfüße - er wirkte trotzdem jugendlich.

Aus irgendeinem Grund erinnerte er mich an die Gräfin Mireille, in die ich mich in Johannesburg verliebt hatte. Die falsche Gräfin mit den grünen Augen, den roten, krausen Haaren und der schneeweißen, garantiert bartlosen Haut ähnelte diesem Mann mit dem grauen Bart äußerlich nicht im Geringsten ... Aber trotzdem ... - warum erinnerte er mich an sie? Ich kam nicht gleich dahinter ... Aber dann erkannte ich es ... Es war dieser sorglose Blick, in dem sich eine intensive Lebenslust spiegelte. Ja, Blicke, in denen sich die lustvolle Vergangenheit einer starken Persönlichkeit abzeichnete, ohne jede Reue oder Scham. Es war der Blick eines Menschen, der von sich selbst überzeugt noch immer die ganze Welt herausforderte. Und sogar wenn er vom Leben schwer geprüft war, vertraute er geradezu kindisch auf die Zukunft. »Ich bin das, ich bin so« - schienen die Augen zu sagen, sie waren mit sich zufrieden und versöhnt; sie stellten sich selbst niemals in Frage.

»Wer ist das?«, fragte ich.

»Hast du ihn denn nicht erkannt?«

»Nein!«

»Ergin Gürkan«, sagte sie.

Ich staunte wahrhaftig und schaute mir die Bilder nochmals an - noch aufmerksamer. Ich war dem Mann nie im Leben begegnet. Und die Abbildungen, die nach seinem Tod in den Zeitungen veröffentlicht wurden, zeigten ihn nicht halbnackt und lächelnd, sondern distinguiert und in feiner Kleidung, etwas grimmig und ziemlich alt. Um ehrlich zu sein: ich hatte Schwierigkeiten, ein Ähnlichkeit mit diesem und jenem Ergin Gürkan festzustellen.

»Woher weißt du das?«

»Mein Lieber ... - ich kenne den Mann doch.«

»Ich kannte ihn nicht ...«

»Ich habe ihn oft gesehen. Diese Bilder sind höchstens zwei Jahre alt.« Sie brach fast in Tränen aus und ich merkte, dass in ihrem Gesicht der Glanz vom Kummer überschattet wurde.

»Also gut, ich verstehe.« Auch mein Gesicht verdüsterte sich. »Und jetzt ... - sind beide tot ...«, flüsterte ich, als ob ich nicht wollte, dass sie es hörte.

Eine Weile schwiegen wir, schauten uns auch nicht an.

In meinem Kopf war alles durcheinander ... Ich hatte an diesem Tag eine Menge erfahren, aber war weit davon entfernt, diese Erkenntnisse richtig einzuordnen ...

Schließlich fragte ich Narin: »Sind es Liebesgedichte?«, und zeigte auf das Heft, auf dem noch immer ihre Hände lagen.

»Ja, ich denke schon ...«, sagte sie und runzelte die Stirn. »Ich glaube, das sind eher sexuelle Fantasien ... So weit ich verstehe, eher Symbole ... - nichts zum Veröffentlichen. Sie hat sie ja selbst versteckt ...«

Ich traute mich nicht, ihr zu sagen, dass ich sie auch lesen wollte. Es hatte ja keine Eile. Wahrscheinlich hätten mich

Meleks sexuelle Phantasien noch mehr durcheinander gebracht. Ich war erschöpft und schloss die Augen: »Wir sollten heute Nacht nicht darüber nachdenken … Was meinst du?«

Ich sah nicht, dass sie aufstand, aber als sie sich hinter mich stellte und begann, meine Schultern zu massieren, war ihre Stimme ganz zärtlich. »Arbeiten tut dir nicht gut«, sagte sie und das tat mir gut.

»Es ist nicht die Arbeit … - aber an einem einzigen Tag so viele Eindrücke und Leute …«, gab ich ihr zu verstehen. »Die Menschen machen mich müde. Aber das war schon immer so, das hat nichts mit Alter zu tun.«

»Wie kommst du jetzt auf diese milde Einstellung?«, fragte sie.

Ich lächelte über ihr Einfühlungsvermögen: Wie konnte sie so genau wissen, wann sie was sagen sollte? Ich öffnete meine Augen und legte meinen Kopf nach hinten, um ihr ins Gesicht zu sehen. Ihre blauen Augen leuchteten jetzt wieder, sie schien darauf konzentriert zu sein, meine Schultermuskeln zu lockern. Ich merkte, dass ihre Berührungen mich nicht in Erregung versetzten, im Gegenteil, gänzlich gelöst überließ ich mich ihrer Fingerfertigkeit.

In meiner Beziehung mit Narin mangelte es nicht an Spannung, aber in mir war eher das Bedürfnis nach Geborgenheit und Harmonie. Wie sollte ich bewerten, dass unsere Beziehung sich so schnell von Leidenschaft in Harmonie verwandelt hatte? Oder war das die Rezeptur des Alterns?

Ich beschloss, dass Haydar Bilir nicht sofort von den Bildern erfahren sollte, die Narin gefunden hatte. Das wäre mir pietätlos vorgekommen, als würde ich mich über die ermordete junge Frau entrüsten. Diese Beziehung würde sowieso zu gegebener Zeit ans Tageslicht kommen. Warum musste er das von mir erfahren? Eigentlich war ich auch wegen des Revolvers unentschlossen, ob ich ihm davon berichten sollte? Aber als wir uns am nächsten Morgen trafen, war es angesichts der neuen Entwicklung in dem Ermittlungsverfahren, die der pensionierte Hauptkommissar parat hatte, fast unmöglich für mich zu schweigen.

»Professor Gürkan hatte einen Waffenschein«, sagte er.

»Mein Gott ... - gibt man den Professoren inzwischen einen Waffenschein?«

»Natürlich ... - Sie können auch einen beantragen. Sie müssen nur einen triftigen Grund angeben, aber davon gibt es ja genug! Außerdem hatte man ihm den Waffenschein seinerzeit ... - das ist aber schon sehr lange her, in den achtziger Jahren, er wurde damals ja bedroht ... - genehmigt.«

»Ja, schon! Aber müssen solche Genehmigungen nicht von Zeit zu Zeit erneuert werden? Die Gefahr eines Attentats ist heutzutage nicht mehr so hoch, wie damals ...«

»Entschuldigen Sie, Herr Professor! Wir können nicht behaupten, dass die Gefahr eines Attentats nicht mehr gegeben ist ... Der Mann wurde ja ermordet.«

Haydar Bilir hatte mich einmal mehr mit seiner Logik verblüfft.

Wir saßen in dem Büro, das mir auf der Etage des Rektorats zugewiesen wurde. Es war vormittags, etwa 11 Uhr 30. Gülen Hanım war nicht besonders erstaunt, mich wieder zu sehen. Sie hatte aber nicht damit gerechnet, dass ich jeden Tag herkommen würde. Doch sie ging schnell zur Tagesordnung über, fragte mich, ob ich Tee oder Kaffee haben wollte und war ganz und gar die perfekte Sekretärin. Als sie den Kaffee brachte, machte sie mich vorsorglich darauf aufmerksam, dass Sungur Bey heute den ganzen Tag »sehr beschäftigt« sei ... - also keine Zeit haben würde, um sich mit mir zu unterhalten.

»Heute habe ich sowieso andere Sachen zu erledigen«, antwortete ich und vermittelte ihr den Eindruck, dass ich mindestens so »beschäftigt« war, wie der Herr Rektor.

»Wenn ich ihn kurz vor Feierabend für fünf Minuten sprechen könnte, wäre das sehr hilfreich, aber wenn es nicht klappt, ist es auch nicht so schlimm. Es hat ja keine Eile ...«

Sie zog ganz leicht die Augenbrauen hoch und nickte nur.

»Ich bekomme heute Besuch von Hauptkommissar Haydar Bilir. Bitte führen Sie ihn zu mir, wenn er kommt.«

Sollte sie der eifrige, übertrieben gestrenge Mann, der anstelle des gestrigen, unsicheren und bescheidenen Mannes getreten war, verwirrt haben, so zeigte sie es nicht, diesmal nickte sie, und ihr Gesicht blieb gleichgültig.

»Wie Sie wünschen, Herr Professor!«

Als Haydar kam, ließ sie seinen Kaffee »mit viel Zucker« von einer Kollegin servieren.

Haydar erinnerte mich daran, dass Professor Gürkan ermordet worden war - und setzte seine Berichterstattung fort. »Das eigentlich Wichtige ist, dass der Mann mit einer Waffe ermordet wurde, die das gleiche Kaliber hat und von der gleichen Marke ist, wie seine eigene.«

»Was sagen Sie da? Wurde er denn mit seiner eigenen Waffe ermordet?«

»Das geht aus der ballistischen Untersuchung hervor - ein Revolver von neun Millimeter Kaliber. Der wurde in keinem anderen Mordfall verwendet ... - aber weil die Waffe verschwunden ist, kann man natürlich nichts mit Sicherheit sagen.«

»Wie, verschwunden?«

»Am Tatort wurde keine Waffe gefunden. Der Mörder muss sie mitgenommen haben. Aber wenn er den Revolver des Professors benutzte, dann hätte er das doch als Selbstmord erscheinen lassen können ... Allerdings ist die Waffe des Professors auch verschwunden.«

»Vielleicht ist sie ja bei ihm zu Hause ... - er ist wohl nicht mit seinem Revolver in die Universität gekommen. Wurde seine Frau diesbezüglich nicht befragt?«

»Doch, natürlich! Sie war ja diejenige, die die Waffe ins Gespräch brachte. Wie hätte die Polizei sonst darauf kommen sollen, dass der Professor selbst eine Waffe besaß? Die Frau ...«, er suchte in seinem Notizbuch nach dem Namen. »Sie heißt Banu Sayar ... Sie waren verheiratet, obwohl sie anders hieß. Wie auch immer. Sie hat den Beamten den Waffenschein gezeigt, aber ihrer Aussage nach hat sie die Waffe nicht gefunden.«

»Die Spielzeugwaffe in Meleks Wohnung!«, rutschte es mir heraus. Ich hielt sofort den Mund, aber es war bereits zu spät.

Wie konnte mir das nur passieren? Besser gesagt: warum meinte ich, dass ich das, was uns Meleks Dienstmädchen erzählt hatte, Haydar besser verschweigen sollte?

»Entschuldigung, welches Mädchen? Was für ein Spielzeug?«

Ich räusperte mich, konnte ihm nicht in die Augen sehen. Ich musste eine Erklärung finden, ohne Meleks Geheimnis zu verraten. Ich holte tief Luft, hob meinen Kopf und blickte ihm ins Gesicht. Er starrte mir in die Augen. Wie oft hatte er während seiner langen Karriere Beschuldigten mit dem gleichen Blick in die Augen geschaut? Wie vielen Tätern hatte er mit diesem Blick Angst eingejagt und sie zu einem Geständnis gebracht? Ohne Gewalt, ohne »die geringste körperliche Tätlichkeit« presste er die Wahrheit heraus. Hatte er damit nicht oft genug geprahlt? Auch ich musste gestehen.

»In der Wohnung hat Narin Meleks Dienstmädchen angetroffen«, begann ich. Erneut räusperte ich mich, bevor ich ihm gestand: »Die hatte dort einen Revolver gesehen. Aber Melek sagte ihr, es sei nur ein Spielzeug.«

Seine Augen zogen sich jetzt noch mehr zusammen. »Ein Spielzeug? Die Ermordete hatte doch kein Kind, oder?«

»Nein!«, seufzte ich.

»Warum sollte sie also Spielzeug in der Wohnung haben?«

»Also gut! Nehmen wir mal an, es war kein Spielzeug. Wir, also Narin und ich, hatten die Wohnung auf den Kopf gestellt, aber nichts gefunden, was nach einer Waffe aussah. Falls das Dienstmädchen Recht haben sollte ... - vielleicht hatte Erkan Gürkan ihr die Waffe gegeben. Aber aus welchem Grund?«

Diesmal weitete er seine Augen vor Staunen: »Gut, aber aus welchem Grund? ... - einer Frau, die er gar nicht kannte ...« Plötzlich hielt er inne, zog die Augen erneut zusammen. »Kannten sich die beiden doch?«

Gab es jemanden, auf den die Definition »unbegabter Lügner« besser gepasst hätte als auf mich? Die Hälfte hatte ich nun schon herausgeplaudert. Aber wie sollte ich jetzt noch die andere Hälfte verschweigen?

»Sie haben in der gleichen Universität gearbeitet«, stellte ich fest und schluckte. »Wahrscheinlich kannten sie sich ...«

»Und der Professor kam mit der Waffe in der Tasche in die Universität und gab sie einer unbekannten Frau in der Mensa, wenn ich mich nicht irre, einer Frau, die er nur flüchtig kannte, denn sie arbeitete in einer anderen Fakultät. Und diese junge Frau nahm den Revolver mit nach Hause und legte ihn dort hin, wo ihr Dienstmädchen ihn entdecken konnte, und erklärte ihr, das sei nur ein Spielzeug. Später gab sie die Waffe dem potentiellen Mörder des Professors, und der kam mit der Waffe in die Universität ...« Er verdrehte die Augen wie ein Komödiant und verzog den Mund: »Wo sind wir hier eigentlich? Ist das hier eine öffentliche Schießbude? Kann hier jeder einfach so mit einer Waffe hereinspazieren?«

Er begann laut zu lachen.

Eines Tages würde sich Haydar Bilir noch über mich lustig machen! Und ich müsste den Mund halten! Ich wusste nicht, was ich sagen sollte.

»Die junge Frau wurde vor dem Professor mit einem Messer ermordet«, starrte er mich an, als wollte er prüfen, ob ich die Tragweite seiner Worte begriffen hatte. Er schaute mir sehr aufmerksam ins Gesicht. Er sprach weiter und betonte jede Silbe: »Also kann sie nicht die Mörderin sein! Und sie hat den Revolver auch nicht zum Selbstschutz benutzt ...«

»Vielleicht hat der Mörder die Waffe erst mitgenommen, nachdem er sie umgebracht hatte«, bemerkte ich verzagt.

»Sollen wir demnach annehmen, dass Melek die Waffe in die Universität mitnahm und sie dort in einer Schublade aufbewahrte?«

»Ach, ich weiß es doch auch nicht«, sagte ich entmutigt. »Wie man es auch dreht und wendet - keine unserer Vermutungen ist richtig.«

Haydar seufzte und sah wohl keinen Grund, seine Ungeduld vor mir zu verbergen: »Herr Professor! Man kann zwar diese Mordfälle miteinander in Verbindung bringen ... - aber so etwas gibt es meist nur in Romanen. Es erscheint mir nicht logisch, dass ein Revolver so einfach dir nichts mir nichts in der Universität von Hand zu Hand gereicht wird ... - das müssen Sie doch einsehen!«

Da ich Meleks Verhältnis zum Professor nicht zugeben wollte, hatte ich keine andere Möglichkeit, als seiner These zuzustimmen - also nickte ich.

»Ich meine, wir müssen die vier Mordfälle - also die beiden mit dem Messer, den mit der Überdosis und den mit der Pistole an dem Professor jeweils für sich unter die Lupe nehmen.«

Ich nickte ergeben.

»Wenn wir jetzt zu meiner Theorie zurückkehren ... - wenn also der Mann mit seiner eigenen Waffe erschossen wurde, dann erscheint es mir als unlogisch, dass der Mörder die Waffe mitgenommen hatte.«

»Wenn man eine Waffe am Tatort gefunden hätte ...«, setzte ich seine Überlegung fort, »dann hätte man die Möglichkeit eines Selbstmordes in Betracht ziehen können.«

»Natürlich! Denn dem Autopsiebericht zufolge wurde aus nächster Nähe auf ihn geschossen. Andererseits kommt der Eintrittswinkel der Kugel in den Körper für einen Selbstmord nicht in Frage. Zudem ...«

Diesmal durfte ich das logische Denken nicht nur Haydar überlassen: »… zudem kann sich niemand zweimal erschießen …«, sagte ich schnell.

»Wenn es beim ersten Mal nicht tödlich war, dann schon. Aber den Professor trafen beide Kugeln mitten in die Brust. Eine hätte genügt …«

»Wieso ist der Täter nicht darauf gekommen, den Mord wie einen Selbstmord aussehen zu lassen?«

»Ja, wer weiß? Vielleicht lügt seine Frau. Die Waffe des Professors ist also an ihrem Platz … Wer durchsucht schon die Wohnung des Opfers …?«

»Warum sollte sie denn lügen?«

»Wenn sie ihn selbst erschossen hat … - zum Beispiel … Wenn sie ihn zu Hause erschossen hätte, wäre sie die Verdächtige. Aber an seinem Arbeitsplatz … Wenn sie es geschafft hat, nachts unbemerkt in die Universität zu kommen ….«

Ich lächelte. Mich beruhigte, dass Haydar wieder unlogische Schlüsse zu ziehen begann - genau wie früher.

»Warum hat sie dann von der Waffe erzählt? Wenn doch niemand davon wusste?!«

»Es gibt ja einen Waffenschein. Dennoch sahen unsere neunmalklugen Polizisten keinen Anlass dafür, in der Wohnung nach der Waffe zu suchen. Wenn aber jemand in Zukunft darauf kommen sollte … Was hätte sie dann gesagt? Ich glaube, sie sichert sich ab.«

Das konnte durchaus stimmen. Ich begann, seine Ansicht zu akzeptieren.

»Ich würde gerne mal mit dieser Dame reden. Ich könnte ihr auch noch anderen Fragen stellen … Vielleicht ist sie die Mörderin, genau wie Sie gesagt haben …«

»Dann hätten wir es mit zwei Mördern zu tun, Herr Professor! Das passt zwar nicht zu Ihren Theorien, aber diese Frau könnte die anderen … - , den Jungen, den Agenten der Rauschgiftabteilung, Melek Türker … - das kann doch nicht sein …«

Wenn er von dem Verhältnis zwischen Melek und Ergin Gürkan wüsste, würde er die Sachlage ganz anders einschätzen. Ich sagte trotzdem nichts davon.

»Ja, man weiß es nie«, bemerkte ich nur. »Sungur Bey wird sicher dafür sorgen, dass ich mich mit ihr unterhalte.«

Haydar hatte immer noch Bedenken: »Aber Herr Professor! Sie müsste sich dann nicht ein oder zwei Mal, sondern exakt vier Mal nachts in die Universität geschlichen haben ...«

Allmählich ging mir dieses Spiel auf die Nerven. »Mein Gott, nehmen Sie mal an, sie hat eine Möglichkeit gefunden. Wenn sich unser Verdacht bestätigen sollte, müssen wir nachforschen, wie sie es geschafft hat, herein- und hinauszukommen. Sie ist immerhin eine Künstlerin.«

Jetzt blickte er mich ausgesprochen dumm an: »Eine Künstlerin? Ach, so! Was hat das mit den Morden zu tun, Herr Professor?«

»Woher soll ich das wissen?«, knurrte ich etwas lauter. Ich war schon ganz nervös, ohne zu wissen, warum. »Erst will ich mit ihr reden, dann könne wir uns eine Theorie zurechtlegen.«

Haydar zog seine dicken Augenrauen hoch, ließ sie dann sinken und sagte kein Wort.

»Erzählen Sie mir jetzt lieber von Ihren Nachforschungen im Viertel.«

Er seufzte tief. »Ich habe so viele Jahre bei der Polizei gearbeitet, aber so viele Lügen auf einem Haufen ...- ich kann Ihnen sagen! Wen ich auch nach dem Jungen fragte, dieser Serdar muss ein Engel gewesen sein...«

»Damit sind es schon zwei«, murmelte ich, obwohl Melek, deren Name Engel bedeutete, nicht mehr so wirkte. Aber was soll's.

»Seine Mutter bestreitet, dass er jemals mit Rauschgift zu tun hatte. Auch Tabletten habe er nicht geschluckt. Wenn

Sie mich fragen, sie selbst, also seine Mutter, ist süchtig. In unserem Beruf sind wir Märchen gewohnt - jeder tischt uns Geschichten auf. Aber sie erzählt so unglaubliche Geschichten, dass man glauben könnte, sie wäre eine Schriftstellerin ...« Ich hatte wohl mein Gesicht etwas verzogen, denn er schaute mich plötzlich verunsichert an, dann fuhr er fort. »Anwesende natürlich ausgenommen«, sagte er kleinlaut. »Also ich habe sie ganz schön in die Mangel genommen, drohte ihr mit einer Durchsuchung. Wenn ich etwas finden würde, käme sie ins Gefängnis. Aber sie ließ sich nicht einschüchtern. »Ich rufe meinen Mann, ich bin nicht schutzlos«, blähte sie sich auf. Der Mann - wer weiß der wievielte? Sie sind nicht einmal verheiratet, aber sie tut, als wären sie es. Die gehen nicht mal mehr zum Imam ... - wie man sieht. Unmoralische Leute ... Also ich setzte sie gehörig unter Druck, bis sie zu heulen begann ... - dann zu betteln: »Wir sind anständige Menschen ... - verdienen unser Brot im Schweiße unseres Angesichts ...- wem schaden wir schon ... - nur weil wir in diesem Viertel wohnen, sind wir immer die Schuldigen ...« Serdar war als Kind angeblich ein fleißiger Schüler, er musste die Hauptschule verlassen, aber seitdem er die Kurse an der Universität besuchte, war er wie ausgewechselt. Er wollte Englisch lernen und Touristenführer werden, Rauschgift hat er nie genommen, das war eher dieser Ekrem ... Ihr Mann heißt Ekrem ... Er hatte sie schon mehrmals fast tot geprügelt, sagte sie. Er ist Blumengroßhändler. Wenn ich es richtig verstanden habe, beliefert er die Blumenfrauen in Taksim ... - er ist ihr Chef oder Beschützer ... - wie auch immer! Na ja, unter denen gibt es ja jede Menge Verkäufer und Vermittler, das ist bekannt. Unsere Leute vom Rauschgiftdezernat sagen, dass dieser Ekrem sauber ist ...Ob das stimmt ... - weiß nur Gott! Denen kann man ja auch nicht so ganz trauen, Herr Professor! Der Mann lebt also mit der Mutter von Serdar, sie haben drei Kinder ... - alle sind Mädchen.

Eine Tochter ist verheiratet, eine arbeitet auch in der Blumenbranche, die jüngste geht noch zur Schule. Serdars Vater ist mit einer Frau aus Nişantaşı abgehauen, da war seine kleine Schwester noch ein Säugling und Serdar drei Jahre alt …«

Mir wurde langsam schlecht. »Sie haben sich all diese Einzelheiten angehört, ich muss das aber nicht, Haydar Bey! Kommen Sie endlich zum Ergebnis, bitte.«

»Das Ergebnis …« In seinen Augen leuchtete etwas auf, das ich als ironisch bezeichnen würde, allerdings passte das gar nicht zu ihm. Alsdann erschien auf seinem Gesicht ein breites Lächeln und er stieß einen Laut aus, der wie ein Kichern klang.

»Sie heißt Hatice …«

»Wie bitte?«

»Ja, das Mädchen heißt Hatice!«

»Welches Mädchen denn?«

»Wie gesagt, ich konnte ja weder von der Mutter, noch von den Jugendlichen im Viertel etwas über den Jungen erfahren. Als hätten sie sich alle abgesprochen, wiederholten sie immer nur das, was sie der Polizei schon hunderte Male erzählt hatten. Sie sind abgebrüht… - Gott weiß, es gibt sicher keinen unter ihnen, der nicht schon im Arrest saß und Bekanntschaft mit dem Polizeiknüppel gemacht hatte. Sie sind daran gewöhnt … Als ich merkte, dass ich so nicht weiterkomme, wollte ich erst Mal nachdenken, und eine andere Methode ausprobieren. Ich stieg den Hang hinauf, um nach Hause zu gehen. Als ich vor der Universität ankam, da merkte ich, dass jemand mir gefolgt war. Sie holte mich ein und fasste mich am Arm …«

Er konnte die Geschichten ganz schön ausschmücken, erzählte sie lang und schwelgerisch … - als sei er ein Schriftsteller.

»Es war ein Mädchen, etwa vierzehn, fünfzehn Jahre alt, blond. Da es bei denen nur ganz selten blonde gibt, waren ihre Haare sicher gefärbt. In dem Alter fangen sie bereits an ihre Haare zu färben! Bei denen weiß man es ja nie! Na ja, wie auch immer. Sie kam zu mir. Onkel, sagte sie, hör' mal, ich will dir etwas sagen, warte an der Haltestelle an der Straße auf mich. Ich komme gleich ... - sagte sie. Genau so!«

Er ahmte das Mädchen perfekt nach, erzählte spannend - das musste ich ja zugeben. Als er für einen Moment eine Pause einlegte, fragte ich ungeduldig: »Ja, und dann?«

»Ich wartete also an der Haltestelle und das Mädchen kam tatsächlich. Ein aufgedonnertes Geschöpf im langen Rock, dazu hochhackige Stiefel ... Sie hatte ein Kopftuch an, aber sehr kess gebunden, sodass ihre Haare zu sehen waren.« Ich fürchtete schon, er würde gleich ins Schlüpfrige abgleiten. »Sie kam zu mir, aber tat so, als wäre sie nicht diejenige gewesen, die mich dort hinbestellt hatte. Sie sagte kein Wort, gab mir aber Zeichen mit den Augen. Als ein Bus kam, machte sie eine Geste, dass ich auch einsteigen sollte. Ich hatte ja keine Fahrkarte, doch ich zeigte dem Fahrer meinen Dienstausweis und stieg ein. Hinten gab es zwei Sitzplätze. Wir setzten uns dorthin. Ich wusste ja nicht einmal, wohin der Bus fuhr.«

Er schwieg erneut, die Brisanz seiner Worte wirken zu lassen. Gleichzeitig grinste er, als wollte er ein Liebesabenteuer aus seiner Jugendzeit erzählen.

»Machen Sie es nicht so spannend«, sagte ich, aber er grinste nur. Endlich sagte er: »Lange Rede, kurzer Sinn, Herr Professor.« Er machte plötzlich ein ganz ernstes Gesicht. »Das Mädchen hatte Angst, im Viertel mit mir gesehen zu werden.«

»Aber am Abend mit einem unbekannten Mann in einen Bus zu steigen, davor hatte sie keine Angst!«, bemerkte ich.

»Der Bus fuhr nach Taksim, was gab es da zum fürchten? Sie arbeitet dort in einem Nähatelier. Sie kennt sich in Istanbul bestens aus. Sie ist ein ganz gerissenes Mädchen. Sie hat es sogar geschafft, dass ich sie im Teehaus »Simit Sarayi« zu einem Tee mit einem Sesamkringel eingeladen habe.«

»Donnerwetter!«, sagte ich. Ich muss zugeben, ich befürchtete, er würde sogar erzählen, was er ihr noch alles bestellt hatte. Ich fragte ihn also direkt: »Und was hat sie erzählt?«

»Wenn ich es kurz zusammenfassen soll ...«, sagte er und ich wusste, es würde eine lange Geschichte auf mich zukommen. Aber das bedrückte mich gar nicht mehr. Die Neugierde in mir gewann letztlich die Oberhand. »Sie nannte alle Mädchen in der Universität Prostituierte ... - entschuldigen Sie, Herr Professor, aber sie benutzte sogar ein viel schlimmeres Wort. Sie würden alle in kurzen Röcken herumlaufen ... - wie sie sich ausdrückte: Kopf und Arsch unbedeckt! Sie würden die Männer dort nur auf lüsterne Gedanken bringen. Sie fand es anstößig, dass die Mädchen und die jungen Männer sich umarmten, sich in den Autos küssten - ja sogar auf der Straße. Sie war ganz empört darüber. Wenn ich so etwas machen würde, würden mich meine Eltern totschlagen, sagte sie. Man könnte denken, sie selbst sei ein Unschuldsengel. Aber während sie mir das erzählte, guckte sie mich lüstern an. Ihre Augen waren auch stark geschminkt! Also Mädchen und Jungs, alle kauften Tabletten. Sogar die Kinder auf der Straße verkauften Drogen. Ich fragte sie, ob in der Uni das Zeug verkauft wird. Wie sollen sie in die Uni kommen? Außerdem, das war ja auch nicht nötig, denn auf dem Parkplatz und auf der Straße läuft das Geschäft bestens. Wenn einer einen Zehner aus dem Fenster hält, bekommt er dafür vier Stück Ecstasy. Sie reißen es den Kindern förmlich aus den Händen. Ich fragte sie, ob diejenigen aus dem Viertel, die die Abendkurse besuchten, Rauschgift verkauften. Sie schaute mich an, als müsste sie sich übergeben, sie wedelte dabei mit den Armen. Die, die die Abendkurse besuchten, waren plötzlich so eingebildet, als hätten sie schon am nächsten Tag einen guten Job und eine steile Karriere vor sich. Als ich sie fragte, ob sie selbst mal einen Kurs in der Uni besucht hatte, verzog sie ihr Gesicht noch mehr. »Was habe ich da verloren. Ich arbeite in einem Nähatelier, an der Maschine, bald werde ich Schneiderin« und dabei schüttelte sie den Kopf, als wäre sie eine Schönheitskönigin.«

Ich tat so, als würde ich den Glanz des Verlangens nach der Schönheitskönigin in seinen Augen nicht bemerken. Ich traute mich aber nicht, ihm zu sagen, dass er in seinem Alter hinter keinen kleinen Mädchen her sein sollte. »Sie hätten sie fragen sollen, ob sie Serdar gekannt hat«, lenkte ich das Gespräch zum Wesentlichen.

Er schaute mich an, als wäre ich derjenige, der ihn herausgefordert hätte, über fünfzehnjährige Mädchen zu erzählen.

»Habe ich doch! Ich bitte Sie! Sie senkte daraufhin den Kopf, spielte mit ihren Haaren und verdrehte die Augen ...« Nach einem Moment der Stille, noch bevor ich ihn für seine Beobachtungsgabe loben konnte, sprach er weiter. »Natürlich kannte ich ihn, sagte sie. Wir wurden schon in der Wiege miteinander verlobt. Das machte mich sprachlos, Herr Professor! Bis dahin dachte ich, dass sie sich nur wichtig machen wollte.«

»Gibt es denn diese Wiegenhochzeiten noch immer ... - mitten in Istanbul?«, fragte ich.

»So sieht es wohl aus. In dieser Sache würde sie bestimmt nicht lügen ...«

Na bitte! Eben noch erzählte er mir, dass sie ihm Märchen auftischte, und jetzt ist es plötzlich ein Mädchen, das nicht lügen könnte! Ich war gespannt, was ich noch alles zu hören bekäme.

»Serdar war der Sohn ihrer Tante. Aber als die Tante vom rechten Weg abgekommen war, sagte ihr Vater - bitte entschuldigen Sie, Herr Professor den Ausdruck ... - er würde dem Sohn dieser Hure seine Tochter nicht zur Frau geben. Ich mochte ihn ja auch nicht besonders, sagte sie ... also Hatice. Ich habe inzwischen im Nähatelier gearbeitet. Aber dann hat dieser Mann Menekşe zur Frau genommen ... Menekşe ist die Mutter von dem ermordeten Jungen. Und von da an wurde sie im Viertel zur Respektsperson, soweit ich das verstanden habe.«

»Wieso denn?«

»Soweit ich es verstanden habe, ist dieser Ekrem ein Baron, oder Graf, oder Lord ... - alle sind ihm jedenfalls verpflichtet.«

Baron, Graf, Lord ... - woher kennt Haydar solche Begriffe? Wie kann er so leichtsinnig und sorglos die Agas der Armenviertel so nennen? Wir sind doch noch gar nicht in der Europäischen Union und wir haben keine Klassengesellschaft wie die entwickelt! Soweit ich weiß, waren wir immer eine klassenlose Gesellschaft!

Mein Weg hatte mich zufällig in eine Universität geführt, die zufällig in einem Armenviertel gebaut worden war ... Und mein Leben hatte sich verändert.* Nein, nicht meines, aber das von Haydar! Was war geschehen? Der Hauptkommissar, der vierzig Jahre Dienstzeit hinter sich hatte, der nie mit einer anderen Frau als der eigenen zusammen war ... Jetzt seufzte er nach den Mädchen des Armenviertels ... - begann Ausdrücke der englischen Adligen zu verwenden! Ich wollte nachdenken ... während ich den rätselhaften Ausdruck in Haydars Gesicht zu deuten versuchte. Dann wusste ich: ich musste ihn dringend auf den Boden der Tatsachen zurückholen!

*Anspielung an den Beginn des Romans »Das neue Leben« von Orhan Pamuk. Anm. der Übersetzerin.

»Können wir aus dem Märchen, das das Mädchen Ihnen erzählt hat, zu einer Wahrheit kommen?«, fragte ich.

»Die Wahrheit, die ich herausbekommen habe, ist Folgende«; begann er, dabei ahmte er die Art der Frauen im Armenviertel nach, änderte sogar seinen Gesichtsaudruck, als würde er mir eine Heiligengeschichte erzählen. »Ob sie in der Wiege verlobt wurden oder nicht - zwischen den beiden gab es tatsächlich eine Beziehung, also eine gewisse Nähe. Als der Junge Englisch und den Computerkurs begann, war sie ihm als Näherin nicht mehr gut genug. Sie war eifersüchtig. Aber sie hat etwas gesagt, von dem ich nicht glaube, dass es gelogen ist: Es ist nämlich nichts, was sie erfinden könnte. Nachdem Serdar die Abendkurse eine Weile besuchte, hatte er, so sagte sie, sich mit einem Manager angefreundet. Dem verkaufte er keine Pillen, sondern echten Stoff. Ich fragte sie, woher sie das wüsste. Plötzlich hatte Serdar viel Geld. Er gab im Viertel damit an; ihr hatte er auch zwei Armreifen geschenkt. Sie hatte beide an, ich habe sie selbst gesehen. Der Karatanteil ist nicht hoch, aber sie sind aus echtem Gold! Und von dem Manager erzählte er ihr, als er ihr die Armreifen schenkte.«

»Woher wissen wir, dass das stimmt?«

»Sie hat nur die Hauptschule besucht. Den Begriff Manager kennt sie nicht. Außerdem habe ich es an ihren Augen gesehen, dass sie die Wahrheit sagte.« Er lehnte sich zurück und sprach auf einmal mit einem verschlagenen Ausdruck: »Ich habe genug Erfahrung gemacht, um unterscheiden zu können, ob einer lügt oder nicht, Herr Professor!«

»Gut! Aber was bedeutet das Ihrer Meinung nach? Was »Manager« heißen mag? Wohl nicht der Rektor, oder?!«

»Aber ich bitte Sie! Ein einfacher Junge wie Serdar hatte doch keine Kontakte zu höhergestellten Personen. Das könnte der Chef der Hausmeister sein. In diesen Luxusuniversitäten gibt es bestimmt einen Manager, der für die Hausmeister zuständig ist.«

»Wenn, dann ist er Chef der Reinigungsabteilung«, sagte ich und lachte.

»Na gut, dann eben der Manager dieser Abteilung! Der Junge dachte sicher, dass einer, der sich als Chef aufspielen konnte, ein Manager war. Oder aber war es einer der Professoren. Vielleicht sagte er es dem Mädchen ja nur, um mit seinem Managerfreund anzugeben.«

»Dann ist jeder, der abends dort Dienst hatte, verdächtigt«, sagte ich und fand das selbst reichlich übertrieben.

»Vielleicht ist er nicht unbedingt ein Mordverdächtiger. Aber auf jeden Fall ist er verdächtig, Heroin zu konsumieren«, fügte Haydar besserwisserisch hinzu. »Aber warum sollte er den Jungen, also seinen Lieferanten, umbringen?«

»Sie haben Recht«, sagte ich abermals. »Außerdem, vergessen wir nicht, dass auch Melek und der Professor umgebracht wurden.«

»Was ist das hier nur für ein Ort? - Ein Nest von Mördern und Rauschgifthändlern ...!«

»Übertreiben Sie jetzt nicht etwas, Haydar Bey? Wir nehmen doch an, dass der Mörder außerhalb der Universität zu suchen ist. Die Geschichten des Mädchens mit dem Rauschgift ... - also wirklich! Sie haben doch selbst gesagt, das Rauschgiftdezernat hat nichts gefunden, was diesen Verdacht bestätigen würde.«

»Ja, aber wie wollen wir dann ab jetzt vorgehen?«

»Ich werde als Erstes versuchen mit Banu Sayar zu reden. Und ich brauche dringend einen Computerexperten ... Und Sie ...« Ich wusste nicht, welche Aufgabe ich ihm zuteilen sollte, außer, dass er weiterhin den Kontakt zur Mordkommission hielt ... Doch dann hatte ich eine Eingebung. »Kommen Sie, gehen wir doch mal in die Mensa, um dort etwas zu essen«, sagte ich. »Schauen wir uns doch mal die Studenten der Universität mit eigenen Augen an, die angeblichen Ecstasy Konsumenten. Vielleicht finden wir ja eine Spur.«

Die Mensa befand sich in einem Raum im Erdgeschoss, sah aber eher nach einem eleganten Café aus. Der erste Eindruck, den wir bekamen, war ein abgestandener Essensgeruch. Da es noch herbstlich warm war, standen alle Türen zum Garten offen, aber der Geruch hatte sich wahrscheinlich lange Zeit abgelagert. Auf jemanden wie mich, einen Gourmet, wirkte er abstoßend. Aber ich sollte das wohl nicht so kritisch sehen (bzw. riechen). Da die Professoren hier nicht zu den Privilegierten gehörten, mussten wir uns an der Essensausgabe mit den Studenten einreihen. Wir füllten unsere Tabletts mit durchaus Essbarem. Haydar fand das üppige Salatbuffet offenbar verlockend - das war meiner Aufmerksamkeit nicht entgangen. Ich bezweifelte, dass er davon die Hälfte essen könnte. Aber ich hatte Verständnis dafür, dass er sich angesichts dieser beachtlichen Auswahl nicht beherrschen konnte. Leider entgehen mir derartige Details nicht. Aber den großen Zusammenhang erkenne ich derweil kaum. Oder gäbe es eine logische Schlussfolgerung, die meinen Weitblick aufs Wesentliche lenken würde, wenn er seine übermäßige Portion aufessen würde?

Im Garten waren alle Tische besetzt, deshalb setzten wir uns an das eine Ende eines langen Tisches direkt neben dem Fenster. Haydar, der die Studenten und die gesamte Umgebung mit zusammengekniffenen Augen musterte, schaute zwei aparten Mädchen mit sehr langen Beinen und sehr kurzen Röcken, die lachend an uns vorbeigingen, missbilligend nach. »Geht man so in die Universität?«, lästerte er.

Ich zeigte mit dem Kopf auf eine Gruppe von Mädchen mit langen Mänteln und strengen Kopftüchern am anderen Ende unseres Tisches: »Hier gibt es offenbar alle möglichen Bekleidungen.«

Er schaute nur kurz hin und wandte den Blick auf seinen Teller. »Wir müssen den Glauben der Menschen respektieren«, murmelte er leise.

Obwohl meine Bemerkung vergeblich war, raunte ich ebenso leise: »Warum respektieren wir die anderen nicht auch?«

Rebellisch blickte er mir in die Augen: »Sogar ihre Nabel sind nackt. Was sollen wir daran denn respektieren?«

Widerwille stieg in mir hoch. Als ich plötzlich den Kopf hob, traf sich mein Blick mit dem eines Mannes, der sein Tablett auf den Tisch stellen wollte. Dann schien er doch lieber die Flucht ergreifen zu wollen. Als er sich von mir ertappt fühlte, blieb er unschlüssig stehen. Dieser große Mann mit einem Ansatz von Buckel ... - ich kannte ihn doch von irgendwoher. Endlich legte er ein leichtes Lächeln auf sein Gesicht und stellte sein Tablett neben das von Haydar. Er setzte sich, und Haydar zog seine Augenbrauen gequält zusammen und blickte mich fragend an. Hätte ich mich an den Namen des Mannes erinnert, hätte ich die beiden miteinander bekannt gemacht ...

»Sie sind ja noch immer hier. Haben Sie mit Ihren Ermittlungen schon Fortschritte gemacht?«

Jetzt fiel es mir ein: das war der Mann, der seine Finger nicht in der Gewalt hatte, der auf keine Frage eine Antwort hatte, dennoch den Eindruck vermitteln wollte, ganz sicher zu sein! Es war der stellvertretende Rektor. Wie hieß er noch? Haldun? Hulki? Es war ein altmodischer Name, der gar nicht zu ihm passte ...

»Das ist Hauptkommissar Haydar Bilir«, begann ich. Vorsichtig.

Er stellte sich erwartungsgemäß selbst vor: »Hulusi Gürol ...«

»Es hat mich sehr gefreut.« Beide erhoben sich anstandshalber und reichten sich die Hände.

»Hulusi Bey ist der stellvertretende Rektor«, fügte ich hinzu.

Haydar nickte: »Wir hatten uns bei der Pressekonferenz gesehen.« Mir schien, dass er ganz leicht die Schulter zuckte.

Wahrscheinlich dachte er, dass Hulusi Bey keiner war, der seine Aufmerksamkeit verdiente. Ich hatte ihm ja berichtet, dass der Mann nicht besonders gewillt schien, mir zu helfen. Wir blickten alle auf unsere Teller, schließlich sagte Haydar, dass das Essen sehr gut sei. Hulusi Bey legte seinen Kopf leicht zur Seite und fragte mit einer lauernder Stimme: »Wie laufen denn die Ermittlungen?«

Sein Benehmen und seine wiederholte Frage, die auf mich typisch amerikanisch wirkte, nervten mich, aber ich wollte mir das nicht anmerken lassen. Ich beschloss sogar, ihn in die Enge zu treiben. Vielleicht würde das ja zu etwas führen.

»Sehr gut!«, sagte ich, dabei lächelte ich so, als wäre ich mit mir sehr zufrieden. »Wir haben sehr interessante Informationen erhalten. Die Annahme, dass es zwei Mörder sein könnten, erhärtet sich ... - zumindest handelt es sich wohl um eine Mittäterschaft.«

Falls Haydar aufgrund meiner Worte überrascht war, so verbarg er das geschickt. Mir schien sogar, dass er sich bemühte, seinen Kopf nicht zu heben.

Hulusi Gürols Gesicht blieb ausdruckslos, aber in seinen Augen blitzte ein spöttisches Licht auf. Das spornte mich zu einer weiteren Lüge an: »Falls der Mörder nicht dem Universitätsbetrieb angehört, gehen wir davon aus, dass er einen Mittäter in der Universität hatte. Faruk Bey hat darauf hingewiesen, wie sicher das Sicherheitssystem hier ist. Er ist davon überzeugt, dass niemand von draußen eindringen kann - nicht in die Gebäude, und auch nicht auf die Parkplätze!«

Haydar hob seinen Kopf: »Ach, ich habe vergessen Ihnen etwas zu sagen, Herr Professor! Als ich die Polizeiprotokolle las, fiel mir etwas auf. Gemäß der Aussage des Sicherheitspersonals, das an jenem Abend Dienst hatte, ist nach halb elf kein Auto hinausgefahren. Aber wer ist wohl zu dieser Zeit hinausgefahren? Man hat offenbar vergessen, danach zu fragen.«

Hulusi Gürol wandte sich mit einer ruckartigen Bewegung an Haydar: »Was sagen Sie da? Alle sind früher nach Hause gefahren?«

»Offensichtlich hat jemand genau um halb elf den Parkplatz verlassen, sonst hätte der Wachmann das nicht ausgesagt«, erklärte Haydar ihm, blickte mich dabei von der Seite an.

»Da haben Sie einen sehr wichtigen Punkt erwähnt«, erwiderte ich an Haydar, als wäre Hulusi gar nicht existent. »Wenn man das im Zusammenhang mit einigen merkwürdigen Dateinamen betrachtet, die ich auf dem Computer von Sezen Hanım gefunden habe ...«

»Wurden diese Dateien denn nicht gelöscht?«

Als würde ich ihn jetzt erst zum erst mal wahrnehmen, schaute ich ihn sehr aufmerksam an, ohne mein Erstaunen zu verbergen. »Warum sollten sie denn gelöscht worden sein? Woher wissen Sie eigentlich, von welchen Dateien ich rede?«

Er versuchte betont locker zu wirken, er zuckte sogar die Schultern: »Ich weiß es natürlich nicht ... - woher denn auch? Aber ich habe angenommen, dass sie ihre Dateien gelöscht hat, bevor sie ihren Arbeitsplatz verlassen hat. Die meisten Menschen tun das, wenn sie kündigen.«

»Hat Sezen Hanım denn gekündigt? Mir hat man gesagt, sie wäre noch in Urlaub ...«

»Wenn ich mich nicht irre, habe ich gesagt, dass ich vermute, dass sie gekündigt hat.« Er nahm sein Tablett und stand vom Tisch auf. »Ich wünsche Ihnen weiterhin guten Appetit! Ich muss in den Unterricht.«

Wir schauten ihm nach.

»Ein eigenartiger Mann«, bemerkte Haydar.

»Ich bin mir sicher, er verbirgt etwas vor uns - um genauer zu sein: jetzt, nachdem ich ihn so erlebt habe, bin ich mir dessen absolut sicher. Er hat Angst, sich zu verplappern ...«

»Entschuldigen Sie, Herr Professor! Wer ist denn diese Frau Sezen?«

»Angeblich wusste sie alles über die Universität; sie arbeitete als Verwaltungsassistentin, aber sie ist wie vom Erdboden verschluckt. Also können wir sie leider nicht selbst fragen.«

»Und was gibt es für merkwürdige Dateinamen auf ihrem Computer?«

»Eigentlich nichts Besonderes... - oder wenn, so konnte ich den gelöschten Inhalt nicht wiederherstellen. Ich habe das ja nur so gesagt, um zu sehen, wie Hulusi Bey reagieren würde ...«

»Meines Erachtens hat er ziemlich heftig reagiert, Herr Professor. Ob die etwas miteinander hatten?«

»Alles ist möglich. Ich konnte noch nicht einmal feststellen, wer diese Frau eigentlich war.«

»Ich denke, sie hat hier gearbeitet?«

»Das schon! Aber außer ihrem Berufsstand und ihrem Familiennamen weiß ich kaum etwas über sie. Wer sie ist, wie alt sie ist ...? Ich habe die Personalabteilung um nähere Angaben und ein Foto gebeten. Aber ob sie mir einen Einblick in ihre Personalakte gewähren ...?«

»Hier scheint jeder ein Buch mit sieben Siegeln zu sein ...«

» Sie sollten Faruk Bey weiter unter Druck setzen, damit wir erfahren, wer damals um halb elf den Parkplatz verlassen hat.«

»Keine Sorge, Herr Professor. Wir sprechen die gleiche Sprache. Ich erfahre das - ich brauche ihn nicht einmal unter Druck zu setzen! Aber natürlich nur, wenn er tatsächlich etwas weiß ...«

Dass Sungur Semerci mit so viel Verständnis auf meinen Wunsch reagieren und sofort anrufen würde, hatte ich nicht gedacht, ebenso, dass er mir gleich für den nächsten Tag bei Banu Sayar einen Termin verschaffen würde. Auch das hat mich erstaunt. Am nächsten Tag sollte ich also mit der Witwe des ermordeten Professors sprechen. Da der Herr Rektor selbst um meine Hilfe gebeten hatte, die Morde aufzuklären, war das wohl durchaus normal. Trotzdem hatte sich in mir der Eindruck gefestigt, dass keiner hier freiwillig mit mir reden wollte - nach dem gestrigen Gespräch mit Hulusi Gürol in der Mensa umso mehr. Bei allen meinen Kontakten innerhalb der Universität spürte ich die gleiche Verschlossenheit. Ich konnte mich des Eindrucks nicht erwehren, dass diese Ermittlung zum Schein durchgeführt wurde - als wollte man mich hinhalten, vielleicht sogar irreführen. Außerdem bezweifelte ich, von dieser Frau etwas Brauchbares zu erfahren. Wenn ich ehrlich war, wollte ich sie nur mit eigenen Augen sehen, nachdem Narin mir so viel von ihr erzählt hatte. Narin hat das sofort begriffen (obwohl sie keine Mathematikerin ist, ist sie eine kluge Frau), denn sie hatte etwas dagegen. Sie fand das »überflüssig, ja, sogar unsinnig«. Sie fragte mich: »Wieso nimmst du den langen Weg auf dich - das ist doch vergebliche Mühe!« In Wahrheit war »der lange Weg«, wie sie ihn nannte, gar nicht so lang, denn sie wohnte in einem Stadtteil von Istanbul, der auf der asiatischen Seite lag. Immerhin hatte ich mich ihretwegen von einer kleinen Stadt in der Ägäis auf den Weg nach Istanbul gemacht, um den Mord an ihrer Nichte zu klären. Aber das hielt sie offenbar für ihr Privileg.

Hasan sagte: »Das müsste das Haus sein, aber ich will besser nachschauen, ob die Nummer richtig ist.« Er stieg aus dem Auto.

Wir befanden uns am Ende einer Allee, vor einem Garten mit vielen Bäumen, das Gebäude selbst war nicht zu sehen. Wie schade, dass es solche Villen in Istanbul immer weniger gibt. Die heutigen Reichen wohnten lieber in Siedlungen mit privaten Wachdiensten - vielleicht fühlten sie sich mitten in der Stadt nicht sicher. Die meisten dieser Villen wurden abgerissen, an ihrer Stelle entstanden riesige Appartementblocks und die, die übrig geblieben waren, wurden kaum noch zum Wohnen genutzt.

Hasan öffnete die hintere Tür: »Ja, es ist hier!«

Als ich durch die Gartentür trat, bellte ein Hund. Die Villa war keine aus der osmanischen Zeitepoche, sie entsprach dem Geschmack der fünfziger Jahre. Das Rosa der Wände war bereits verblasst. Es war ein zweistöckiges Gebäude, rundherum mit Balkon und vielen Fenstern, die relativ klein waren. Der Eingang befand sich nicht an der Vorderseite des Hauses, sondern im Seitenbereich. Die Tür ging auf, bevor ich geklingelt hatte. Vor mir stand eine adrett gekleidete Frau mittleren Alters mit grauen Haaren. Sie hätte ja die Dame des Hauses sein können, aber ich wusste, dass sie es nicht war. Vielleicht war sie ein Dienstmädchen oder eine entfernte Verwandte …

Noch bevor ich etwas sagen konnte, fragte Sie: »Emin Bey, nicht wahr? Bitte kommen Sie herein! Sie werden bereits erwartet.«

Die Diele war nicht allzu groß, sie mündete in den Flur. Die Treppe, die in die obere Etage führte, war am Ende des Flurs. Die Frau ging einige Schritte vor mir her, öffnete die doppelflügelige Tür mit dem Milchglas und bat mich herein. Sie wartete, bis ich hineingegangen war, und schloss die Tür, bevor ich mich hingesetzt hatte.

Der Salon, in dem ich mich befand, war groß und nur spärlich beleuchtet. Der alte Lüster spendete nur wenig Licht, die Dunkelheit von draußen beherrschte den Raum. Diese Dunkelheit des künstlichen Lichts war mir schon seit meiner Kindheit ein Rätsel, das ich trotz meiner Wissbegier nicht gelöst hatte (oder mich nicht traute, es zu lösen). Ich blickte mich in dem Raum um. Irgendwie kam es mir hier bekannt vor: Die dunklen Samtvorhänge, die das Fenster nicht ganz verdeckten, aber kaum Tageslicht hereinließen, die dunklen Gemälde in den goldenen Rahmen, deren Farben ich kaum voneinander unterscheiden konnte. Ich erkannte deshalb nicht, was sie darstellten. Die geschnitzten, schwerfälligen Nussbaummöbel, die Stehlampen mit den altrosa Lampenschirmen mit Fransen (keine von ihnen brannte), ein alter, großer, fast blinder Standspiegel in einer Ecke, auch der mit einem geschnitzten Rahmen aus Nussbaum, als hätte er sich dem Staub der Jahre, der auf allem lag, ergeben und sich gegen jede Art von Reinigung zur Wehr gesetzt. In einer anderen Ecke stand ein runder Tisch mit einer bis zum Boden reichenden goldfarbenen Decke, auf dem einige Bilder im Silberrahmen lagen. Auf dem Boden Orientteppiche … - tatsächlich, es kam mir hier nichts fremd vor. Trotzdem fand ich es befremdlich. Denn von der Bewohnerin dieses Hauses hätte ich das nicht erwartet. Mir war so, als wäre ich im Salon meiner Eltern, den meine Mutter eingerichtet hatte. Dieser Salon und meine Jugend ... - beides gehörte längst der Vergangenheit an. Ich hatte danach in einigen Ländern und Städten in sehr unterschiedlichen Wohnungen gelebt, die diesem Raum überhaupt nicht ähnlich waren, aber dennoch war mir in diesem Augenblick so, als wäre ich zu Hause angekommen. Ich näherte mich dem Tisch mit der Satindecke mit einem Gefühl, als würde ich in den silbernen Rahmen die Fotos meiner Eltern und mich selbst als Kind erblicken.

»Seien Sie willkommen!«, begrüßte mich eine dunkle Stimme.

Als ich mich umdrehte, sah ich sie in der Tür stehen, durch die ich selbst getreten war. Sie hatte ihre Arme ausgebreitet und an den Türrahmen gelehnt. Unbewegt wie ein Bild, ganz in weiß, ja, in Schneeweiß, stand sie da. Ein déja-vu ... Wenn es nur das wäre! Eher wirkte sie auf mich wie ein Gespenst.

Als das Gespenst (oder die Frau in weiß) begann, in die Mitte des Salons zu schreiten (als sie sich aus dem Rahmen löste), konnte ich mich wieder rühren, und ich tat einen Schritt auf sie zu. Aber warum öffnete ich plötzlich meine Arme? Woher kam nur der Wusch, sie zu umarmen, sie an meine Brust zu drücken ...? Ich hatte bisher noch nicht einmal ihr Gesicht gesehen. Zum Glück änderte sie ihre Richtung, bevor mich dieses undefinierbare Gefühl überwältigen konnte. Sie ging zu einem der Sofas, die mit reich besticktem, dunkelrotem Samt bezogen waren. Als sie sich setzte, streckte sie ihren weißen Arm zum gleich daneben stehenden Stuhl aus und wies mir diesen Platz zu.

Das Kleid, das bis zum Boden reichte und am Hals hoch geknöpft war, bedeckte zwar ihren Körper, aber ihre Figur war betont. Es war ein eng antailliertes Kleid, ich glaube aus Gabardine. Ihre Taille war schmal, aber ihre Hüften waren breit, und ihre Brüste so üppig, dass sie die Aufmerksamkeit auf sich zogen. Jetzt bereute ich, dass ich keines ihrer Nacktbilder gesehen hatte. Ihr Kopf war gar nicht streng bedeckt. Der lange Spitzenschal, den sie als Kopftuch benutzte, fiel luftig über Brust und Rücken. Der Schal verdeckte ihre Haare und ihre Ohrringe nicht; ihrem Gesicht verlieh er sogar das geheimnisvolle Etwas. Als sie sich setzte, faltete sie ihre Hände mit den weißen Handschuhen in ihrem Schoß. Die Handschuhe waren aus einem zarten Stoff, sodass das Rot ihrer Fingernägel durchschien. Sie begann, mich aufmerksam zu betrachten - ohne die geringste Zurückhaltung. Die Regeln der Höflichkeit missachtend sprach sie kein Wort, und sie vermittelte mir auch nicht, dass ich etwas sagen sollte. Als wäre es das Normalste der Welt, dass wir uns gegenseitig betrachteten. Sie wirkte sehr ernst - nicht annähernd so, wie Narin sie mir beschrieben hatte: als eine, die mit dem Kaugummi im Mund reihenweise Männer verführte. Ich hatte sie im Fernsehen nur ganz kurz mit der schwarzen Brille gesehen, aber jetzt war ich mir nicht sicher, ob sie jener Frau ähnlich sah. Das Blau ihrer Augen war nicht strahlend und aufregend, sondern blass... - wie das einer Porzellanpuppe. Ihrem Blick fehlte die Tiefe. Sie als Porzellanpuppe zu beschreiben, kam der Wahrheit am nächsten; es passte zu ihrem Gesicht. Sie hatte eine spitze Nase (vielleicht das Werk eines Schönheitschirurgen?), einen kleinen Mund, ein rundes Kinn und ebenfalls runde, rosafarbene Wangen. Ihre Augenbrauen waren wohlgeformt; auf dem faltenlosen Gesicht erkannte ich keine Spur von Schminke. Oder aber sie war so meisterhaft aufgetragen, dass ein Mann sie nicht wahrzunehmen vermochte. Denn sicher waren die perfekte Form der Augenbrauen und das Schwarz der Wimpern nicht naturgegeben und auf die Lippen hatte sie wahrscheinlich ein wenig Lippgloss gegeben. Aber sie hatte es geschafft, ungeschminkt auszusehen. Nun, sie war ja eine Malerin - wenn auch nicht die beste.

Ich weiß nicht genau, wie lange wir so still dasaßen, schließlich erblickte sie in meinem Gesicht wohl das, wonach sie gesucht hatte, denn sie sagte: »Bitte schön, ich höre Ihnen zu!«

»Erst einmal danke ich Ihnen, dass Sie bereit waren, mich zu empfangen! Hoffentlich werde ich Sie in Ihrer Trauer ....«

»Nein, nein! Ich habe mich darüber gefreut«, sagte sie in einer Art, die gar nicht nach Trauer aussah. »Ich war auf Sie sehr gespannt.«

Diese Aussage versetzte mich in Erstaunen - ich wusste gar nicht, was ich sagen sollte. »Auf mich? - Sie? - Wie kann das sein? - In welchem Zusammenhang? Haben Sie mich mit jemandem verwechselt?«

»Nein, mein Lieber! Sie sind Professor Emin Köklü ...« In ihren Augen spiegelte sich ein leichtes Lächeln. »Ich bin eine begeisterte Leserin von Akın Erkan ... - besser gesagt: ich war es. Seit langem habe ich von ihr nichts mehr gelesen. Sie schreibt wohl nicht mehr?«

Damit hatte ich nicht gerechnet. Ich war sprachlos.

»Kann es etwas Spannenderes geben, als eine Romanfigur kennen zu lernen ...? - zu sehen, wie weit das Fantasiebild, das man sich gemacht hat, mit der realen Person übereinstimmt? Das ist eine Prüfung für den Leser ... Natürlich auch für den Schriftsteller.«

»Ich bin aber kein Romanheld«, sagte ich.

Sie zog ihre Augenbrauen ganz leicht zusammen und sprach weiter, als hätte sie das nicht gehört. »Ich hatte mir einen dicklichen Mathematiker vorgestellt. Und jünger war er wohl auch. Aber das ist ja normal, inzwischen sind ja so viele Jahre vergangen ...«

Ich wiederholte: »Ich bin kein Romanheld!«

Sie lachte. Es war ein eher flüchtiges Lachen, das in ihren Augen nicht zu erkennen war ... »Das sagen Sie doch nur so, aber Sie haben diese Figur sicher verinnerlicht. Auch ohne diese Romanhandlung bemühen Sie sich, einen Mord aufzuklären ...« Sie zog ihre Augenbrauen noch eine Spur höher: »Oder gibt es doch einen neuen Roman?«

Ich wurde allmählich nervös. »Also, ich muss sehr bitten«, sagte ich, wahrscheinlich etwas lauter, als nötig. »Es ist lange her, dass ich mit Akın Kontakt hatte ... Sehr lange.«

»Vielleicht schreibt sie deshalb nicht mehr ...« Sie sagte das so, als hätte sie eine wissenschaftliche Feststellung geäußert. »Sie hat wohl ihre Muse verloren ...«

Sie begriff wahrscheinlich mit einem Mal, wie unpassend es war, mich als Muse zu bezeichnen, denn sie löste ihre gefalteten Hände und breitete ihre Arme zwei Mal hintereinander aus. »Oder haben Sie manche Kapitel jenes Romans selbst geschrieben?«

Was tat ich da eigentlich? Ich kam hierher, um herauszufinden, wie diese Frau ihren Mann umgebracht haben könnte - um von ihr einiges über ihren Mann zu erfahren. Doch nun stellte sie mir Fragen! Erst machte sie mich zu einer Romanfigur, dann zu einer Muse, und jetzt unterstellte sie mir, ein Schriftsteller zu sein. Sie lenkte das Gespräch gerade so, wie es ihr passte! Ich hätte am liebsten zugegeben, dass ich einige Kapitel des Romans geschrieben hatte, aber war ich mir dessen selbst sicher? Ich wollte sowieso nicht an früher denken, für mich war dieses Kapitel abgeschlossen. Es ärgerte mich, dass diese Frau mich im Zusammenhang mit Akın Erkan bewertete.

Dennoch versuchte ich, geduldig zu sein. »Gnädige Frau, ich bin kein Schriftsteller. Der Grund, weshalb ich hier bin ...«, aber noch bevor ich meinen Satz beenden konnte, wandte sie ihre Augen von mir ab und schaute zum Eingang des Salons. Die ältere Frau mit grauen Haaren - offenbar doch eine Bedienstete -, die mich vorhin hereingeführt hatte, erschien mit einem Tablett in der Hand. Sie kam zu uns und stellte das Tablett auf den Couchtisch zwischen uns. Auf dem silbernen Tablett standen nur eine Tasse Kaffee, aber zwei Gläser Wasser.

Banu Hanım nahm die Tasse und reichte sie mir: »Türkischer Kaffee ohne Zucker«, sagte sie und zum ersten Mal erschien ein Glitzern in ihren Augen - ein verführerisches Licht ... »Habe ich mich richtig erinnert?«

Manche Frauen können einen Mann ohne die geringste Anstrengung verrückt machen. Jede Geste, jedes Lächeln, jede Mimik Banu Hanıms waren bedächtig. Sie schien sich nicht anstrengen zu müssen. Sie erinnerte mich an Akın, deren Gesten, Lächeln und Mimik ebenfalls so selbstgefällig waren.

Ich nahm die Tasse aus ihrer Hand mit den weißen Handschuhen und versuchte ihrem verführerischen Blick und ihren ebensolchen Frage auszuweichen. Während ich hoffte, dass der Kaffee nicht zu heiß war, führte ich ihn zum Mund. Sie nahm ein Glas Wasser von dem Tablett.

»Ich trinke keinen Kaffee, er bekommt mir nicht. Mittlerweile bekommt mir fast gar nichts mehr - leider ... Ich trinke fast nur noch Wasser«, sagte sie, und ich wusste nicht, wie ich ihre Bemerkung auffassen sollte - es war meiner Ansicht nach eine überflüssige Erklärung. Sie trank einen Schluck, stellte ihr Glas auf das Silbertablett zurück. Sie blickte mich mit ausdruckslosen Augen an: »Bitte, ich höre ...«

Sie hatte vorhin die gleichen Worte benutzt, aber mir dann nicht zugehört. Ich musste also davon ausgehen, dass ein neuerlicher, höflicher Versuch meinerseits ebenso ungehört verhallen könnte und dass sie das Gespräch erneut in die von ihr gewünschte Richtung lenken könnte. Deshalb musste ich schnell und ohne Umwege auf das Thema kommen.

»Ihr Mann hatte eine Pistole und dafür einen Waffenschein, aber die ist nun verschwunden. Stimmt das?«, fragte ich.

Sie verzog ganz leicht den Mund. »Ob sie verschwunden ist, das weiß ich nicht. Nach seinem Tod habe ich sie gesucht, wo sie immer lag, fand sie aber nicht mehr.«

»Trug er sie denn nicht bei sich?«

»Aber nein, ich habe ihn niemals mit der Waffe gesehen. Er mochte so etwas nicht.«

»Warum hat er sich die dann angeschafft?«

»Er hatte die Pistole vor unserer Heirat gekauft ... - zu einer Zeit, als er glaubte, dass sein Leben in Gefahr war ... Ich glaube, später hat er gar nicht daran gedacht, dass er sie besaß. Sie lag in einer Schublade seines Schreibtisches im Arbeitszimmer, ich habe sie zuletzt dort gesehen.«

»Vielleicht hatte er sie woanders hingelegt ...«

»Warum sollte er, mein Lieber? Im Wäscheschrank wird er sie wohl nicht versteckt haben.« Sie schien leicht verärgert zu sein. »Außerdem habe ich überall gesucht.«

»Könnte er sie jemandem gegeben haben?«

»Das weiß ich nicht, aber ich glaube nicht. Wem und weshalb?«

Ich hatte meinen Kaffee ausgetrunken und stellte die Tasse auf das Tablett. Dann griff ich in meine Jackentasche und holte das Foto heraus, das Melek zwischen ihren Gedichten versteckt hatte. Ich reichte es ihr: »Kennen Sie diese Person?«. Ich fragte das so, wie es wohl Haydar Bilir getan hätte.

Sie schaute auf das Bild, dann auf mich, dann wieder auf das Bild. Zum ersten Mal erschien in ihrem Gesicht ein Ausdruck, der wie ein Staunen aussah.

»Das verstehe ich nicht«, sagte sie überrascht. »Fragen Sie mich, ob ich meinen eigenen Mann auf dem Foto erkenne?«

Natürlich hatte ich die Frage so gestellt, dass die Frau etwas außer Fassung geraten sollte. »Nein! Aber wissen Sie, wer das Bild aufgenommen hat?«

»Woher soll ich das wissen?« fragte sie mit einer Stimme, die mir zu verstehen geben sollte, dass ich Unsinn redete. Für einen Moment befürchtete ich, sie würde mich daran erinnern, dass ich in den Romanen meiner Frau solche unsinnige Fragen nicht gestellt hatte. Zum Glück, war sie so perplex, dass sie darauf nicht kam. »Sie haben das Bild mitgebracht, also werden Sie wissen, wer es aufgenommen hat.«

»Richtig! Dieses Bild wurde mit großer Wahrscheinlichkeit von Melek Tucker aufgenommen. Wir haben es in ihrer Schublade gefunden.«

Sie zog die Augenbrauen zusammen. »Melek ... - wer?«

»Eine junge Assistentin an der Universität. Sie wurde fünfzehn Tage vor Ihrem Mann mit einem Messer ermordet«, klärte ich auf.

»So?« Ihre Stimme klang desinteressiert.

»Offenbar hatte Ihr Mann eine Beziehung mit ihr. Wussten Sie davon?«

Wieder blickte sie auf das Bild in ihrer Hand, als wollte sie darauf Melek entdecken. Dann warf sie das Foto auf das Tablett. »Nein, das wusste ich nicht«, sagte sie. »Also ich wusste, dass Ergin eine Menge Liebschaften hatte, aber mit wem ... - ich wollte es auch nicht wissen.«

»Wirklich? Das klingt nicht besonders glaubwürdig.«

»Schauen Sie, Sie wissen es vielleicht nicht ... - natürlich, woher denn auch. Bevor ich Ergin heiratete, war ich mit seinem Halbbruder verheiratet ...« Wenn man ein solches Geheimnis preisgibt, beugt man sich gewöhnlich zu dem Gesprächspartner vor, aber diese Frau tat das Gegenteil: Sie lehnte sich zurück. Und mein Bemühen, zu verbergen, dass ich das bereits wusste, hätte ich mir schenken können, denn sie schaute mich nicht einmal an. Ihre Augen blickten über meine Schultern hinweg auf die gegenüberliegende Wand ... - oder in die weite Ferne - und sie begann zerstreut und zögernd zu sprechen. »Ayhan ... - er war der erste Mann, den ich wirklich geliebt habe ... und wohl auch der letzte. Wie eifersüchtig ich damals war. Ich malte mir aus, dass ich die Mädchen, die er auch nur anschaute, umbringen würde ...«

Anscheinend bemühte sie sich, sich an die Details zu erinnern: Sie erzählte mit einem leidenden Ausdruck im Gesicht weiter: »Ich lief nachts in den Straßen von Florenz hinter ihm her ... Ich platzte in seine Vorlesung und machte ihm eine Szene ... - ich habe mich unmöglich benommen. Ich war so eifersüchtig, dass die Italienerinnen nur staunen konnten. Als ich ihn mit dieser englischen Nutte in flagranti erwischte, hatte ich sie an ihren roten Haare gerupft.«

Während sie über ihre »Gewalttat« sprach, veränderte sich ihr Gesichtsausdruck nicht. Sie redete verhalten, als würde sie mir einen Traum erzählen. Nur als sie das Wort »gerupft« aussprach, verkrampften sich die Finger ihrer zusammengefalteten Hände.

Ich traute mich kaum zu atmen, geschweige denn etwas zu sagen, um ihre Darstellung nicht zu unterbrechen, wandte meinen Blick nicht von ihrem Gesicht. Schließlich schüttelte sie sich, als würde sie in die Gegenwart zurückkehren.

»Und was hat es genützt ...?«, fragte sie, als erwartete sie von mir eine Antwort. Tat sie aber nicht, stattdessen wechselte sie den Ton: »Dann starb er bei einem Autounfall«, sagte sie eiskalt, als würde sie von einer beliebigen Nachricht aus der heutigen Zeitung reden. »Als ich erfuhr, dass eine Frau neben ihm saß, zeigte ich keine Rührung. Ich hatte es überwunden, ich hatte begriffen, dass meine Eifersucht nutzlos war. Es gibt Männer, wie Sie wissen, die bereits während einer Liebeserklärung ihre Geliebte verlassen ... Das einzig Bleibende sind die Erinnerung, die sie hinterlassen ... Beide Brüder waren so ... Solche Männer kann man mit Eifersuchtszenen nicht an sich binden ... Um Ayhan hatte ich gekämpft, aber für Ergin ....«

Sie hob leicht die Schultern, ließ sie dann fallen und seufzte. Sie senkte den Kopf und betrachtete ihre im Schoß zusammengefalteten Hände.

Sicher hatte sie einen Grund, warum sie mir das alles erzählte, ich kam aber nicht dahinter. Tat sie das, um das Gespräch über den Mord hinauszuzögern? Oder hatte sie einen anderen Grund? Welche Absicht steckte dahinter, dass sie die sehr persönlichen Details ihres Lebens vor mir, einem völlig fremden Menschen, hemmungslos und eigentlich völlig überflüssig ausbreitete. Noch dazu tat sie das in einem unterkühlten Ton und mit einem Ernst, als wollte sie mit mir einen philosophischen Diskurs über die Beziehung der Geschlechter beginnen.

Wahrscheinlich wollte sie meine Sympathie gewinnen, indem sie mir die Rolle der von ihren beiden Ehemännern betrogenen und ungerecht behandelten Frau vorspielte. Hätte ich von Narin nicht eine andere Darstellung ihrer Person gehört, hätte sie mich damit sogar beeindruckt. Aber was hätte ihr mein Mitgefühl gebracht? Nun ja, wenn sie die Morde tatsächlich eigenhändig begangen hatte ... - so weit ich mich an das, was Narin mir erzählt hatte, erinnern konnte, war sie diejenige, die ihren ersten Mann in den Alkoholismus und damit auf eine gewisse Weise in den Tod getrieben hatte. Ihren zweiten Ehemann - und vielleicht dessen junge Geliebte auch - hatte sie dann mit anderen Mitteln umgebracht ... Wenn es ihr um Rache ging, war das eine dauerhaftere Lösung, als nur die Haare der Geliebten zu rupfen ... »Das einzig Bleibende sind die Spuren, die Sie in einem hinterlassen ...« - wollte sie mir mit diesem Satz das mitteilen: Wenn sie sterben, verlassen sie einen nicht? Ihre Behauptung, dass sie nicht mehr eifersüchtig sei ... - nach außen hin wirkte sie tatsächlich sehr gefasst ... -, war sicher der beste Weg, ihre Neigung zur Aggressivität zu verbergen.. Aber gab es denn eine Möglichkeit, meine gewagte Theorie zu beweisen? Wie könnte ich eine Frau, die so kaltblütig war und die ihre Darstellung so überzeugend und wirkungsvoll präsentieren konnte, zu einem Geständnis bringen? Während mir diese Fragen durch den Kopf gingen, beobachtete ich sie weiter. Ich hätte erwartet, dass sie auf meine beharrlichen Blicke irgendwie reagieren würde, aber da ich nichts sagte, schwieg sie auch. Ich könnte sagen, dass ihr unbewegtes Gesichts einer Maske glich, aber auch Masken haben einen Ausdruck - wenn auch einen starren.

»Was glauben Sie: wer hat Ihren Mann umgebracht?« Ich glaube, ich fragte das etwas gereizt.

Sie hob ihren Kopf und blickte mich mit Augen an, die wie Gläser wirkten: »Ich habe nicht die geringste Ahnung.«

»Hatte er Feinde?«

»Woher soll ich das wissen? Das sind doch sinnlose Fragen. In den Romanen von Akın Erkan hätten sie solche Fragen nicht gestellt, soweit ich mich entsinnen kann!«

»Wir sind nicht in einem Roman von Akın Erkan!«

»Wie man sieht ...«

»Haben Sie Ihren Mann in der Universität mal besucht? Wie waren seine Beziehungen zu den Kollegen? Gab es jemanden, mit dem er einen Konflikt oder einen Streit hatte?«

Gelangweilt verzog sie den Mund: »Ergin stritt sich mit niemandem. Seine Diskussionen enthielten immer nur akademischen Reizstoff. Ich glaube nicht, dass er jemals einen privaten Konflikt hatte ... - schon gar nicht einen, der zu einem Mord führen würde. Er wäre auf so etwas gar nicht eingegangen. Aber ich will nichts behaupten, was ich nicht mit Sicherheit weiß. Ich kannte das Milieu in der Universität gar nicht.«

»Wieso das?«

»Weil ich es nicht wollte, deshalb. Ich war nicht ein einziges Mal in dieser Universität. Seit ich denken kann, sind mir Akademiker unsympathisch. Ich habe ja nicht studiert ... - vielleicht deshalb.«

»Wie lange waren Sie mit Ergin Bey verheiratet?«

»Ich glaube, zehn Jahre«, antwortete sie. »Um genauer zu sein: wir kannten uns seit zehn Jahren, wir haben nicht sofort geheiratet ... Also so sieben, acht Jahre.«

Was sollte ich dazu sagen? Sie weiß nicht einmal, wann sie ihn geheiratet hat! Oder sie tat nur so. Aber warum?

»Kannten Sie sich nicht schon, als Sie mit Ihrem ersten Mann verheiratet waren?«

»Nein. Ayhan und ich haben im Ausland geheiratet. Und nachdem wir zurück waren ... Er hatte damals mit seinem Bruder keinen Kontakt. Ergin kam dann wohl zu seiner Beerdigung, aber damals war ich nicht in der Lage, mit jemandem zu reden. Monatelang kam ich nicht zu mir.«

‚Diesmal haben Sie es viel schneller geschafft', dachte ich bei mir.

»Ergin habe ich erst Jahre später kennen gelernt«, erzählte sie weiter. »Natürlich wussten wir voneinander, wir hatten sogar einen ... - nennen wir es nicht Hass ... - aber ... - nun ja, wir mochten uns gegenseitig nicht. Ich war davon überzeugt, dass Ayhan wegen seiner Familie - also insbesondere wegen seines Vaters - so unglücklich war. Und Ergin meinte wohl, dass ich am Tod seines Bruders schuld war. Andererseits hatte er sich nie um seine jüngeren Geschwister gekümmert ...«

»Jüngeren Geschwister ...?«

»Ja, es gab noch ein Kind, das jüngste. Ayhan mochte seinen jüngsten Bruder sehr. Als unsere Beziehung begann, war er noch ein Baby. Er war der Sohn einer späteren Frau seines Vaters ... - wir haben den Kleinen damals öfters besucht. Ayhan verstand sich mit seinem Vater überhaupt nicht, aber um das Baby kümmerte er sich aus irgendeinem Grund rührend. Aber dann ... - als wir aus dem Ausland zurückkamen, gab es keinen Kontakt mehr, oder falls doch, hat er mir nichts davon gesagt. Ich glaube, Ergin wusste nicht einmal von der Existenz dieses Kindes.«

»Sehr undurchsichtige Familienverhältnisse«, bemerkte ich, und überlegte mir, ob diese Information bei der Lösung des Mordfalles von Nutzen sein könnte.

»Undurchsichtig oder nicht ... - sie waren sich sehr ähnlich. Als Persönlichkeiten, meine ich. Beide kamen ganz nach dem Vater.«

Ich wollte diese Klatschgeschichte - ja, unser Gespräch verwandelte sich zunehmend in Klatsch - über eine unbekannte Familie nicht fortführen. Also wechselte ich das Thema.

»Wann haben Sie begonnen, sich zu verhüllen, Banu Hanım?«, fragte ich unvermittelt.

Sie blinzelte und sagte: »Ich habe nicht verstanden, was Sie meinen.«

»Nennt man es Verschleierung ...? Wann haben Sie damit begonnen?«

»Ich verstehe nicht, was das mit den Ermittlungen in dem Mordfall zu tun hat?«, sagte sie mit ruhiger Stimme, als wäre nicht sie diejenige gewesen, die das Gespräch in eine andere Richtung gelenkt hatte. »Etwa zwei Jahre, nachdem ich Ergin geheiratet hatte.«

Sie erinnerte sich nicht daran, wann sie ihn geheiratet hatte, aber der Zeitpunkt ihrer Verschleierung war ihr gegenwärtig!

Sie lächelte. Zum ersten Mal lächelte sie wirklich, aber der spöttische Ausdruck in ihren Augen erlosch nicht gleich. »Es ist doch das, worüber die Menschen mit mir reden wollen ... - sogar wenn es um so schlimme Dinge wie Mord geht ... ist es das, was sie eigentlich wissen wollen.«

»Wenn Sie diese Frage stört ...«

»Nein ... - aber eigentlich wollen auch Sie nur wissen, weshalb. Weil Sie das für sich selbst doch unpassend finden ...« Der Spott in ihren Augen hatte sich jetzt auch auf ihre Stimme übertragen. »Sie wissen sicher, dass ich früher als »die nackte Malerin« berühmt war, oder?«

»Ja, ich habe davon gehört«, gab ich zu. »Leider hatte ich keine Gelegenheit, eines Ihrer Werke zu sehen.«

Sie machte eine Handbewegung, die deutlich machte, dass ich Überflüssiges redete. »Ich hatte mich damals wegen

Ayhan ausgezogen. Das war die einzige Chance, mich ihm so zu zeigen, wie ich war. Frauen können sich fast nur durch ihren Körper ausdrücken, leider. Nur so konnte ich ihm die Wunden zeigen, die er mir zugefügt hatte ... Der Grund der Verschleierung dagegen ... - also das war Ergin. Ich spürte, dass ich ihn nur beeinflussen konnte, wenn ich das Gegenteil dessen tat ... - er sah mich nämlich nicht mehr. Ich konnte nur damit erreichen, dass er mich wahrnahm.«

»Und wenn er Sie nicht so sehen wollte?«

»Natürlich wollte er das nicht! Das war das Letzte, was er wollte ... Es wäre ihm nie in den Sinn gekommen, der Ehemann einer verschleierten Frau zu sein. Ich war seine Schande! Jemand wie er .... - auch wenn seine linke Einstellung nur noch auf rein Akademisches reduziert war ... - mit einer verschleierten Frau an seiner Seite, war es für ihn nicht einfach! Ablehnen konnte er es nicht - als freiheitlich Denkender schon gar nicht! Also, er saß in der Falle!«

» Weil er sie Sie nicht verlassen konnte?«

»Sollte er nur versuchen!«

»Aber er hatte mit einer sehr jungen Frau ein Verhältnis begonnen.«

»Das spielt keine Rolle ...« Erneut zuckte sie die Schulter. »Solche Mädchen gibt es immer. Es war schade um sie - was soll ich sonst dazu sagen?«

»Auf dem Bild sieht er fröhlich und glücklich aus«, bemerkte ich und wusste selbst nicht, warum ich das sagte.

»Solche Männer sind immer glücklich«, sagte sie eisig. »Sie haben keine Begabung dafür, unglücklich zu sein.«

Diese Frau dagegen hatte die Begabung zum Töten - das war offensichtlich. Hatte sie Melek erstochen und ihren Mann erschossen? Das würde ich vielleicht nicht herausbekommen, aber ich hatte keine Zweifel daran, dass sie eine kriminelle Neigung hatte. Vielleicht war ich schon selbst in Gefahr. Ich musste mich besser schnell entfernen, um mein Leben zu retten.

Nachdem Hasan und ich im dichten Verkehr auf der Europabrücke lange Zeit in einem quälenden Stau verbringen mussten, erwartete mich zu Hause eine angenehme, herzenswarme Inszenierung. Seit Narin bei mir eingezogen war, bestand die Wohnung nicht mehr aus einer Ansammlung von Zimmern, die seit Jahren nicht benutzt wurden, die man aufgegeben hat. In unglaublich kurzer Zeit hatte sie aufgeräumt, ein gemütliches, sauberes und warmes Heim gezaubert - fast so schön, wie zu Mutters Zeiten. Narin war sehr gegen meine Unterredung mit Banu Hanım gewesen. Deshalb glaubte ich, dass sie mich heute Abend eisig empfangen würde. Doch stattdessen war es ganz anderes. Ich hatte mich also geirrt - Narin war offenbar eine Meisterin darin, mich immer wieder irren zu lassen!

Als ich die Tür öffnete, klangen die weichen, warmen Töne Albinionis, die trotz des leichten Kratzens der Schallplatte, mein Herz erfreuten. Eine Schallplatte und ein Hi-Fi-Gerät gab es heutzutage nur noch in wenigen Wohnungen (vielleicht ist der Plattenspieler inzwischen von antikem Wert). Noch seltener werden sie benutzt - auch ich hatte ihn seit Jahren nicht mehr auf Platte gehört. Einen Augenblick blieb ich an der Türschwelle stehen. Ich erinnerte mich daran, wie jung ich damals war und spürte eine Verbitterung. Woher nur konnte sie wissen, dass ich das Adagio so liebte? Wie hatte Narin diese Platte unter all den vielen Platten gefunden?

Als sie mich an der Tür hörte, kam sie herbeigeeilt, umarmte mich und sagte: »Es hat dich sicher gefroren.«

Aber draußen war es nicht kalt und während der vier, fünf Schritte von dem Wagen bis zum Haus hätte es mich gar nicht frieren können. Aber vielleicht hat die weiße Kälte Banu Sayars mich umhüllt, mich beherrscht.

Als wir das Esszimmer betraten, glänzte alles. Weil meine Augen die übertriebene Helligkeit blendete, schaltete ich den von der Decke hängende Lüster so gut wie nie ein.

Wohin ich mich in der Wohnung zurückzog, ich begnügte mich mit einer Lampe und deren spärlichen Lichtquelle. Auch jetzt war mir die Helligkeit unangenehm, aber ich ließ es mir nicht anmerken. Als ich den langen Tisch, an dessen Ende für zwei Personen gedeckt war, sah, entlockte es mir glückliche, schnurrende Laute.

»Setz' dich hin, streck' deine Beine aus. Du bist sicher müde«, sagte sie, ohne mir zu erklären, warum ich müde sein sollte. »Möchtest du vor dem Essen einen Whiskey? Das macht warm.«

Als ich mich setzte, sagte ich: »Es ist nicht kalt«, und streckte tatsächlich meine Beine aus.

Während sie aus der Kristallkaraffe Whiskey in die Gläser goss, schüttelte sie den Kopf und als würde sie bereits alles spüren und wissen, lächelte sie vor sich hin.

Als sie mir das Glas reichte, fragte sie »Gefällt dir die Musik?«

»Ja, sehr«, antwortete ich, fragte sie aber nicht, woher sie das wusste. Nicht zu wissen, woher sie das wusste, war für mich beruhigender.

Die Speisen, die sie zubereitet hatte, dufteten herrlich. Und waren köstlich. Sie hatte alles selbst zubereitet. Da wir noch keine Haushaltshilfe hatten (ich weiß allerdings nicht, ob sie überhaupt eine suchte), die hier auch wohnen würde, trug sie die Speisen höchstpersönlich auf. Die Musik umschmeichelte uns. Nach Albinioni folgte Beethoven, dann eines der Concertos für Horn von Mozart. Sie ließ mehrere Platten hintereinander abspielen - offenbar kannte sie sich mit dem Plattenspieler aus.

»Dass du diese alten Platten gefunden hast ...«, sagte ich, und blickte sie bewundernd an. »Dass du mit einem Plattenspieler umgehen kannst ...«

Sie lächelte. »Die mechanischen Geräte altern nicht so schnell wie die elektronischen - sie sind widerstandsfähiger«, antwortete sie. »Auch wenn sie verstauben und nur noch krächzen, sie gehen nicht kaputt. Saubermachen und ein wenig Pflege ... - und schon funktionieren sie wieder. Die Platten krächzen natürlich ...«

»Ja, sogar das klingt angenehm ...«

Dies aus meinem eigenen Mund zu hören, ließ mich selbst staunen. Hatte ich aus Höflichkeit gelogen? Nein! Schließlich entdeckte ich nicht zum ersten Mal in meinem Leben, dass nicht die technische Perfektion die Tiefe der Gefühle bestimmt. Aber hätte ich Albinioni, Beethoven und Mozart von einem makellosen Abspielgerät gehört, hätten mich diese Klänge im Moment nicht so tief berührt. Der Klang der Violinen wäre nicht so glaubwürdig gewesen. Ich glaubte diesem Krächzen ...- es waren die Laute der Wirklichkeit ... - oder der Zeit?

Ich schaute zu Narin, die sich über ihren Teller beugte. Das Licht des Lüsters glitzerte golden in ihrem Haar. Ich seufzte; ich wollte ihr ein glückliches Aufatmen schenken. Die Harmonie, die mir das Beisammensein mit dieser Frau jedes Mal bescherte, erstaunte mich aufs Neue. Es war nicht die Harmonie früherer Zeiten, aber etwas Ähnliches. Ich malte mir sogar aus, sie zu heiraten und stellte mir vor, es wäre mit ihr ganz anders, als in meinen früheren Ehen. Allerdings wusste ich nicht, was mit Akın Erkan war, ob sie überhaupt noch am Leben war. Und Narin ...? Über sie wusste ich ganz wenig - das merkte ich ja gerade. Dennoch hielt ich bis zu diesem Augenblick diese Wissenslücke für kein Hindernis, um von einer Heirat mit ihr zu träumen. Sie hatte ja keinen Ehemann - oder etwa doch? Hatte sie nie geheiratet? Ich war gar nicht auf den Gedanken gekommen, sie danach zu fragen. Sie hatte mich ja auch nie gefragt. Wir hatten bei passender Gelegenheit oberflächlich über uns selbst geredet, ohne das Thema zu vertiefen. Ja, wirklich, wer war diese Frau, die wie aus heiterem Himmel in mein Leben geplatzt war? Die meiner Wohnung Ordnung verlieh, die wusste, welche Musik ich beim Essen gerne hörte? Sogar Banu Sayar, die ich zum ersten Mal sah, erzählte mir vertraulichere Dinge über ihre Vergangenheit - ganz gleich, ob es wahr oder gelogen war. Über Narin wusste ich eigentlich kaum etwas. Das Einzige, was sie erzählt hatte, dass sie angeblich meine Studentin war. Aber ich war mir in diesem Augenblick nicht einmal dessen sicher.

War sie verheiratet und geschieden - einmal oder mehrmals? Oder war sie sogar auch jetzt noch verheiratet? Hatte sie Kinder ... - auch das wusste ich nicht. Ich hatte sie danach auch nicht gefragt. Ich hatte ihr geglaubt, was sie mir erzählte, ohne an die Vergangenheit oder an die Zukunft zu denken. Vor den Morden hatte ich sie in ihrer naturgemäßen Umgebung, in einer ägäischen Kleinstadt, unter den bequemen Bedingungen eines trägen Lebens kennen gelernt, bei den Gartenpartys und auf den Yachtausflügen, unter den Menschen, die sie vielleicht seit ihrer Geburt kannten und sie so akzeptiert, wie sie war - besser gesagt, wie sie mir erschien. Aber ... - wer war sie wirklich? Wer war die Frau, die in mir die Bereitschaft weckte, ihr mein Leben auf einem Silbertablett zu servieren - nur weil sie mir wunderbare Speisen kochte und eine Platte von Albinioni auflegte? Wer war diese Frau, deren Haare im Licht des Lüsters golden glänzten und die ich zu heiraten gedachte?

War es nicht merkwürdig, dass ich diese Fragen, die ich bisher nicht gestellt hatte, mir nun so unvermittelt stellte?

Sie blickte hoch, auf ihrem Gesicht lag ein kaum wahrnehmbares Lächeln:

»Was ist?«, fragte sie.

»Was soll sein?«, fragte ich zurück.

»Ich weiß nicht ... - du schaust mich an, als wolltest du mich etwas fragen.«

Ich wünschte mir, kein Mord und kein Rauschgiftverdacht hätte uns näher gebracht. Hätten wir bloß diese Harmonie einflößende Szene nicht in Istanbul, sondern in unserer ägäischen Kleinstadt erlebt, in meinem oder in ihrem Haus. Wären wir uns schon vor diesen Ereignissen näher gekommen ... - dann hätten wir ein Leben, zu zweit, Hand in Hand geführt, und außer den Regungen des Meeres und dem Rhythmus der Musik würden wir von nichts bewegt ...

»Ich betrachte den Glanz deiner Haare.«

Ihr Lächeln wurde breiter, ihre Augen glänzten und sie schüttelte langsam den Kopf: »Das ist ja ein Kompliment ...«

»Ja, sogar eine Liebeserklärung«, antwortete ich ... - aber ich bereute sofort, dass ich das gesagt hatte. In meinem Alter erwartete ich keine Liebe mehr. Hatte ich sie denn je erwartet? Hatte ich mich nicht immer schon zwingen müssen, Mut aufzubringen, wenn eine Liebe in mein Leben treten wollte?

Den Begriff Liebe hatte ich sehr selten benutzt, aber jedes Mal hatte ich hinterher bereut, es gesagt zu haben.

Sie merkte das. Ihre Augen glänzten noch, aber ihr Lächeln verschwand und ihr Gesichtsausdruck wurde ernst.

»Heute habe ich mal in Meleks Kalender geschaut«, wechselte sie das Thema. Vielleicht wollte sie wirklich auf das Thema kommen. »Ich glaube, ich habe interessante Eintragungen entdeckt.«

»Ich habe diesen Kalender auch gesehen. Aber beim Durchblättern habe ich nichts Ungewöhnliches entdeckt ...- ich meine, meine Aufmerksamkeit hatte nichts erregt.«

Sie stand auf und begann die leeren Teller von Tisch abzuräumen.

»Natürlich, jeder achtet ja auf etwas Anderes«, sagte sie etwas scharfkantig. »Wenn du willst, kannst du ja schon mal ins andere Zimmer gehen. Ich koche uns einen Kaffee.«

Ob ich wollte oder nicht - ich musste aufstehen. Es kam mir nicht in den Sinn, ihr beim Abräumen zu helfen, sondern lenkte meine Schritte schnurstracks in mein Arbeitszimmer - wie ein Kind, das Strafe abzusitzen hat. Als wäre Stubenarrest die Antwort auf meine Liebeserklärung.

Offenbar war die Schallplatte gerade zu Ende, denn es war nur noch ein Krächzen zu hören.

Meleks dunkelroter Kalender lag auf meinem Arbeitstisch.

Ich hatte ja schon mal darin geblättert. Dass Narin mir vorwarf, nicht aufmerksam genug hineingeschaut zu haben, bedrückte mich. Für jemanden, der besessen war, das Unsichtbare zu sehen, war dieser Vorwurf kränkend. Sie tat ja so, als hätte ich das Offensichtliche nicht erkannt. Angesichts der Tatsache, dass ich Banu Sayar gegenüber schon so machtlos war, konnte ich mich des Gefühls nicht erwehren, nicht mehr auf der Höhe meiner Leistungen zu sein. Lustlos schlug ich den Kalender auf - ja, lustlos! - und ich blätterte auch jetzt herum, ohne etwas darin zu finden. Im Mai - 12:30 Zahnarzt, dazwischen leere Seiten. Dann - 17:30 Fachbereichssitzung. Nach ein paar Seiten: 15:00 Handwerker. An einem Sonntag: 11.30 Brunch. Man schreibt doch, wenn man nicht gerade ein viel beschäftigter Manager ist, nicht alle Daten auf, sondern nur die, die man nicht vergessen will - ich hatte es früher jedenfalls so getan. Warum also sollte Melek eine Verabredung mit dem Geliebten, den sie kaum erwarten konnte, in den Kalender eintragen?

Narin kam herein, stellte das Tablett auf den Tisch, ohne mir die Tasse zu reichen, und platzierte sich hinter mich, um über meine Schulter in den Kalender zu schauen.

»Hast du es gefunden?«

»Nein! Ich habe nichts gefunden, muss ich gestehen … - natürlich habe ich noch nicht alles angeschaut …«

»Du würdest es sowieso nicht finden, denn du guckst, als würdest du in deinem eigenen Kalender blättern. Deshalb siehst du nur Termine, die dir bedeutungslos vorkommen.«

Ich bestätigte ihre Annahme nicht, obwohl sie mir plausibel erschien. Ich sagte gar nichts.

»Im Kalender haben sich Vergangenheit und Zukunft vermischt«, setzte sie fort. » Schau mal, sie schreibt Fachbereichssitzung, der Zeitpunkt steht da, aber auf der anderen Seite steht: »A.T. redete wieder Unsinn, sprach lange, es war schon 20:30, als wir endlich gehen konnten« - das war ihr Kommentar.«

»Ich verstehe! Also manche Ereignisse hat sie kommentiert, oder? Beim Zahnarzttermin hat sie das aber nicht ...«

»Natürlich hat sie das, blättere doch mal um.«

Ich blätterte um: »Wäre M. nicht ein so gut aussehender Mann, könnte ich dann die Schmerzen ertragen?«, hatte sie notiert. In dem Augenblick verstand ich aber, dass M. ein gut aussehender Zahnarzt war. Ich bin zwar vor Scham nicht im Erdboden versunken - ich war erschüttert, und beschloss, meinen geistigen Zustand zu prüfen. Ich schaute, ob sie über den Handwerker auch etwas vermerkt hatte und blätterte um. Aber da stand nichts. Ich dachte, es wäre gut zu erfahren, was sie zu dem Brunch meinte und blätterte zum Sonntag.

»Schlag den August auf«, forderte sie ungeduldig.

»Im August ist nichts Besonders eingetragen«, sagte ich. »Das ist ja kein richtiger Kalender. Sie hat nach Lust und Laune ihre Daten eingetragen.«

»Blättere doch mal ein, zwei Seiten weiter und schau dir das Datum an, das dort eingetragen ist«, sagte sie.

Ich tat es. 12. August, 18:30: S.

Der erste Name, der mir einfiel: »Sungur Semerci.«

»Das glaube ich nicht«, bremste mich Narin aus. »Wenn er es gewesen wäre, hätte sie S.S. geschrieben. Und was steht auf der Rückseite?«

Stimmt es, was sie sagt? Das ist kaum zu glauben. - stand da.

Wieso hatte ich diese Notiz nicht neulich schon bemerkt? Hatte ich sie beim ersten Durchblättern tatsächlich übersehen? Hier stimmte doch etwas nicht. Mir schien, es war nicht der gleiche Kalender, in den ich schon mal geschaut hatte. Diese Notizen auf den hinteren Seiten wurden nachträglich geschrieben ... aber das Narin zu sagen, traute ich mich nicht. Denn, wer könnte sie geschrieben haben - außer Narin? Aber warum sollte sie das tun? Ich schaute mir die Schrift an: war sie eine andere?

»Ist das die Handschrift von Melek?«, erkundigte ich mich.

»Wessen sonst? Aber du hast Recht, es sieht etwas krakelig aus. Vielleicht hat sie es während der Fahrt geschrieben.«

Das hieße also, dass sie sich mit dieser Person S. irgendwo getroffen hat, wohin sie fahren musste - also nicht in der Uni und nicht zu Hause. Sicher, sonst hätte sie das Treffen nicht eingetragen. Wenn diese Person nicht Sungur Semerci war, wer war sie dann? Und war sie eine Frau oder ein Mann? Zum Beispiel Sezen Hanım, die auf so geheimnisvolle Weise verschwunden ist? Was könnte diese Frau Melek erzählt haben, was ihr kaum glaublich erschien? Der Junge, der am goldenen Schuss gestorben war, hieß Serdar, also begann sein Name mit S. Außerdem, wer weiß wie viele Namen mit S. noch in Frage kämen ...

Narin war wohl der Ansicht, dass ich die Seiten zu langsam umblätterte. Sie riss mir den Kalender aus der Hand, blätterte hektisch darin und drückte ihn mir erneut in die Hand. »Sieh dir das mal an!«

Es war kein Zeitpunkt angegeben, aber auf der ganzen Seite stand ein einziger Buchstabe: »H.!«

Jetzt mussten wir auch noch das Rätsel des H. mit Ausrufezeichen lösen.

Warum das Ausrufezeichen?

»Was meinst du, bedeutet das Ausrufezeichen?«, fragte ich.

»Das muss eine besonders wichtige Person sein!«

Woher sollten wir wissen, wen eine junge Frau für wichtig hielt? Den Zahnarzt trug sie nur ein, weil er gut aussah. Aber sie konnte am selben Tag einen anderen gut aussehenden Mann namens H getroffen haben. Oder es war eine besonders langweilige Person und das Ausrufezeichen war ironisch gemeint. Man konnte ein Ausrufezeichen in so vielen Sinnvariationen verwenden ... - doch anstatt über eine völlig neue Person mit H nachzudenken, wollte ich lieber zu S zurückkehren, denn über diese Person mussten wir einiges erfahren. Als Narin mir mit beiden Fäusten auf die Schultern schlug, wäre ich fast vom Sessel gefallen.

»Schau dir das Datum an!«

18. September - zwei Wochen nach dem Parkplatzmord, zehn Tage vor ihrer Ermordung, zudem ein Sonntag. Also fand das Treffen entweder zu Hause oder woanders statt, aber nicht in der Universität. Natürlich war die erste Frage, ob beide Buchstaben mit den Morden zu tun hatten. Wir mussten auf die hintere Seite des Eintrags einen Blick werfen. Narin blätterte um.

Das ist unglaublich!

Melek war es demnach schwer gefallen, den Worten von S oder H zu glauben - aber hat sie am Ende doch dem einen oder dem anderen geglaubt? Ja, natürlich ... - wir mussten annehmen, dass sie deswegen getötet wurde. Allerdings war es kaum möglich, den Mord zu lösen, indem wir uns nur auf diese Buchstaben bezogen.

»Du sagtest erst kürzlich, sie hatte eine enge Freundin. Vielleicht weiß sie etwas. Sie könnte ihr von dem Geheimnis der Buchstaben erzählt haben.«

Narin schüttelte nachdenklich den Kopf. »Ja, Hülya. Ich habe sie einige Male auf dem Handy anzurufen versucht, aber es ist ausgeschaltet.«

»Sie heißt Hülya?«

»Der Buchstabe auf der Seite ist ein H«, betonte ich.

»Den Namen ihrer besten Freundin hätte sie sicher ausgeschrieben. Und warum das Ausrufezeichen?«

»Gut, aber warum reagiert die beste Freundin nicht auf deine Anrufe? Oder warum ruft sie Dich nicht selbst an und bietet ihre Hilfe an?«

»Woher soll ich das wissen? Wenn ich sie nicht bald erreiche, rufe ich den Freund Meleks, Oktay, an. Vielleicht weiß er, wie ich sie erreichen kann.«

In diesem Augenblick klingelte mein Telefon auf dem Schreibtisch.

»Wer kann das jetzt noch sein?«

Narin blickte auf ihre Armbanduhr »Es ist erst halb zehn«, sagte sie.

»Geh' du ran«, bat ich sie. »Wenn es Haydar Bey ist, sag' ihm, dass ich gerade unter der Dusche bin ... - oder, dass ich eine Schlaftablette genommen habe und fest schlafe. Ich bin jetzt nicht in der Lage, mit jemandem zu sprechen.«

Im Grunde wollte ich diesen Kalender voller Rätsel ebenso wie die Mordfälle und Haydar Bey vergessen und stattdessen den harmonischen Klängen der Musik, die wir vorhin gehört hatten, lauschen und die romantische Stimmung wiederherstellen.

Welch vergebliche Hoffnung! Wenn ich gewusst hätte, was mir noch alles in jener Nacht bevorstehen würde.

Als Narin den Hörer auflegte, waren ihre Augen riesengroß, ihr Gesicht schneeweiß. »Die Frau, die Nachbarin von Melek, ist anscheinend aus Angst verrückt geworden«, sagte sie und schluckte. »Oben gehen Gespenster um, behauptet sie. Der Hausmeister geht nicht ans Telefon. Ich habe gesagt, dass wir gleich kommen.«

»Ich habe es gehört«, sagte ich. »Aber wie kommen wir um diese Zeit hin? Hasan habe ich schon nach Hause geschickt.«

»Ach, du!«, sagte sie und lief zur Tür. »Ohne Hasan kannst du wohl nirgendwo hin! Es gibt doch noch ein Taxi in diesem Land!«

Ich stand nicht sofort auf. Es war kurz vor Mitternacht - Narin sagte zwar, es wäre erst halb zehn -, aber was hatten wir in der Wohnung einer offenbar verrückten Frau, die behauptete, Gespenster zu hören, um diese Zeit zu tun? Ich hatte diese Işıl Hanım schon bei unserer ersten Begegnung für merkwürdig gehalten. Sie hatte nichts von Bedeutung erzählt, aber dennoch schaffte sie es, sich geheimnisvoll zu präsentieren. Sie hatte diese unmögliche Geschichte nur erfunden, weil es ihr so langweilig war.

Narin hatte inzwischen ihre Jacke angezogen und stand mit ihrer Tasche in der Hand in der Tür: »Du sitzt ja immer noch da?!«, fragte sie verärgert. »Schnell! Das Taxi kommt gleich.«

Ich zog widerwillig mein Jackett an. Obwohl ich einige Jahre meines Lebens hier verbracht hatte, wusste ich nicht, wie man um diese Zeit ein Taxi ruft. Wie hat diese Frau das in so kurzer Zeit herausgefunden?

Der Wagen kam in den fast leeren Straßen rasch voran.

»Was genau hatte sie gesagt?«, fragte ich Narin.

»Sie wirkte sehr erschrocken, vor Angst konnte sie kaum reden. Als sie oben Geräusche hörte, glaubte sie zuerst, dass wir das wären, aber als es am Abend nicht aufhörte und es ihr so vorkam, als würde jemand die Möbel hin und her rücken, rief sie den Hausmeister an. Doch der Mann ist wohl nicht zuhause.«

»Es gibt doch in Meleks Wohnung keine Möbel, die man hin und her rücken kann«, gab ich zu bedenken.

»Nun ja, sie hat eben Angst. Weil sie den Hausmeister nicht erreichen konnte, hat sie eben uns angerufen.«

»Woher kennt sie meine Nummer?«

»Ich habe sie ihr gegeben, als ich das letzte Mal dort war.«

»Ach so!«

Diese Frau, der ich noch vor zwei Stunden fast einen Heiratsantrag gemacht hätte, ging mir plötzlich so auf die Nerven, weil sie über meine Telefonnummer verfügte, als wäre es ihre eigene.

Narin drückte drei Mal kurz auf die Klingel am Eingangstor. Es dauerte eine Weile, bis eine Stimme »Ja« sagte.

»Wir sind da, Işıl Hanım.«

Hätte sie gefragt »Wer sind Sie denn?«, hätte es mich nicht überrascht, aber die Frau drückte sofort auf den Türöffner.

Işıl Hanım hatte ihre Tür nur einen Spalt geöffnet, es war offensichtlich, dass sie Angst hatte, die Kettenverriegelung zu lösen. Nur eine Gesichtshälfte war zu sehen, doch es war zu erkennen, dass ihr Auge geweitet war und ihre Haare zu Berge standen. Ihr Gesicht war kreidebleich.

»Kontrollieren Sie erst, was in der Wohnung oben los ist. Sie haben doch den Schlüssel, nicht wahr?«, flüsterte sie.

Narin stutze, trat sogar einen Schritt zurück: »Ja, aber …«

»Die Geräusche haben eben erst aufgehört, aber …«

Ich räusperte mich und sprach betont cool: Hätten Sie gehört, wenn jemand die Treppe hinunter gelaufen wäre?«, fragte ich.

»Ich habe nichts dergleichen gehört«, sie flüsterte dabei und ihr sichtbares Auge weitete sich noch mehr.

Wenn es oben Gespenster gäbe, wäre das ja nicht das Schlimmste. Aber was wäre, wenn sich dort jemand mit einem Messer oder einem Revolver auf die Lauer gelegt hatte? Was und wem würde es nützen, ihm zu begegnen?

Noch bevor ich dies zur Sprache bringen konnte, war Narin schon auf dem ersten Treppenabsatz: »Wir wollen doch mal sehen«, sagte sie und begann nach oben zu gehen.

Ich hielt sie am Arm fest. »Wenn tatsächlich jemand oben ist, kann es gefährlich sein«, sagte ich flüsternd.

Işıl Hanım löste die Kette an ihrer Tür: »Bitte, kommen Sie doch erst mal herein. Sollten wir nicht besser die Polizei rufen?«

»Das ist wohl am besten«, befand Narin.

Nachdem wir hinein traten. Hängte die Frau die Kette wieder an.

»Wenn oben niemand ist, hält uns die Polizei für blöd«, brachte ich ein, dachte jedoch, dass wir längst schon die Blöden waren.

»Ich weiß nicht, ob jetzt noch jemand da ist, aber als ich Sie anrief, war mit Sicherheit jemand da ... - oder eben Geister ...«

»Da Melek nicht hier ermordet wurde, wieso sollte dann ihr Geist in der Wohnung sein?«, fragte Narin ganz ernst.

Plötzlich schaute ich sie entsetzt an. Was bedeutete es, so etwas auch nur in Erwägung zu ziehen?

Ich betrachtete mir das Wohnzimmer, in das wir inzwischen getreten waren. Es war viel größer als das von Melek, zudem mit Möbeln voll gestellt. Im spärlichen Licht sah ich nicht genau, ob die Möbel nur alt oder schon antik waren. Die Frau ließ uns nicht auf der mit dunklem Samt bezogenen Sitzgruppe Platz nehmen, die zwischen mehreren Beistelltischen und Glasvitrinen stand, sondern führte uns auf der anderen Seite an einen runden Tisch, der neben einem grässlich geschnitzten Büffet stand. Ich weiß nicht warum, aber ich blickte zur Decke. Glaubte ich etwa die Geräusche zu hören, von denen ich meinte, dass sie nichts weiter als ein Fantasieprodukt waren? Ich hörte und sah nichts, außer einem riesigen Lüster, der sehr niedrig über dem Tisch hing und mangels Licht funkelten seine Kristalle dunkel.

Işıl Hanım, die meinen Blick bemerkte, sagte: »Es ist ein Familienerbstück ... - ich weiß, dass es für diese Wohnung viel zu groß ist. Aber ich brachte es nicht übers Herz, das gute Stück zu verkaufen.« Ich verstand nicht, warum sie das sagte. Es erschien mir, als wäre sie etwas unsicher auf den Beinen, als sie ein paar Schritte auf das Büffet zuging.

Narin interessierte sich nicht für den Lüster und ich war sicher, dass sie die Worte der Frau auch nicht wahrgenommen hatte; sie zog einen der samtbezogenen Stühle heran und setzte sich an den Tisch. Sie legte den Kopf in ihre Hände. Işıl Hanım nahm zwei Kristallgläser aus dem Büffet und stellte sie mit einer etwas groben Geste jeweils vor uns hin. Vor ihr standen ihr eigenes volles Weinglas und zwei Weinflaschen ... - die eine leer, die andere halbvoll.

Als sie uns Wein eingoss, merkte ich, dass ihre Hände zitterten. Dennoch gelang es ihr, keinen Tropfen zu verschütten. »Bitte schön«, sagte sie.

Beinahe so, als wollten wir uns zuprosten, hoben wir unsere Gläser, aber wir stießen nicht an, sondern tranken einen Schluck und stellten sie im gleichen Augenblick auf den Tisch. Dann begannen wir zu horchen. Wir saßen so lange da, aber nicht einmal von der Straße drangen Geräusche ins Zimmer. Işıl Hanım zündete sich eine Zigarette an ... - sogar das Feuerzeugklicken ließ mich zusammenzucken. Ich blickte immer wieder an die Decke. Işıl Hanım seufzte mehrfach und nahm jedes Mal danach einen Schluck Wein. Bald musste sie ihr Glas nachfüllen. Die Wahrscheinlichkeit, dass wir aufgrund der Hirngespinste einer Betrunkenen hier saßen, vergrößerte sich.

Narin dachte wohl das Gleiche, denn sie blickte mich bedeutungsvoll an. »Was sollen wir denn tun?«, fragte sie.

Ich zuckte mit den Schultern. »Wer auch immer es war, er scheint die Wohnung verlassen zu haben«, sagte ich und achtete darauf, dass in meiner Stimme kein spöttischer Ton mitschwang. »Wir können nachgucken ...«

Narin nickte und wollte aufstehen, da hielt mich Işıl Hanım an der Hand fest.

»Es gibt noch etwas, was ich Ihnen sagen wollte.« Sie sprach hastig. »Als Sie das letzte Mal hier waren, habe ich es nicht erwähnt, weil ...« Wir starrten sie beide an. »Weil ... damals ... - da war der Mann ja noch am Leben.«

»Welcher Mann?«

»Ich wollte keinen unnötigen Tratsch verbreiten ...«

»Wer? Welcher Mann?«, wiederholte Narin ungeduldig.

Die Frau schluckte, trank einen Schluck Wein: »Ergin Gürkan«, ließ sie uns schließlich wissen.

In der Stille des Zimmers wirkte dieser Name wie eine Bombe ... - wie zwei Revolverschüsse ...

»Seit Melek hier wohnte, kam er oft hierher. Ein paar Mal sind wir uns im Treppenhaus begegnet. Er tat so, als würde er mich nicht erkennen. Er hatte mich ja nicht einmal richtig angeschaut.«

»Kannten Sie Ergin Gürkan von früher?«

»Ja, aber das ist lange her ...« Sie nahm ihr Glas und trank den Wein mit einem Schluck aus und streckte ihre Hand gleich nach der Flasche aus. »Es ist Jahre her.«

Narin warf mir abermals einen Blick zu und trank auch einen Schluck Wein.

Işıl Hanım ließ ihren abwesenden, etwas verwirrten Blick über mich und über Narin schweifen, bevor sie ihn an die Wand hinter mir heftete: »Ich war immer traurig, wenn ich die beiden zusammen sah ... Das Mädchen sah so glücklich aus. Aber ich wusste, dass das ein böses Ende nehmen würde ... Ich wusste ja, von welch böser Sorte die ganze Familie war!« Sie schwieg. Ihre Augen füllten sich mit Tränen, aber sie hatte sich schnell wieder in der Gewalt. Sie blinzelte. Wir sahen ein, dass es besser war, sie nicht zu unterbrechen. »Die sind alle satanisch - nur Ayhan war unter diesen Teufeln ein Engel ...« Plötzlich erschauderte sie. »Entschuldigung ... - Melek wollte ich eigentlich nicht ins Spiel bringen. Also Ayhan war ein guter Junge, das wollte ich nur betonen.«

»Sie kannten also auch Ayhan?«, staunte Narin.

»Ja, das ist eine sehr lange Geschichte ...«

Sie erzählte uns diese sehr lange Geschichte ganz langsam, mit manchen Wiederholungen, manchmal auch stockend, unverständlich. Noch eine Flasche Wein wurde entkorkt - wir tranken alle reichlich. Am Ende war es Narin, die ihre Tränen nicht zurückhalten konnte.

»Als ich an seiner Seite zu arbeiten begann, war ich neunzehn Jahre alt. Ich hatte gerade Abitur gemacht, wollte aber nicht an die Universität. Ich wollte mich ins Leben stürzen ... - und an seiner Seite stürzte ich ins Leben. Am Anfang war alles sehr schön, aber wenn man mich jetzt danach fragen würde ... - was hätte ich sagen sollen: Mit neunzehn Jahren wäre ich fast gestorben, wenn man mich nicht gerettet hätte. Wenn ich ihn umgebracht hätte ... - ich wäre längst aus dem Gefängnis entlassen ... Aber trotzdem würde ich zwischen den von der Familie geerbten Möbeln todunglücklich mein Leben fristen. Zumindest hätte ich mich gerächt ... - das denke ich jedoch jetzt erst. Damals dachte ich nicht daran, jemanden umzubringen ... - selbst wenn ich mir das vorgestellt hatte, ihn hätte ich nicht töten können, obwohl ich ihn so gehasst habe. Ich hätte wahrscheinlich eher diese ausgediente Societyschönheit getötet, die er geheiratet hatte. Aber ich habe ja niemanden getötet. Ich habe meinen Sohn genommen und die Flucht ergriffen. Ich war ja jung, und trotz allem hatte ich vom Leben doch etwas erhofft ...«

Sie stützte ihre Ellbogen auf den Tisch, blickte in ihr Weinglas, schüttelte ganz langsam den Kopf. Ich spürte, dass wir schweigen sollten, damit sie ihre Geschichte so erzählen konnte, wie sie es wollte. Aber meine Gedanken gerieten durcheinander. Ich konnte mich nicht beherrschen und fragte leise:

»Sie reden von Ergin Gürkan?«

Sie hob ihren Kopf und schaute mich an, als ob sie verstehen wollte, weshalb ich hier war, als wäre ihr nicht klar, weshalb ich seinen Namen nannte: »Ergin? Nein, der war doch im Gefängnis ... Als er in Freiheit war, kam er weder nach Hause noch ins Büro. Er hatte den Kontakt zu seinem

Vater abgebrochen, aber der wollte auch nichts mehr von ihm wissen. Er hatte nämlich nichts unternommen, um seinen Sohn aus dem Gefängnis zu holen ... Er sagte: »Wenn er ein Kommunist ist, dann soll er dafür büßen« ... Er lachte sogar ... Er war sein Sohn aus erster Ehe, er hatte ihn wohl nie geliebt. Dann, einige Zeit später ... - ich weiß nicht wie lange... - ließ man Ergin laufen. Ich glaube, ihm wurde nicht einmal der Prozess gemacht. Ich glaube, er war gar kein Kommunist. Ich weiß das nicht so genau. Ich war ja so glücklich ...« Sie wischte ihre Tränen, die ihr an den Wangen herunter liefen, nicht ab. »Wie merkwürdig«, erzählte sie mit gebrochener Stimme. »Nach so vielen schlimmen Erlebnissen erinnert man sich doch nur an die schönen Tage ...«

Sie schloss die Augen und schwieg für einen Moment. Wir hörten der Geschichte einer betrunkenen Frau gebannt zu, obwohl wir beide dem gleichen Zustand nahe waren. Wirr wollte nicht, dass sie aufhörte zu reden, aber wir wussten nicht, was ihre Geschichte mit der zu tun hatte, mit der wir beschäftigt waren. Dennoch lauschten wir mit angehaltenem Atem ihren Worten und brannten darauf, dass sie weiterreden sollte. Wir wagten nicht einmal Fragen zu stellen.

Ohne ihren Ellbogen vom Tisch zu nehmen und ohne die Augen zu öffnen zeigte sie mit der rechten Hand zum Büffet: »Dort steht noch eine Flasche.« Ich sprang auf, als hätte sie mir einen Befehl erteilt.

Ich nahm die Flasche und auch den Korkenzieher, öffnete sie und füllte die drei Gläser.

Ihre Augen hielt sie noch immer geschlossen, erzählte aber weiter: »Als ich schwanger wurde, brachte er mich ins Schloss. Von Heirat hatte er nie geredet, aber ich war sicher, dass wir heiraten würden - noch bevor das Baby zur Welt kam, oder spätestens dann, wenn es da war. Ich forderte nichts von ihnen. Mit einundzwanzig Jahren war ich Herrin in einem Schloss - ich fühlte mich vor Glück im siebten

Himmel. Die alten Dienstboten gehorchten meinen Befehlen. Ich wusste gar nicht, was ich ihnen auftragen sollte. Ich war damals überglücklich. Als das Baby geboren war, schien auch er sehr glücklich zu sein - als wäre Gürol sein erster Sohn. Er kümmerte sich rührend um uns beide, aber vom Heiraten sprach er nicht. Ich dachte manchmal schon daran. Aber er liebte seinen Sohn so sehr, dass er sowieso ... na ja, ich dachte, er würde für immer mit uns leben wollen ...« Wieder schwieg sie, dann öffnete sie ihre Augen, warf den Kopf nach hinten und tat so, als wollte sie lachen. »Warum erzähle ich eigentlich Ihnen mein Leben?«

»Erzählen Sie bitte weiter«, bat Narin und beugte sich vertraulich zu ihr. »Natürlich nur, wenn es keinen Hinderungsgrund gibt.«

»Was für einen Hinderungsgrund sollte es geben? Es sind Jahre vergangen, ich bin nicht mehr das dumme Mädchen.« Sie schien plötzlich ernüchtert zu sein. Der Ausdruck der bedauernswerten Frau war aus ihrem Gesicht verschwunden. Sie blickte an mir vorbei an die Wand hinter mir. »Mir ist es gelungen, mein Leben neu einzurichten. Sogar, als er mir meinen Sohn wegnahm ...«

»Wer hat Ihnen Ihren Sohn weggenommen?«

»Sein Vater natürlich ... - als er diese reiche Frau geheiratet hatte ... Die Firmen sollten fusionieren, die Ehe war eine Bedingung. Angeblich war es nichts weiter als eine Formalität ... - so sagte er es mir. Dieser dreckige Lügner! Er kaufte mir diese Wohnung, möglichst weit weg von dem Schloss. Aber er versprach mir, wir würden trotzdem zusammen bleiben.«

Auf einmal kam mir der Gedanke, dass das Schloss, von dem sie sprach, jenes Herrenhaus sein könnte, in dem ich gestern Banu Sayar besucht hatte. Denn nach dem Tod des Vaters hatte es der Sohn geerbt, und der bezog es mit seiner Frau ... Das hieße dann, dass in dem Haus, in dem diese Frau erstmals so glücklich war, heute Banu Hanım lebte.

»Damals war dies hier keine besonders gefragte Gegend, es gab hier noch nicht so viele Cafés und Restaurants. Hier lebten die alten Istanbuler - also die Mittelschicht. Hulusi lebte vier Tage in der Woche mit uns hier. Er versprach mir, dass er keine andere Frau ansehen würde. Aber auf seine Auslandsreisen nahm er diese Frau mit und bei den Wochenendpartys, die sie gaben, war diese dicke Blonde die Gastgeberin. In den Klatschspalten waren immer ihre Bilder zu sehen. Nach einer Weile hielt ich es nicht mehr aus. Während eines seiner Auslandsreisen - Gürol war damals fünf Jahre alt - nahm ich meinen Sohn und fuhr nach Bodrum. Eine Freundin hatte dort eine Boutique eröffnet, sie schlug mir vor, das Geschäft mit ihr gemeinsam zu führen. Damals war Bodrum noch nicht so vornehm wie heute, auch nicht so überlaufen. Ich bin jetzt schon seit Jahren nicht mehr dort gewesen, aber ich höre davon, und lese es in den Zeitungen. Als ich dort war, war es noch ein ruhiger Ort. Die Buchten waren idyllisch, die Ausflüge wurden noch mit den alten Fischerbooten unternommen. In den meisten der umliegenden Dörfer gab es noch keine Elektrizität. Er fand mich dort nach zwei Monaten. Er kam mich zurück zu holen. Aber ich gab nicht nach. Er schrie mich an, hob sogar die Hand gegen mich! Er schlug mich dann doch nicht. »Ab jetzt bekommst du von mir kein Geld mehr«, sagte er und verschwand. Weiß Gott, er hatte bestimmt schon wieder eine andere junge Frau gefunden ...«

»Ihren Sohn hat er aber nicht mitgenommen?«

Işıl Hanım griff nach der Zigarettenpackung auf dem Tisch.

»Nein, damals nicht.« Sie zog kräftig an ihrer Zigarette und lächelte kaum merklich. »Ich war ja noch jung und ich verliebte mich in einen anderen Mann - einen Maler. Er führte eine kleine Pension, wir zogen zusammen.« Sie seufzte und lächelte, der Ärger in ihren Augen war erloschen. »Es war eine schöne, aber kurze Zeit. Er hatte davon erfahren. Weiß Gott, er hatte mich wahrscheinlich von Anfang an beschatten lassen … - ich hatte es ja nicht gemerkt. Er kam wieder. Diesmal war er ganz ruhig, sprach ganz leise, fast demütig und zeigte Verständnis. Das Kind würde ja bald in die Schule gehen, in Istanbul gäbe es viel mehr Möglichkeiten … - so hatte er mich eingewickelt. Er sagte, ich könnte den Jungen sehen, wann immer ich wollte.«

Ich dachte für mich, dass sie nicht genug um ihren Sohn gekämpft hatte. Vielleicht passte es ihr sogar, mit ihrem Malerfreund allein zu bleiben.

»Es war alles gelogen! Ich habe meinen Sohn nie wieder gesehen. Er hat den achtjährigen Jungen damals nach England auf ein Internat geschickt.«

»Haben Sie ihn nie wieder gesehen?«, fragte Narin ungläubig.

»Als ich aus Bodrum zurückkam, versuchte ich immer wieder mit ihm Kontakt aufzunehmen. Aber entweder hat er mich abgewimmelt, oder beschimpft. Mein Junge würde in England auf die Schule gehen, in den Sommermonaten käme er nach Istanbul, aber mit mir wollte er nichts mehr zu tun haben, behauptete er. Ich sollte den Jungen nicht verwirren … - würde mir sowieso nichts nützen. Dann starb er. In der Todesanzeige stand der Name meines Sohnes, Gürol, nicht. Offenbar hatte er ihn nicht einmal adoptiert. Ich bin nicht zu seiner Beerdigung gegangen. Aber zu der Beerdigung von Ayhan wäre ich gerne … - ich traute mich aber nicht.«

Narins Frage »Wie alt ist Ihr Sohn denn jetzt?«, fand ich etwas taktlos. Was ging es uns an, wie alt ein Kind war, auf das sogar die Mutter verzichtet hatte?

»Fünfunddreißig … - am 8. September ist er fünfunddreißig geworden. Ich weiß nicht, ob er inzwischen in der Türkei lebt, oder noch in England. Er hat mich niemals angerufen.« Sie zuckte mit einer erstaunlichen Teilnahmslosigkeit die Schultern, und griff nach ihrem Weinglas. »Hat er für mich, oder haben Kinder, die im Ausland auf ein Internat geschickt werden, keine Mutterliebe? Ich weiß es nicht!«

Ich spürte eine Beklemmung. Bis zu dieser späten Stunde der Nacht lauschten wir der traurigen Geschichte von Işıl Hanım - obwohl meiner Ansicht nach die Geschichte gar nicht so traurig war - und vergeudeten lediglich unsere Zeit. Trotzdem rührte sich ganz hinten in meinem Kopf etwas. Während die Frau erzählte, kam mir etwas befremdlich vor. Es war vielleicht ganz unabhängig von ihrer Geschichte ... - in dem Augenblick kam ich jedoch nicht darauf, was es war. Als wäre eine Frage, die sich formuliert hatte, im gleichen Augenblick weggeflogen. Ich glaubte einfach nicht, dass alles das etwas mit den Mordfällen zu tun hatte, aber trotzdem gab es etwas ... Ich wusste nur nicht, was es war und wie es war. Doch ich wusste genau, es war nichts Gutes!

»Ich habe Sie damit nur belästigt«, sagte Işıl Hanım und senkte den Kopf verschämt. Doch das wirkte auf mich eher wie ein Getue. Sie hatte sich jetzt gründlich ausgeweint, war wohl erleichtert, also konnten wir gehen. Mit anderen Worten: Nachdem sie uns den Kopf voll geredet hatte, warf sie uns regelrecht hinaus.

Nun war es wirklich spät. Zwar hatten wir nicht so viel getrunken wie Işıl Hanım, aber doch mehr, als uns gut tat. Anstelle nach Emirgan zu fahren, konnten wir in Meleks Wohnung übernachten und den Geistern trotzen - oder falls es einen Eindringling gegeben hatte, den von ihm hinterlassenen Spuren. Dass ich diese Idee nicht hatte, sondern Narin, zeigte mir, dass sie nüchterner war als ich. Oder, dass ich nicht mehr klar denken konnte. Ich verzichtete auf die Abschiedszeremonie, beziehungsweise überließ diese Narin und lief geradewegs zur Tür. Ich ließ sie offen und stampfte nach oben. Vor Meleks Wohnung wartete ich auf Narin, bis sie mit dem Schlüssel kam, ließ mein Ärger ein wenig nach.

Allerdings fragte ich mich nicht, weshalb ich mich geärgert hatte.

»Du hättest ihr gleich ordentlich deine Meinung sagen sollen«, sagte Narin als sie Meleks Tür öffnete.

Dem entnahm ich, dass auch sie nichts dagegen einzuwenden gehabt hätte. Hatte sie auf eine ähnliche Reaktion von mir gehofft?

»Ich bin nicht der Typ, der unhöflich wird«, antwortete ich und ging geradewegs ins Schlafzimmer. »Außerdem kann ich vor Müdigkeit kaum noch auf den Beinen stehen.«

Narin schaltete alle Lichter in der Wohnung ein und schaute überall nach. Als sie ins Schlafzimmer kam, hatte ich mich bereits hingelegt.

»Alles ist so, wie ich es hinterlassen hatte«, sagte sie und begann ebenfalls, sich auszuziehen. »Es war wohl der Geist, den sie gehört hatte ...«, lachte sie. »Warum hast du dich so geärgert?«

»Lass mich schlafen«, brummelte ich. »Wir haben uns die ganze Nacht umsonst die Ohren voll labern lassen.«

»Wir hätten das Bett frisch beziehen sollen«, sagte sie, aber sehr nachdrücklich klang das nicht. Sie legte sich dann sofort hin und wir schliefen in dem Bett, in dem Melek mit Ergin Gürkan, Oktay und mit wer weiß wem noch gelegen hatte - aber ohne Laken und Kopfkissenbezug, nur mit einer Wolldecke zugedeckt - und ohne Gutenachtkuss ...

Ich wurde wach, weil ich an der Schulter gerüttelt wurde. Eine blonde Frau ... - und sie lächelte dabei. Ich vergaß den Traum ... - oder war es ein Alptraum? Ich fragte verschlafen: »Wo bin ich?« Dann erinnerte ich mich daran, dass ich in Meleks Bett lag, und ich hatte einen Geistesblitz. »Wer bin ich?«, fragte ich.

Diese existentielle Frage - wann hatte ich sie mir zuletzt gestellt? Wie viele Jahre war es her? Stellt man sich eine solche Frage nur im schlaftrunkenen Zustand? Wer bin ich? Warum bin ich hier? Wüsste ich, wer ich bin, wäre ich dann in diesem unbezogenen, fremden Bett aufgewacht? Wieso bestimmt diese blonde Frau über mein Leben? Hätte ich gewusst, wer ich bin, hätte sie sich dann getraut, mich an der Schulter zu rütteln und zu wecken?

»Es ist nach elf Uhr«, sagte sie und erst als sie sich davon überzeugt hatte, dass ich tatsächlich wach war, entfernte sie sich. »Hier gibt es weder heißes Wasser noch irgendetwas zum Essen. Steh' auf! Ich möchte so schnell wie möglich gehen. Wir haben heute sehr viel zu tun.«

Ich hatte nicht die geringste Ahnung, was wir heute zu tun hatten, aber stand natürlich auf. Etwas, was ich gar nicht mochte, war, mich anziehen, ohne vorher geduscht zu haben. Aber wenn man sich mit Geistererscheinungen abgibt, muss man eben eine Reihe von Unannehmlichkeiten in Kauf nehmen. Was ich gewiss verweigerte, war: mehr als zehn Schritte zu tun, ohne vorher gefrühstückt zu haben.

Wir betraten also das erstbeste Café, in dessen Schaufenster in verschiedenen Sprachen für englisches, französisches, mexikanisches und sogar türkisches Frühstück geworben wurde.

»Lass uns heute ausnahmsweise mal türkisch frühstücken«, schlug Narin vor. Sie war bestens gelaunt.

»Die Geschichte, die die Frau uns erzählt hat, kommt mir irgendwie bekannt vor ... - aber ich weiß nicht woher«, sagte ich mit saurer Miene. »Von Balzac, oder Dickens! Oder habe ich so etwas in einem Film gesehen?«

»Was sagst du da ... - in Gottes Namen?«

Ich versuchte mich zu erinnern und zog meine Augen zusammen. »Der Sohn einer reichen und wahrscheinlich adligen Familie und die Tochter der Waschfrau. Oder eine Frau vom niederen Stand wird von einem adligen mit einem Heiratsversprechen verführt. Aber er muss natürlich eine Frau heiraten, die der gleichen Schicht entstammt. Und als das Mädchen, das er liebt, schwanger wird ... - bringt sie das Kind natürlich auf die Welt, aber man schickt das Baby ins Dorf, wo es großgezogen wird. Und das Mädchen bleibt einsam und hilflos zurück. Mit der Zeit schafft es der Junge, eine gute Schulbildung zu erhalten und eines Tages erfährt er, wer sein adliger Vater ist. Da schwört er, sich zu rächen ...«

Narin lachte lauthals los: »Das klingt eher nach Balzac ...«, sagte sie. »Es könnte aber auch ein anderer Klassiker sein, allerdings nicht so gut ...«

»Dank meiner Exfrau habe ich eine Menge Romane gelesen. Manchmal bringe ich sie etwas durcheinander. Das klingt auch eher nach einer Literaturverfilmung.«

Narin lachte noch herzhafter. »Ja, wie eine dieser Fernsehserien, die man für die Gegenwart aktualisiert hat ...«

»Das weiß ich nicht! Aber die Geschichte der Frau ist von irgendwoher abgekupfert, garantiert.«

»Wieso sollte die Frau so etwas tun?«

»Das weiß ich auch nicht.«

»Außerdem gibt es doch keinen Sohn, der als Rächer erkennbar wäre.«

»Ich denke, dieser Teil der Geschichte interessiert Işıl Hanım nicht. Wenn es jemanden gäbe, der sich an der Familie rächen wollte, dann höchstens sie selbst.«

»An wem sollte sie sich denn rächen? Es sind doch schon alle tot.«

»Stimmt?!«

Narin trank ihren zweiten Tee und lehnte sich bequem zurück. »Soll ich dir eine zeitgemäßere Geschichte erzählen?«, fragte sie, die Lippen leicht verzogen. »Eine junge, hübsche, ehrgeizige Sekretärin verführt ihren älteren Chef. Um sich seiner zu sein, dass er sie heiratet, wird sie schwanger. Aber der Mann denkt gar nicht daran, denn er ist bereits in festen Händen. Oder: Anfangs war er in das Mädchen verliebt, akzeptierte auch das Kind, begegnete dann jedoch der anderen, älteren Frau, die viel besser zu ihm passte. Und als er beschloss, diese Frau zu heiraten ... Dem Mädchen kaufte er eine Wohnung, gab ihr monatlich eine bestimmte Summe und schickte sie weg. Aber sie wollte sich damit nicht abfinden, lauerte ihm ständig auf, ließ ihn nicht in Ruhe, bedrohte seine Frau, erpresste ihn sogar ... - was weiß ich. So etwas eben. Das ging dem Mann auf die Nerven. Für ihn bestand die einzige Lösung darin, die Frau für immer loszuwerden ...«

Während sie das erzählte, fiel ich von einem Staunen ins nächste. Gestern erst hatte sie der Frau mit Tränen in den Augen zugehört. Wie kann es sein, dass die gleiche Narin am nächsten Morgen die gleiche Frau als hinterlistige, erpresserische Kokotte darstellt, die ihre Geschichte nur erfunden hatte? Sind alle Frauen herzlos? Hassen sie sich alle gegenseitig? Ihre Erklärung ist ja noch viel hartherziger, als die in Balzacs Romanen ... Ja, sogar Akın Erkan hätte sich so etwas Garstiges nicht ausdenken können ... - glaube ich.

Ich ließ sie nichts von meinem Entsetzen merken, ich fragte nur: »Gut! Aber warum nahm er ihr das Kind weg?«

Sie zuckte mit den Schultern und frühstückte seelenruhig weiter. »Vielleicht hatte er Gewissensbisse. Falls die Frau in Bodrum Männerbekanntschaften hatte, wollte er den Jungen beschützen. Oder die Hoffnungen, die er in die anderen Söhne gesetzt hatte, erfüllten sich nicht und seine neue Frau bekam keine Kinder. Işıl Hanım nannte sie eine ausgediente Schönheit, erinnere dich! Vielleicht hatte sie das Kind selbst nach Istanbul gebracht und ließ es freiwillig bei dem Vater ...«

Demnach wurde der alte Weiberheld zum guten Mann aus dem Märchen und die junge, hoffnungslose Mutter zu einem Monster ...

»Hast du alles das gestern schon gedacht? Hast du der Frau von Anfang an ihre Geschichte nicht geglaubt?«

»Nein, gestern Abend glaubte ich ihr jedes Wort und sie tat mir leid, die Arme! Eigentlich glaube ich ihr immer noch. Aber als du sagtest, die Geschichte sei abgekupfert, dachte ich eine noch realistischere Geschichte aus. Männer sind so! Wenn sie eine Frau satt haben, sind sie zu jeder Niedertracht bereit, um sie loszuwerden ...«

»Hast du eben nicht selbst gesagt, die Frau selbst hätte jede Niedertracht angewendet? Sie wurde schwanger und stellte dem Mann eine Falle ...«

Sie weitete sie Augen: »Ach was?« Sie zog eine richtige Show ab. »Habe ich das gesagt? Sprach ich von einer Falle? Wie kommst du auf dieses Wort? Es ist natürlich, dass eine junge Frau in ihrer Situation einen reichen Mann zum heiraten sucht! Sie tat alles, was in ihrer Macht stand, natürlich.«

»Und dass sie den Mann dann nicht in Ruhe ließ, ihn sogar erpresste?«

Wenn sie enttäuscht war? Als der Mann sie mit dem Kind hinauswarf, wollte sie das nicht akzeptieren, nicht als ihr Schicksal hinnehmen ... Natürlich musste sie für ihr Recht kämpfen! Du bist vielleicht komisch ... Männer!«

Ich konnte nichts anderes tun, als zu seufzen. Ich sagte ihr nicht, »Die eigentlich komischen sind die Frauen«. Ich begnügte mich damit, meinen Kopf zu schütteln. »So oder so ... - was will diese Frau von uns?«

»Sie wollte doch gar nichts. Was sollte sie wollen?«

»Mit Hirngespinsten hat sie uns zu sich gelockt und dann erzählte sie uns ihre angebliche Lebensgeschichte. Was wollte sie damit erreichen?«

»Mein Lieber, was soll sie denn bezweckt haben? Sie hat wohl wirklich geglaubt, etwas gehört zu haben ... Sie ist eine Frau, die allein lebt. Sie hatte wohl Angst. Dann hat sie ihr Herz ausgeschüttet, die Arme ... Ihr wurde bereits in jungen Jahren das Herz gebrochen ...«

»Wieso ihr Herz gebrochen?«, fragte ich etwas widerspenstig. »War sie etwa in den alten Mann verliebt? Du hast selbst gesagt, sie hat sich mit ihm wegen seines Geldes eingelassen.«

»Aber sie sagte, dass sie in ihn verliebt war ... Da sie unsere einzige Zeugin ist ... Außerdem muss sie nicht unbedingt verliebt gewesen sein - das Herz gebrochen kann er ihr trotzdem haben. Sie wurde mit dem Kind quasi auf die Straße gesetzt. Das bricht einem schon das Herz.«

»Auf die Straße? Er hat ihr in Cihangir eine Etagenwohnung gekauft, in der sie heute noch wohnt. Wenn sie die heute verkaufen wollte ...«

»Ach, ihr Männer! Ihr macht es euch so einfach! Ihr verteidigt euch gegenseitig! Und wenn er ihr eine Wohnung gekauft hat. Was ist denn das schon für ein Unterschied, ob er sie auf die Straße gesetzt hat, oder ihr eine Wohnung gekauft hat? Er hat sie aus seinem Leben hinausgeworfen ... Warum die Frau uns das erzählt hat, das weiß ich nicht! Vielleicht haben der Alkohol und die Angst ihre Zunge gelöst. Wer weiß, ob sie jemals mit jemandem darüber reden konnte. Sie hatte ja schon reichlich getrunken, hast du doch sicher bemerkt.«

»Und ob«, sagte ich.

»Vielleicht hat sie etwas beabsichtigt?! Vielleicht dachte sie, etwas zu wissen, was uns unbekannt ist. Meleks Beziehung zu Ergin Gürkan zum Beispiel. Sie wollte uns wahrscheinlich irgendwie darüber informieren ...«

»Wie gutgläubig du bist. Das hätte sie uns doch auch direkt sagen können, statt uns die ganze Nacht Geschichten zu erzählen.«

»Du bist heute Morgen ganz schön bockig, weißt du das?«, fragte sie etwas verstimmt. »Du liest in aller Seelenruhe deine Romane, du guckst dir Filme an, aber als die Frau ihre Wahrheit erzählt, bekommst du Kopfschmerzen« Das ist ja ganz schön unsensibel!«

Ich blickte sie betroffen an und war wie erstarrt. Ich fand keine Worte. Seit dem delikaten Abendessen mit klassischer Musik, als ich dachte, diese Frau würde mein Leben mit Harmonie bereichern, waren keine vierundzwanzig Stunden vergangen.

Als Gülen Hanım, die Sekretärin des Rektors, mich sah, rief sie völlig überflüssigerweise: »Ach, Sie sind da!«, und ebenso überflüssig fügte sie hinzu: »Sie sind seit Tagen nicht mehr da gewesen.«

Ich lächelte. »Ja, das stimmt.«

»Soll ich das Zimmer öffnen lassen?«

»Wenn es Ihnen keine Mühe macht« - sie griff gleich zum Telefon.

Während der letzten Tage, in denen ich keine Zeit fand, in die Universität zu gehen, erhielt ich eine Menge erstaunlicher Informationen. Richtiger gesagt: Haydar hatte sie beschafft, aber obwohl sie vorerst streng geheim gehalten werden mussten, sah er keinen Grund, sie mir nicht mitzuteilen. Sie erstaunlich zu nennen wäre fast untertrieben. Es war geradezu unglaublich, dass wir diese Informationen, die perfekt zu den Eintragungen in Meleks Notizheft passten, überhaupt erhielten. Narin war es gelungen, endlich die geheimnisvolle Hülya, Meleks beste Freundin, zu erreichen. Was wir von ihr erfahren hatten, war in diesem Moment unbrauchbar -

es verwirrte uns nur. Später aber fügte sich alles das, was Hülya erzählt hatte, zusammen mit den Informationen, die Haydar brachte, mosaikartig zu einem Bild. In diesem Augenblick war ich allerdings noch weit davon entfernt, das Bild zu überblicken. Hätte ich allen diesen Informationen einen Sinn zuordnen können, warum sollte ich dann hier meine kostbare Zeit verbringen?

Hülya war ein mädchenhafter Typ mit sehr langen, glatten, glänzenden und kräftigen, schwarzen Haaren, die ihr fast bis zur Taille reichten. Hätte sie nicht die riesigen, schwarzen Augen, in denen es ständig zu glitzern schien, hätte man sie fast als hässlich bezeichnen können. Ihre Haut war grünlich-gelb, unter den Augen leicht lila; Nase und Kinn waren spitz und ihre sehr tiefe Stimme überraschte. Ihr Körper war nicht nur dünn, sondern fast schon ausgemergelt. Aber mit einem geschickten Make-up und topmodisch gekleidet, hätte sie durchaus wie ein ausländisches Topmodel gewirkt. Das aber war augenscheinlich nicht ihre Absicht, denn in ihrem Gesicht war nichts von Minderwertigkeitskomplexen. Sie hatte einen langen, ausgebleichten schwarzen Rock an und einen dunkelgrünen Pullover. Auf Anhieb konnte man erkennen, dass er von ihrer Mutter selbst gestrickt war. Sie arbeitete bei einem Fernsehsender als »Produktionsassistentin« und kannte Melek aus dem Viertel, in dem auch sie wohnte. Das Handy wurde ihr gestohlen, deshalb konnte Narin sie nicht erreichen. Sie fragte Oktay, der ihr die neue Nummer gab.

»Ob ich Oktay kenne? Aber natürlich! Ich habe die beiden miteinander bekannt gemacht«, sagte sie, während sie ihren Tee trank.

Wir saßen in einem der Cafés (kleiner und versteckter, als das Café, in dem wir neulich gefrühstückt hatten) um den kleinen, runden Tisch und hatten zu dritt kaum Platz.

»Kurz nachdem Melek hier eingezogen war, hatten wir uns angefreundet. Wir sind keine Freundinnen seit unserer Kindheit ... Sie ist ja in England aufgewachsen. Aber wir kamen uns schnell nahe ... - wir hatten ähnliche Ansichten. Als sie ermordet wurde ...« Ihre Stimme brach, sie konnte einige Sekunden lang nicht weiterreden. Dann schloss sie die Augen und schüttelte den Kopf. »Es ist unglaublich ...«

Narin war auch den Tränen nahe. »Hatte sie vor jemandem Angst in der letzten Zeit?«, fragte sie leise.

»Nein, Melek hatte vor niemandem Angst. Sie dachte eher daran, jemandem Angst einzujagen.« Sie runzelte ihr Gesicht, es fiel ihr offensichtlich schwer, das Gespräch fortzusetzen. »Sie sagte, 'Ich frage ihn und ich lasse nicht locker'. Ich warnte sie, lieber die Finger davon zu lassen ...«

»Von was die Finger zu lassen? In was sollte sie sich nicht einmischen?«

»Sie glaubte, dass an der Uni ein paar krumme Dinge laufen würden.«

Was ist daran so erstaunlich? -, dachte ich und fragte: »Hat sie oft von der Uni erzählt?«

»Nein, also normalerweise nicht! Nur ab und zu sagte sie, dass es dort niemanden gab, mit dem sie sich gut verstehen würde. Sie beschwerte sich, dass die Studenten so desinteressiert waren ... - das war alles. Aber dann ... - also als der Junge gestorben war ...«

»Ja, was war dann?«, bohrte Narin.

»Man hatte versucht, das zu vertuschen. Niemand sollte erfahren, dass das in der Uni passiert war. Melek erfuhr das zufällig von einem Freund des Jungen. Wie können sie das bloß tun? Empörte sie sich. Dann wurde auf dem Parkplatz die Leiche gefunden ...«

»Das war ja klar, dass da etwas faul war!«, sagte ich, und bemühte mich, die Ironie in meiner Stimme zu unterdrücken.

Wahrscheinlich war es mir gelungen, denn die junge Frau sprach weiter: »Ja, sie hatte sich dahinter geklemmt. Ich denke, sie hatte jemanden in Verdacht ... - sie konnte ihn aber nicht überführen ...«

»Verdächtigte sie etwa jemanden des Mordes?«

»Nein, aber sie dachte, dass dieser Mann wusste, was passiert war ...«

»Welcher Mann?«

Sie runzelte erneut ihr Gesicht: »Ich weiß es nicht. Es war jemand, den sie von früher schon kannte, ich glaube, er hatte ihr geholfen, die Stelle hier zu bekommen ...«

Ich schaute zu Narin. Sie schien sehr überrascht zu sein. Mir kam in diesem Augenblick nur Ergin Gürkan in den Sinn.

»Es war jemand, mit dem sie vor Oktay eine Beziehung hatte?«

»Nein, nicht der ...« - als hätte sie sich verplappert, nahm sie sich zurück. Dann fügte sie leise hinzu: »Ich glaube es jedenfalls nicht.«

»Hatten Sie ihn gekannt?«

Sie wandte ihren Blick ab: »Wen?«

»Den früheren Freund von Melek.«

»Wir haben uns nicht persönlich kennen gelernt, aber sie hat mir von ihm erzählt«, sagte sie mit gesenktem Kopf. »Er war ja verheiratet ...«

»Wissen Sie, wie er hieß?«

Sie hob ihren Kopf, zog die Augen zusammen und schaute mir ins Gesicht. »Wissen Sie es denn?«

Narin seufzte kummervoll. »Ja, wir wissen es - Ergin Gürkan!«

»Wir nannten ihn nur Prof., sie sprach seinen Namen nicht aus. Nein, ihn hatte sie nicht verdächtigt. Aber ihn wollte sie wegen der beiden Todesfälle um Rat fragen, glaube ich. Sie schien es jedoch nicht zu wagen.«

»Und wer war der andere Mann?«

»Ich sagte doch, das weiß ich nicht.«

Ich schaute erneut zu Narin. »Wer war ihr behilflich, damit sie die Stelle an der Uni bekam?«

Narin zuckte mit den Schultern. »Ich habe keine Ahnung! Außerdem hatte Melek keine Protektion nötig. Egal an welcher Universität sie sich beworben hätte, man hätte sie überall genommen.«

»Es war ja jemand, den sie von früher her kannte«, betonte Hülya. »Ich glaube aus England ...«

»Ein Engländer?«, fragte ich.

Sie schüttelte verneinend den Kopf.

Narin dachte eine Weile mit hochgezogenen Augenbrauen und hervorquellenden Augen nach: »Was hatte jemand, den sie von dort kannte, hier zu tun?«, fragte sie sich. »Sicher gab es an der Universität in England auch andere türkische Studenten ... - also ein Kommilitone von ihr ...«

Hülya schüttelte entschieden den Kopf - und ihre betörenden schwarzen Haare. »Nein, es war kein Kommilitone, er war vier, fünf Jahre älter als sie.«

»Mir scheint, Sie kennen diesen Mann doch«, forderte ich sie heraus.

Abermals das energische Kopf- und Haareschütteln. »Ich kann dazu nichts Konkretes sagen, aber ich glaube, ich habe ihn einmal gesehen.«

Narin und ich schauten uns an: »Wo? Wann?«, fragten wir wie aus einem Mund.

Die Befragung führten wir gemeinsam - aber etwas ungeschickt. Wir beachteten nicht einmal die typischen Regeln wie die allseits bekannte Rollenverteilung »guter Polizist, böser Polizist«. Es war nur noch eine Frage der Zeit, wann sie verängstigt aufspringen und wegrennen würde. Allerdings würde sie damit auf der Liste der Verdächtigen auf Platz Nummer eins aufrücken und uns somit die Arbeit erleichtern.

Hülya machte aber keine Anstalten, die Flucht zu ergreifen. Sie trank einen Schluck von ihrem inzwischen kalt gewordenen Kräutertee, anschließend ließ sie ihre Hände in der Luft auf eine Weise herumwirbeln, die ich nicht verstand. Sie erklärte uns diese Bewegung damit, dass sie vor einigen Monaten mit dem Rauchen aufgehört hatte und nun ein heftiges Verlangen nach einer Zigarette verspürte.

Narin rauchte nicht und ich bevorzugte mal eine Zigarre, mal Pfeife, deshalb schlug Narin vor: »Bestellen wir beim Kellner Zigaretten.«

Doch Hülyas Hände zeichneten neue Figuren in die Luft: »Nein, nein ... - ich will nicht ...- ich will nicht wieder anfangen ...«

Ich hielt es für angebracht, abzuwarten, bis sie ihre kritische Phase überstanden hatte. Aber als sich das Schweigen anscheinend endlos ausdehnte, konnte ich meine Ungeduld doch nicht zügeln.

Also räusperte ich mich höflich. »Wir sprachen von einem Bekannten Meleks, den Sie einmal gesehen haben ...«

»Melek hatte öfters zu Partys eingeladen ...«, begann sie. »In England war das wohl so üblich ... Das erinnerte sie an ihr Leben in London. Die Leute brachten ihre Bekannte mit, manchmal kamen auch welche, die sie selbst gar nicht kannte ... Mit einer Flasche Wein waren alle willkommen ... So freundeten sich die Leute untereinander an. Es gab einige Stammgäste und welche, die nur einmal da waren oder selten kamen. Melek lud jedoch aus der Uni niemanden ein. In der Uni wollte sie die idealistische, ernstzunehmende Lehrkraft sein und hier ... - wie soll ich es sagen?« Sie überlegte kurz, »... eine Herrin des Vergnügens ... - ein Vagabund ... - sie wollte diese zwei Lebenskonzepte nicht vermischen.«

Narin schien verärgert, befürchtete wohl, wir würden vom Thema abkommen, und ich fühlte mich gezwungen, eine elementare Frage zu stellen: »Nahm sie Rauschgift?«

Ich vermied es, Narin anzuschauen, ich wusste deshalb nicht, wie sie darauf reagierte. Hülya aber verzog nur leicht ihre Lippen.

»Ganz bestimmt!«, gab sie zu. »Nicht so schwere Sachen wie Heroin oder Kokain ... - aber Haschischzigaretten und solche leichtere Sachen ...«

Ich achtete darauf, meine Augen jetzt nicht von ihr abzuwenden, denn das, was ich wissen wollte, konnte entscheidend werden: »Also Haschisch ... Hatte Melek das besorgt?«

Obwohl ich Narin nicht anschaute, merkte ich, dass sie zu flattern begann.

»Nein«, sagte Hülya. »Jeder brachte sein eigens Zeug mit. Also ... Alkohol und Haschisch ...« Dabei verdeckte sie ihre Augen mit der einen Hand und schaute auf den Tisch, als wollte sie uns damit vermitteln, dass alte Leuten wie wir das sowieso nicht verstehen würden.

»Woher bekam Melek das Haschisch?«

Ohne die Ellbogen vom Tisch und die Hand von den Augen zu nehmen, ließ uns Hülya wissen: »Sie hatte kein ernsthaftes Problem mit Rauschgift«, und breitete die Hände aus, als wollte sie die Unsinnigkeit dieses Gespräches mit alten Leuten betonen. »Haschisch eben - was ist schon dabei? Sie können auf der Straße ganz andere Drogen bekommen. Auf Meleks Partys wurde meistens nur Wein getrunken und etwas Haschisch geraucht. Machen Sie sich keine Sorgen!«

»Meine Sorge ist nicht«, begann Narin mit spröder Stimme, »wer was getrunken oder geraucht hat.« Mir kam es so vor, dass sie darauf achtete, mich nicht anzuschauen, sie tat sogar so, als wäre ich gar nicht anwesend. »Aber eben sprachen wir doch von einem Mann.«

»Wenn Sie mich fragen, liebte sie ihn immer noch«, sagte Hülya. »Mit Oktay war sie zwar zusammen, aber den anderen Mann konnte sie nicht vergessen. Sie wollte es gar nicht ...« Ihre Augen weiteten sich, sie kam mit ihrem grünlich-gelben Gesicht näher und schlug verärgert auf den Tisch. »Es gibt solche Dinge eben! Es tut weh, es ist unmöglich jemanden zu vergessen. Man erlebt das immer wieder, hintereinander ... Und wenn der Schmerz aufhört, scheint auch das Leben ...« Sie nahm ihre Hände vom Tisch und verdeckte ihr Gesicht.

Narin blickte mich endlich an. Vielleicht begriff sie, dass sie mich nicht ignorieren konnte. Wir mussten die Sprache Hülyas, die wir beide nicht beherrschten, gemeinsam enträtseln. Das wusste sie auch. Jenseits von Neugier - wussten wir eigentlich, worüber wir nachdenken mussten? Wahrscheinlich war das, was ich in ihren Augen sah, identisch mit dem, was sie in meinen Augen erblickte: eine Beunruhigung jenseits von Überraschung; eine Angst jenseits von Beunruhigung! An welchem Fortsetzungspunkt wir jetzt ansetzten, es würde eine dramatische Geschichte werden. Wir wussten nicht, wo wir beginnen sollten.

Man lebt, solange man leidet. Und wenn das Leiden nachlässt, scheint das Leben ... - was? - Aufzuhören? Im Glück zu versinken? Was? Was!? - fragte ich mich.

Was hat das mit Meleks Tod zu tun?

Das Schweigen wurde schließlich von Hülyas Lachen unterbrochen. Es war zwar ein Lachen, aber kein fröhliches, und es begann wie ein Schluchzen, wurde immer lauter, und erst als sie den Kopf nach hinten warf und ihre blendend weißen Zähne zu sehen waren, wagten wir, es als ein Lachen zu bezeichnen.

»Ach, Sie fragen nach dem anderen Mann ... - nach dem dummen?«, sie lachte erneut. »Ich habe seinen Namen nie erfahren ... - eine ausgesprochene Filmfigur.« Sie schaute in ihre Teetasse. »Kann ich mir noch einen Kräutertee bestellen?«, wandte sie sich an mich.

»Natürlich«, sagte ich und hob sofort die Hand, um einen der Kellner herbeizuwinken.

Hülya sprach weiter, ohne auf den Tee zu warten: »Es war auf einer der Partys Ende des Sommers - also vor Oktay und nach dem Prof. Melek war damals ohne festen Partner. Obwohl ... - auch wenn sie keinen festen Freund hatte ...« Sie schwieg schon wieder. Ihre schmalen Lippen kräuselten sich, ihr Gesicht erschien mir jetzt noch olivfarbener. »Ihre One-Night-Stands bezeichnete sie als gymnastische Übungen ...«

Ich dachte, hässliche Mädchen würden ihre schöneren Freundinnen beneiden, auch wenn sie sie mögen, aber ich verstand nicht, warum dieser Gedanke in diesem Augenblick auftauchte.

»An dem Abend waren viele Leute da ... drinnen und draußen. Jeder hatte es sich irgendwo bequem gemacht. Ich ging auf die Terrasse. Ein Mann war auf das Geländer geklettert, hatte sich dorthin zurückgezogen. Es war schon dunkel, ich konnte ihn nicht sehen, aber ich wollte mit ihm ein paar Worte wechseln - von Mensch zu Mensch. Noch bevor ich den Mund aufmachen konnte, war er so erschrocken über mein Erscheinen, dass ich befürchtete, er würde vom Geländer fallen. Das tat er dann auch, aber er fiel nicht herunter, sondern zur Seite. Sie können sich sicher vorstellen, dass ich mir das Lachen nicht verkneifen konnte.« Dabei breitete sich ein böswilliges Grinsen über das ganze Gesicht aus. »Er stand auf, aber da der Boden staubig war, säuberte er sich seine Kleidung und schüttelte sich den Staub vom Kopf und aus den Haaren. Er murmelte etwas Unverständliches, ohne den Kopf zu heben, und ging ins Zimmer, ohne einen Blick zurückzuwerfen ...« Sie breitete die Hände aus, zog die Augenbrauen hoch und blickte uns an, als ob sie sagen wollte: »Na ja, ein kranker Typ eben!« Dann erzählte sie weiter: »Ich schaute ihm natürlich nach. Er ging zu Melek, fasste sie an beiden Schultern und erzählte ihr etwas. Er war ziemlich groß. Als er sich zu Melek beugte, wirkte er etwas buckelig. Melek lachte und schlug ihm auf die Brust, als wollte sie sagen »Ach, stell dich nicht so an!« ... Also mir kam das ziemlich vertraut vor, verstehen Sie?«

Sie schwieg und trank ihren Tee. Offenbar war es das, was sie uns erzählen wollte. Was das heißen sollte - nun ja, das war mir nicht ganz klar ...

Narin konnte sich kaum beherrschen: »Und wer war dieser Mann denn nun? Konnten Sie das erfahren?«

Hülya zuckte mit der Schulter. »Ich fragte Melek später nach diesem kranken Typ. Sie sagte nur, das war jemand von der Uni! Da verstand ich, warum sie keine Leute von der Uni einlud. Eigentlich ist er ein netter Typ, aber sehr schüchtern, erklärte sie mir. Aber ist das nicht etwas zu viel Schüchternheit bei einem erwachsenen Mann? Er ist so etwas wie ein Bruder für mich, sagte sie mir.«

Ich wandte mich an Narin: »Kennst du jemanden, der so etwas wie ein Bruder für sie war?«

»Woher soll ich ihn denn kennen, mein Lieber?«, blaffte sie mich an und ich wusste mal wieder nicht, ob sie sich über mich geärgert hat, oder über Hülya, oder über sich selbst. »Sie war doch eine erwachsene Frau, sie lebte ihr eigenes Leben. Wir haben uns doch nur alle paar Monate gesehen.«

»Es war immerhin jemand, der ihr fast so nahe stand wie ein Bruder ...«

Narin unterbrach mich ungnädig. »Sie hat das wohl nur so gesagt ...«

»Das kann natürlich sein. Ich hatte ihn ja auch nie wieder gesehen«, bestätigte Hülya.

»Aber als sie sagten, Melek hatte jemanden von der Uni im Verdacht ... - da kam er Ihnen in den Sinn?«, forschte ich nach.

Sie dachte nach, kräuselte ihre Lippen. »Stimmt!«; antwortete sie dann. »Aber wenn Sie mich nach dem Grund fragen ... - ich weiß nicht warum ich an ihn gedacht habe. Wir haben ja nie mehr über ihn gesprochen, sie hatte mir nicht mal seinen Namen genannt.« Schließlich fügte sie hinzu. »Ich kenne von der Uni ja sonst niemanden ...«

Es war klar, dass dieses Thema hiermit zu Ende war. Wer auch immer der Mann war, den Melek als »Bruder« bezeichnet hatte, über seine Identität würden wir von Hülya nichts erfahren. Was hätte ich sie denn noch fragen sollen?

»Wann haben Sie Melek zuletzt gesehen?«

»Etwa zehn, fünfzehn Tage bevor sie starb. Ich war mit einem Filmteam verreist. Von ihrem Tod habe ich in Bursa erfahren.«

»Am 18. September, einem Sonntag, haben Sie sich da mit ihr getroffen?«

Ohne nachzudenken unterbrach sie mich: »Ich war doch in Bursa. Die Filmaufnahmen finden sowieso meistens am Wochenende statt.«

Diese schnelle Antwort, die sie parat hatte, gefiel mir irgendwie nicht. »Wussten Sie, dass sie einen Revolver besaß?«, fragte ich.

Diesmal hatte sie es nicht so eilig mit ihrer Antwort. Sie schien sogar für einen Augenblick zu erstarren. Danach bewegte sie ihre Arme wie vorhin, als es sie nach einer Zigarette verlangte. Sie seufzte:

»Ja.« Dann schwieg sie erneut. »Sie hat ihn mir einmal gezeigt.« Wieder Schweigen. »Der Prof hatte ihn ihr gegeben«, sagte sie mit einer Stimme, aus der ich Kritik heraushörte.

»Hat sie den Grund dafür erwähnt?«, mischte sich Narin ein. »Gab es einen Grund, um Angst zu haben?«

»Für wen?«

Narin war von dem »Für wen?« überrascht. Hülya schien sie aus dem Konzept gebracht zu haben. Sie schluckte.

»Für Melek natürlich«, sagte sie unsicher. »Oder für Ergin Gürkan ...«

»Weiß ich nicht«, schüttelte Hülya den Kopf. »Aber für den Mann bestand kein Grund mehr, Angst zu haben. Denn er gab die Waffe Melek. Ich weiß nicht, wann das war. Als sie mir den Revolver zeigte, hatten sie sich schon getrennt. Einfach so ... Wir hatten damals viel Wein getrunken und nachts wurde sie sentimental, holte die Fotos heraus ... - sie hat fast geweint. Dann ging sie ins Schlafzimmer und kam mit dem Revolver in der Hand zurück. Ich bekam Angst. Ich sagte ihr, hoffentlich ist der nicht echt. Sie hielt die Pistole in beiden Händen wie ein Baby, dann wollte sie sie mir geben. Er hat sie mir geschenkt, sagte sie. Als wäre es ein Brillantenarmreif! Mir blieb fast die Spucke weg. Was, wenn die Waffe geladen war? Melek erschien mir damals verwirrt ... Ich fürchtete, ein Schuss könnte sich lösen!« Als hätte sie dies wieder erlebt, war Hülya sehr aufgewühlt. Ihre Augen waren geweitet und ihre Hände zitterten.

Ich hatte das Bedürfnis, sie zu beruhigen: »Aber es hatte sich ja kein Schuss gelöst ...«

»Die Angst, die ich durchgemacht habe ...« Das sagte sie vorwurfsvoll. Sie legte die linke Hand auf ihre Brust und setzte beschwörend fort: »Ich versuchte, ruhig zu bleiben. Man sagt ja, wenn man vor einem beißwütigen Hund steht, soll man still bleiben. Genau das tat ich - ich saß regungslos da. Ich bin so etwas ja nicht gewohnt. Ich habe zum ersten Mal in meinem Leben eine Waffe in unmittelbarer Nähe gesehen ...« Sie hielt ihre Tasse jetzt mit beiden Händen und führte sie zum Mund. Als sie einen Schluck trank, hielt sie die Tasse weiterhin in der Hand. »Ich sagte ihr: »Mädchen, es ist gefährlich eine Waffe im Haus zu haben« ... Ich sag' das jetzt so, aber Sie verstehen, was ich meine? Wer weiß, wie schnell etwas passieren kann? Wissen Sie, was sie geantwortet hat? Das Leben Ergins hänge von dieser Waffe ab ... - er gab sie mir … - er hat mir damit sein Leben in die Hand gegeben!' Das sagte sie. Ich war geschockt.«

Das, was uns Hülya erzählte, ließ uns den Atem stocken. Narin und ich hatten uns zu ihr gebeugt, so gespannt hörten wir ihr zu. Fast gleichzeitig lehnten wir uns zurück, um das zu verkraften. Es dauerte einige Sekunden, bis wir unsere Fassung wieder fanden.

»Merken Sie jetzt, was für einen Schwindel der Typ damit bezweckt hatte?«, fragte Hülya und in ihrem Gesicht erschien ein ironischer Ausdruck, der das Entsetzen verdrängte. »Sein Leben war von dieser Waffe abhängig. Er legte es auf diese Weise in Meleks Hände … Und Melek, von der ich dachte, dass sie so klug war, schluckte das …Und das geschah, nachdem der Kerl seit Monaten wieder mit seiner Frau zusammen war …« Als sie ihren Kopf schüttelte, flogen ihre Haare in alle Richtungen. »Wer glaubt denn so etwas?«

Es stand mir nicht zu, zu bezweifeln - oder daran zu glauben -, was Männer alles taten, die sich mit einem Professorentitel schmückten (mich natürlich ausgenommen!), um jungen Frauen mit ihrem Status zu imponieren. Mit großer Wahrscheinlichkeit hatte ich mein Leben gerettet, weil ich seinerzeit, wenn ich meine Vorlesungen hielt, nicht in die Gesichter der Studentinnen, sondern auf ihre hübschen Beine schaute. Narin war ja das beste Beispiel dafür, dass es mich nicht gelüstete, meine Frau zu betrügen. Als wir uns viele Jahre später umarmten, war ich ein Professor im Ruhestand und sie keine Studentin mehr.

Trotzdem fand ich die Masche von Ergin Gürkan nicht beeindruckend.

»Bevor ich zu meiner Frau zurückkehre, lege ich mein Leben in deine Hand. Durch diese Waffe …« - wollte er Melek damit sagen: »Nimm sie und bring' mich um?« Oder wollte er ihr Herz so tief verwunden, dass es schlimmer war, als sie zu töten?

Aber falls er am Ende mit der gleichen Waffe ermordet wurde?

Welch eine Ironie! Gibt es von Ironie eine Mehrzahl?

»Ich erinnere mich, das ich ihr sagte: Du kennst dich mit dieser Waffe nicht aus, du kannst damit gar nicht schießen. Aber jemand könnte dich damit umbringen!«, erinnerte sich Hülya. Erneut versteckte sie ihr Gesicht in ihren Händen. »Hätte man Melek erschossen … - hätte ich es mir niemals verziehen.«

»Wieso denn das?«, fragte ich.

Sie nahm ihre Hände vom Gesicht und schlug auf den Tisch, blickte mich dabei scharf an - mit einem Blick, der mir vorwarf, nichts verstanden zu haben, und auch nicht verstehen zu können. Sie sprach jetzt so, wie man mit einem kleinen Kind redet: »Wenn man ein Wort ins Universum aussendet, wird es seinen Weg gehen und als Wahrheit zu einem selbst oder zu den Nahestehenden zurückkehren …«, sagte sie mit selbstsicherer Stimme. »Aber Melek wurde ja nicht mit dieser Waffe getötet. Deshalb brauche ich mich nicht schuldig zu fühlen.« Sie atmete erleichtert auf - oder aber erschöpft. Jedenfalls lehnte sie sich zurück und schloss die Augen.

Ich dagegen verkrampfte mich mehr und mehr und musste mich zurückhalten, um nicht auf den Tisch zu hauen oder in ihr selbstgefälliges Gesicht. Ich sprach wohl etwas ungehalten: »Was ist mit der Waffe geschehen?«

Sie öffnete die Augen nicht, auch ihre Lippen bewegten sich kaum, als sie murmelte: »Bring die Pistole weg, ich will die nicht sehen, sagte ich zu ihr, und sie tat es. Sie legte sie in die untere Reihe des Bücherregals, denke ich … - denn sie verließ das Zimmer nicht.«

»Und … - danach haben Sie die Waffe nie wieder gesehen?«

»Nein! Aber ich befürchtete immer, dass sie sie wieder hervorholte … - auf einer ihrer Partys beispielsweise, oder ein

Betrunkener könnte das untere Regalfach zufällig aufmachen und den Revolver finden, und damit herumfuchteln. Davor hatte ich immer Angst!«

»Aber das ist nie eingetreten ...«

»Nein ... - oder falls doch, dann war ich nicht dabei.«

Narin und ich blickten uns an, tauschten uns mit den Augen darüber aus, ob wir Hülya noch etwas fragen wollten. Narin zog ihre Ellbogen vom Tisch, nahm die Hände vom Gesicht und griff nach ihrer Handtasche, die sie über die Stuhllehne gehängt hatte. Ich bezahlte unsere Getränke. Uns blieb nichts mehr zu tun, als nach Hause zu gehen

Haydar Bilirs Augen glänzten. Denn einerseits war ihm eine Coup gelungen, andererseits bekam er immer mehr Lust auf solcherlei Erfolgserlebnisse. Also lächelte er höchst zufrieden.

»Was ich Ihnen erzählen werde, das ist unglaublich, Herr Professor!«, begann er.

Wird nicht alles, was man sich erzählt, wichtig und wertvoll, weil es eine unglaubliche Wahrheit in sich birgt? Warum sollten wir uns sonst Geschichten anhören, die entweder leicht nachvollziehbar sind, oder die man sowieso kennt? Wenn uns eine solche Geschichte zu Ohren kommt, warum sollten wir sie wichtig nehmen? Das hieße ja, dass die Wahrheit (wenn es sie denn überhaupt gibt) in zwei Kategorien teilbar wäre ... Es könnte sein, dass das, was Haydar Bilir kaum glauben konnte, mir durchaus glaubwürdig erschien. Deshalb teilte ich seine Aufregung nicht und forderte ihn mit verhaltener Neugierde auf: »Erzählen Sie!«

Und er erzählte.

Ich kann nicht alles wörtlich wiedergeben, was er erzählte, denn ich muss gestehen, seine Erzählweise ging mir auf die Nerven. Früher, als wir uns nur alle paar Monate mal sahen, fand ich seinen Redestil amüsant, es gefiel mir sogar, wie er sich in Details erging. Aber da wir uns in den letzten Tagen ziemlich oft trafen, war ich schon genervt, wenn ich ihn sah. Deshalb vermeide ich es, mit seinen Worten zu schildern, wie er jemanden von der Rauschgiftabteilung (die würden ihre Geheimnisse niemals verraten) dazu gebracht hatte, ihm unter dem Siegel der Verschwiegenheit eine Geheimsache anzuvertrauen. Und trotz des Schwures genierte er sich nicht, mir dies doch zu erzählen. Was Wesentliche kam zuletzt und es war eine Behauptung, die ich dann doch nicht glauben wollte. Folgendes unterbreitete er mir:

Die Beamten des Rauschgiftdezernats hielten ihre Informationen über die Mordfälle unter Verschluss, da sie sich auf eine durchschlagende Operation vorbereiteten. Eine eventuelle vorzeitige Erklärung an die Mordkommission oder gar an die Presse hätte diesen Einsatz gefährdet. Haydar Bilir hatte jedoch, dank eines Mitarbeiters der Rauschgiftabteilung, den letzten Bericht des verdeckten Ermittlers Muharrem Şafak, der auf dem Parkplatz erstochen aufgefunden wurde, einsehen können. Manches in dem Bericht war nicht überraschend. Die Rauschgifthändler hatten in allen Schulen (sogar in den Grundschulen) und Universitäten die gleiche Methode angewendet: Der Verkauf erfolgte grundsätzlich nicht in den Gebäuden, sondern außerhalb. Keiner der Dealer ging mit »Stoff« in die Schulen. Höchstens in der Nähe, in bestimmten Bereichen, verabredeten sie sich mit ihren Klienten, warfen die »Ware« über die Mauer, nachdem sie auf dem gleichen Weg den Preis erhalten hatten. Das galt meist für »leichte« Drogen wie Tabletten, Haschisch, etc.: es handelte sich in der Regel um einen Umsatz in überschaubarer Höhe.

Aber Serdars Situation, der als erster ermordet wurde, war eine andere. Wenn er in die Abendkurse ging, hatte er keine leichten Sachen in den Taschen, sondern »schweres

Zeug« (Heroin und Kokain). Aber auch er verkaufte sie nicht in den Fluren der Universität. Er hatte einen festen Kunden, brachte die Ware auf dem direkten Weg zu ihm. Der Ermittler Muharrem konnte aber nicht herausfinden, wer der Käufer war. Er hatte zwei Personen in Verdacht.

An dieser Stelle ist es unvermeidbar, Haydar zu zitieren:

»Sie erinnern sich, Herr Professor? Als ich mit einem Mädchen namens Hatice gesprochen hatte, erhielt ich bereits diesbezüglich Informationen, aber Sie hatten das Mädchen nicht für glaubwürdig gehalten.«

»Sie aber auch nicht«, konterte ich.

»Stimmt! Aber es gibt keinen Grund, Muharrem Șafak nicht zu vertrauen. Demnach ist eine der Verdächtigen Melek Türker!«

Für mich kam das nicht unerwartet nach dem Gespräch mit Hülya. Er überraschte mich also nicht allzu sehr. Haydar konnte ich keinen Gefallen tun und staunen. Trotzdem fragte ich: »Wieso?«

»Der Junge ging häufig in ihr Zimmer und verbrachte dort viel Zeit.«

»Das wussten wir ja«, sagte ich. »Melek hat versucht, ihm bei seinen Nöten zu helfen.«

»Was das auch immer heißen mag ...« er verzog den Mund, als würde er das bezweifeln. »Aber anscheinend hatte der Kollege Muharrem nicht nur sie verdächtigt. Die eigentliche Person, die er im Verdacht hatte ... - das werden Sie nicht glauben, Herr Professor!«

Als er den Namen aussprach, glaubte ich es anfangs tatsächlich nicht. Ich blieb mit offenem Mund stehen. »Wie kann das sein?«, murmelte ich. »Er sieht gar nicht wie ein Süchtiger aus. Sind Sie sich ganz sicher?«

»Ich brauche nicht sicher zu sein. Ich erzähle Ihnen nur, was im Bericht stand, Herr Professor!«

»Aber Muharrem Bey kann sich geirrt haben ... - so wie er sich auch bei Melek geirrt hat ...«

»Natürlich, das kann schon sein. Er hatte die fragliche Person observiert und wollte ihn unauffällig aushorchen.«

»Als Putzmann verkleidet?«

»Das weiß ich doch nicht. Vielleicht wollte er heimlich sein Büro durchsuchen, oder ihm eine Falle stellen ... Er hätte ihn natürlich nicht offen konfrontiert. Die Operation hätte erst starten können, wenn alles vorbereitet war - und dann blitzschnell geschehen. Muharrem wollte absolut sicher sein, dass der Mann wirklich der Kunde war.«

»Er wurde also erstochen, bevor er das durchführen konnte ...«

»So sieht es aus! Oder aber ...?«

»Oder aber ... - was?«

»Wahrscheinlich hatte es die verdächtige Person gemerkt ... - wir müssen als Erstes erfahren, wer in der Nacht, als Muharrem ermordet wurde, als Letzter den Parkplatz verlassen hat, Herr Professor!«

»Sie haben Recht«, stimmte ich zu. »Aber das wollten Sie doch tun. Sie haben den guten Kontakte zu den Sicherheitsleuten.«

»In Ordnung, ich erledige das morgen. Die haben hier bestimmt einen Dienstplan.«

Haydar Bilirs Aufgabe war einfach. Was aber sollte ich tun? Mit wem würde ich es zu tun bekommen, wenn ich diesen Information nachgehen wollte?

Seitdem dachte ich intensiv nach. Von dem, was der Kommissar im Ruhestand mir erzählt hatte, sagte ich Narin nichts. Ich beruhigte sie damit, dass ich Meleks Kalender noch einmal unter die Lupe nehmen wollte, damit ich neue Anhaltspunkte erhielt. So schloss ich mich nach dem Abendessen in mein Arbeitszimmer ein. Sie widersprach nicht, fragte nur, ob sie mir einen Kaffee bringen sollte. Je mehr ich nachdachte, umso klarer wurde mir, dass ich Meleks Kalender noch einmal gründlich durchforsten musste. Das, was uns vor ein paar Tagen noch rätselhaft und unlösbar erschien - Initialen und die Termine -, ergab allmählich einen Sinn und der Name, den ich von Haydar gehört hatte ... - der mir unglaublich vorkam ... Es erschien mir immer logischer, dass H. am Sonntag, 18. Oktober eingetragen war. Wenn es dieselbe Person sein sollte, die ich in Verdacht hatte - sein Initial stimmte nämlich -, dann war S, der für den 12. August (Freitag) 18:30 eingetragen war, höchst wahrscheinlich Serdar, der ermordete Junge. War H. ein Rauschgiftkonsument, den seine Sucht zum Mörder machte?

Gut, man konnte ihn für den Mörder halten - aber wohin führte diese Annahme? Kann ein Mensch jemanden abstechen, nur damit seine Sucht nicht ans Tageslicht kommt? Wenn er Serdar und den verdeckten Ermittler umgebracht hatte ... - warum dann Melek? Und Ergin Gürkan? Es war völlig unlogisch, ihn in diesem Bild einzuordnen. Außerdem war er der eigentliche Grund, weshalb ich in der Universität ein Büro zur Verfügung gestellt bekommen hatte - nämlich, dass ich den Mord an Ergin Gürkan klären sollte.

Der Hausmeister, den Gülen Hanım anrief, öffnete die Tür des Büros. Ich ging zum Schreibtisch - alles war so, wie ich es vor einigen Tagen hinterlassen hatte. Das hieß aber auch: Alles war so, wie die verschwundene Sezen Hanım es vor einigen Wochen zurückgelassen hatte. Im Grunde hatte ich hier nur tatenlos herumgesessen. Anfangs hatte ich noch dem Computer einige Informationen zu entlocken gehofft. Als ich heute Morgen hierher kam, wusste ich nicht, was ich hier sollte. Meine Erkenntnisse dem Rektor eröffnen ... - das hätte nichts erbracht. In diesem Augenblick führte keine beweiskräftige Spur zu Ergin Gürkan. Außerdem konnte ich den

Mörder nicht alleine befragen - das war die Arbeit der Polizei. Ich musste erst mal handfeste Beweise haben, um ihn überführen zu können. In diesem Moment fiel mir ein, dass die Mordkommission von unseren Untersuchungsergebnissen, die wir der Rauschgiftabteilung verdankten, noch gar nicht unterrichtet war. Den Bericht des verdeckten Ermittlers, Muharrem Şafak, kannten außer ihnen nur Haydar und ich.

Gülen Hanım kam mit dem Kaffee ins Zimmer - ein apartes Geschöpft - musste ich zum wiederholten Male feststellen.

»Ich habe Sie gar nicht gefragt, aber Sie haben immer gerne Kaffee getrunken. »Sie stellte die Tasse auf den Tisch. »Wir haben uns schon Sorgen gemacht, ob Sie krank sind. Sogar Sungur Bey hat nach Ihnen gefragt«, lächelte sie. »Es geht Ihnen doch gut, oder?«

»Ja, danke der Nachfrage, Gülen Hanım! Ich hatte nur viel zu tun ...«

In der Tür wandte sie sich noch einmal um und sagte: »Fast hätte ich es vergessen: Die Kollegen haben die Dateien, in die Sie Einblick nehmen wollten, gefunden.«

»Welche Dateien?«, fragte ich konfus.

»Es gab einige Dateien in dem Papierkorb des Computers. Sie hatten gefragt, ob eine Wiederherstellung möglich wäre. Ich habe die Kollegen von der Technik damit beauftragt und in der letzten Woche haben sie das erledigt. Ich erinnerte mich jetzt an die Dateien mit den merkwürdigen Namen. Hatte ich ihr die Dateinamen denn genannt? Ich hatte die Sache auf jeden Fall längst vergessen.

»Ach, das ist ja wunderbar! Was für eine wunderbare Sekr ... - Entschuldigung! Assistentin Sie doch sind, Gülen Hanım! Aber ich habe mein Password vergessen, das Sie für mich besorgt haben. Können Sie den Computer bitte einschalten?«

»Aber natürlich«, strahlte sie und kehrte zurück. »Wie können Sie das vergessen? Es war Ihr Name, verkehrt herum geschrieben und mit einem T am Ende: NIMET.« Das Gedächtnis der jungen Frau nötigte mir eine weiteres Lob ab. Diesmal staunte ich nicht mehr darüber, dass sie das I falsch aussprach.

»Schauen Sie, hier geht es zu den Dokumenten, und hier sind alle Dateien abgelegt, die Sie lesen wollten.« Sie lachte. »Wirklich, komische Namen, nicht wahr? Was sich Sezen Hanım nur dabei gedacht hat?«

»Was steht denn drin, Haben Sie den Inhalt gelesen?«

Als hätte ich ihr etwas Ungehöriges unterstellt, nahm sie sofort ihre Hand von der Tastatur und trat einen Schritt zurück. »Aber nein, ich habe sie nicht geöffnet. Die Kollegen von der Technik haben hineingeschaut ... Aber nur zur Kontrolle!«

»Ich weiß gar nicht, wie ich Ihnen danken soll«, sagte ich.

Aber sie hatte es plötzlich eilig und sagte: »Also, viel Spaß« und als sie zur Tür ging, bewegte sie kokett ihre Hüften.

Ich schaute mir die Dateinamen noch einmal an. »Ende des Tages«, »Das Stiefkind«, »Der Andere«, »Der König und der Clown« ... Es interessierte mich nun doch, ob es vielleicht eine zeitliche Reihenfolge gab? Ohne die Dateien zu öffnen, kam ich jedoch nicht dahinter. Die Leute, die ein solches technologisches Wunderwerk beherrschten, bewunderte ich wirklich. Ich hatte nur hoffnungslos auf den leeren Bildschirm gestarrt, aber die jungen Leute zauberten die Dateien und damit die Geheimnisse Sezen Hanıms in kurzer Zeit hervor. Natürlich, falls es irgendwelche Geheimnisse gab - aber dank der Techniker wären sie keine Geheimnisse mehr ... Es war noch nicht mal Mittagszeit, aber ich entschied mich für die Datei »Ende des Tages«.

Ende des Tages

Alles ist zu Ende. Ist es das? Ja, das ist es. Diesmal ja! Außer vergessen, kann ich nichts mehr tun.

Vergessen ... - versuchen zu vergessen ... - seit du denken kannst, versuchst du zu vergessen. Was kann ein Mensch vergessen, wenn er sich selbst erkennt? Noch bevor er etwas getan hat? Noch bevor er angefangen hat, zu leben? Vielleicht ist es das Wissen, dass er niemals richtig wird leben können. Ein von außen aufgezwungenes Wissen - vor dem Erlangen eines Bewusstseins und vor dem Entdecken des Unbewussten, das ein normales Leben niemals erlaubt hätte. Von Anfang an wolltest du das vergessen! Dein ganzes Leben wurde von dem Versuch überschattet, dein wahres Ich zu vergessen. Wenn du vergessen könntest, dass du du bist, dann könntest du vielleicht das Leben eines anderen leben.

Jetzt sitzt du da, mit einem Glas Whiskey in der Hand, und blickst ins Leere. Angeblich hast du alles, aber du bist so hilflos, wie ein hungriger Obdachloser. Denn du weißt nicht, was du mit deinem Leben anfangen sollst. Nach allem, was du getan hast!

Warum hast du ihr nicht gesagt, dass du sie liebst? Warum hast du nicht um sie gekämpft? Vielleicht hätte sie dich ja lieben können, aber du hast nicht durchgehalten. Du hast sie verlassen und bist geflüchtet ... - warum? Oder: warum hast du sie gehen lassen? Antworten auf diese Fragen sind nun nicht mehr nötig. Du hast alledem ein Ende gesetzt. Dennoch fragst du alles das, denn du kannst nicht mal die Lieben, die du nicht erlebt hast, vergessen. Ab jetzt hast du jedoch kein Recht mehr, diese Fragen zu stellen. Denn du hast ein Ende gesetzt.

Hast du ein Ende gesetzt? War es wirklich ein Ende? Als Serdar sterbend in deine Arme fiel, hast du da geglaubt, alles wäre zu Ende? Hast du geglaubt, dieser eine Tod würde genügen? Weitere Tode wären nicht nötig? Das hast du geglaubt! Aber es war nicht so. Es hat nicht genügt. Damals wusstest du nicht, dass das noch nicht das Ende war. Und woher weißt du es jetzt? Du hattest nicht die Kraft, einen Menschen zu töten. Hättest du sie gehabt, dann hättest du dich eher selbst getötet.

Bist du jetzt gerettet? Ist das so einfach? Ist es so einfach, gerettet zu werden, wie das Blut von den Händen zu waschen? Wirst du am Ende das Leben eines anderen führen können? Verdienst du ein neues Leben? Wenn du vergessen könntest ... Nein, das wird nicht so leicht sein wie das Töten ...

Du wusstest bis zum letzten Augenblick nicht, was du tun solltest. Sogar noch nicht, als du mit dem Messer auf ihn zugingst ... Vielleicht steche ich doch nicht zu, vielleicht wird es gar nicht nötig sein, dachtest du, während du dich ihm nähertest. Eine Angst spürend, die sie selbst nicht spürten ... Wann hattest du je gewusst, was zu tun war? Dein Leben lang versuchtest du nichts zu tun, soweit es möglich war, nichts zu tun. Ginge es diesmal nicht, es nicht zu tun? Es ging wohl nicht, wie du siehst. Auf der letzten Stufe angekommen, war es nicht einmal so schwer. Hättest du gewusst, dass es so einfach ist zu handeln, was hättest du noch alles getan? War es zum Beispiel schwieriger, zu sagen, »ich liebe dich«, als mit dem Messer zuzustechen? Es ist wohl so. Denn du hast ihr nicht gesagt, dass du sie liebst. Aber zugestochen hast du. Gleich zwei Mal ... Sogar in diesem Moment, als du mit dem Messer zugestochen hast, hast du dir eingeredet, das ist kein Mord, ein Mensch stirbt nicht an einem Messerstich, hast du gedacht, stimmt's? Wäre er nicht gestorben - wären sie nicht gestorben -, hättest du noch in letzter Sekunde gefleht, sie mögen nicht sterben, wohl wissend, dass es für dich keine Rettung gibt? Aber sie sind gestorben! Sie sind gestorben, aber bist du gerettet? Wirst du gerettet?

Vielleicht ... - wenn du vergessen kannst ...

Der Andere

Du hättest das nicht tun dürfen. Du hättest das Mädchen nicht anfassen dürfen. Beide Sachen waren abgeschlossen. In Wirklichkeit hatten sie nie angefangen. Ein Junge aus dem Armenviertel, der sich die Toilette der Universität ausgesucht hatte, um sich dort den goldenen Schuss zu setzen ... Ein Ermittler des Rauschgiftdezernats, der hinter ihm und seinen Hintermännern her war ... Mit der Universität hatte er doch nur am Rande zu tun. Es war normal, dass das nicht das Interesse der Medien geweckt hatte. Alles wäre unter den Rauschgifthändlern und denen, die diesen Handel unter Kontrolle halten wollten, geblieben. So war es auch. Auch wenn die Polizei die Vergangenheit des Jungen nicht kennt, gibt es in dieser Stadt mehr als genug Vergangenheiten dieser Art ... Wer weiß, wie viele Leute deshalb sterben müssen? Warum soll man einem »Straßenjungen« so viel Bedeutung beimessen? Sie würden das schon unter sich klären. Es würde zu Ende sein. Es war ja auch zu Ende ...

Wieso hatte sich das Mädchen eingemischt? Ein gutes Mädchen, das du überdies liebtest. Eigentlich hatte sie keine Ahnung. Sie dachte nicht, dass du mit der Sache etwas zu tun haben könntest. Du hättest sie überzeugen können, ihre Zweifel zerstreuen. Aber du hast eine Dummheit begangen. Du hattest Angst. Und du hast ihr deine Angst gezeigt. Auch wenn sie nicht sofort verstanden hat, warum du Angst hattest, hätte sie bald verstanden, worum es ging. Sie war klug. Mit der Zeit hätte sie die Zusammenhänge erkennen können. Trotzdem hattest du auch andere Lösungen. Du hättest mit dem Messer nicht zustechen müssen. Sie hatte vor dir keine Angst, sie vertraute dir, sie nannte dich sogar »Bruder«. Wer außer ihr hat dich jemals in deinem Leben Bruder genannt?

»Bruder, dieser Junge ist nicht süchtig. Er will sogar mit den Tabletten aufhören, er hat es mir versprochen. Er hatte damit nur wegen seiner Mutter angefangen. Er ist nur ein kleiner Junge ... Er sagte: ich will da raus, ich will ein anständiger Mensch werden ...«

Ein anständiger Mensch wollte er werden! Wie sollte das gehen?! Das Schlimmste an solchen idealistischen Mädchen ist, dass sie in den Menschen unerfüllbare Hoffnungen wecken ... Er hatte mit den Dingen wegen seiner Mutter angefangen ... - ach so? Im Bauch seiner Mutter, so ist es doch eigentlich! Die Frau ist eine stadtbekannte Nutte. Sie weiß selbst nicht, wie viele Kinder sie geboren hat. Eine Dealerin und Konsumentin ... Der Sohn einer solchen Mutter ist von Geburt an süchtig. Wie will er da ein anständiger Mensch werden? Indem er andere verleumdet? Hast du jemals daran gedacht, dass er ausgerechnet dich ausliefern würde? Er hatte ja Dutzende Kunden. Aber natürlich, die Namen der reichen Studenten würde er nicht verraten ... Er hatte geglaubt, dass er, wenn er dich ans Messer liefert, etwas Großes enthüllt. Aber es ist trotzdem interessant, dass er dem Mädchen nichts gesagt hat. Mit seinen Eingeständnissen, seiner Reue und seinen emotionalen Ausbrüchen ging er zu ihr. Wenn es aber um Namen ging, um ein konkretes Geständnis, ging er schnurstracks zum Ermittler der Polizei ...Diese Typen erkennen sich immer, sie riechen sich, sie machen immer gemeinsame Sache. Woher sollte ich das wissen? Letztendlich bekommt er das Geld und ich meine Ware. Von wegen ein Kind! Er wusste genau, wen er wie erpressen konnte, das Kind!

»Sie bedrängen mich ... - dieser Mann beobachtet mich, er folgt mir auf Schritt und Tritt ... Wenn er mich erwischt, macht er mich fertig!«

»Warum kommst du damit zu mir? Wenn du verfolgt wirst, wieso kommst du dann hierher?«

»Ich wusste nicht, zu wem ich gehen sollte. Ein Freund sagte mir, ich solle für eine Weile untertauchen, mich nicht blicken lassen.«

»Ja, dann tu das doch, was kommst du dann zu mir? Am späten Abend! Willst du mich in Schwierigkeiten bringen?«

»Ich dachte, du würdest mich beschützen ... Wenn ich jetzt gehe, schmeißt mich der Chef raus. Wenn ich etwas Geld hätte ...«

»Bring' die Ware, dann kriegst du dein Geld ... Was willst du noch?«

»Die Ware zu bringen ist einfach ... - aber das Ende? Dieses Geld gehört ja nicht mir ...«

»Sag' schon, was willst du?«

»Also der Mann ist hinter mir her. Wenn du mich beschützen würdest ... - wie viel könntest du mir geben?«

Das war doch eine glatte Erpressung! Der dumme Kerl glaubt, er bringt mich in Schwierigkeiten und dann wird er ewig kassieren ... - als wäre er der einzige Dealer in dieser Stadt. Wer hätte gedacht, dass er ein so ausgekochter Bursche ist? Er ist nicht mal ein Bandenmitglied, ein schäbiger Bastard, den man nur benutzt, um den Stoff in die Universität zu bringen, weil er ohne Kontrolle herein kann. Er hatte sich in das Mädchen verliebt, deshalb wollte er ein anständiger Mensch werden - so, ganz plötzlich. Er glaubt, wenn er genügend Geld bekommt, würde er die Bande loswerden, und sie bei der Polizei verpfeifen, dann wäre er fein raus. Aber nicht mit dir!«

Es war einfacher, als gedacht, den dummen Kerl zu beseitigen. Wie gut, dass du beschlossen hattest, ihn in der Universität zu töten. Hättet ihr euch draußen irgendwo getroffen, wäre vielleicht gar nicht aufgefallen, dass er an einer Überdosis starb. Aber jemand hätte euch beobachten können, in der abgelegensten Ecke. Das wäre noch auffälliger gewesen - und es wäre aufgefallen, warum du dich mit ihm getroffen *hast. Man hätte dich verhört. Aber in der Uni ... Einerseits weißt du über alles Bescheid, andererseits - sogar wenn du am Tatort erwischt worden wärst, hättest du sagen können, dir kam in der Nacht ein Verdacht, deshalb wärst du auf die Toilette gegangen. Als du dort seine Leiche fandest, wärst du in Panik geraten. Wer könnte das bezweifeln? Solange eure Beziehung nicht ans Tageslicht kommt ... - niemand hätte dich in Verdacht. Und es war so gut wie sicher, dass der Fall nicht ausgebreitet, ja, sogar verschwiegen würde! Am lustigsten war, dass man ausgerechnet dich gebeten hatte, behilflich zu sein, die Sache zu vertuschen!*

»Ein sehr bedauerlicher Vorfall«, meint Sungur Bey und er zieht seine Augenbrauen noch strenger zusammen. »Welch ein Glück, dass Semesterferien sind, und dass der Junge kein ordentlicher Student ist ...«

»Herr Professor, ich hatte, wie Sie wissen, das Vorhaben, die Jugendlichen aus dem Armenviertel in die Universität zu lassen, nicht begrüßt. Natürlich ist es nicht meine Sache, meine Meinung über die Entscheidungen der Leitung publik zu machen ... - man hat mich ja schließlich auch nicht gefragt ...«

Sungur Bey lehnte sich weit zurück, sein Gesichtsausdruck wurde noch saurer als sonst, als ob er sagen wollte, dass er ebenso wenig um seine Meinung gefragt wurde. »Wir werden es wohl kaum verhindern können, dass es sich herumspricht. Natürlich reden die Leute, aber geben Sie den unmissverständlichen Befehl, dass alle den Mund halten, wenn nötig, drohen Sie ihnen.«

»Natürlich, Herr Rektor!«

»Im Viertel wird es Gerede geben, das wird nicht zu vermeiden sein ... - aber die Presse soll nichts erfahren. Auf keinen Fall!«

»Seien Sie versichert ...«

Diese gestelzte Art zu reden kennst du nur im Gespräch mit diesem Mann. Allerdings hatte er nicht gesagt, welche Maßnahmen ergriffen werden sollten, falls die Presseleute von der Sache doch Wind bekommen ...

»Das war beunruhigend ... - gerade als die Immatrikulation begonnen hatte ...«

»Wird bei den Ermittlungen die Polizei die Universität einbeziehen?«

»Nein, welch ein Unsinn! Oder wenn, dann nur minimal. Wahrscheinlich werden nur diejenigen befragt, die die Leiche gefunden haben. Aber wir müssen einhellig betonen, dass diese Sache nichts mit uns zu tun hat! Seit wann hat der Junge die Kurse besucht?«

»Ich weiß es nicht. Wurde seine Identität überhaupt festgestellt? Fragen wir die betreffende Abteilung.«

»Ich bitte Sie, diese Kursteilnehmer werden wohl keine Akten haben? Geht jeder, der Lust hat, in den Kurs? Nehmen Sie jeden auf? Gibt es denn keine Auswahlkriterien? Untersteht die einschlägige Abteilung nicht Ihrem Zuständigkeitsbereich?«

»Natürlich, Herr Rektor, in weitesten Sinne schon. Aber ich habe keine Gelegenheit, alle Akten einzusehen. Gewissermaßen nehmen wir jeden auf, der sich anmeldet. Gemäß dem Projekt, das der Universitätsvorstand vorantreibt, um das Viertel zu integrieren, müssen unsere Türen allen offen stehen. Natürlich hatte ich von Anfang an Bedenken ...«

»Ich habe verstanden! Tun Sie bitte alles, was notwendig ist!«

Dir wurde das Wort mitten im Satz abgeschnitten. Dein einziger Trost, dass Sungur Bey allen das Wort abschneidet. Außer den Besitzern der Universität natürlich. Nicht einmal alle Eltern der Studenten bleiben verschont.

Die Konklusion ist, du hast die Aufgaben erfüllt - in jeder Hinsicht. Von der Leiche in der Toilette erfuhr die Presse nicht, sogar die meisten Mitarbeiter wussten davon nichts. Was den verdeckten Ermittler betrifft, von dem der Junge sprach, da hast du dir eingeredet, dass Serdar das nur erfunden hätte, um von dir Geld zu erpressen.

Ja, es war einfacher für dich, das zu glauben ... - so einfach, wie den Jungen zu beseitigen ...

Warum aber hat der Mann tagelang geschwiegen, statt seine Identität aufzudecken und die Sache in die Hand zu nehmen? Vielleicht hatte er nicht geschwiegen - als verdeckter Ermittler durfte er ja nicht in aller Öffentlichkeit reden. Er konnte ja nicht einfach um einen Termin beim Rektor bitten. Als Putzmann wäre er wahrscheinlich gar nicht hereingelassen worden. Seine Vorgesetzten hatten nicht an der Universität, sondern im Rauschgiftdezernat das Sagen. Sie hatten sich sicher beraten und Pläne vorbereitet. Das kannst du nicht wissen. Du hast geglaubt, die Sache wäre damit erledigt gewesen. Mit dem Beseitigen des Jungen wäre das ganze Problem beseitigt. Bis eines Abends ein Putzmann in einem gelben Hemd in dein Zimmer kam ...

Denn es war nicht zu Ende ... - denn es gab ein Nachspiel!

Wie kann es passieren, dass ein erfahrener verdeckter Ermittler in deine Falle tappt, obwohl du mit solchen Dingen keine Erfahrung hattest? Oder schickt man die erfahrenen Ermittler in die Seitenstraßen von Beyoğlu und die Anfänger in die Universitäten und dort in die Mensen? Es bestand auch die Möglichkeit, dass der Ermittler dem Jungen nicht glaubte, dass du sein Kunde warst, so wie du dem Jungen nicht geglaubt hattest, dass es einen Agenten gab. Warum sonst hätte er in dein Büro kommen und die Wahrheit sagen sollen, sich in Sprichwörtern wie 'Der Krug geht so lange zum Brunnen, bis er bricht' ergehen? Natürlich versuchte er, dich zum Reden zu bringen und dir eine Falle zu stellen. Hätte der Junge dir nicht gesagt, dass es in der Uni einen verdeckten

Ermittler gab, wärst du ahnungslos in seine Falle getappt. Als er zu dir sagte; »Wenn Sie etwas benötigen - ich kann es Ihnen besorgen!«, hättest du sehr wohl darauf hereinfallen können. Aber konnte er sich dir als ein Putzmann so einfach nähern? Konnte er jemandem wie dir so etwas offen anbieten? Sogar der Junge war anfangs vorsichtig. Hätte er sich getraut, aus eigener Initiative zu dir zu kommen, um dir Stoff anzubieten? Du bist ja auch nicht so dumm ... Wenn er dich nicht herausgefordert hätte, als du so tatest, als würdest du nicht verstehen, was er von dir wollte ...

Und warum ging er alleine auf den Parkplatz, wieso nahm er nicht wenigstens einen der Wachmänner mit? Vielleicht wollte er sich denen gegenüber nicht enttarnen. Aber haben solche Agenten keinen Partner? In den amerikanischen Fernsehserien werden die Mörder immer im Kreuzfeuer von den Partnern getötet. Ganz sicher ist das so. Aber dieser neunmalkluge Ermittler hatte nicht einmal bemerkt, dass du ein Messer in der Hand hattest. Er kam auf dich zu und bevor er etwas sagen konnte, hattest du zugestochen. Er sackte zusammen und fiel vor deine Füße. Das Messer drang in ihn und er konnte nicht mal mehr »Ach!« sagen. Nachdem du das Messer zurückgezogen hast, hättest du ihm nicht auch noch in den Rücken stechen müssen, dann wäre deine Kleidung nicht so voller Blutspritzer gewesen. Du Anfänger! Wenn dich jemand so gesehen hätte? War das der Mut des Ahnungslosen, war dir nicht bewusst, dass du ihn wirklich getötet hattest, standest du unter Schock? Dann hast du ihn einfach liegen lassen, und bist in deinen Wagen gestiegen und weggefahren. Was, wenn die Leiche schon eine halbe Stunde später gefunden worden wäre? Oder wenn der Mann wieder zu sich gekommen wäre und um Hilfe gerufen hätte? Oder wenn er sich bis zu der Wachbude geschleppt hätte? Ja, du hattest Glück! Vielleicht zum ersten Mal in deinem Leben war das Glück auf deiner Seite.

Aber darf man das Glück so sehr herausfordern? Das Mädchen hättest du nicht anrühren dürfen. Da war der Grund, weshalb die Presseleute aufmerksam wurden, dass die Polizei zu ermitteln begann, dieser alte Mann zum Ermitteln hierher kam ... Er ist angeblich ein entfernter Verwandte ... Zum Glück hat ihn Sungur Bey ignoriert und ihm kurzerhand verboten, in der Universität Ermittlungen durchzuführen. Angeblich hatte er ihm die Tür gewiesen. Aber trotzdem war es für dich unmöglich, keine Angst zu haben. Wenn er doch etwas herausfinden würde? Was aber konnte er schon wissen? Weder im Armenviertel noch in der Universität verdächtigt dich jemand, was konnte dann jemand von draußen schon wissen?

Der König und der Clown

Das Mädchen war das Letzte! Nie wieder. Du weißt ganz genau, du könntest mit diesem Messer nie wieder zustechen. Jetzt liegt es irgendwo am Meeresboden. Und du weißt auch, dass du kein anderes Messer mehr benutzen wirst. Du wirst nicht mal mehr beim Essen ein Messer anfassen können.

Das Mädchen was das Letzte. Du wirst nie wieder jemanden umbringen. Das Mädchen zu töten war schwer, es geschah mit Widerwillen. Die anderen waren zur Selbstverteidigung. Die wolltest du auch nicht töten, aber du warst dazu gezwungen. Der Junge hatte das selbst herausgefordert, er hatte dir eine Nummer abgezogen, was konntest du also sonst tun? Der Ermittler ... eine Notwendigkeit ... Aber das Mädchen hättest du nicht töten dürfen. Deine Hände haben gezittert, als du das Messer mit beiden Händen hieltest. Du hast am ganzen Körper gezittert. Du kannst es nie wieder tun. Du kannst nie wieder zustechen. Du kannst nichts mehr tun ... - außer vergessen zu versuchen ... Es wird der Tag kommen, du wirst vergessen ... - oder?

Ja, anders geht es nicht. Diese Sache ist zu Ende. Niemand außer dir weiß Bescheid. Niemand kann sich einmischen.

Daran hattest du fest geglaubt. Alles war bereinigt. Außer still abzuwarten, gab es nichts zu tun. Die Gemüter sollten sich beruhigen, die Ereignisse in Vergessenheit geraten. Du würdest jedenfalls versuchen zu vergessen. Das wäre natürlich schwer. Aber fällt dir nicht sowieso alles schwer? Vielleicht würde der Tag kommen, an dem du ein anderer sein könntest. Du könntest dann ein neues Leben beginnen.

Ja, das einzige, was du noch tun konntest, war, zu vergessen.

Und es ging auch, bis ... ja, bis der berühmte Professor - der dich sein Leben lang noch nie zur Kenntnis genommen hat, der nicht mal deinen Namen zu erfahren für nötig hielt, mit dem du in der gleichen Uni arbeitetest, ohne ihm jemals zu begegnen -, dich in sein Büro rufen ließ ... Er hatte es nicht einmal für nötig erachtet, den Telefonhörer selbst in die Hand zu nehmen, um dich zu sich zu bitten, er ließ dir über seine Sekretärin, die grundlegendsten Höflichkeitsregeln ignorierend, den Zeitpunkt ausrichten, wann er dich in seinem Büro erwartete!

Es war nicht nötig lange darüber nachzudenken, was das zu bedeuten hatte. Du hast es sofort begriffen. Es konnte nur einen einzigen Grund geben, weshalb er mit dir Kontakt aufnehmen wollte. Das wusstest du nur allzu gut. Das Mädchen hatte mit ihm geredet! Und das hieß: die Sache war doch nicht zu Ende. Was hatte sie wohl ihm erzählt? Und warum? Warum hatte sie dein Geheimnis mit ihm geteilt? Hat sie das überhaupt getan? Oder hat sie nur ihren Verdacht bezüglich der Morde erzählt? Warum hätte er denn sonst Kontakt mit dir aufnehmen sollen? Anstatt seinen Verdacht direkt der Polizei oder der Universitätsleitung mitzuteilen, rief er dich in sein Zimmer. Warum? Wenn er dein Geheimnis doch nicht kannte? Warum sollte das Mädchen es ihm erzählt haben? Erinnerst du dich, wie überrascht sie war, als du ihr deine wahre Identität aufgedeckt hattest? Ihre Augen traten fast aus ihren Höhlen. Du fandest damals schon diese übertriebene Überraschung, als wäre eine Katastrophe passiert, nicht angemessen. Jetzt, angesichts dieser merkwürdigen Aufforderung bewertest du jene Szene auf der Terrasse völlig neu ... Ja, es muss sich doch um etwas anderes handeln ... - oder ... - gibt es zwischen dem Mädchen und diesem Kerl eine heimliche Verbindung?

Trotzdem ... - du hättest nicht gleich in Panik geraten sollen. Du hättest seiner taktlosen Einladung nicht Folge leisten müssen. Was hätte er tun können, wenn du nicht zu ihm gegangen wärest? Wenn er dir mit der Polizei gedroht hätte ... Aber vielleicht hatte er eine Zusammenarbeit mit der Polizei wegen seiner politischen Vergangenheit für unangebracht gehalten. Er hätte den Rektor informieren können - das hätte er jederzeit tun können. Dass er erst mit dir reden wollte, hieß, dass er das, was ihm das Mädchen erzählt hatte, nicht glaubte und das hätte deine Rettung sein können. Du hast es bevorzugt, zu schweigen, abzuwarten. Das war richtig.

Gegen Abend, als die feinen Professoren die Universität bereits verlassen hatten und du die Papiere auf deinem Arbeitstisch ordnetest, um auch nach Hause zu gehen, wurde deine Tür plötzlich aufgerissen und der hochwohlgeborene Herr Professor stand in der Tür.

»Sind Sie Hulusi Gürol?«, fragte er.

Du bist aufgestanden, du hättest, falls du einen Blazer angehabt hättest, untertänig die Knöpfe zugeschlossen. Denn du hattest die Ehrerweisung schon sehr früh und unter den schmerzlichsten Bedingungen gelernt.

»Ja, ich bin es!«

Er schloss die Tür hinter sich und kam zornig auf dich zu. Aber weil dein Zimmer sehr klein ist, blieb er nach drei Schritten vor deinem Schreibtisch stehen. Er zog die Augen zusammen und musterte dich aufmerksam.

»Kennen wir uns?«

Was hättest du sagen sollen? Nein, du kanntest ihn ja bisher tatsächlich nicht persönlich. Aber du kanntest ihn sehr gut - mehr als genug. Dein Schweigen machte ihn noch zorniger. Er wandte seinen durchdringenden Blick keine Sekunde von dir und setzte sich entschlossen in den einzigen Sessel, der für einen Gast zur Verfügung stand, mit dem überheblichen Gehabe jener Menschen, die sich immer und überall erlauben, dort Platz zu nehmen, wo es ihnen passt. Er legte seine Arme breit auf die Lehnen.

»Sie haben einiges über mich geäußert«, begann er und sein Ärger stand ihm ins Gesicht geschrieben. »Erst habe ich mich nicht darum gekümmert. Aber als Melek ermordet wurde ...« Als er ihren Namen erwähnte, schloss er für einen Augenblick die Augen, aber er machte sie gleich wieder auf und blickte dich voller Abneigung an. »Es gibt einige Frage, auf die Sie mir eine Antwort schuldig sind«, sagte er im Befehlston.

Als er sich setzte, hattest du dich auch gesetzt und du bemühtest dich, das Beben in deiner Stimme zu verbergen und deiner Hände Herr zu werden. Dann fragtest du: »Was für Fragen?«

»Sie haben ihr etwas Unwahrscheinliches erzählt ... - Behauptungen ohne jeden Beweis ...«

Aha! Es war also die Familiengeschichte, auf die er dich ansprach ... - ohne darauf eingehen zu wollen. Das Mädchen hatte ihm das also erzählt. Das hieß, dass sie in einer engen Beziehung zueinander standen. Und das hieß ... Du hast deine Augen von ihm abgewendet, aber du wusstest nicht, wohin du blicken solltest. Du hast deinen Kopf gesenkt. Du wusstest nicht, was du sagen solltest. Würdest du die Konfrontation, *die du dir jahrelang ausgemalt hattest, wagen? Oder würdest du alles leugnen? Was würde dich retten: die Konfrontation oder das Leugnen?*

Ohne deinen Kopf zu heben, sagtest du leise: Ich weiß aber nicht, was sie Ihnen erzählt hat ...«

Was für ein Feigling du bist!

»Ich fordere Sie auf, keine Lügen mehr zu verbreiten! Haben Sie das verstanden?«

Er forderte dich auf! Wer war er denn? Plötzlich hattest du den Mut, deinen Kopf zu heben. Er blickte dich demütigend an. Aber du spürtest eine Angst hinter diesem Blick. In dem Augenblick, als er dich aufforderte, schien er eine Angst erlebt zu haben ... - wenn auch nur für einen flüchtigen Moment. Aber er hatte Angst, etwas zu tun, was seinem Befehlston widersprechen würde.

Früher war er ein König, er glaubte, es immer noch zu sein. Aber mittlerweile war er sich seines auserwählten Standes nicht mehr so sicher. Noch dazu war er ein verärgerter König! Es hat dich aber eher beruhigt, dass er so verärgert war ... - oder? Oder versuchtest du dich selbst zu beruhigen?

»Ich habe niemanden angelogen«, sagtest du leise, aber mit einem rebellischen Hauch. Immerhin warst du seit deiner Kindheit gewohnt, zu lügen.

Aber offensichtlich war er es auch. Zwei Lügner also, die sich gegenüberstanden ...

Während du in sein Gesicht mit den dunkel wuchernden Augenbrauen blicktest, bemerktest du erst, wie sehr er dem Mann ähnelte, der dein Leben zerstört hatte und den du so sehr hasstest. Du hattest diesen Mann schon oft gesehen - zwar nicht aus der Nähe, aber aus der Entfernung und auf zahlreichen Fotos in den Zeitungen, die du dir aus der Nähe betrachten konntest. Warum war dir bis zu diesem Augenblick die Ähnlichkeit nicht aufgefallen? Weil ... weil ... - die Ähnlichkeit nicht eine äußere war. Als hätte er einen unange-

nehmen Geruch wahrgenommen, rümpfte er seine Nase und kräuselte seinen Mund. Und abgesehen von seinem bösen Blick signalisierte er dir, dass er in Wirklichkeit noch sehr viel arroganter auftreten konnte. Seit ich denken kann, bin ich einer solchen Haltung gegenüber machtlos. Aber jetzt ... - diesem Mann gegenüber, von dem ich nicht weiß, was er weiß, bin ich um das Mehrfache machtlos. Eigentlich war er derjenige, der deine Tür aufgerissen hatte, der seinen Ärger nicht beherrschen konnte. Und trotzdem warst du der Machtlose! Du ... du ... du hattest Ohrensausen! Wann würdest du dich endlich retten können? Käme diese Chance jemals?

Du konntest deine Augen immer noch nicht von ihm wenden, aber seine Stimme tönte wie aus weiter Ferne: »Sie haben heimlich ... etwas an sich genommen ... - etwas, was mir gehört ... Sie haben es wohl bei sich.«

Es war doch nicht möglich, dass du etwas hattest, was ihm gehörte ... - es sei denn, er meinte das Leben des Mädchens. Und natürlich, wenn sie ihm gehörte ... Aber wäre das der Fall gewesen, hättest du das nicht gewusst? Du hättest doch einen Verdacht gehabt.

Was für ein unbedachter Idiot du bist!

Warum begann dein Herz plötzlich wie wild zu schlagen? War das Angst - oder Freude? Du hast versucht, beides nicht aus deiner Stimme herausklingen zu lassen und hast deine Hände hinter dem Rücken versteckt.

»Was soll das sein?« fragtest du ihn, nachdem du dich geräuspert hattest.

Er war so verärgert, dass seine Augen Funken schlugen.

»Spielen Sie nicht den Unschuldigen!«, sagte er und schlug auf den Tisch, aber den nächsten Satz zischte er nur:

»Ich weiß, dass Sie meinen Revolver gestohlen haben und ich will ihn zurück!«

Der Revolver? Gehörte der Revolver ihm?

Ja, der Revolver, den du im unteren Regalfach in Meleks Wohnung gefunden hattest, und den du, ohne lang nachzudenken, einstecktest, gehörte also diesem arroganten Professor. Aber warum hatte ihn Melek?

»Ein Revolver?«, fragtest du genauso zischelnd wie er. Und während du versuchtest, den Ärger des Königs zu mildern und Zeit zu gewinnen, und deshalb dich so dumm herausgeredet hast, fühltest du dich wie ein Bettler, der gezwungen war, zu verleugnen, dass er der Klügere war. Als hätte es auch eine gute Seiten, ein Bettler zu sein. In diesem Moment hättest du die Fäden unbemerkt an dich reißen können.

Erneut schloss er seine bösen Augen. »Ich habe ihn ihr gegeben, damit sie sich schützen konnte.«

So also war das? Wie schade, dass ihr diese Vorsichtsmaßnahme nichts genutzt hatte.

»Vor wem?«, fragtest du und spieltest den Bettler.

»Das geht Sie nichts an«, hob er seine Stimme. »Geben Sie mir den Revolver zurück, das genügt.«

»Wie kommen Sie darauf, dass ich Ihren Revolver habe?«, fragtest du beinahe vergnügt.

»Das Mädchen hatte es mir gesagt ... - an dem Abend, als Sie ihr diese unglaubliche Geschichte aufgetischt hatten, fand sie die Waffe nicht mehr ...«

Also konnte das Mädchen ja doch lügen ...

Jetzt warst du ganz ruhig. »Ich hatte den Revolver genommen, weil ich Angst hatte, er könnte für sie gefährlich werden. Woher sollte ich wissen, dass er Ihnen gehörte. Sie hatte Probleme mit einigen Jungs, die Rauschgift verkauften. Aber das wissen Sie sicher ...«

Er war verwirrt, als hätte er eine Ohrfeige bekommen. Er nahm seine Hände vom Tisch und blickte zur Decke. »Das wusste ich nicht«, sagte er mit einer Stimme, die beherrscht klingen sollte. »Das weiß ich nicht. Davon hatte ich keine Ahnung, damit habe ich nichts zu tun.«

Plötzlich hast du verstanden. Eigentlich kümmerte ihn das Mädchen gar nicht. Er hatte also nicht den Verdacht, dass du sie ermordet haben könntest. Seine einzige Sorge war, sich selbst abzusichern, um zu verhindern, dass sein Name mit dunklen Machenschaften in Verbindung gebracht wurde, falls die Waffe eines Tages doch noch auftauchen sollte. Du hast ihn verachtet. Du warst überzeugt, dass er ein viel bösartigerer Mensch war als du. Eigentlich war er derjenige, der umgebracht werden sollte. Auf einmal erfasste dich ein Hochgefühl wie eine Harmonie. Du hattest nicht die Zeit, dich an seinem Vater zu rächen. Aber an ihm konntest du dich und sogar das Mädchen rächen.

Natürlich warst du in dem Augenblick nicht in der Lage, dir einen Plan auszudenken. Du wusstest nicht einmal, wie du den in dir aufbrausenden Hass beherrschen solltest. Du konntest nur noch leise murmeln, dass du ihm die Waffe bringen würdest.

»Bringe sie mir morgen Abend zu mir nach Hause.«

Begann in diesem Augenblick in deinem Kopf der Plan zu entstehen, als du begriffen hattest, dass du diesen Befehl nicht ausführen könntest und ihm das sagtest?

Du hättest ihn trotzdem nicht erschießen müssen. Hätte er sein Gesicht nicht so herabwürdigend verzogen, als du sein Büro betreten hattest ...

»Haben Sie ihn?«, fragte er herablassend.

Er war immer noch ein König ... Und du immer noch ein Bettler. Wann würdest du dich endlich befreien?

»Ich habe ihn Ihnen gebracht«, sagtest du, nahmst den Revolver aus der Tasche und drücktest ab.

Hast du dich damit befreit?

Als ich den letzten Satz gelesen hatte, lehnte ich mich zurück und schloss meine Augen. Seit beinahe einer Stunde schaute ich schon wie gebannt auf den Bildschirm. Mein Rücken tat mir weh, meine Augen waren ermüdet. Aber was mir eigentlich zu schaffen machte, das war der Sturm, der in meinem Kopf losbrach. Diese Dateien, in denen die Morde, die ich zu enträtseln versuchte, beschrieben waren - zwar nicht detailgenau, sondern angedeutet -, waren bestens dazu geeignet, alles noch undurchsichtiger zu machen, statt aufzuklären. Ja, es war zu sehen, dass alle Morde von einer einzigen Person verübt wurden und es gab eine Reihe von beweiskräftigen Anhaltspunkten bezüglich seiner Identität, aber es war trotzdem kaum möglich, zu einem sicheren Ergebnis zu gelangen. Es wurde nämlich nicht klar, warum das Mädchen, das gar nicht ermordet werden musste - natürlich niemand anderes als Melek - dann doch getötet wurde. Außerdem waren diese Dateien nicht in erster Person geschrieben, sondern machten den Eindruck, sie würden den Mörder anreden. Was noch wichtiger, allerdings unverständlicher, war: Vielleicht hatte ich die Dateien nicht in der richtigen Reihenfolge gelesen. Es war nicht ersichtlich, in welcher Folge sie geschrieben wurden. Nur das war klar: sie waren verwirrend. Sie wurden alle am selben Tag gelöscht und zwar Ende August. Demnach hatte sie jemand vor der Ermordung des Jungen und des Ermittler geschrieben - also lange vor dem Tod Meleks und Ergin Gürkans, und auch lange bevor ich in diese Universität kam ... Wer also wusste von den Ereignissen, bevor sie sich ereigneten? An diesem Computer hatte Sezen Hanım gearbeitet ... oder? Wie konnte das sein? Auch wenn die Identität des Mörders nicht mit letzter Sicherheit preisgegeben wurde, stand fest, dass es ein Mann war. Außerdem, warum war Sezen Hanım verschwunden? Hatte sie von den Ereignissen erfahren? Wurde sie deshalb auch ermordet? Der Mörder hätte die Dateien nach den Morden aber auch endgültig löschen können. Und warum ließ er sie verschwinden, nachdem er alle anderen in der Universität ermordet und die Leichen am jeweiligen Tatort liegen ließ? Ihr Tod war vielleicht außerplanmäßig erfolgt - falls sie gestorben war.

Ich hatte nicht gewusst, wie einfach es war, die Dateien auf dem Computer Sezen Hanıms zu öffnen. Für jemanden, der sich damit auskannte, war das ein Kinderspiel gewesen. Während Sezen Hanım sich im Urlaub befand, war Gülen Hanım auch im Urlaub. Dieser jemand konnte unter irgendeinem Vorwand ins Büro gehen. Vielleicht war es ja jemand, der keinen Vorwand brauchte, um das Büro zu betreten. Oder er konnte zu nächtlicher Stunde, wenn er keinen Vorwand benötigte, an dem Computer die Texte geschrieben haben. Mir fiel Sungur Semerci als Erster ein. War er der Mörder? Die Morde wurden nicht alle zu einer bestimmten Nachtzeit verübt. Aber war die Person, die die Texte geschrieben hatte, die gleiche Person - der Mörder also? Vielleicht hatte jemand die Texte mit all den Details der noch nicht verübten Morde geschrieben und sie jemandem geschickt. Aber warum?

Es war höchste Zeit, dass ich mit Sungur Semerci ein ernsthaftes Gespräch führte. Aber war es angebracht, ihn direkt zu beschuldigen? Vielleicht würde es mir gelingen, aus ihm etwas herauszubekommen ... - zumindest über Sezen Hanım?!

Doch bevor ich mit ihm redete, sollte ich noch die letzte Datei lesen. Meine Augen hatten sich ein wenig erholt. Ich war gespannt, ob ich aus »Das Stiefkind« noch etwas erfahren würde.

Das Stiefkind

Was für ein schöner, lauwarmer Sonntag es war. Ein spätes Frühstück auf der Terrasse ... - die Sonne wärmte noch, war aber nicht mehr so heiß. Die Pflanzen waren noch grün und die meisten blühten auch. Der Herbst begann nicht mehr so früh. Früher war im September oft schon kühl. Du hattest dich so gefreut. Sie hatte dich schon vor über einem Jahr eingeladen, nach jener Nacht mit den vielen Gästen ...

Es würde eine Art Herbstabschiedsparty, dachtest du und trautest dich kaum, hinzugehen. Aber dann, als sie sagte »Wir werden nur zu zweit sein, es gibt etwas, worüber ich mit dir reden möchte« - hattest du da nicht doch ein wenig Angst gehabt? Nicht zu sehr, aber ... - nicht so wie früher. Nicht wie früher, als du noch die aussichtslose Hoffnung hattest, ihr nahe zu kommen.

Sie stellte ein riesiges Tablett auf den Boden, eigentlich war es eine runde Kupferplatte. So etwas hattest du noch nie gesehen. Sie hatte darauf das Frühstück serviert. Und sie setzte sich auf ein Kissen ... Sie wusste, wie man es sich auf den Kissen bequem macht. Du dagegen wusstest nicht, wohin mit deinen Beinen und Armen. Du konntest nicht einmal den Schneidersitz einnehmen. Du hast dich auf die Kissen niedergelassen, unbequem und ungelenk.

»Ich habe keine Sehnsucht mehr nach London«, sagte sie, während sie auf ihr Toastbrot Butter schmierte. »Am Anfang war es hier schwierig, aber wenn man einmal die Sonne in den Knochen gespürt hat, nimmt man jede Schwierigkeit auf sich. Hast du noch Sehnsucht nach London, Bruder?«

»Nicht wie früher ... - aber manchmal denke ich daran, zurückzukehren.«

»Sag' bloß! Dieser dauernde Regen ... - das kann man ja nicht aushalten! Und diese Kälte!«

»Aber ich denke, das Leben ist dort einfacher.«

»Zumindest wird dort in den Wohnungen nicht dauernd das Wasser abgestellt.«

»Wollen wir wie die Engländer nur vom Wetter reden?«

Sie lachte. »Du hast ja Recht. Es gibt ein ernstes Problem, deshalb möchte ich dich um Rat fragen. Aber wir wollen erst frühstücken. Möchtest du noch einen Tee?«

Du hattest ja nicht mal das erste Glas angerührt. Der Tee war inzwischen kalt geworden. Und du hattest nicht die gringste Ahnung, was das für ein ernstes Problem sein könnte.

Doch dann wurde dir siedend heiß.

»Was meinst du zu den Ereignissen in der Uni, Bruder?«

Dein Mund wurde sofort trocken. Du hast so getan, als wüsstest du nicht, was sie meinte. »Was ist denn passiert?« - Aber es hatte keinen Sinn, Zeit gewinnen zu wollen.

»Was soll ich sagen. Es ist natürlich schrecklich.«

»Serdars Tod hätten sie am liebsten unter den Teppich gekehrt.«

»Nun ja! Vor der Polizei konnten sie es letztendlich nicht zugeben, dass jemand in der Universität an Rauschgift gestorben war ...«

»Aber der Junge war gar nicht süchtig. Es ist unmöglich, dass er sich den »goldenen Schuss« selbst gesetzt hat. Er hatte sich nie Heroin gespritzt. Er wollte sogar mit den Tabletten aufhören - er hatte es mir versprochen. Er war durch seine Mutter in diese Sucht hineingeraten. Er wollte davon weg, er wollte ein anständiger Mensch werden.«

Und du hast ihm das geglaubt, nicht wahr?«

»Ja, das habe ich.« Dabei blickte sie naiv, kratzte sich am Kopf. »Er hatte uns ein paar Tage vor seinem Tod gesagt, dass er vor etwas Angst hatte. 'Ich bin in Schwierigkeiten, Abla', hat er zu mir gesagt.«

Du warst verblüfft. »Sagte er Abla zu dir?« Als du sie das fragtest, klopfte dein Herz wie wild.

Sie lächelte liebevoll. »Im Unterricht sagte er das natürlich nicht, da nannte er mich Frau Lehrerin. Aber an dem Tag trafen wir uns außerhalb der Universität. Er wollte mir etwas erzählen, aber im letzten Augenblick traute er sich doch nicht. Er konnte mir das Ende der Geschichte nicht erzählen.«

Du konntest nicht reagieren, ohne vorher mehrmals zu schlucken. »Was für eine Geschichte?«, fragtest du schließlich.

»So weit ich es verstanden habe, hatte er mit jemandem in der Uni Schwierigkeiten. Oder aber ... - ich weiß es nicht genau. Wahrscheinlich war es der Putzmann, der ersto-

chen wurde ... Also zwei Todesfälle in so kurzer Zeit - da muss es doch eine Verbindung geben.«

Du nahmst dich zusammen, musstest nicht mal mehr schlucken. Dein Herz klopfte nicht mehr so wild. War es die Kraft des intuitiven Selbstschutzes, die selbst gegen die Trockenheit in deinem Mund wirkte? Die in deinem Inneren aktiv wurde? Woher auch immer diese Eingebung kam, du sagtest: »Kannst du darauf vertrauen, was der Junge dir gesagt hat? Nur um dich zu beeindrucken, hat er sich vielleicht eine Menge Geschichten ausgedacht.« Du hast das durchaus glaubwürdig gesagt, es gelang dir sogar, dabei deinen Tee zu trinken. Du hast ihr mit leiser Stimme, jedes Wort betonend erklärt, dass es bei diesen beiden Fällen, die überhaupt nicht ähnlich lagen, keine Verbindung gab. Der Tod des Jungen war offensichtlich ein Unfall (das war nicht mal gelogen). Und was den Tod des Putzmannes verursacht hatte ... - in dem Armenviertel konnte es eine Blutrache oder ein sonstiger Racheakt sein. (Es ist allgemein bekannt, dass im Zuge der Integration der Universität ins Viertel Arbeitskräfte aus der Gegend eingestellt worden sind.) Man sollte auch in Erwägung ziehen, dass vielleicht der Wachmann eingeschlafen war, während jemand auf den Parkplatz kam und den Putzmann getötet hat. (Wer weiß es besser, als du, dass manche Wachmänner mit offenen Augen schlafen?)

Du hast sehr logisch, sehr ruhig und sehr überzeugend gesprochen. Sie hat dir nickend zugehört, anscheinend glaubte sie dir. War es nicht die richtige Zeit, dich zu entspannen und es dir auf den Kissen bequem zu machen? Das Mädchen stand auf, um frischen Tee zu holen, du hättest froh und glücklich sein können.

Aber du hast noch nie gewusst, was Glück bedeutet. Woher solltest du also wissen, wann man das Glück beim Schopfe packen musste?

Doch als sie mit dem Tablett zurückkam und dir den Tee eingoss, hattest du dich noch immer nicht gelockert, steif und verkrampft saßest du da, dein Rücken tat dir weh, aber es war klar, dass du ihr fürs Erste ihren Verdacht ausreden konntest.

»Denkst du wirklich ernsthaft daran, nach England zurückzukehren?«, wechselte sie das Thema.

»Ja!«, sagtest du. »Und das hat nichts mit dem schlechten Wetter zu tun.«

»Ist schon klar, du brauchst mich an meine Oberflächlichkeit nicht zu erinnern«, sagte sie. Ihr Lächeln war etwas abschätzig, zugleich schien sie sich zu entschuldigen. Ohne jede Mühe, ganz locker und elegant ließ sie sich auf den Boden gleiten und streckte sich auf den Kissen aus. »Womit hat es denn zu tun?«

»Mit der Schaffung von Lebenssinn ... Hier bin ich einsamer als dort, denn meine Einsamkeit wird ... - wie soll ich es sagen ... - - ich finde hier nichts! Dort kann ich mich mit so vielen Dingen beschäftigen. Ich habe dort Freunde - wenn auch nicht viele. Hier werde ich das Gefühl der Fremdheit nicht los. Man hat mich als kleinen Jungen mit acht Jahren dort hingeschickt ...«

»Und ich bin dort sogar geboren. Aber ich fühle mich weder dort noch hier fremd.«

»Weil du hier und dort Verwandte hast - Leute, die dich lieben. Du kommst mit den Menschen leicht ins Gespräch. Aber ich ... - ja, anfangs war ich in England ein Fremder. Aber nach einer Weile hatte ich mich dort eingelebt. Es war schwer ... - aber mit der Zeit hatte ich Freunde gefunden. Als ich ins Internat abgeschoben wurde, beherrschte ich nicht mal die Sprache.«

Warum hast du ihr das erzählt? Wolltest du das Thema wechseln? Oder hattest du das Bedürfnis, dich ihr zu öffnen? Wolltest du dein Inneres offenbaren - etwas, was du noch bei niemandem getan hattest? Warum?

»War das Internat in London?«

»In der Nähe von London - in einem Schloss mitten in einer kleinen Grünanlage. Es hieß Raymond School! Natürlich wusste ich damals weder den Namen der Schule, noch wusste ich, dass sie in der nähe von London lag. Mir war, als hätte man mich aus einer anderen Welt dorthin verfrachtet. Ich hatte nicht mal die Kraft, meinen Namen zu nennen.«

Sie richtete sich auf den Kissen auf: »Warum hat man dich denn dort hingeschickt?«

»Meine Mutter war gestorben«, sagtest du mit gesenktem Kopf. »Ich wusste das damals nicht. An meine Mutter kann ich mich nur undeutlich erinnern. Sie war eine junge, schöne Frau. Sie hatte krauses Haar. Ihr weißes Gesicht wurde von ihren Haaren wie von schwarzen Wolken umrahmt. Wir hatten am Meer, in einem kleinen, ruhigen Ort, gelebt. Ich erinnere mich daran, dass wir zusammen am Strand waren.«

»Und dein Vater?«, fragte sie und setzte sich auf.

»Es gab einige Männer, aber ich kann mich an keinen erinnern, den ich Vater genannt hatte. Einer brachte mir das Schwimmen bei. Er warf mich ins Wasser und als ich dachte, ich würde ertrinken, zog er mich raus. Ich war noch nicht wieder bei mir, da warf er mich noch einmal ins Wasser. Ich schaffte es, meinen Kopf hochzuhalten und meine Arme und Beine zu bewegen, und so hielt ich mich an der Wasseroberfläche. Später lernte ich mich schwimmend zu bewegen. In der Raymond School wunderten sich alle, dass ich, der Junge, der nicht mal seinen Namen sagen konnte, so gut schwimmen konnte.«

Dann schwiegst du. Dir war bewusst geworden, dass du deine Lebensgeschichte nicht so trocken erzählen solltest. Du hättest sie ein wenig ausschmücken sollen. Du dachtest an die vielen Romane, die du gelesen hattest. Du hättest aus denen schöpfen können - du hättest eine herzergreifendere Geschichte erzählen sollen. Aber sie hörte dir ja schon mit angehaltenem Atem zu. Dein Schweigen brachte sie dazu, sich aufzurichten, sie setzte sich auf ihre Fersen.

»Also kanntest du deinen Vater gar nicht?«

»Doch, doch«, sagtest du, dabei legtest du dein Gesicht in Falten. »Hätte ich ihn bloß nie kennen gelernt. Eines Tages kam ein alter Mann in die kleine Stadt, in der meine Mutter und ich wohnten. Er nahm mich auf den Schoß, streichelte meinen Kopf. Er hätte mein Großvater sein können, aber er sagte: »Ich bin dein Vater!« Er war gekommen, um mich nach Istanbul zu holen. Meine Mutter und ich weinten, als wir uns voneinander verabschieden mussten. Ich spürte, dass ich sie nie wieder sehen würde. Der Mann, der sich als mein Vater ausgegeben hatte, sagte, dass ich jetzt in die Schule gehen müsste. Aber in den Ferien könnte ich meine Mutter besuchen. Das war eine Lüge! In Istanbul brachte er mich in ein Schloss. Es war ein so großes Haus, wie die Raymond School. Eine Menge unbekannter Menschen lebten dort ... - ich fürchtete mich vor allen und versteckte mich unter Tischen und Betten und in den großen Einbauschränken. Manchmal lief ich hinaus und versteckte mich im Garten. Wegzulaufen traute ich mich nicht - ich weiß nicht, warum. Als ich bei meiner Mutter lebte, war ich oft auf der Straße. In Istanbul fand ich alles beängstigend. Und mein Vater ... - ob er mich geliebt hat, als er mich holte? Ob er mich jemals geliebt hat ... - das weiß ich nicht. Aber ich merkte, dass er meine gebückte, demütige Haltung von Tag zu Tag mehr zu hassen begann. Hätte ich rebelliert, wäre ich aufmüpfig gewesen und hätte die Fenster eingeschlagen ... - vielleicht hätte er mich dann akzeptiert. Meine Feigheit ging ihm auf die Nerven. Seine Frau ... - sie war eine weichherzige Frau mit müdem Blick. Als sie mich begrüßte, hatte sie mir gesagt: »Du kannst mich Mutter nennen!« Aber ich sprach nie mit ihr. Am Anfang tat ich ihr leid, glaube ich. Als ich mich wieder mal unter dem Tisch und hinter den Sesseln versteckt hatte, hörte ich, wie sie meinen

Vater zu beruhigen versuchte: »Er ist doch noch ein kleiner Junge, mein Lieber, er ist zum ersten Mal weg von seiner Mutter.« Aber dann war auch ihre Geduld zu Ende. »Er ist wie eine Maus. Er verkriecht sich in jedem Loch. Ich halte das nicht mehr aus. Den halben Tag suche ich ihn, die andere Hälfte des Tages muss ich mich fürchten, dass er aus irgendeinem Loch kriecht! Auch die Dienstmädchen, der Diener und der Gärtner mochten mich nicht. Nur die Köchin tröstete mich und gab mir etwas zu essen. Ich aber aß außer trockenem Brot nichts. Und wenn sie mich etwas anderes zu essen zwang, dann erbrach ich mich. Deshalb hatte sie auch bald von mir die Nase voll. »Schade auch um mich«, sagte sie oft, wenn ich wieder einmal einen vollen Teller stehen ließ. Es war schade um sie. Aber niemand dachte daran, dass es auch um mich schade war!«

Du hast eine kleine Pause eingelegt, um zu verschnaufen. Du hattest so lange geredet - das war fast ein Wunder. Während du gesprochen hast, schautest du starr vor dich hin. Hätten sich eure Blicke getroffen, hättest du nicht weiterreden können.

»Ach, mein Lieber, mein Armer.« Erst als sie das sagte, konntest du den Kopf heben und sie anschauen.

Was war das ... - in ihrem Gesicht? Traurigkeit, Besorgtheit - oder eher Mitleid? Es schien echt zu sein. Hattest du ihr das alles erzählt, um ihr Mitleid zu erwecken? Warum hat dich dann dieser mitleidige Ausdruck und das Wort »Armer« so bedrückt? Gab es eine andere Geschichte, mit der du ihre Bewunderung erlangen konntest? Hättest du ihr von deinen Taten erzählen sollen? Nein, das hätte nicht Bewunderung, sondern Angst, sogar Abscheu in ihr hervorgerufen. Aber dennoch etwas anderes als Mitleid!

»War es in dem Internat in England dann besser als in diesem Schloss?«, fragtest du sie und schautest ihr in die Augen, als würdest du von ihre die Antwort erwarten. Sie

wandte den Blick nicht ab, aber sie begnügte sich mit einem leichten Nicken. »Nein, war es nicht«, antwortetest du selbst. »Im Haus meines Vaters hatte ich den Mund fast nie aufgemacht, aber dort konnte ich gar nicht sprechen. Erst mit der Zeit begann sich meine Zunge zu lösen. Beim Kricketspielen war ich gut, außerdem konnte ich gut schwimmen. So gewann ich ein paar Freunde. Zwei Jahre lang war ich danach nicht in der Türkei, ich bekam auch keinen Besuch. Allmählich begann ich meine Eltern zu vergessen. In den Weihnachtsferien und in den Sommerferien ... - du weißt ja, dort sind die Ferien kurz ... -, war ich bei einem meiner Freunde zu Hause, oder bei Fremden. Sie waren gut zu mir und ich zu ihnen ... Ich hatte gelernt, etwas geselliger zu sein. Ich musste das, es gab keine Alternative. Erst später erfuhr ich, dass mein Vater mit der Internatsleitung einen Vertrag geschlossen hatte. Er zahlte den Leuten, die mich bei sich aufnahmen, Geld dafür!«

»Also ... - ich könnte deinen Vater erwürgen«, empörte sie sich und das schien echt zu sein.

»Dafür ist es zu spät ... - nicht einmal ich hatte das geschafft.«

»Lebt er noch?«, fragte sie und ihre Augen weiteten sich. Sie verrieten, dass sie dir doch nicht so genau zugehört hatte.

»Nein, er ist gestorben, aber auf natürliche Weise. Meine Mutter war vorher gestorben, obwohl sie sehr viel jünger war. Das erzählte er mir erst, als er mich nach zwei Jahren in die Türkei holte. Er kam nicht selbst, er hatte einen seiner Angestellten geschickt - zu Beginn der Sommerferien. Der holte mich von der Schule ab und brachte mich mit dem Auto nach London, zum Flughafen. Dort setzte er mich in ein Flugzeug. Jemand holte mich in Istanbul ab und lieferte mich im Schloss ab. Gleich am ersten Abend, beim Essen, hatte er mir gesagt: »Deine Mutter ist tot!« Er dachte gar nicht daran, dass er mir wehtat, und aß einfach weiter. Ich erinnere mich, dass ich für einen Augenblick wie erstarrt war. Aber ich weinte nicht, ich sagte keinen Ton. Ich blickte ihn nicht einmal an und aß auch weiter. Im Internat hatte ich gelernt, zu essen, was auf den Teller kam ...«

Plötzlich warst du nicht mehr stumm. Das unbequeme Sitzen auf den Kissen ging dir auf die Nerven. Etwas umständlich, aber ohne das Kupfertablett umzustoßen, gelang es dir, dich zu erheben. Du ranntest zum Balkongeländer, atmetest tief durch. In dem Augenblick, als du dir vorstelltest, von dort abzuheben und irgendwohin zu fliegen, gelang es dir, dich festzuhalten. Du erzähltest die restliche Geschichte, auf dem Balkon auf- und ab laufend. Während du hin und her liefst, hattest du deine Hände in die Hosentaschen gesteckt, um nicht so heftig zu gestikulieren. Deinen Kopf hieltest du gesenkt, um sie nicht anblicken zu müssen. Du hast ihr erzählt, welche unsäglichen Schikanen dein Vater für dich ausgedacht hatte, wenn du in den Sommerferien nach Istanbul kamst. Und was du alles auf dich genommen hattest, um ihm möglichst gar nicht zu begegnen. Angefangen in Frankreich die Traubenlese bis zu Hilfstätigkeiten in den Camps der Entwicklungshilfe in Afrika. Obwohl du in allen Fächern sehr gute Noten hattest, sodass du sogar die Aufnahme in Cambridge geschafft hast, konntest du bei deinem Vater niemals Pluspunkte sammeln. Seine letzten Worte an dich - nein, nicht auf dem Todesbett, sondern als er dir mitteilte, dass er dir kein Geld mehr in die Londoner Bank schicken würde -, waren: »Alle meine Söhne sind missraten, aber du bist der Schlimmste von ihnen.« Als er das sagte, versuchte er gar nicht erst, den Hass in seiner Stimme und in seinem Gesicht zu verbergen. Während du ihr das erzähltest, wurde deine Stimme immer leiser - du merktest, dass du immer schneller redetest -unverständlich schnell. Aber du konntest diesen Redefluss nicht stoppen. Du warst kein schäumender Fluss -

nein, ein widerspenstiger, wilder Bach, der sich zwischen den Felsen und Baumwurzeln einen Weg bahnte. Du würdest fließen ... - dich durchsetzen.

Du würdest fließen, fließen ... - mit der Zeit würdest du geklärter sein. Aber bis es soweit war ...

Du hattest deine Geschichte beendet und dich an das Balkongeländer gelehnt. Die Sonne schien dir in den Rücken, sie konnte deshalb dein Gesicht nicht sehen. Aber du hast ihres sehr gut sehen können. Statt Überraschung, Liebe oder Mitgefühl - und ein wenig Angst, was du erwartet hattest, spiegelte sich darin ein desinteressiertes, leichtes Lächeln. Es war ein Ausdruck, der zu verbergen versuchte, dass deine Lebensgeschichte sie gelangweilt hatte. Als hätte sie diese Geschichte schon oft gehört, ja, als hätte sie sie bei Dickens gelesen. Du hattest sie nicht beeindrucken können, nein ... wie schade! Dir war es sogar gelungen, sie zu langweilen. Willst du dein Leben weiterhin auf diese Weise vertun? In dir stieg Empörung hoch.

»Willst du denn nicht mal nach dem Namen meines Vaters fragen? Willst du denn nicht mal wissen, wer mein großartiger, berühmter Halbbruder ist, der mir von dem ererbten Vermögen keinen Groschen geben wollte?«

Nur der Höflichkeit halber, ohne Interesse in der Stimme und auf dem Gesicht, fragte sie: »Wer denn?«

»Ein bekannter Professor!«

Sie zuckte die Schulter, als würden sie bekannte Professoren nicht sonderlich interessieren, wiederholte sie mit der gleichen Gleichgültigkeit die Frage: »Wer denn?«

Als du den Namen des Professors nanntest, wusstest du, dass sich ihre gleichgültige Haltung sofort verflüchtigen würde. Aber dass sie aufspringen und dich mit hervorquellenden Augen anstarren würde, das hättest du nicht erwartet.

»Was sagst du da? Er ist dein großer Bruder?«

Diese Reaktion gefiel dir. Aber du hast es ihr nicht gezeigt. Jetzt war es an dir, die Augen gelangweilt zu verdrehen:

»Mein Stiefbruder«, sagtest du mit ruhiger Stimme, und du hofftest, das würde sie verwirren.

»Weiß er das denn?«, schrie sie.

Warum schrie sie? »Warum schreist du?«, fragtest du.

Ohne ihre Augen von deinen abzuwenden, blieb sie vor dir stehen. Dann trat sie einen Schritt zurück und schüttelte den Kopf, als würde sie zu sich selbst sprechen: »Warum schreie ich?« Sie senkte ihren Kopf, dann drehte sie ihn zur Seite. Ein winziges Lächeln, ein leichtes Schulterzucken ... »Ich war so überrascht«, sagte sie und wandte dir den Rücken zu. Dann ging sie zwei Schritte vor und bückte sich, um die zwei Teegläser vom Tablett zu nehmen. »Willst du noch einen Tee?«, fragte sie, ohne sich umzudrehen.

»Ja«, sagtest du.

Wie schnell sie diese Nachricht, die ihre Augen hervorquellen ließ, überwunden ... - mit einer leichten Geste abgeschüttelt hatte! Oder war sie so? Du sahst ihr Gesicht nicht, aber du merktest, dass ihre Hände zitterten, als sie die Teegläser in die Küche trug. In dem Augenblick konntest du nicht verstehen, warum dieses Mädchen, das sich deine erschütternde Lebensgeschichte so teilnahmslos anhörte, bei dem Namen deines Stiefbruders so bestürzt war. Was wusstest du überhaupt über sie? Sie hätte jedoch die Informationen über dich und über die Morde der Reihe nach zusammenfügen können. Was wäre, wenn sie mit den Teegläsern auf den Balkon käme, nachdem sie sich von ihrer Überraschung erholt hatte, und das Gespräch in eine Richtung lenkte, die dir gar nicht passen würde?

Plötzlich erfasste jene unergründliche Angst dein Herz, die du dir noch nie erklären konntest. Während sie in der Küche mit dem Tee beschäftigt war, bist du aus der Wohnung gerannt, die Treppen hinunter, ohne nachzudenken. Als du nach unten ranntest, musstest du kurz stehen bleiben, denn eine alte Frau stieg schnaufend die Treppe hinauf. Du hattest *deine feine englische Erziehung nicht vergessen, du machtest ihr den Weg frei. Die Frau blieb ebenfalls stehen, hob ihren Kopf und schaute dich aufmerksam an. Dir kam es sehr lange vor. Eine Frau mit weißen, krausen Haaren ... - das Blau ihrer Augen war so blass, dass man es kaum sehen konnte ... - es war dir unerklärlich, warum sie dich so eindringlich anschaute. Dieser Blick machte dich nervös, du drehtest deinen Kopf zur Seite - als Zeichen deiner Ungeduld. Das war ein Fehler! Die Frau murmelte ein »Dankeschön« und stieg die Treppe hinauf. Und du ranntest nach unten. Danach hattest du die dunkle Ahnung, dass diese alte Frau sich später daran erinnern würde, wie du die Treppe hinunter gerannt warst. Aber das erschien dir damals nicht so wichtig. Das Mädchen war ja noch am Leben. Wenn sie mit den vollen Teegläsern den Balkon betrat, was würde sie wohl denken, was würde sie tun?*

Und was wirst du tun?

Du hattest noch keinen Plan zu diesem Zeitpunkt. Du glaubtest noch immer, dich retten zu können.

Beim Lesen dieser Datei fiel ich von einer Verwunderung in die nächste. Ich traute meinen Augen nicht. Die Teile des Puzzles fanden plötzlich und unerwartet ihren richtigen Platz. Hätte ich die erste Datei nicht erst zuletzt gelesen, hätte ich das Rätsel schon viel früher lösen können. Die unglaubliche Geschichte von Işıl Hanım war demnach mit diesen Eintragungen in der letzten Datei deckungsgleich. Das war unbegreiflich. Und ich erinnerte mich plötzlich auch an das Detail, das in jener Nacht, als uns die Frau aus ihrem Leben erzählte in meinem Kopf herumschwirrte, aber nicht deutlich wurde. Sie hatte den Namen des Vaters einmal erwähnt: Hulusi! Den Namen ihres Sohnes nannte sie dagegen mehrmals: Gürol!

Hulusi Gürol! Der große, leicht gebückte junge Mann, ca. 35 Jahre alt, mit den etwas schütteren Haaren und den hellen Augen, der mit den Fingern auf dem Tisch trommelte, und der innerhalb der Universität damit betraut worden war, mir bei meinen Recherchen zu helfen, war der stellvertretende Rektor. Zudem war er der Sohn von Işıl Hanım: er war es, der ihr rücksichtslos weggenommen wurde ... Außerdem war er der Stiefbruder von Ergin Gürkan ... Der wiederum war der frühere Geliebte von Melek ... - dieses verwirrende Beziehungsgeflecht hatte ich endlich durchschaut.

Ein leichtes Schwindelgefühl hatte mich erfasst: in meinem Kopf begannen Blitze zu funken. Auf einmal verstand ich, dass ich das Opfer eines teuflischen Plans war, der die Grenzen meines Verstandes in Frage stellte. Aber wer war an dieser Verschwörung beteiligt? Angefangen bei dem kahlköpfigen Oktay, der ehemaligen nackten Malerin und heute verschleierten Banu Sayar, bis zu der kraushaarigen Işıl Hanım. Dann Sungur Semerci, der mit seinem Ziegenbart Trotzki ähnlich sah und der mich erst hinauskomplimentierte, bevor er mich wieder zu sich bestellte. Dann die Putzfrau, die wie ein Topmodel auftrat und mir erzählte, dass sie die Waffe, die bei der Ermordung Ergin Gürkans benutzt wurde, mit eigenen Augen gesehen hatte und Hülya mit den wunderschönen Haaren, die gerne Kräutertee trank ... - waren sie alle an diesem Komplott beteiligt?

Und was war mit Haydar Bilir, dem Kommissar im Ruhestand, der mich in jenem ägäischen Ort in meinem Haus mit den Zeitungen unter dem Arm auf die Fälle aufmerksam machte? War er auch daran beteiligt?

Schließlich Narin? Erst trat sie in mein Leben wie ein erfrischender Sommerwind, dann brach sie herein wie ein Sturm. Sie war die einzige Kandidatin, die einzige Frau, mit der ich mein Leben zu teilen bereit gewesen wäre, die mich förmlich zwang, die Lebensgeschichte einer Frau anzuhören, die völlig unglaubwürdig klang. Sie etwa auch?

Wer aber war der Urheber dieser Verschwörung? Wer hatte diese vom Anfang bis zum Ende durchgeplante Inszenierung initiiert? Wer war die Person, die in mein nahezu glückliches, ruhiges Leben vier Morde platzierte, um mich aus der Bahn zu werfen? Wer konnte das anderes sein, als sie?

Ich sprang auf. Ich rief Gülen Hanım nicht zu mir, sondern ging geradewegs zu ihr und pflanzte mich vor ihr auf. Meine Hände steckte ich in die Hosentaschen, um meine Nervosität zu verbergen. Das Beben in meiner Stimme konnte ich aber kaum verbergen.

»Sie wollten mir doch die Personalakte von Sezen Hanım beschaffen. Was ist damit?«, fragte ich.

»Ich habe sie angefordert. Aber es wurde mir gesagt, dass man sie mir nicht aushändigen dürfe«, erklärte sie und versuchte wohl ihr Erstaunen über mein Aufbrausen zu verbergen. »Die Akte ist geheim, deshalb darf sie nicht von jedem eingesehen werden ... Allerdings, wenn Sungur Bey das beantragen würde ...«

»Dann bitte ich eben darum«, sagte ich und blickte ungeduldig zu seiner Tür.

»Sungur Bey ist außer Haus.«

»Was heißt das? Um diese Zeit?«

Sie fand es sicher merkwürdig, dass ich mich in die Terminplanung des Rektors einmischte - ja sie fand es sogar bestimmt ungehörig, denn sie blickte mich einige Sekunden lang streng an, bevor sie wiederholte: »Er ist nicht da!«

Es blieb mir nichts anderes übrig, als ebenfalls zu gehen. Aber erst kehrte ich ins Büro zurück, das Sezen Hanım gehörte, und druckte die Dateien, die ich vorhin gelesen hatte, aus. Es dauerte eine Weile, bis die Texte aus dem Drucker kamen. Deshalb rief ich Haydar Bilir auf seinem Handy an.

»Bitte schön, Herr Professor«, sagte er mit argloser Stimme.

»Ich bitte Sie«, entgegnete ich. »Es gab doch eine Aussage, dass nach der Ermordung des verdeckten Ermittlers Muharrem Șafak nach halb elf niemand den Parkplatz verlassen hatte. Sie wollten sich bei dem Sicherheitspersonal erkundigen, wer zuletzt hinausgefahren ist. Erinnern Sie sich?«

»Aber natürlich erinnere ich mich. Ich habe Ihnen das Ergebnis doch schon längst mitgeteilt.«

»Nein, das haben Sie nicht!«

»Das kann nicht sein! Aber gut: In jener Nacht hat Melek Türker als Letzte den Parkplatz verlassen!«

»Was?! Das haben Sie mir ganz sicher nicht gesagt!«

Natürlich hätte ich mich erinnert, wenn er es mir gesagt hätte! Spielte er mit mir ein Spiel?

»Herr Professor, ich habe es Ihnen ganz sicher gesagt. Ich habe Ihnen auch mitgeteilt, dass der Kollege, der zu dieser Zeit Dienst hatte, um elf Uhr abgelöst wurde. Als er die Wachbude verließ, standen noch vier, fünf Autos auf dem Parkplatz und es war keine Leiche zu sehen. Der Wachmann, der zwischen 23:00 und 1:00 Uhr Dienst hatte - die wechseln sich alle zwei Stunden ab - wurde inzwischen entlassen, weil er seine Pflicht vernachlässigt hatte. Mit ihm konnte ich also nicht reden. Aber der Wachmann, der um 1:00 Uhr den Dienst antrat, und alle nach ihm, sagten aus, dass einige Fahrzeuge auf dem Parkplatz standen. Aber sie hatten nicht nachgesehen, wem sie gehörten. Andererseits betonten alle, dass in dieser Nacht niemand raus- oder hereingefahren ist. Sie saßen die ganze Zeit in der Wachbude. Ich habe Ihnen das alles erzählt, Herr Professor.«

»Wann?«, ich glaube, ich schrie fast.

»Als wir das letzte Mal miteinander sprachen«, sagte er mit einer Stimme, die seine Hinterlist zu überspielen versuchte.

Der Mann log mich an!

Oder werde ich verrückt?

Ich legte auf, steckte die ausgedruckten Seiten in meine Tasche und als wollte ich die in Sicherheit bringen, rannte ich aus dem Büro.

»Bitte, benachrichtigen Sie meinen Fahrer«, sagte ich zu Gülen Hanım. Ich schaute sie nicht an.

Unterwegs hatte ich eine schlimme Vorahnung. Ein schlechtes Gefühl, das meine Begeisterung bremste, die Identität des Mörders aufgedeckt zu haben, packte mich, ja, ließ sogar die Euphorie darüber verschwinden. Es flößte mir ein, mich umsonst gefreut zu haben. Oder aber ... - hatte die Aufdeckung der Identität des Mörders nicht wirklich Begeisterung in mir ausgelöst? Ich spürte auf einmal eine Enttäuschung. Ein so armseliger Mörder konnte bei mir nur Mitleid erregen. Mich stürzte diese Erkenntnis in eine depressive Stimmung. Beinahe hätte ich es vorgezogen, mich geirrt zu haben. Mir war klar, dass meine innere Nervosität nichts damit zu tun hatte, dass ich es sogar vorgezogen hätte über diese Information nicht zu verfügen - sie zurückzuweisen. Das Gefühl einer Vorahnung beschlich mich, einer Katastrophe auf der Spur zu sein, die schwer zu definieren war. Als würde ich auf einen Reisenden warten, der nicht kam (Ob er es sich anders überlegt hatte? Oder hatte er einen Unfall?), und ich deshalb völlig grundlos und jenseits jeder Vernunft in eine tiefe Traurigkeit verfiel, das Herz begann völlig unnötig schneller zu schlagen ... Ich sagte mir umsonst, dass es keinen Grund zur Aufregung gab, dass es noch nicht einmal zu spät war … Aber eine solche Selbstberuhigung nütze nichts … Es war ein Gefühl … - als wäre ich zu spät. Wohin, in welcher Angelegenheit - das wusste ich nicht. Ich wollte nur so schnell wie möglich nach Hause. Doch ich konnte die Befürchtung nicht verscheuchen, dort auf etwas Unerwartetes zu treffen.

Obwohl meine Tasche gar nicht schwer war, überließ ich es Hasan, sie zu tragen, damit er mit mir nach oben ging. Ich bat ihn auch, die Tür zu öffnen, sodass er vor mir die Wohnung betrat. Für einen Moment war ich unsicher, ob ich ihm folgen sollte. Und als ich den Flur betrat, rief ich, obwohl es mir widerstrebte, »Narin, wir sind da!«

Es blieb ganz still.

»Soll ich Ihre Tasche in Ihr Arbeitszimmer bringen?«, fragte Hasan. Ich tat so, als hörte ich ihn nicht, und rief laut: »Narin, ich bin da!«

Wieder kam keine Antwort. Offenbar war Narin nicht da. So war es wohl! Hasan blieb stehen und schaute mich verwundert an. Ich beherrschte mich gerade noch, ihn nicht aufzufordern in ihrem Zimmer oder in der Küche nach ihr zu sehen … - das hätte wohl etwas übertreiben gewirkt.

»Stell' sie ins Wohnzimmer«, sagte ich und ging unentschlossen hinter ihm her.

In der Wohnung herrschte eine tiefe Stille.

»Haben Sie noch einen Wunsch?«

»Nein«, sagte ich und ich blickte mich im Wohnzimmer um. »Du kannst gehen. Wir sehen uns morgen!«

»Guten Abend!«

Mir kam es so vor, als würde er sich beeilen, die Wohnung zu verlassen.

Ich stand mitten im Zimmer und wusste nicht, in welchen Raum ich zuerst gehen sollte. Wovor hatte ich bloß Angst? Narin war offensichtlich nicht da. Sie in einem der

Räume ermordet aufzufinden ... - für diese Angst gab es doch nicht den geringsten Grund. Doch in mir war diese Angst mächtiger. Ich versuchte lautlos in die Küche zu gehen. Nichts, niemand. Ich ging den Flur entlang, schaute ins Bad. Keine blutige Leiche! Nur ein paar Schritte ... - ihre Zimmertür war geschlossen. Ich biss die Zähne zusammen, atmete tief durch und öffnete die Tür.

Sie lag nicht im Bett. Sie stand da, beeilte sich, ihren nackten Körper zu verhüllen. Ich sah sie aus dem Augenwinkel. Im Mittelpunkt meiner Blickrichtung dagegen - von meiner Anwesenheit anscheinend unbeeindruckt lag sie da. Einige Sekunden später stützte sie sich aber auf den Ellbogen und beugte sich ein wenig vor, ohne das Bedürfnis, ihre Brust zu bedecken, und schaute mir frech grinsend in die Augen ...

‚Nein, nein, nein! Das ist doch kein Mensch aus Fleisch und Blut ... Das ist ein Traum. Traum? Ein Alptraum!', durchfuhr es mich.

Wäre ich in diesem Augenblick nur ohnmächtig ... - könnte ich meine Augen nur woanders wieder öffnen ... - und hätte ich bloß ihre Stimme nicht gehört ...

»Du bist früher nach Hause gekommen, als ich dachte, mein Süßer«, sagte sie und auf einmal war mir die ganze Vergangenheit wieder gegenwärtig. Sie sprach in ihrer typisch zynischen Art - diese hatte sie sich als Selbstschutz angewöhnt.

In diesem Augenblick hatte ich den fast unbezwingbaren Wusch - ja, sogar das leidenschaftliche Verlangen -, sie zu töten. Aber ich konnte mich nicht vom Fleck rühren. Wie lange ich so dastand ... - wusste ich nicht. Es war wohl nicht sehr lange, denn ich dachte an nichts, als dieses Bild vor meinen Augen zu entfernen. Ich drehte mich um und ging mit eiligen Schritten, aber wie blind in den Flur. Ich ging durchs Wohnzimmer, wollte nur noch zur Tür. Doch bevor ich sie öffnete, blieb ich stehen. Wohin wollte ich gehen? Und weshalb eigentlich? Wegen dieser unverschämten Frau (Frauen!) meine eigene Wohnung verlassen?! Es war doch meine Wohnung! Natürlich! Hatten sie das Recht, mich dieser widerlichen Szene auszusetzen? Natürlich nicht! Warum wollte ich dann fliehen? Wenn hier jemand gehen sollte, dann sie. Und das schleunigst, bevor ich ein Mordinstrument in die Hand nehmen konnte! Nach ein paar tiefen Atemzügen beruhigte ich mich, ging entschlossen ins Wohnzimmer und nahm meine Tasche. Anschließend ging ich in mein Arbeitszimmer und schloss die Tür hinter mir.

In diesem Augenblick verließ mich jegliche Entschlossenheit und Kraft. Ich ließ die Tasche fallen, ich selbst ließ mich in den nächstbesten Sessel fallen. Ich schloss die Augen. Aber das genügte nicht. Ich musste sie mit der Hand verdecken. Auch das genügte nicht ... Die Szene, die ich eben gesehen hatte, verschwand nicht vor meinen geistigen Augen ... Ich war nicht einmal in der Lage, mich zu fragen, wie mir so etwas passieren konnte. Ich rieb mir nur die Augen. Schließlich war ich erschöpft. Ich ließ mich haltlos fallen, meinen Kopf lehnte ich nach hinten, ohne meine Augen zu öffnen.

Als draußen ein Klappern begann, horchte ich gespannt. Wahrscheinlich würden sie - wenn nicht aus Scham, so doch, weil ich sie in flagranti erwischt hatte - ihre Sachen packen und verschwinden. Das Klappern und das Hin- und Her steigerte sich, hinzu gesellten sich ein Flüstern und leises Lachen, es wurden Gegenstände hin und her geschoben ... Ich befürchtete, sie würden eine Schallplatte auflegen. Ich erinnerte mich an das freche Lachen der jungen Studentinnen, die ihrem Professor einen Streich gespielt hatten. Warum war ich derjenige, der sich schämte, als ich all das hörte - das weiß ich nicht. Ich war wie ein kleiner Junge, der im Internat getriezt worden war, und der, statt die Peiniger anzugreifen, sich unter dem Bett verkroch. Waren sie mir denn überlegen - außer in ihrer bodenlosen Unverschämtheit? Warum versteckte ich mich in meinem Arbeitszimmer, statt sie energisch aus der Wohnung zu werfen? Warum wartete ich darauf, dass sie von selbst gehen würden?

Als ich das dachte, hörte ich, wie die Wohnungstür geschlossen wurde. Aber ich konnte nicht gleich befreit aufatmen. Um sicher zu sein, dass sie weg waren, dass ihre Stimmen verstummt waren, wartete ich einige Minuten ab. Vielleicht hatten sie ja eine neue Falle für mich vorbereitet. Sie schreckten ja vor nichts zurück. Etwa fünf Minuten vergingen. Als ich versuchen wollte, mich in meinem Sessel, in dem ich mehr lag, als saß, aufzurichten, klopfte es an die Tür. Ich erstarrte erneut.

Etwa zehn Sekunden später, ohne dass ich »Ja bitte!« gesagt hätte, öffnete jemand die Tür. Ungeniert trat jemand herein. Ich öffnete meine Augen nicht, ahnte aber, wer es war. Wissen wollte ich es jedoch nicht. Wenn ich nur ihre Stimme nicht hören müsste, niemals mehr …

»Ich habe dir einen Drink gebracht! Du hast ihn sicher nötig«, hörte ich ihre Stimme. Obwohl ich sie nicht sah, spürte ich, dass sie auf mich zukam.

Ich rührte mich nicht und sagte kein Wort.

»Ich hätte nicht gedacht, dass du so überrascht sein würdest, mich zu sehen«, sagte sie jetzt mit nachgiebiger, weicher Stimme.

Ich spürte, dass sie in meiner Nähe war, aber ich setzte meinen Widerstand fort und öffnete meine Augen nicht.

»Oder hast du wirklich geglaubt, dass ich gestorben bin?« Sie schien das lächelnd gesagt zu haben, für ihr Empfinden sogar in netter Form. Als würde sie die Möglichkeit, dass ich das geglaubt hatte, ausschließen.

»Ich hatte gehofft, dich nie wieder zu sehen«, erwiderte ich leise zischend. Sprach ich mit mir selbst, oder sprach ich mit ihr? Ich blickte ihr immer noch nicht ins Gesicht.

»Ach, Gottchen! Sag' bloß, deine Hoffnung wurde nicht erfüllt ...« Das war wieder der ironische Unterton in ihrer Stimme. »Hier, trink ... tut gut bei Enttäuschungen!«

Ich nahm das Glas und trank es in einem Zug aus. Wie Feuer brannte es von der Kehle bis zum Magen. Jetzt blickte ich ihr fest in die Augen - aber eigentlich sah ich sie immer noch nicht - und fragte sie:

»Warum bist du gekommen?«

»Ich bin doch gar nicht gegangen ...«

Sie schüttelte ihre Haare, warf ihren Kopf nach hinten und lachte gut gelaunt. Und ich begriff, dass ich sie nicht mehr verleugnen konnte. Ja, sie war es! Ja, ja, ja, sie war es! Es hatte keinen Sinn, mich dagegen zur Wehr zu setzen. Und sie hatte Recht. Wusste ich nicht doch schon, als ich sie bei Kandilli am Steg der Villa das letzte Mal sah, wie verlogen es war, daran zu glauben, dass wir uns trennen könnten, ohne, dass einer von uns sterben müsste? Die Villa verkaufen, auf Weltreise gehen, sich anschließend in einer ägäischen Kleinstadt zur Ruhe zu setzen ... - war das nicht alles von der Angst besessen gewesen, ihr wieder zu begegnen? Natürlich war sie nicht richtig weg gewesen.

»Ich wusste das«, murmelte ich und senkte den Kopf.

»Natürlich wusstest du das«, bestätigte sie. Sie legte sich auf das Sofa, das gegenüber dem Sessel stand. »Du wusstest auch, dass alle Versuche, mich zu vergessen, sinnlos waren. Du bist schließlich ein kluger Mann ... Wärst du damals gestorben ... - aber es ist unmöglich, dass du mich vergisst, bevor ich dich vergesse!«

Ihre Selbstsicherheit, ihre ironische Stimme ... hatten sich nicht verändert. Aber ich ärgerte mich längst nicht mehr über sie. Ich hob meinen Kopf. Zwar hatte ich ihr in die Augen geschaut, aber ich hatte sie nicht wirklich angeschaut. Jetzt sah ich sie mir aufmerksam an. Sie hatte einen Arm auf die Rückenlehne des Sofas gelegt, saß halb liegend da. In ihren

Augen blitzte ein Licht, auf ihren Lippen lag ein selbstgefälliges Lächeln. Sie schien sich auch äußerlich nicht verändert zu haben. Ihre Haare fielen wie immer rötlich glänzend über ihre Schultern. Sie trug auch heute ein fließendes, weißes, transparentes Kleid, darunter offenbar gar nichts. An den Füßen hatte sie Sandalen. In ihrem Gesicht gab es keine Falten, sie hatte kein Gramm zu viel am Körper. Es kam mir plötzlich so vor, als wäre kaum ein halbe Stunde vergangen, seitdem ich sie das letzte Mal gesehen hatte.

Ich erschauderte. War das vielleicht tatsächlich so? Waren die langen Jahre (vielleicht auch kurzen Jahre), die inzwischen vergangen waren, lediglich ein Traum? Ich benötigte noch einen Drink. Und noch mehr Drinks! Ich schaute auf das leere Glas in meiner Hand.

Mit einer winzigen Kopfbewegung zeigte sie auf die Flasche, die auf dem Beistelltisch vor dem Sofa stand. Sie hatte nicht vor, sich stören zu lassen und mir einen zweiten Drink zuzubereiten. Das nicht! Aber sie erlaubte mir, so viel zu trinken, wie ich wollte! Wieder stieg kalte Wut in mir hoch. Und wieder gelang es mir, mich zu beherrschen. Ich wollte aufstehen, zum Beistelltisch gehen, die Flasche nehmen und mir selbst das Glas füllen. Dabei musste ich mich ihr allerdings nähern. Und was würde ich dann tun? Wie konnte ich in meinem eigenen Arbeitszimmer danach wieder meine Autorität wahren?

Ich stand auf, ging zum Beistelltisch, nahm die Flasche, füllte mein Glas und ohne sie anzuschauen, ging ich zurück, Ich setzte mich wieder und nahm einen Schluck Whiskey. Ich wollte den Computer einschalten. Aber ich wusste nicht warum. Hatte ich gehofft, dass, wenn ich ihre Gegenwart ignorierte, ich ihr das Spiel verderben würde? Oder wollte ich lediglich Zeit gewinnen, um mich zu sammeln? Aber dann fiel mir Narin ein. Nicht, als wäre es wichtig, sondern nur um etwas zu sagen, fragte ich:

»Wo ist Narin?«

»Ich habe sie weggeschickt«, sagte sie. Sie richtete sich gar nicht auf, drehte lediglich ihren Kopf in meine Richtung. »Ich dachte, du würdest es nicht verkraften, uns beiden zu begegnen ...«

»Aber du hattest keine Hemmungen mir zu begegnen ...«

»Warum sollte ich Hemmungen haben? Ich warte schon lange auf diesen Moment ...«

»Du hast es also geplant, gesehen zu werden«, sagte ich mehr zu mir als zu ihr. Und als würde ich mit mir selbst reden. »Ganz bewusst hast du diese unverschämte ...« Aber ich konnte nicht weiterreden und versuchte wieder, sie nicht anzuschauen.

Sie erhob sich vom Sofa, stellte ihr Glas auf den Beistelltisch und näherte sich mir mit wiegenden Schritten. Vor dem Tisch blieb sie stehen.

»Ihre Aufgabe ist erfüllt! Sie hat sich ganz schön in dich verliebt, nicht wahr?« Sie verzog ihr Gesicht zu einer Grimasse. Ich fand so schnell nicht heraus, ob sie Narins Respektlosigkeit, meine Verführbarkeit oder beides meinte. »Ich bin sicher, du hattest jede Menge dumme Gedanken. Ich wollte eine Abschiedszene inszenieren, die kein Zurück zulassen würde.«

»Das ist dir gelungen«, bestätigte ich ihr und ohne es zu wollen, biss ich die Zähne zusammen, hoffte aber, dass sie es nicht bemerkt hatte. »Niemand kann schlimmere Abschiedszenen inszenieren als du. Aber du kommst immer wieder zurück!«

»Ach, mein Kindchen ...« - sie hatte tatsächlich einen bedrückten, besorgten Ton in ihrer Stimme, als würde sie mit einem Kind reden. »Ich gehe doch nirgendwohin - also brauche ich nicht zurückzukommen. Ich bin immer da. Auch als du glaubtest, in die Ferne geflüchtet zu sein, habe ich dich immer beobachtet. Ich weiß sogar von der Schwierigkeit, in die dich die flüchtige Beziehung mit der falschen Gräfin gebracht hatte ...« Plötzlich wirkte sie verärgert. »Beinahe hätte Dich diese Schlange vernichtet.«

Endlich konnte ich lachen. »Und du bist mir bis nach Afrika gefolgt und hast das Unheil von mir abgewendet?!«

»Na ja, wäre nicht ein älterer und reicher Mann aufgetaucht ...«

»Ach, erzähl mir keinen Unsinn!«, sagte ich und schlug auf den Tisch.

Sie schien auf einmal bedrückt zu sein, dass ich so unerwartet reagiert hatte. Sie seufzte leicht auf, zuckte mit den Schultern und wandte sich von mir ab. Dann nahm sie ihr Whiskeyglas vom Tisch, ging wiegenden Schrittes zu einem der Sessel, setzte sich und lehnte ihren Kopf nach hinten. Sie blickte zur Decke, dann trank sie einen Schluck.

Währenddessen war es mir gelungen, mein Aufbrausen zu bändigen und fragte: »Worin bestand Narins Aufgabe?«

Ohne sich zu rühren, blickte sie wieder zur Decke: »Wie gesagt, ich habe dich auch während deiner Reisen beobachtet. Nachdem du die Weltreise bewältigt und die falsche Gräfin entlarvt hattest ... - als du dich also in die ägäische Kleinstadt zurückzogst ... - ich war über alles informiert. Ich hatte Bedenken, du verliebtest dich in eine Dahergelaufene und würdest den Rest deines Vermögens mit ihr verschleudern. Hättest du dich in eine einheimische Schönheit verliebt und vierzig Tage Hochzeit mit ihr gefeiert ... - wäre das dann gut für dich gewesen? Die Menschen werden ja oftmals komisch im Alter. Schau dir Ergin Gürkan an. Er war mal so etwas wie ein König - es gab kaum eine Frau, die er nicht hätte haben können. Dann hat er sich in eine dreißig Jahre jüngere Frau verliebt ...- und sich blamiert. Aber die Blamage genügte nicht - er wurde auch noch ermordet. Na ja, wie auch immer ... - um dich vor einem solchen Schicksal zu bewahren, bat ich Narin, sich um dich zu kümmern. Das ist alles!«

»Ich verstehe nicht, wovor du mich bewahrt hast?«, fragte ich und konnte meine Neugierde nicht verbergen. Ich war inzwischen ganz ruhig - glaube ich jedenfalls. »Davor, mein Vermögen zu verschleudern? Oder davor, mich zu blamieren? Oder davor, ermordet zu werden? Also wovor …?«

»Der Reihe nach - vor allem …«

»Du musst mir erst mal beweisen, dass du nicht spinnst«, sagte ich. Diesmal war ich es, der hochmütig den Mund verzog. »Ich war all diesen Gefahren doch nie ausgesetzt gewesen. Ich lebte ein ruhiges Leben ...«

»Aber du gingst dir vor Langeweile selbst auf die Nerven.«

»Was geht dich das an?«

»Mir ging es genauso … nicht nur, dass ich mich langweilte … - ich konnte keine einzige Zeile schreiben.«

»Und was ging mich das an?«

Sie seufzte, nahm einen Schluck Whiskey. »Ich sagte mir, wir sollten wieder zusammenarbeiten. Das hatten wir früher auch getan … und wir waren erfolgreich.«

»Wer hatte Erfolg? Nur du! Du hast mich und noch einige Menschen kaltgestellt. Für dich ist das Schreiben so etwas wie das Leben zu stehlen. Du drängst dich in das Leben anderer, bringst alles durcheinander, ordnest es nach deinem Gusto und schreibst deine Geschichte. Du bist eine Lebensdiebin!«

»Oder so: Ich nehme euer sinn- und zielloses Leben in die Hand, mache daraus eine Geschichte und gebe ihm damit einen Sinn!«

»Und du bringst jeden, der dir nicht ins Konzept passt, um …«

»Ich habe niemanden umgebracht! Diese Menschen wären doch sowieso gestorben.«

»Alle müssen mal sterben«, erwiderte ich. »Aber wenn es soweit ist. Sie müssen nicht in jungen Jahren Opfer eines Mordes werden …«

Sie blickte immer noch zur Decke. »Ach, Mann! Wie banal du redest«, sagte sie ungeduldig. »Was ist denn schlecht daran, jung zu sterben? Ist es besser, lange zu leben und Kraft und Vitalität einzubüßen, das Denkvermögen zu verlieren und alt und hässlich zu werden? Diejenigen, die jung sterben, werden zu Legenden. Schau dir James Dean an, Che Guevara, Deniz Gezmiş. Aber die, die auf ihr Schicksal warten ... Auch wenn sie sich in ihrem endlichen Leben nicht blamieren, werden sie irgendwann banal ...« Sie seufzte erneut. »Anwesende nicht ausgenommen!«, fügte sie hinzu.

Es gäbe sicher tausende Antworten, die ich ihr darauf hätte geben können. Aber ich konnte meine Augen nicht von ihrem makellosen Gesicht und von ihrem glatten Hals wenden, als sie mit nach hinten gebogenem Kopf dasaß. Der Hals dieser Frau war damals wie heute ein Schwanenhals.

»Warum alterst du nicht?«

Sie hob ihren Kopf, richtete sich im Sessel auf und blickte mir ins Gesicht. Auf ihrem Gesicht lag jetzt ein liebevolles Lächeln. Wenn sie wollte, konnte sie nämlich sehr liebevoll sein - das wusste ich. Sie betonte jedes Wort: »Weil Schriftsteller nicht alt werden, deshalb! Wir sind anders als ihr. Du hältst es für selbstverständlich, dass ich eine Menge Menschen erfinde, aber du wunderst dich, dass ich mich immer wieder neu erfinde?! Wenn es nötig ist, können wir verschwinden, und wenn es an der Zeit ist, kommen wir zurück ...«

Hätte ich mich von ihr weiter einhüllen lassen und hätte ich ihr Gesicht, auf das sie einen liebevollen Ausdruck gezaubert hatte, ihre süß blickenden Augen weiter angeschaut, hätte ich Dinge tun können, die ich nicht wollte. Das wurde mir plötzlich klar! Deshalb wandte ich ihr den Rücken zu und weil ich nicht wusste, wie ich mich verhalten sollte, ging ich bis zur Tür. Doch dann drehte ich mich um und begann im Zimmer auf und ab zu laufen, ohne meinen Blick vom Boden zu heben.

»Als ich in der Schublade der imaginären Assistentin des Rektors, Sezen Hanım, ein Paar rote, hochhackige Schuhe fand, hätte ich es begreifen müssen, dass du Sezen Hanım bist«, brach es aus mir heraus.

Sie streckte mir ihre flachen Sandalen entgegen. »Wann hast du mich in roten, hochhackigen Schuhen gesehen?«, fragte sie.

»Hab' ich nicht! Aber das wäre ein Extrem, das zu dir passen würde. Ich bin mir sicher, in dem Buch, das du vor Jahren geschrieben hast, erscheinst du vor dem Ermordeten, Levent, splitternackt und in roten, hochhackigen Schuhen ...«

Sie lachte wie ein Glöckchen ... - ich mochte dieses Lachen nicht - und legte ihre Lieblichkeit ab. »Diese Pikanterie gab es in dem Roman doch gar nicht ... Also, ich gratuliere dir. Deine Fantasie ist großartig.«

Ich war es leid, immer auf und ab zu laufen, stellte mich erneut vor sie hin. »Du hast doch diese Schuhe in die Schublade gesteckt. Warum hast du das getan?«

»Damit du sie findest.«

»Woher wusstest du, dass ich eines Tages in dieses Büro gehen würde?«

»Ich hatte alles dafür getan, dass du es tust.«

»Also du hast drei Menschen getötet, dann Narin zu mir losgeschickt, dann Haydar Bilir, dann hast du noch einen Mord begangen ...«

Sie saß jetzt ganz gerade da, zog ihre Füße zurück. »Erstens: Ich habe niemanden umgebracht! Zweitens: Narin habe ich veranlasst, ja. Aber Haydar Bilir - das war ein Zufall. Oder du hast ihn selbst erfunden. Erinnere dich, du hast den Mann aber auch schon mal in andere Geschichten hineingezogen!«

»Wie hast du dir Zugang zu der Universität verschafft? Wie hast du es angestellt, »Sezen Hanım«, also Assistentin des Rektors zu werden?«

»Warum erscheinen dir die einfachsten Dinge so schwierig? Erstens: Als Assistentin der Geschäftsleitung benötigte ich keine Stenographiekenntnisse. Das war mal früher, in deiner Jugend. Zweitens: Auch in meiner Jugend gab es mal einen Sungur Semerci.«

»Du und er?«, fragte ich und starrte sie an.

»Ja und? Früher war er einigermaßen attraktiv ... - nun ja, geistig beschränkt war er damals schon. Aber lassen wir das! Wir hatten nur ein kurzes Verhältnis.«

»Gibt es einen Mann in deinem Umfeld, mit dem du kein Verhältnis hattest?«

»Oho, was ist los mit dir? Warum so vorwurfsvoll? Habe ich dich nach deinem Verhältnis mit der falschen Gräfin gefragt?«

Ich lachte - wahrscheinlich war das ein zufriedenes Lachen. »Ach! Innerhalb von zehn Minuten hast du die Frau bestimmt zehn Mal erwähnt.«

»Was soll ich denn tun, wen soll ich denn nennen? In deinem Leben gab es sonst niemanden!«

»Mir scheint, du kannst nicht einmal diese eine Frau verkraften«, versuchte ich, mich über sie lustig zu machen.

Sie blickte mich drohend an: »Das ist keine Lüge! Ich kann das nicht verkraften! Ich verzeihe keiner Frau, die sich dir in eindeutiger Absicht nähert.«

Für einen Moment blieb mir die Sprache weg, so überrascht war ich. Ich starrte in ihr ernstes Gesicht. Wollte sie etwa nach so vielen Jahren behaupten, mich immer noch leidenschaftlich zu lieben ... - also mich zu hassen?! War das jetzt ihre jüngste Darbietung? Dachte sie denn, ich würde ihr das glauben? Ich würde ihr auf keinen Fall erlauben, in diesem Verwirrspiel erneut die Regie zu übernehmen. Deshalb wechselte ich schnell die Richtung des Gesprächs: »Kommen wir zurück auf das Gesprächsthema! Mit Rücksicht auf eure kurze Romanze hat dich Sungur Semerci als seine Assistentin eingestellt - ist das so?«

»Ja, ich hatte ihm erzählt, ich würde für meinen neuen Roman recherchieren, und zwar über die heutige Jugend. Zufällig hatte seine frühere Assistentin gekündigt, um sich in Amerika neue Horizonte zu eröffnen …«

»Du hast ihr nicht zufällig den Traum von Amerika in den Kopf gesetzt?«

»Nein«, sagte sie kurz angebunden, und tat so, als hätte sie die Ironie in meiner Stimme nicht bemerkt. »Alles kann ich nicht planen, manchmal kommt mir eben der Zufall zu Hilfe.«

»Das Wort Zufall passt gar nicht zu dir …«

Sie lehnte ihren Kopf erneut nach hinten, blickte diesmal jedoch nicht zur Decke, sondern seufzte. »Das ist ja das Bittere!«, sagte sie mit einem schmerzlichen Bedauern in der Stimme. »Alle halten mich für stark, für jemanden, der immer weiß, was er tut. Aber manchmal weiß ich auch keinen Ausweg. Seit vielen Jahren habe ich nichts mehr geschrieben. Ich wurde vergessen … - beinahe. Wer weiß, vielleicht hast du mir die Inspiration genommen ...« Ohne den Kopf zu heben und ohne ihre Augen zu öffnen, verzog sie erneut kaum merklich den Mund.

Ich hatte das Gefühl, diesen Satz schon mal gehört zu haben. Aber ich unterbrach ihre Rede nicht. »Ich wollte mal wieder einen Krimi schreiben. Ich wollte die Spannung des Schreibens wieder spüren. Aber ich dachte, es müsste eine gewöhnlichere Geschichte sein, eine alltäglichere. Ich wollte etwas über die heurige Jugend schreiben, ein neues Lesepublikum erobern … - ich dachte, ich bringe die Rauschgiftszene ins Spiel. Heute nehmen ja alle Menschen irgendwelche Rauschmittel …«

»Woher willst du das wissen?«

»Ich mache eben meine Beobachtungen! Du hast dich ja noch nicht mal ans Rakitrinken gewöhnt. Woher solltest du wissen, was in der Türkei wirklich los ist? Wenn du keinen Lotsen wie Haydar Bilir hättest …«

»Ach ja? Aber wenn fast alle mit Rauschgift zu tun haben, warum hattest du dir dann ausgerechnet diese Universität ausgesucht? Es muss doch einen anderen Grund gegeben haben, als dein früheres Verhältnis mit Sungur Semerci ...«

»Natürlich habe ich zu manchen Kreisen ... - sagen wir mal, zu wenige Kontakte. Es hätte zudem gefährlich werden können ... So einfach hätte ich dich nicht in das Geschehen involvieren können. Weder Narin noch sonst jemand hätte dich überreden können, in den Seitenstraßen von Beyoğlu Ermittlungen durchzuführen. Die akademischen Kreise sind eher nach deinem Geschmack. Und wir haben beide Bekannte dort: Nicht nur Sungur Semerci, auch Melek und Gürol gehörten dazu, waren als Romanfiguren doch sehr ergiebig ...«

»Die kanntest du also von früher?«

»Ja, aus England.«

»Dieses England scheint ein merkwürdiges Land zu sein. Der Mittelpunkt aller Zivilisationen? Alle kennen sich von dort!«

»Nicht jeder kann sich, so wie du, für primitive Stämme interessieren. Zuerst traf ich Narin. Wir kannten uns auch von früher, vom Sehen. Damals war sie mit einem meiner Geliebten zwei Jahre zusammen. Jahre später sahen wir uns zufällig in London wieder. Durch sie lernte ich ihre Nichte Melek kennen und Gürol, einen guten Freund des Mädchens. Damals nannte er sich nicht Hulusi - nur einfach Gürol. Wir kannten seine Familienverhältnisse, den Namen seines leiblichen Vaters nicht. Er war damals schwer rauschgiftsüchtig. Ich habe nur mal einen Joint geraucht. Melek genauso ... - aber Gürol nahm Heroin ...«

»Und Narin?«, fragte ich.

»Narin hatte eine Therapie gemacht, sie war danach clean. Sie raucht jetzt nicht mal mehr Zigaretten und mehr als zwei Gläser Wein trinkt sie auch nicht.«

Ich traute meinen Ohren nicht. War meine angebliche Harmonie ausstrahlende Freundin damals eine Rauschgiftsüchtige? »War Narin drogenabhängig gewesen?«, wollte ich mich vergewissern.

»Ich hab' ja gesagt, sie ist jetzt clean!«

»Jedes Mal, wenn ich von Rauschgift sprach, explodierte sie fast!«

»Ach ja?!« Ihre Stimme war eiskalt. »Dabei hat sie diese verrückten Zeiten hinter sich gelassen. Aber den Frauentyp, den du lange gesucht hast, konnte sie ohne Anstrengung verkörpern.«

Ich hatte mich entschlossen, mich nicht mehr aufzuregen und setzte mich an meinen Schreibtisch. Durch den Abstand zu ihr fühlte ich mich ruhiger und sprach besonnener: »Natürlich weißt du am besten, welchen Frauentyp ich mag.«

»So scheint es.«

Jetzt konnte ich die Veränderungen in ihrer Mimik nicht sehen. Es war inzwischen auch dunkel geworden. Ich schaltete die Schreibtischlampe ein, aber dadurch konnte ich ihr Gesicht erst recht nicht erkennen. Das musste ich auch nicht unbedingt, denn ihre Stimme veränderte sich nicht.

»Am Anfang hast du es dir nicht leicht gemacht. Aber du bist eben so.«, setzte sie mit unbewegter Stimme fort. »In dieser Phase hab' ich es mir auch nicht leicht gemacht. In meinem Kopf war noch keine schlüssige Handlung entstanden. Während ich das eintönige Leben meiner Figuren verfolgte, war mir langweilig. Zugleich hatte ich eine Erwartung ...«

»Wieso sind es deine Figuren? Es sind doch lebende Menschen, die ihre eigenen Träume und Vorstellungen haben, Individuen ...«

»Wenn ich mich nicht eingemischt hätte, hätten sie nie etwas unternommen. Du weißt es ...«

Das war mir zu viel und ich unterbrach sie. »Und ob ich das weiß! Ich habe ja gesagt! Du bist eine Lebensdiebin! Hast du mir nicht schon genug angetan? Du hast mich in den beiden Romanen, in denen der Mörder zwar bekannt war, aber nicht erwischt wurde, nur benutzt, weil ich leicht zu handhaben bin! Aber in diesem Roman glaube ich, weißt nicht einmal du, wer der Mörder ist. Du hast Hulusi als Opfer ausgesucht ...- er ist ein armer Kerl! Du missbrauchst ihn noch schlimmer als mich!«

»Ein armer Kerl? Er hat drei Menschen ermordet!«

»Er hat niemanden ermordet, er hat nur davon geträumt ...«

»Nicht einmal das würde er alleine schaffen«, erwiderte sie spöttisch, und als wäre sie des Sitzens überdrüssig, stand sie auf und streckte sich. Dann ging sie an die Tür und schaltete das Licht ein, sodass auf einmal hell im Zimmer war.

Sie nahm ihr Whiskeyglas vom Tisch und klagte: »Ich dachte, du hättest alles verstanden. Aber du hast gar nichts verstanden. Bis Serdar starb, gab es noch gar keine Geschichte.«

»Hast du ihn nicht selbst umgebracht?«

Sie trank einen Schluck und begann, im Zimmer herumzugehen. »Was für ein Unsinn, mein Lieber! Ich bin doch nicht verrückt! Wie soll ich denn nachts einem Jungen, der ums Vielfache stärker ist als ich, auf der Männertoilette mit Gewalt eine Spritze in den Arm verpassen? Wie sollte ich das anstellen?«

»Aber Hulusi hätte ihn auch nicht ermorden können ...«

Ungeduldig unterbrach sie mich: »Natürlich nicht! Dieser Junge wäre sowieso gestorben - heute oder morgen, das war unvermeidlich. Schon als Kind hatte er sich Heroin gespritzt ...«

Wieder schnitt ich ihr das Wort ab: »Melek hat aber fest behauptet, er würde nur leichte Drogen nehmen!«

»Wieso hast du das geglaubt? Natürlich musste sie das behaupten. Sie wollte sich ja selbst retten.«

»Vor wem?«

»Der Junge hatte sich unsterblich in sie verliebt; er ließ sie nicht mehr aus den Augen. In der Uni bettelte und flehte er sie an. Dann begann er, ihr auf der Straße aufzulauern. Melek erzählte das außer mir niemandem. Anfangs tat er ihr Leid, aber dann ging er ihr auf die Nerven. Oktay wollte sie sich nicht anvertrauen. Als Serdar bis zu ihrer Wohnungstür kam und versuchte, bei ihr einzudringen, da hat sie mir erst davon erzählt.«

Von einem Einbruchsversuch hat doch auch Işıl Hanım berichtet!

»Dann ist er gestorben und angeblich hatte niemand nachgeholfen ... - stimmt das?«

»Der »goldene Schuss« wird von den Süchtigen oft bewusst gesetzt. Hat dein Freund Haydar deine Aufmerksamkeit nicht auf dieses Detail gelenkt? Dass der Junge das in der Universität tat, hatte einen triftigen Grund: er wollte sich an Melek, die ihn aus ihrem Leben vertrieben hatte, rächen. Seine Absicht war, sowohl Melek als auch Gürol in Schwierigkeiten zu bringen ... Selbstmörder wollen fast immer den Zurückbleibenden etwas Böses antun. Natürlich hat mir das genützt, dadurch war die Geschichte fast komplett. Ich hatte auch mal mit dem Gedanken gespielt, Melek zur Mörderin zu machen ... - aber zu Gürol passte diese Rolle viel besser.«

»Also Hulusi? Natürlich, es war ja viel leichter für dich, ihn um den Finger zu wickeln ...«

»Vielleicht ... - außerdem hatte er das Recht, diese Morde zu begehen.«

»Wie bitte? Kann Morden ein Recht sein?«

»Warum denn nicht? Oder glaubst du an solche Sprüche, wie »Was Gott gegeben hat, soll der Mensch nicht nehmen«? Zu dir als Mathematiker passt das aber gar nicht ...« Sie lief immer noch im Zimmer herum und vermied es, mich anzuschauen. Schließlich blieb sie am Fenster stehen und blickte auf die Lichter gegenüber. Dann, als würde sie mit sich selbst reden, sagte sie: »Es gibt keinen Sternenhimmel und auch keinen Mond mehr, der ein silbernes Licht auf das Meer wirft ... - wir haben uns dem elektrischen Licht ausgeliefert. Es ist wie in Manhattan!« Ohne ihren Blick davon abzuwenden, sprach sie weiter, als würde sie sich beschweren wollen: »Überleg' dir nur, was der arme Mann sein Leben lang ertragen musste. Die Mutter hat sich kaum um ihn gekümmert, der Vater schon gar nicht, und seine Brüder ... - alle haben ihm das Leben schwer gemacht. Was sollte er also tun, außer sie oder sich umzubringen?«

»Die drei Menschen, die er ermordet hat, waren nicht die, die ihm das Leben schwer gemacht hatten«, erwiderte ich.

»Vergiss Ergin Gürkan nicht! Obwohl er jahrelang keinen Kontakt zu seinem Vater hatte, hat er sich alleine sein Erbe zugeeignet. Der arme Gürol bekam nichts, obwohl er sich so sehr eine Familienbindung gewünscht hatte. Er führte sogar den Namen seines Vaters. Aber dessen Familiennamen durfte er nicht tragen. Er hatte geglaubt, seine Mutter wäre gestorben. Dabei ... - was sagst du eigentlich zu der Szene, als Mutter und Sohn sich im Treppenhaus begegneten?« Als sie das fragte, wandte sie sich mir zu, und auf ihrem Gesicht breitete sich ein vergnügtes Grinsen aus. Sie trank einen Schluck Whiskey. »Das ist gut, nicht wahr?!«

»Großartig!«, bestätigte ich widerwillig.

Sie lehnte sich ans Fenster, schaue mich an und redete weiter: »Außerdem hatte Serdar versucht, ihn zu erpressen. Er glaubte, dass der Ermittler Muharrem Şafak das Gleiche vorhatte ... - und Melek setzte ihn auch noch unter Druck ... Gürol war ganz schön fertig mit den Nerven. Du weißt ja nicht, wozu ein Süchtiger fähig ist, wenn er Gefahr wittert.«

»Du weißt das natürlich!«

»Natürlich weiß ich das! Es gibt ja so etwas wie Empathie - bei guten Schriftstellern ist das sehr ausgeprägt. Du kannst Dinge, die du gar nicht selbst erlebt hast, so beschreiben, als hättest du sie erlebt.«

Meine Geduld war allmählich erschöpft, aber ich versuchte, mich zu beherrschen. »Oder du lässt andere diese Dinge erleben. Du bringst die Leute auf mörderische Gedanken, auf die sie von selbst gar nicht kämen. Diese Dateien, die ich auf deinem Computer gelesen habe, hattest du also an Hulusi geschickt, oder? Die Morde, die er gar nicht begangen hatte, hast du so dargestellt, als hätte er sie bereits begangen. Und damit hast du ihn fertig gemacht. Das war im Grunde nichts anderes, als ihm das Messer und den Revolver in die Hand zu drücken.«

Als hätte ich sie erst gelobt und dann getadelt, schien sie ihre Fassung zu verlieren. Erst senkte sie den Kopf, dann hob sie ihn wieder und wühlte mit der Hand in ihren Haaren herum. »Natürlich muss man etwas Fantasie haben«, sagte sie. »Eigentlich hatte er das Messer und auch den Revolver selbst gefunden.«

»Aber auf dem Weg, den du ihm gewiesen hattest ...«

»Du warst ziemlich zögerlich, diesen Wegen zu folgen, die ich für dich vorgesehen hatte. Ich dachte, du würdest die Dateien schneller bewältigen. Immerhin bist du Mathematiker ... - ich dachte, du würdest davon etwas verstehen.«

»Um das zu bewältigen, muss man kein Mathematiker sein. Computer sind für Menschen gemacht, die eine durchschnittliche Intelligenz haben ... - und besonders für Leute, die Angst vor Kontakten mit echten Menschen haben, oder die keine Bücher lesen möchten - auch für die kann das Gerät von Nutzen sein. Achtjährige Kinder beschäftigen sich damit, und Techniker mit mittlerem Schulabschluss verstehen was davon, enträtseln mühelos Passworte. Warum also sollte ich mich mit dem Computer auskennen? Nicht einmal als ich über das Theorem von Fermat grübelte, brauchte ich diesen dummen Kasten!«

Sie lachte. »Bravo! Ich gratuliere dir! Du schaffst es, dein Zeitalter zu ignorieren.« Sie lachte gehässig. »Ich weiß nicht, wie du dich mit Fermats Theorem angestellt hast, aber bei der Ermittlungsarbeit der Morde hast du dich reichlich ungeschickt angestellt. Wie oft sprachst du mit Gürol, aber nicht einmal hast du Verdacht geschöpft. Was Işıl Hanım dir erzählte, hast du wie ein Märchen abgetan. Mit Oktay und Hülya hast du geschwätzt, ohne auch nur eine brauchbare Spur zu entdecken ... - in Meleks Notizbuch hast du nur achtlos geblättert ...«

Das war mir nun doch etwas peinlich. »Ich habe sehr wohl die Termine gelesen«, unterbrach ich sie etwas hektisch. »Diese Buchstaben waren zu dem Zeitpunkt gar nicht da. Du hast sie doch nachträglich eingetragen, stimmt's?«

»Na ja, du bist ja überhaupt nicht weitergekommen ... - deshalb wollte ich dir etwas auf die Sprünge helfen. Trotzdem. Du hättest die Dateien im Computer doch gar nicht gefunden. Du hättest nichts begriffen.«

»Du hättest die Dateien total vernichten können, du wolltest aber, dass ich sie finde, nicht wahr? Du hast sie nur in den Papierkorb verschoben, damit ich sie nicht so leicht finde. Warum?«

»Der Vorteil eines perfekten Mordes besteht darin, dass der Mörder nicht festgenommen wird. Der Nachteil, dass dann niemand weiß, was für eine gute Arbeit er geleistet hat. Wenn das Kunststück nicht entdeckt wird, imponiert er niemandem. Niemand will erwischt werden, aber der Täter möchte dennoch, dass eine Person, auf die er Wert legt, Bescheid weiß.«

Ich lächelte. »Es ist schön zu hören, dass du Wert auf meine Meinung legst. Aber es fällt mir schwer, dir das zu glauben. Was wäre gewesen, wenn jemand vor mir die Dateien gefunden hätte?«

»Der Techniker hatte sie doch vor dir gefunden. Aber ich bin sicher, er hat sich nicht die Mühe gemacht, sie zu lesen. Aber auch wenn er sie gelesen hätte, hätte er nichts verstanden. Nur wer über gewisse Informationen verfügte, konnte sie entziffern. Und natürlich die Leser ... - es handelt sich hier nämlich um einen Roman. Wie gut der Aufbau auch sein mag, auf der letzen Seite müssen sie alles begreifen. Sonst denken sie, sie hätten das Buch umsonst gelesen.«

»Nicht einmal ich verstehe das in aller Konsequenz«, sagte ich. »Außerdem teile ich deine Ansicht über diese Art der Perfektion nicht. Ein Mann mit einem Messer in der Hand, der in den Fluren und auf dem Parkplatz der Universität herumlief, hätte leicht erwischt werden können. Es gibt dort strenge Sicherheitsmaßnahmen.«

Ihr Whiskeyglas war wohl leer, denn sie ging zum Beistelltisch, auf dem die Flasche stand. Ohne mich zu fragen, ob ich auch noch einen Drink wünschte, füllte sie ihr Glas und setzte sich wieder auf das Sofa.

»Strenge Sicherheitsmaßnahmen ... - dass ich nicht lache! Hör mir mal gut zu! Glaubst du denn, dass ich in dem Jahr, das ich dort verbrachte, tatenlos war? Es hatte natürlich einen Grund, dass ich manchmal bis Mitternacht gearbeitet habe. Ich hatte dann die beste Gelegenheit, alles zu erfahren, was in der Universität passierte. Die Sicherheitsmaßnahmen ... - eine Farce! Nach halb elf war angeblich niemand mehr in der Universität ... - von wegen! Und alle Seminarräume, sämtliche Zimmer, alles würde kontrolliert ... - dass ich nicht lache! Wenn man sein Büro abgeschlossen und das Licht ausgeschaltet hatte, konnte man sich dort schlafen legen - es merkte niemand. Natürlich schlief der Mörder nicht, nachdem er die Morde begangen hatte. Er versteckte sich. Denn er kannte das System, wann und wie alles kontrolliert wurde.

Er wusste alles - ja, der stellvertretende Rektor, der manchmal bis Mitternacht arbeitete. Er wusste genau, wann er sich in den Büros der anderen gefahrlos aufhalten oder verstecken konnte. Die Vorlesungszeit hatte ja noch nicht begonnen. Tagsüber gab es kaum Betrieb. Aber aufgrund der Abendkurse war es etwas unübersichtlich, weil sich viele Jugendliche dort aufhielten. Außerdem mag es ja sein, dass nach einer bestimmten Uhrzeit niemand mehr das Gelände betreten dürfte, aber durch die Nebentüren des Parkplatzes konnte man unbemerkt hinaus und reingehen.«

»Gab es denn keine Kontrolle bei den Parkplatzausgängen?«

»Theoretisch schon! Aber nachts sind die Wachleute nicht so aufmerksam gewesen. Jemand ohne Fahrzeug konnte, wenn er sich in einer dunklen Ecke versteckte, unbemerkt raus oder reingelangen. Gürol tat es ja auch. Gegen Abend verließ er in seinem Auto die Universität, parkte in der Nähe auf der Straße und ging durch eine Nebentür wieder in die Universität. Und nach den Morden versteckte er sich in seinem Büro oder ging durch eine dieser Türen zu seinem Auto und fuhr weg.«

»Auch als er Muharrem Şafak getötet hatte?«

»Nun, das war der erste Mord, natürlich war er da nervös. Er hatte die Tat nicht von vornherein geplant. Und da er voller Blut war, konnte er sich auch nicht auf der Straße blicken lassen. Ich muss gestehen, an dem Abend hatte er mehr Glück als Verstand!«

»Es gibt die Information eines Wachmanns, dass an jenem Abend Melek als Letzte den Parkplatz verließ«, warf ich ein. »Allerdings hat mich diese Nachricht zu spät erreicht. Haydar Bilir behauptete, er hätte mich darüber informiert, aber daran hätte ich mich sicher erinnert.«

»Wer von euch beiden der Vergesslichere ist, kann ich nicht beurteilen. Ihr seid eben beide schon in einem fortgeschrittenen Alter. Aber wie auch immer. Was mit Sicherheit fest steht, ist, dass Melek in jener Nacht die Universität vor dem Mörder verlassen hat. Das Treffen Gürol und Muharrem fand zu einem späteren Zeitpunkt statt. Gürol ging durch die Seitentür auf den Parkplatz. Muharrem, der verdeckte Ermittler, muss ebenfalls von der Straße her gekommen sein. Der Wachmann, der später entlassen wurde, war eingenickt. Nachdem Gürol den Mann erstochen hatte, geriet er in Panik und lief hinaus, stieg in sein Auto. Er wollte so schnell, wie möglich, verschwinden ... Man ging davon aus, dass jemand aus dem Armenviertel den Mord begangen hatte. Deshalb versuchte man das Ganze unter den Teppich zu kehren.«

»Nehmen wir also an, dass ich dir glaube, dass du Gürol allein durch Suggestion drei Morde hast begehen lassen ... - eigentlich glaube ich das ja nicht -, aber wie willst du denn erreichen, dass er den Mord an Serdar auch auf sich nimmt?«

»Hätte ich das nicht bereits geschafft, dann hätte er die anderen Morde gar nicht erst begangen, natürlich außer dem an Ergin Gürkan. Ihn zu töten, das hatte er sich schon früh in den Kopf gesetzt. Das war für ihn wichtig, genau so, wie den Vater zu töten, den er für sein verpfuschtes Leben verantwortlich machte. Er wollte nach England zurückkehren, aber vorher wollte er sich unbedingt rächen. Er versuchte, seinen Mut zusammenzunehmen. Was Serdar betrifft ... - wie gesagt ... - ich habe die ganze Geschichte auf diesen Fall aufgebaut. Gürol hatte seine Leiche gefunden, nachts, auf der Toilette, Aber anstatt den Wachdienst zu rufen, geriet er in Panik. Der Junge hatte ihn ja mit Heroin versorgt; er wollte ihn erpressen. Gürol zerrte die Leiche also in die hinterste Kabine und verschwand. Er stieg in sein Auto, als hätte er nichts gesehen. Natürlich erhielt er ein paar Tage später von mir einen Brief ...«

»Und er glaubte nicht, was er mit eigenen Augen gesehen hatte, sondern dem, was du ihm geschrieben hattest! Das will mir so nicht einleuchten ...«

»Das musst du schon akzeptieren. Sonst funktioniert das Spiel nicht.«

Plötzlich spürte ich eine Genugtuung. Das Spiel würde nicht funktionieren! Konnte das tatsächlich eintreten? Könnte ich die Schlüsselfigur dabei sein? Könnte ich allen ihren Spielen ein Ende setzen? Von meinem Magen stieg plötzlich eine Hitze bis zu meiner Kehle hoch. Mir wurde schwindelig, meine Hände begannen zu zittern. Ich würde diesem Spiel ein Ende setzen.

Aber wie? Gäbe es eine Möglichkeit, ihr Werk zu stören? Das wäre nicht einfach. Ich musste darüber erst mal in Ruhe nachdenken. Aber solange sie vor mir stand, war ich nicht in der Lage, ruhig zu denken.

Sie ging am Beistelltisch vorbei und stellte sich mitten ins Zimmer. Als würde sie tanzen, drehte sie sich um ihre eigene Achse. Noch bevor ich begreifen konnte, was sie vorhatte, begann sie melodisch zu reden:

»Hast du keinen Hunger? Ich sterbe vor Hunger ...«

Ich machte mir darüber Gedanken, wie ich ihrem Spiel ein Ende setzen könnte, und hatte sie nicht gehört.

»Was sagtest du?«

»Ich habe Hunger, sagte ich. Gibt es etwas im Kühlschrank? Bestimmt gibt es etwas. Narin hat ihre Hausfrauenrolle sehr ernst genommen, seit sie hier eingezogen war ...«

In diesem Augenblick wollte ich das Thema Narin überhaupt nicht zur Sprache bringen. Das, was ich sah, als ich nach Hause kam, wollte ich mir nicht noch einmal vergegenwärtigen, obwohl sie es prompt vor meinen Augen erschien. Ich hatte sie nicht umarmt gesehen, aber es genügte mir auch. Narin, die ich so lange kannte - besser gesagt, zu kennen glaubte. Ich fand, dass diese Szene eigentlich gar nicht zu ihr passte. Akın dagegen, die ich in allen erdenklichen Posen zu vergessen versucht hatte, passte in alle Szenen, ob im Mittelpunkt oder als Randfigur des Geschehens. Diese Frau war meine Feindin ... Wann und wo sie auftauchte, brachte sie Chaos in mein Leben. Und jetzt sagte sie - unverschämt und egozentrisch, wie sie war -, dass sie Hunger hatte.

Plötzlich kam ich zur Besinnung. Ich musste sie verunsichern.

»Narin hat bestimmt etwas gekocht«, sagte ich. »Wenn du keine Angst hast, dass sie etwas hineingetan hat ...«

Sie gab einen Laut wie einen Schnalzer von sich und sagte: »Sag' doch lieber, dass du Angst hast. Sie hat ja nicht für mich gekocht ...«

»Wusste sie denn nicht, dass du kommst?«, fragte ich.

Ich war sicher, dass sich die beiden Frauen schon lange getroffen hatten. Aber hier, in dieser Wohnung?

»Natürlich wusste sie es nicht. Ich habe sie überrascht. In der letzten Zeit verweigerte sie sich. Und du ... - nachdem du dich anfangs so zögerlich verhalten hattest, wolltest dich jetzt in eine neue Liebe stürzen, als wolltest du die vergeudete Zeit nachholen ...«

»Das reicht! Ich werde über meine Beziehung zu Narin nicht mit dir diskutieren.«

»Brauchst du gar nicht. Sie hat mir anfangs jeden Tag alles berichtet, führte meine Befehle gehorsam aus. Oder glaubst du, ihr ist das mit den alten Schallplatten, Albinioni und anderen Komponisten eingefallen?«

»Und zu was war das gut - außer, dass das meine Bewunderung für sie steigerte?«, fragte ich und gestand mir jetzt das Recht zu, ihr meinen Sarkasmus zu zeigen.

Sie war nicht eingeschnappt. »Du hast Recht. Dieser Plan ist nicht aufgegangen. Ich wollte, dass du aufgewühlt wirst. Ich dachte, wenn du diese Musik hörst, würdest du dich an die ersten Jahre unserer Ehe erinnern, ich hoffte, du würdest dich an mich erinnern!«

»Ist es denn möglich, dich zu vergessen?«

Sie lächelte kaum merklich und ging zum Sessel ... - sie schien ihren Hunger vergessen zu haben. »Offenbar hatte sie geglaubt, mich das vergessen lassen zu können.« In ihrer Stimme war plötzlich ein unwirscher Ton. »Als sie begann, sich in dich zu verlieben, glaubte sie, mich austricksen zu können. Das dumme Ding! Ich wartete eine Weile, aber sie besserte sich nicht. Also kam ich hierher und brachte sie zur Räson.«

Sie setzte sich und legte ihren Arm über die Rückenlehne.

»Das also war »zur Räson bringen«, murmelte ich.

Ich konnte noch immer nicht über das Gesehene reden, also tat ich so, als hätte es das gar nicht gegeben.

»Ich musste hier und jetzt zeigen, wer die Fäden in der Hand hat ... - und dir natürlich auch! Es war höchste Zeit.«

»Ist es nicht schade um Narin?«, fragte ich und bemühte mich sehr, um meine innere Ruhe zu bewahren.

»Ach was! Solche Mädels schaden sich doch selbst am meisten ...«

Für einen Moment war ich wie erstarrt. Hatte ich diesen Satz nicht schon mal gehört - mit der gleichen überdrüssigen Betonung? Wo und wann? In welchem Zusammenhang? Ich strengte mich an, zu erinnern. Wer hatte das gesagt? Wann und wo? Weshalb? Mir war plötzlich schwindelig, ich blickte gar nicht durch. Wer? Wann? Wo?

Dann erinnerte ich mich schlagartig ... - ich sprang auf. Um mein Gleichgewicht nicht zu verlieren, hielt ich mich am Tisch fest und holte erst mal tief Luft. Ich schaute sie an. Sie schien meine Reaktion nicht bemerkt zu haben. Ihr Kopf lag immer noch auf der Rückenlehne des Sessels, ihre Augen hielt sie geschlossen. Ich stützte mich auf den Tisch und richtete mich auf, ging um den Tisch herum, und blieb vor ihr stehen. Jetzt konnte ich auf sie herabblicken.

»Du …«, sagte ich und schluckte. »Du … - wie hast du das geschafft?«

Sie hob ihren Kopf, öffnete die Augen und blickte mir fest ins Gesicht. Ihre Miene verhärtete sich, ihre Augen erschienen mir nicht mehr so kalt und künstlich, aber ihr Gesicht war wie das einer Porzellanpuppe.

»Was ist das für ein Gefühl, eine Romanfigur zu sein?«, fragte sie hämisch. Während ich sie anschaute, schien ihr Kinn runder zu werden, ihre Wangen fülliger und ihre Stimme heiserer. »Ich hatte einen etwas dicklicheren Mathematiker vor Augen … - und jünger … - aber es sind inzwischen so viele Jahre vergangen …«

In diesem Augenblick konnte ich den Ausdruck in meinem Gesicht nicht beherrschen. Ich war so verdutzt, dass mein Mund offen blieb. »Wie hast du das gemacht?«

Sie lachte schallend und verwandelte sich wieder in sie selbst. »Es gibt doch alle diese wunderbaren Tricks: Blaue Kontaktlinsen, eine blonde Perücke, Barbie-Make-up, etwas Brust- und Hüftpolster …« Sie grinste, als wäre sie mit sich und ihrem Leben sehr zufrieden. »Ich wusste ja, dass Du kein Bild von dieser Frau gesehen hast. Narin hat mir das bestätigt.«

Meine Überraschung verwandelte sich plötzlich in Entsetzen. »Was hast du mit Banu Sayar gemacht? Hast du sie auch ermordet?«

»Was denn noch? Du bist offenbar entschlossen, aus mir eine Bestie mit blutigen Händen zu machen! Sie wollte sich mit dir nicht unterhalten. Sie scheute davor zurück, sich dir zu offenbaren, wie sehr sie ihren Mann hasste und wie eifersüchtig sie auf Melek war. Sie hatte Angst, als Hauptverdächtige dazustehen. Sie war froh, als ich ihr anbot, ihre Rolle zu spielen und hat mir bei den Vorbereitungen geholfen. Als du weg warst, haben wir sehr gelacht.«

»Ich habe dich schon immer zum Lachen gebracht …«

Sie wirkte auf einmal nachdenklich. »Nein, manchmal hast du mich auch zum Weinen gebracht!«

Machte sie sich jetzt lustig über mich? Wandte sie sich von mir ab, damit ich nicht sah, dass sie lachte?«

»Das glaube ich dir nicht.«

Sie zuckte mit der Schulter, wandte sich wieder mir zu und schien in meinem Gesicht nach etwas zu suchen.

»Ich hätte mich strenger verhüllen können ... - aber offen gesagt, wollte ich dich auf die Probe stellen. Ich war neugierig, ob du mich vergessen hast, oder mich trotz der Maskerade erkennen würdest?«

»Ich habe dich nicht erkannt! Aber um ehrlich zu sein: Ich habe mich gefragt, »Warum erinnert mich diese Frau an Akın?« Das machte mich stutzig und war mir auch etwas unheimlich. Obwohl sie dir nicht ähnlich sah und ihr Verhalten anders war, erinnerte sie mich an dich. Ich hatte das Bedürfnis, zu fliehen ... - um mich vor ihr zu retten. Offenbar spürte ich eine Gefahr ...«

»Obwohl du gar nicht in Gefahr warst. Denn wenn jemand in diesem Roman nicht stirbt, dann du!«

»Wirst du auch darüber entscheiden?«, schrie ich sie an, denn ich verlor die Beherrschung.

Schnell wandte ich mich von ihr ab, um ihren Gesichtsausruck, ihre amüsiert glänzenden Augen, ihre spöttisch verzogenen Lippen nicht zu sehen. Ich verließ das Zimmer, ging durch das dunkle Esszimmer, öffnete die Balkontür und überließ mich der kühlen Luft. Ich war so schnell zum Balkon gegangen, dass ich fast das Gleichgewicht verlor und mich am Geländer festhalten musste - beinahe wäre ich hinuntergefallen. Hätte sie nicht beschlossen, dass ich in diesem Roman nicht sterben würde ... - wäre ich dann hinuntergestürzt? Vielleicht war ihre Überzeugung, alles in ihrer Macht zu haben, gar keine Einbildung.

Wie konnte ich mich nur von ihr befreien?

Der Himmel war inzwischen dunkel - eine Farbe zwischen dunkel- und nachtblau. Der Mond, etwas größer als eine Sichel und die Sterne strahlten blass in die Nacht. Nachdem ich mir eine Weile dieses Bild betrachtet hatte, erblickte ich die fernen Lichter des Bosporus. Ich atmete die kühle Luft tief ein, meine aufgewühlten Gedanken beruhigten sich allmählich. Ich wusste nicht, wie viel Zeit vergangen war, aber als sie zu mir kam, begab sie sich sozusagen in meine Gewalt.

Sie kam zwar zu mir, aber sie traute sich wohl doch nicht, mir ganz nahe zu kommen. Dass sie den Balkon betreten hatte, sah ich nicht, ich hörte aber ihre Schritte und ich bemerkte es am Strahlen ihres weißen Kleides, ohne hinzusehen. Sie stand etwa fünf, sechs Schritte neben mir und stützte sich am Balkongeländer auf. Sie sagte nichts - ich auch nicht.

Wie lange würden wir es in der nächtlichen Kühle noch so regungs- und sprachlos aushalten?

Sie begann mit gleichgültiger Stimme, etwas stockend, zu reden: »Bist du ein Produkt meiner Fantasie, oder habe ich dich für meine Fantasien als Vorbild genommen? Ich weiß es nicht. Ich weiß das seit jener fürchterlichen Partynacht nicht, als du dich von mir abgewendet hattest ...«

Nun wandte ich mich ihr zu. Sie schaute mich nicht an, ihre Augen waren in den Himmel gerichtet. Ich hatte nicht verstanden, was sie mir damit sagen wollte. »Was sagst du da?«, fragte ich sie.

»Du hast es vergessen«, antwortete sie. »Du hattest es damals gar nicht bemerkt, dass du in jener Nacht mein Leben verdunkelt hattest.« Mit einer abrupten Bewegung wandte sie sich mir mit dem ganzen Körper zu. Ihr Gesicht war schneeweiß, aber nicht so strahlend wie ihr Kleid. In der dunklen Helligkeit der Nacht, die Mond und Sterne nicht durchdringen ließ, blitzten ihre Augen bedrohlich. »Du hast mir damals das Herz gebrochen«, zischte sie. »Ich war erst siebzehn, beinahe noch ein Kind. Ich wusste fast nichts über das Leben. Und du hattest mich einfach weggeworfen.«

Ich konnte ihren Gesichtsausdruck nicht erkennen, aber ihrer Stimme nach zu urteilen, war er sicher unbewegt. Sie erschien mir, als wäre sie aus einem Traum erwacht. Auch ich befand mich jenseits der Realität. Je weniger ich verstand, was sie meinte, umso mehr hatte ich das Gefühl, der Anziehungskraft eines tiefen Brunnens ausgeliefert zu sein.

»Ich weiß nicht, wovon du redest ...«

»Es ist dir zu bitter, nicht wahr?«, fragte sie mit teilnahmsloser Stimme. »An das Ereignis, das fortan mein Leben bestimmt hat, kannst du dich nicht einmal erinnern. Der Sommer, in dem wir uns kennen lernten ... - wir waren im Garten der Villa in Kandilli. Du tatest so, als würdest du dich für mich interessieren. Du hast dich anders benommen, als die Freunde deiner Geschwister. Nur um deine Aufmerksamkeit auf mich zu lenken, bin ich damals ins Wasser gesprungen. Aber noch bevor ich wieder auftauchte, warst du gegangen. Ich hatte mein Leben riskiert ... - und du erinnerst dich nicht einmal daran ...«

Aber ich hatte das nicht vergessen. Und als sie mich Jahre später anrief, um mir mitzuteilen, dass sie einen Krimi schreiben wollte, war dieses Ereignis das Erste, woran ich mich erinnerte. In der dazwischen liegenden Zeit hatten wir beide unabhängig voneinander so unterschiedliche Dinge erlebt, dass diese Begebenheit aus unserer Jugendzeit vielleicht etwas verblasst war, aber vergessen hatte ich sie nicht. In diesem Augenblick lebte es vor meinem inneren Auge wieder auf: Ein Garten mit alten Bäumen, hunderte von Jahren alt. Der Garten der Villa in Kandilli war sehr groß, aber alle hatten sich an dem Steg am Meer versammelt und tanzten bei lauter Musik. Es war die letzte Sommerparty ... - oder richtiger: die letzte Party, an der ich teilnahm. Die Erinnerung daran kam mir nicht allmählich in den Sinn, ich erinnerte mich mit einem Schlag an alles. Auf den Partys meiner Geschwister hatte ich nie getanzt. Ich saß meistens etwas abseits in einer Ecke, weil ich ein bestimmtes Mädchen beobachtete. Ein apartes Mädchen ... - ich hatte sie kennen gelernt, als ich zwischen zwei Promotionen für anderthalb Monate aus den USA zu Besuch nach Hause kam. In mir war der sonderbare Wunsch entstanden, sie mit nach Amerika zu nehmen. Das war, glaube ich, die erste emotionale Rührung in meinem ansonsten eher monotonen Leben. Und ich hatte vor, mich ihr in jener Nacht zu erklären. Aber wie sollte ich bei dem Lärm mit ihr sprechen? Ich glaubte, sie hatte erwartet, dass ich ihr etwas Bedeutsames sagte. An dem Abend saß sie sehr lange in meiner Nähe - länger als sonst. Aber dann war es ihr wohl zu dumm. Sie stand auf und begann wie wild zu tanzen. Sie war wunderschön. Ihre braungebrannte Haut glänzte unter den farbigen Glühlampen mehr als bei Tageslicht ... - vielleicht, weil sie beim Tanzen schwitzte. Sie trug ihr Haar zu einem Pferdeschwanz gebunden und hatte ein enges, sehr kurzes, blumengemustertes Kleid mit dünnen Trägern an, das ihre Bewegungen nicht behinderte. Die beherrschende Farbe war Pink - es passte sehr gut zu ihrer gebräunten Haut.

Ja, ich sah in diesem Augenblick diese Szene deutlich vor mir, obwohl seitdem vierzig Jahre vergangen waren. Sie tanzte wilder als sonst, flirtete auffälliger mit den breitschultrigen, schmalhüftigen jungen Männern um sie herum, blickte jedoch verstohlen immer wieder zu mir - ich hatte das als Aufforderung gewertet, mich doch noch zum Reden zu bringen. Auf einmal tat es mir um uns beide leid. Als sie vom Tanzen müde war und sich wieder zu mir setzte, beschloss ich, sie an die Hand zu nehmen und mit ihr in eine dunkle Ecke des Gartens zu gehen.

Aber dann tat sie etwas, was sie nicht hätte tun sollen. Ich sah es deutlich vor mir, als wäre es gerade erst geschehen: Sie blieb mitten auf dem Steg stehen, schrie etwas, hob ihre Arme, um die Tanzenden auf sich aufmerksam zu machen. Sie forderte die anderen Gäste dazu auf, ins Meer zu hüpfen.

Der Vorschlag wurde von einigen mit Begeisterung aufgenommen, sie drehte ihren Rücken einem der Jungs zu und deutete ihm mit einer Handbewegung an, dass er den Reißverschluss ihres Kleides herunterziehen sollte. Auch das wurde lautstark begrüßt. Als aber ihr winziges Kleid vor ihr abfiel, zog sie nur ihre roten, hochhackigen Schuhe aus. Hätte sie sich ganz ausgezogen, dann hätte das die Gewöhnlichkeit ihres Verhaltens entschuldigt; es hätte sogar mutiger gewirkt und ihre Kühnheit hätte vielleicht verhindert, dass ich auf sie verzichtete. Aber das tat sie nicht. Sie zog sich nicht aus, sondern sprang in ihrer bunten Unterwäsche ins Wasser ... - und in mir brauste ein unbezwingbarer Unmut auf.

Ja, ich erinnerte mich sehr gut an jene Nacht - ich hatte sie eigentlich nie vergessen.

Ich ging, ohne auf sie zu warten in mein Zimmer.

Jetzt, da ich ihr mein Gesicht zugewandt hatte, sprach sie ganz gewiss von meinem damaligen Weggehen. Ich hatte nicht gedacht, dass sie darüber so erschüttert war. Sie war sehr jung und sehr schön - es gab doch Dutzende junger Männer, die um ihre Gunst warben. Von mir war sie beeindruckt, das war offensichtlich, aber ich hätte nicht gedacht, dass für sie daraus eine lebenslange schmerzende Wunde entstehen würde. Auch jetzt war es nicht leicht zu glauben, was sie mir erzählte und es war erst recht nicht einfach zu glauben, dass diese Frau, die mich so vorwurfsvoll, ja sogar drohend anschaute, die gleiche Person war, wie das Mädchen von damals. Während ich mir die Erinnerung an jenen Sommerabend vergegenwärtigte, war ich abgeglitten, entfernte mich noch mehr von ihr. In ihrem weißen Gesicht konnte ich jetzt nur noch den Glanz ihrer Augen erkennen.

Hatte diese Enttäuschung, die jenes Mädchen damals erlebte, das Leben dieser Frau bestimmt? Oder machte sie sich wieder lustig über mich?

»Ich verstehe das nicht«, murmelte ich. »Zwischen uns ist damals doch nichts geschehen ...«

»Nachdem du mehr als einen Monat lang deine Augen nicht von mir wenden konntest, mich angeschaut hast wie ein Sahnestückchen? Dann drehtest du dich um und gingst weg ... - ohne auch nur einmal zurückzublicken.«

Kann man jemanden nach vierzig Jahren wegen einer nicht erfüllten Liebe zur Rechenschaft ziehen? - fragte ich mich. Dann sagte ich, als müsste ich mich verteidigen: »Ich hatte begriffen, dass du nicht zu mir passtest.«

»Hast du endlich begriffen, dass du dich damals geirrt hattest?«

»Nein, ganz im Gegenteil ... - als junger Mann habe ich mich durchaus klug verhalten ...«

Sie trat zwei Schritte auf mich zu. »Ich meine ...« - wieder zwei Schritte. Je näher sie kam, umso mehr zog ich mich zurück. »Gemeinsam hätten wir längere Jahre ... - bis mein Herzschmerz ...«

Ich war mir sicher, dass sie mich wieder verspottete. Ich wollte das Gleiche tun: »Willst du denn etwa sagen, du bist immer noch in mich verliebt?«, fragte ich und schaute sie skeptisch an.

Doch sie blieb ernst, schien sogar noch bedrohlicher zu blicken. »Nein!«, sagte sie. »Ich meinte damit, dass ich mich an dir immer noch nicht gerächt habe.«

Was konnte ich darauf erwidern? In mir stieg ein ungutes Gefühl auf. Aber ich versuchte sie das nicht spüren zu lassen und eine Weile blickte ich sie bedauernd an. »Was willst du denn noch tun?«, fragte ich leise. Ich dachte, dass ich, wenn ich lauter redete, schreien könnte und so meine Auflehnung verraten würde - was sie ja nur amüsieren würde. »Nach Jahren tauchst du bei mir auf und bringst mein Leben durcheinander. Gerade als ich sicher war, dich losgeworden zu sein, hast du dich mir wieder aufgedrängt. Du hast Narin vertrieben, du hast meine Ruhe vertrieben ...«

»Ach ja? War es denn so toll, so träge vor sich hinzuvegetieren? Dir mit mathematischen Gleichungen die Zeit zu vertreiben, es dir bequem zu machen, ohne dich darum zu kümmern, wie andere leben und leiden?« Sie kam noch zwei Schritte näher. Aber ich stand schon mit dem Rücken zur Wand und konnte ihr nicht ausweichen. »Du musst für das Leid, das du mir angetan hast, büßen«, sagte sie. »Oder du wirst gezwungen sein, mich dein Leben lang glücklich zu machen.«

»Ich sehe zwischen diesen beiden Möglichkeiten keinen Unterschied«, sagte ich und schluckte vor Schreck. »Wie sollten wir das denn anstellen?«

Sie tat so, als würde sie nachdenken. »Das werden wir sehen! Wenn ich mit diesem Roman fertig bin ...«

Plötzlich ging mir ein Licht auf. Wir werden sehen, nicht wahr? Vielleicht doch nicht! Vielleicht würde alles ganz anders werden, als sie sich das vorstellte. Vielleicht würde sie diesen Roman nicht so zu Ende schreiben können, wie sie es sich vorstellte. Könnte ich etwas finden, um ihr das Spiel zu verderben? Ich würde es tun! Nicht nur für mich, sondern für die ganze Welt, um sie vor ihr zu retten.

Das Telefon klingelte. Wir rührten uns beide nicht von der Stelle. Wer von uns als Erster blinzelte, würde die Macht des anderen über sich akzeptieren - ja sogar dessen Sklave werden. Das Telefon klingelte lange.

»Narin hat sich sicher nicht getraut, anzurufen«, sagte sie, ohne sich zu rühren und ohne mit der Wimper zu zucken: »Es muss Haydar Bilir gewesen sein ...«

»Warum sollte mich Haydar Bilir so spät noch anrufen?«, erwiderte ich, ebenfalls ohne mit der Wimper zu zucken.

»Es ist noch nicht spät. Vielleicht wollte er dir etwas Wichtiges mitteilen.« Ich glaubte, aus ihrer Stimme eine Erwartung herauszuhören.

Dann klingelte mein Handy. Ich hatte es in meiner Tasche, es war eingeschaltet ... - aber warum, das wusste ich nicht. Außer um Hasan anzurufen, benutzte ich es so gut wie nie. Nur ab und zu hatte ich Narin angerufen. Ich hoffte, dass sie am Apparat war.

»Herr Professor, ich hoffe, ich störe Sie nicht! Kann ich Sie kurz sprechen?«

Warum hatte diese Frau wieder Recht?

»Bitte schön, Haydar Bey!«

»Es ist etwas Unerwartetes passiert ...«

»Ich höre, Haydar Bey!«

»Hulusi Gürol ... - mögen Sie lange leben ...«

»Ich verstehe! Ist er tot? Wie? ... Wann?«

Ich schaute zu Akin. Sie stand steif da und blinzelte.

»In seinem Büro an der Universität ... - man fand ihn noch vor dem Morgen. Es war wieder ein goldener Schuss ...«

»Was sagen Sie da? Wie kann das sein?«

»Sehr überraschend ist es ja nicht. Sie werden sich erinnern, Herr Professor, dass der ermittler Muharrem Şafak berichtet hatte, dass er rauschgiftsüchtig war.«

»Verdammt noch mal ...«, fluchte ich laut und warf das Handy mit voller Wucht auf den Boden.

Wir blickten uns lange an, schwiegen lange. Wir wussten beide nicht, was wir sagen sollten. Schließlich unterbrach sie die Stille.

»Ging es um Gürol?«, fragte sie seelenruhig. »Ich hatte das natürlich erwartet ...«

In diesem Augenblick drehte ich durch. Ich ging auf sie zu, konnte mich nicht mehr bremsen: »Hattest du das erwartet? Erwartet?! Du hast deinen Whiskey getrunken, mich deinem Spiel und Spott ausgesetzt und gewartet, dass diese Nachricht kommt!?«

Diesmal war sie es, die rückwärts gehen musste. Sie wirkte ganz ruhig. Als ich ihr in unmittelbarer Nähe ins Gesicht blickte, hatte sie keine Angst.

»Was ist los mit dir? Er hatte keine Hoffnung mehr … Was sollte er denn sonst tun?«

»Du … Du … - wie viele Menschen willst du noch töten?«

Zum ersten Mal erblickte ich Angst in ihren Augen. Sie wich an das Geländer zurück. »Mach' keinen Unsinn«, sagte sie mit erstickender Stimme.

»Ich werde dich umbringen … - dich Umbringen! Ich werde uns alle retten«, schrie ich.

Je mehr sie zurückwich, umso entschiedener ging ich auf sie zu.

»Aber das ist doch nur ein Roman … - du Dummkopf!«

Ich erinnere mich, dass ihre Stimme nur noch aus weiter Ferne zu mir drang.

Pınar Kür (1943, Bursa)

Theater- und Literaturwissenschaftlerin, Autorin, Hochschuldozentin in Istanbul.

Pinar Kür wuchs in New York auf, studierte dann in Istanbul und an der Sorbonne, dort wurde sie auch promoviert. Heute ist sie als Dozentin an einer Privatuniversität in Istanbul tätig.

Ihre Prosawerke sind Meilensteine der türkischen Literatur und sie selbst eine Leitfigur der 68er Bewegung. Die "Grande Dame" der türkischen Literatur behandelt stets aktuelle und politisch hochbrisante Themen, aber sie ist auch wegen ihrer literarischen Experimentierfreudigkeit als Avantgardeautorin besonders anerkannt. In ihren Werken greift sie oft tabuisierte Themen auf, insbesondere die vielfache Unterdrückung von Frauen. Ihre Sprache ist verschachtelt und literarisch anspruchsvoll, dennoch ist sie in der Türkei eine der meistgelesenen Autorinnen. Ihre Werke wurden in viele Sprachen übersetzt, in deutscher Sprache ist »Mordsfakultät« ihre zweite Buchpublikation.

Auszeichnungen: 1984 Sait Faik Hikaye Armağanı (Sait Faik Erzählpreis). 2007 wurde sie von der Mewlana Gesellschaft zur besten Romanautorin des Jahres gewählt. Ihr Roman "Mordsfakultät" war in der Türkei im Herbst 2007, gleich nach dem Erscheinen, mehrere Wochen lang Listenführer.

Glossar

Abla	ältere Schwester, Anrede für wenig ältere Frauen
Abi	eigentlich ağabey, heute: älterer Bruder, volkstümliche Anrede für wenig ältere Männer
Bey	Herr, Anrede für Männer
Efendi	Anrede: Herr, am Telefon: Bitte
Hanım	Dame, Anrede für Frauen
Rakı	Anisschnaps
Deniz Gezmiş	(1947-1972) eine der Leitfiguren der türkischen 68er Bewegung, Gründungsmitglied der Untergrundorganisation Türkiye Halk Kurtuluş Ordusu (Volksbefreiungsarmee der Türkei, THKO). Nach dem Militärputsch von 1971 wurde er verklagt und zusammen mit anderenMitgliedern der Gruppe hingerichtet.

<u>Stadtteile in Istanbul:</u>

Beyoğlu
Büyükdere
Cihangir
Emirgan
Feriköy
Kandilli
Kumkapı
Nişantaşı
Taksim
Yenikapı

<u>Städte:</u>

Bandırma
Izmir

AUSSPRACHE TÜRKISCHER ZEICHEN

â = langes a, nach k und g palatal
ı = dumpfer Laut, etwa wie im »hm«
c = stimmhaft wie giorno
ç = stimmlos wie deutsch
ğ = zwischen hellen Vokalen wie »y«,
zwischen dunklen Vokalen nicht hörbar,
verlängert den vorhergehenden Vokal
j = wie »journal«
s = wie »groß«
ş =wie »schön«
y = wie »Juli«
z = stimmhaft wie »Sohn«

Pınar Kür
Ein verrückter Baum

»Ein verrückter Baum« ist ein Erzählband von höchster Qualität, zugleich in mehrerer Hinsicht eine literarische Köstlichkeit.
Die fünf Erzählungen spielen im gleichen Haus, was sich allerdings nicht auf den ersten Blick erschließt, sondern aus winzigen Hinweisen. Jede Erzählung hat eine andere Stimmung, einen anderen Tonfall, eine andere Sprache — Beweise des literarischen Könnens der Autorin.

Erzählzyklus
165 Seiten, 14,50 EUR
ISBN 3935535139

Die in diesem Buch enthaltenen fünf Erzählungen brachten Pınar Kür in der Türkei den Ruf ein, eine meisterhafte Literatin zu sein. Tatsächlich ist sie heute eine der anspruchsvollsten Autorinnen der Türkei - trotz ihrer brisanten und provokanten Themen noch immer - im klassischen Sinne - der literarischen Qualität verpflichtet.

Bilge Karasu
Der Garten entschwundener Katzen

Die klassische Literatur des Abendlandes trifft auf die bildhaften und abgeklärten Mythen Asiens, von Vorderasien bis nach Japan. Und man kann die Geschichten Bilge Karasus als eine entzückende Lektüre über eigenartige Lieben, unerwaretete Wendungen des Lebens, über Begegnungen mit außergewöhnlichen Menschen, Tieren sowie mit ebenso außergewöhnlichen Ereignissen lesen.

Erzählzyklus/Roman
272 Seiten, 19,80 EUR
ISBN 3935535058

13 wunderbare, seltsam-schöne Geschichten bilden eine symbolische Ganzheit - dabei sind 12 Geschichten in eine Rahmenerzählung eingebettet und durch innere Fäden miteinander verbunden. So entsteht ein spannendes Spiel, das an mittelalterliche Rätsel erinnert, zugleich ist die Rahmenerzählung die Geschichte eines mysteriösen Liebeswerbens.

Mesut Caner (Hrsg.)
Das große Türkei Lesebuch

Autoren:
Ahmet Hamdi Tanpınar
Erendiz Atasü
Tomris Uyar
Bilge Karasu
Didem Uslu
Yiğit Değer Bengi
küçük iskender
Ayşe Sarısayın
Kriton Dinçmen
Turgut Uyar
Nurdan Gürbilek
Enis Batur
Oğuz Demiralp
Nazim Hikmet
Orhan Veli
Sadık Yalsızuçanlar
Pınar Kür
u.v.m.

Anthologie: Erzählungen, Gedichte, Essays und Romanausschnitte
Ca. 360 Seiten,
ISBN 393553521X

Wenn Sie mehr als eine unterhaltsame Sommerlektüre suchen und große Persönlichkeiten, interessante Denker, ungewöhnliche Dichter und experimentelle Autorinnen und Autoren kennen lernen möchten, dann gibt Ihnen dieses Buch eine erste Auswahl an die Hand.

Cemil Kavukçu
Gamba

Am Mittelmeer eine Fahrradtour ohne die Ehefrauen zu unternehmen - das ist ein Traum, den sich vier Männer erfüllen. Sie starten in der Nähe von Antalya und wollen nach Bodrum radeln. Ein letztes Refugium der Freiheit, die Natur, lockt und um dem Alltag zu entfliehen braucht man als Mann auch heute noch ungewohnte Abenteuer! Also auf, der Sonne nach!

Roman
ca. 360 Seiten,
ISBN 3935535201

Wie alle Thriller beginnt auch Gamba ganz harmlos, nur winzige Zeichen verraten, dass das Meer und der Wald nicht nur Romantik bergen. Aus der Schwärmerei und Aufbruchstimmung wird allmählich Unbehagen, dann Furcht und dann - eine unverhoffte Entdeckung!

Cemil Kavukçu
Die Träume eines Anderen

Das Meer hat die Menschen schon immer fasziniert, sei es weil es so schön ist, sei es weil es uns eine tiefe Furcht einflößt - oder sei es, weil es ein Tor in andere Welten ist. Wer sollte das besser wissen als Cemil Kavukçu, der 15 Jahre auf einem Schiff Dienst tat. Seine Figuren sind glaubwürdig und echt, seine Kapitäne erobern unsere Herzen und bringen uns auch mal zum Lachen ...

Erzählungen
240 Seiten, 16,80 EUR
ISBN 3935535163

Diese Auswahl aus den besten Erzählungen Kavukçus bietet eine große Palette seines literarischen Könnens: Seine Erzählungen sind mal amüsant, mal ironisch und karikierend, mal unheimlich oder gar gruselig - auf jeden Fall immer spannend und sehr ursprünglich.

Ayla Kutlu
Triyandafilis

Wenige Gebiete der Welt sind so reich an Geschichte(n) wie die Gegend um Antiochien. Seit der Antike trafen hier Zivilisationen aufeinander, die der Menschheitsgeschichte Richtung gaben, die die Grundlagen unserer heutigen Weltvorstellung formten. Und kaum eine andere Gegend bietet mehr Dramatik, mehr Vitalität und Dynamik, die uns heutige Menschen aufs Neue fasziniert.

Erzählungen
220 Seiten, 16,50 EUR
ISBN 3935535147

In "Triyandafilis" zeigt die Autorin Ayla Kutlu ihr großes Repertoire: ihre rechhaltige Palette an Themen, die einem unter die Haut gehen, ja, unmittelbar ins Herz treffen. Sie erzählt aus dem Leben einfacher Menschen mit einer ungewöhnlichen, markanten Persönlichkeit und entführt die Leser in eine mythische, zauberhafte und sehr emotionale Welt.

Murat Gülsoy
Stehlen Sie dieses Buch!

"Herrlich vertrackte Geschichten" - so nannte Lutz Bunk im Deutschlandradio Gülsoys Erzählungen. Tatsächlich sind sie nicht nur vertrackt, sondern auch sehr amüsant und ironisch, streckenweise Parodien unseres "modernen Lebens", in dem wir es uns meistens recht gut einrichten, bis ein unerwartetes Ereignis uns aus dem "Trott" des Alltags reißt ...

Erzählungen
220 Seiten, 16,50 EUR
ISBN 3935535155

Gülsoys Suche ist eine ungewöhnlich spannende und unterhaltsame und er ergründet unsere moderne, auf relativ wenige, schematische Utensilien reduzierbare Lebensweise: ob man im Standardwohnzimmer eines großen Möbelhauses lebt oder Werbetexter ist - heute sind Lebensmodelle in Istanbul nicht viel anders als in Frankfurt oder Berlin.

Beatrix Caner
Tanpınars Harmonie

Aus welchen Gründen sollte man sich mit Ahmet Hamdi Tanpınar beschäftigen? In seinem Werk begegnet man einer vielschichtigen Philosophie, einer Weltbetrachtung, die alle Gebiete des Lebens integriert. In der Mystik, wie sie Tanpınar erlebt und geschildert hatte, findet man nicht nur eine innere Harmonie, sie ist auch Quelle von Erkenntnissen über das Sein, über existentielle und philosophische Fragen.

Monographie
ca. 360 Seiten, 28,00 EUR
ISBN 3935535031

Ihren Höhepunkt fand die türkische Moderne in der genialen Künstlerpersönlichkeit Ahmet Hamdi Tanpınars (1901-1962). Als Romancier stand er und sein Meisterwerk, der Roman »Huzur« (Harmonie), im Banne Marcel Prousts »Auf der Suche nach der verlorenen Zeit«. Aber nicht nur literarisch, auch als Mensch war Ahmet Hamdi Tanpınar eine bemerkenswerte Persönlichkeit.